古今周遊

中村稔
Nakamura Minoru

青土社

古今周遊

目次

『孟子』について　7
建物あるいは住居について　35
『近代秀歌』（永田和宏著）について　55
ミュージカル『レ・ミゼラブル』について　93
漱石の書簡について　123
『愚管抄』について　157
『吾妻鏡』・北条義時について　187

『承久記』・後鳥羽院について 221
京極夏彦『遠野物語 remix』について 253
ケヤキあるいは樹木について 285
氷川神社について 313
靖国神社問題について 341

後記 369

古今周遊

『孟子』について

四書のうちでは『孟子』が好きである。『孟子』を読んでいると気分が爽快になる。

「梁恵王章句下」の次の一節などがその例である（以下、読み下し文の引用は小林勝人訳注の岩波文庫版による）。

「斉《せい》の宣王《せんのう》問いて曰く、湯《とう》・桀《けつ》を放ち、武王《ぶおう》・紂《ちゅう》を伐《う》てること、諸《これ》有りや。孟子対《こた》えて曰く、伝《でん》に於《お》てこれ有り。曰く、臣にして其の君を弑《しい》す、可《か》ならんや。曰く、仁を賊《そこの》う者之を賊《ぞく》と謂《い》い、義《ぎ》を賊《そこの》う者之を残《ざん》と謂う、残賊《ざんぞく》の人は、之を一夫《いっぷ》と謂う、一夫紂《ちゅう》を誅《ちゅう》せるを聞けるも、未《いま》だ〔其の〕君を弑《しい》せるを聞かざるなり」。

岩波文庫版の小林勝人の訳よりも私はかねて簡野道明『孟子通解』（明治書院、昭和十一年刊十六版）を愛読している。冗長かもしれないが簡野道明の「直解」の項を示す。

「宣王又問ふて曰はく、湯・武は聖人なれども、当時の諸侯なれば臣なり、桀・紂は暴虐なれども天子なれば君なり。而るに今乃ち臣にして其の君を弑す、理に於て可なるかと。孟子対へて曰はく、臣たる者は固《もと》より君を弑すべき理なし。されども天命を受けて君たる所以は、能く天下を治むるに仁義の道を尽くすを以てなり。而るに凡そ凶暴淫虐にして天理を滅絶するが如き仁道を害ふ者は、之を賊といふ、人倫を敗《やぶ》り、酒色に沈湎して正士を囚奴とするが如き正義の道を傷《そこな》ふ者は、之を残といふ。残賊の人は天命すでに去り、民心既に離る、之を称して孤立して助なき一匹夫《いちひっぷ》といふ、最早天子たる資格なき者なり。吾は武王が天意を奉じて民を虐ぐる残賊を除く為めに一夫の紂を誅せしことを聞く、未だ君を弑せしことを聞かざるなり。湯の桀を放ちしは之を弑せしにはあらざれども、亦猶《な》ほ是の如きのみ、人君たる者豈鑑戒せざるべけんやと」（括弧を付したルビは筆者の付したものである）。

簡野『孟子通解』の感興は著者の訳読、訓釈、直解に加えて、先人の説をも紹介していることにある。同書によれば朱子は「蓋シ四海之ニ帰スレバ則チ天子ト為リ、天子之ニ叛ケバ則チ独夫ト為ル深ク斉王ヲ警メテ戒ヲ後世ニ垂ルル所以ナリ」と注しているとのことである。また、吉田松陰の注に感慨を覚える。彼の注は次のとおりである。

「湯武放伐ノ事ハ前賢ノ論具《そな》ハレリ。然レドモ試ニ見ル所ヲ陳セン、凡ソ漢土ノ流ハ皇天下民ヲ降シテ、是ガ君師ナケレバ治マラズ、故ニ必ズ億兆ノ中ニ択ビテ是ヲ命ズ、堯舜湯武ノ如キ其ノ人ナリ、故ニ其ノ人職ニ称《かな》ハズ、億兆ヲ治ムルコト能ハザレバ、天亦必ズ是ヲ廃ス、桀紂幽厲ノ如キ其ノ人ナリ、故ニ天ノ命ズル所ヲ以テ天ノ廃スル所ヲ討ツ、何ゾ放伐ニ疑ハンヤ。本邦ハ則チ然ラズ、天日ノ嗣、永ク天壌ト無窮ナル者ニテ、コノ大八洲ハ天日ノ開キタマヘル所ニシテ、日嗣ノ永ク守リタマヘル者ナリ、故ニ億兆ノ人、宜シク日嗣ト休戚ヲ同ジクシテ復《また》他念アルベカラズ、若シ夫レ征夷大将軍ノ類ハ、天朝ノ命ズル所ニシテ、其ノ職ニ称《かな》フ者ノミ是ニ居ルコトヲ得、故ニ征夷ヲシテ足利氏ノ曠職ノ如クナラシメバ、直チニ之ヲ廃スルモ可ナリ、是レ漢土君師ノ義ト甚ダ相類ス云云」。

中国と日本は違う、日本は天壌無窮の日嗣の天皇の治政の下にあるから、天皇と喜び悲しみを共にすれば別のことを考えなくてもよい、しかし、征夷大将軍は違う、足利氏の如きがその職責を全うしなければ、直ちに廃しても差支えないのだ、と松陰はいう。孟子の説いたところを尊皇討幕論に転化していることが当時において松陰が過激派とみられた所以だろう。

右に比し、貝塚茂樹『孟子』（講談社学術文庫）は右の章を「革命の容認」と題し、「人民の革命権を認める孟子の説は、戦国時代の新興都市国家においてはじめて成立することができる。前の章で、君主が才能の士を門閥にかかわらず任用するには、高官だけではなく、人民の同意が必要であることを説いたことを考え合わせると、都市国家から拡大した領土国家は、民主制の上に基礎をもとうとしたものであることがわかる。しかし、他方において威王を継いだ宣王にとっては、かなり刺激的な学説にちがいない。孟子の説は、この意味ではじゅうぶんに宣王を安心させることはできなかったであろう」と書いている。私には貝塚の論旨が理解しにくい。あたかも孟子の人民の革命権を認める説は戦国時代の新興都市国家においてのみ成立するものであって、普遍性をもつものでないかの如く、説明しているようにみえる。また、簡野道明はこの章の「章旨」に

「此の章、人君たる者は、当に仁義の道を尽くすべきことを言ひて、斉王を警むるに残虐の君たるべからざるを以てするに在り」と述べていることに比べると、貝塚が「宣王を安心させることはできなかったであろう」という趣旨が私には理解できない。孟子は宣王の賓師として迎えられていたのであり、ご機嫌とりのために仕えているわけではない。

また、貝塚が「民主制」というのも人民主権という意味であれば同意できない。貝塚のいう前章、「梁恵王章句下」の第七章は次のとおりである。

「孟子斉《せい》の宣王《せんのう》に見《まみ》えて曰く、所謂《いわゆる》故国《ここく》とは、喬木《きょうぼく》有るの謂《いい》を謂《い》うに非《あら》ざるなり。世臣《せしん》（累世修徳の臣）有るの謂《いい》なり。王には親臣《したしきしん》なく、昔者《きのう》進めし所も、今日《きょう》その亡《な》かるべきを〔さえ〕知らざる〔様《さま》〕なり。王曰く、吾何を以てその不才《ふさい》を識《し》りて之を舎《す》てんや。曰く、国君《こくくん》賢を進むるには、已《や》むを得《え》ざるが如くす〔べし〕。将《まさ》に卑《いやしき》をして尊《とうとき》に踰《こ》え、疏《うとき》をして戚《したしき》に踰《こ》えしめんとす、慎《つつ》しまざるべけんや。左右《さゆう》皆賢《さか》しと曰《い》うも、未《いま》だ可《か》ならざるなり、諸大夫《しょたいふ》皆賢《さか》しと曰うも、未《いま》だ可《か》ならざるなり、国人《こくじん》皆賢《さか》しと曰《い》い、然る後に之を察《みきわ》め、〔その〕賢《さか》しきを見て、然る後に之を用いよ。左右皆不可《あし》と曰《い》うも、聴《き》く勿《なか》れ、諸大夫皆不可《あし》と曰うも、聴く勿れ、国人《こくじん》皆不可《あし》と曰《い》い、然る後に之を察《みきわ》め、〔その〕不可《あし》きを見て、然る後に之を去れ。左右皆殺すべしと曰《い》うも聴く勿れ、諸大夫皆殺すべしと曰うも、聴く勿れ、国人皆殺すべしと曰《い》い、然る後に之を察《みきわ》め、〔その〕殺すべきを見て、然る後に之を殺せ。故《かかれ》ば国人之を殺すというべし。此《かく》の如くにして、然る後に以て民の父母たるべし」。

岩波文庫版の読み下し文は、原文が簡潔にすぎて意味の明らかでないとき〔　〕を用いて補足し、煩雑なためなるべく注をさけたが、止むをえないばあいは一般の読者の便宜をはかって（　）の中はごく簡単な説明を加えた、と凡例に記されている。

右の訳文中、故国は累世永く続ける由緒ある国、左右は近侍の臣、諸大夫は重臣、をいう。文意解説を要しないであろう。孟子の説くところは、岩波文庫版を引用すれば、「すべてこのように〔任用にも免職にも、また刑罰にも、民意を尊重して〕慎重な態度をとってこそ、ほんとうに人民の父母たる君主の資格があるのです」というにある。孟子はあくまで君主制の下での民意の尊重を説いているのであって、民主制を支持しているわけではない。

民意の尊重という意味で『孟子』中ひろく知られているのは「尽心章句下」第十四章の次の文章である。

「孟子曰く、民《たみ》を貴《たっと》しとなし、社稷之《しゃしょくこれ》に次《つ》ぎ、君《きみ》を軽《かろ》しとなす。是《こ》の故《ゆえ》に丘民《きゅうみん》（衆民）に得《え》られて天子《てんし》となり、天子に得られて諸侯《しょこう》となり、諸侯に得られて大夫《たいふ》となる。諸侯社稷《しゃしょく》を危くすれば、則ち〔其の君を〕変《あらた》（更）めて置《た》（立）つ。犠牲《ぎせい》既に成《こ》（肥）え、粢盛《しせい》既に絜《きよ》（潔）く、祭祀《さいし》時を以てす。然《かくのごと》（如是）くにして旱乾水溢《かんかんすいいつ》あれば、則ち社稷を変《あらた》めて置《た》つ」。

「社は土地の神、稷《しょく》は穀物の神。国を建てれば、必ず壇壝《だんい》（壝は壇の外の囲みの垣）を立ててこれを祭る。そしてその社と稷とには必ず配神（祭神）がある。社稷は国を建てるとともに立て、国が亡べばすなわち亡ぶ。かように国家と必ずその運命をともにするので、国家のことを社稷ともいう」、これは岩波文庫版の語注。以下は岩波文庫版の現代語訳である。

「孟子がいわれた。「国家においては人民が何よりも貴重であり、社稷《とちとこくもつ》の神によって象徴《しょうちょう》される国土がそのつぎで、君主がいちばん軽いものだ。それ故に、大勢の人民から信任をうけると天子になり、天子から信任をうけると諸侯になり、諸侯から信任をうけると大夫《かろう》になるというわけである。故に、もし諸侯が無道で、社稷《くに》を危くするならば、その君を廃してあらためて賢君を選んで立てる。（これは君主が社稷《くに》（国家）よりも軽いからである）。また、社稷の祭に供える犠牲《いけにえ》が十分に肥えふとり、供え物の穀物も申し分なく清浄《きよらか》で、時期をあやまらず祭ったにもかかわらず、なお旱魃《かんばつ》（ひでり）や洪水《こうずい》があったりすれば、〔社稷の神の責任であるから〕その〔罪を責め〕祭壇をこわして、新たに造りかえる。（これは社稷が人民よりも軽いからである）」。

端的に人民を尊重すべしとした言葉には、同じ「尽心章句下」の第二十八章に

「孟子曰く、諸侯《しょこう》の宝《たから》は三つ、土地《とち》・人民《じんみん》・政事《せいじ》なり。珠玉《しゅぎょく》を宝《たから》とする者は、殃《わざわい》必ず身《み》に及ぶ」

という。珠玉などを大切にする者は災害が身に及んで国家は滅亡するであろう、との意であると岩波文庫版は訳している。箇野道明『孟子通解』は次のとおり「直解」に示している。

「孟子曰はく、諸侯の当《まさ》に宝として保つべき所のもの三つあり、土地は国を立つる所以なり、人民は国土を守る所以なり、政事は民を治むる所以なり。此の三者は至りて重く、諸侯の当に宝として保つべき所なり。若し珠玉を以て宝と為し、土地・人民・政事の三宝を顧みざれば、則ち物を玩《もてあそ》びて志を喪《うしな》ひ、奇技淫巧競ひ起りて驕奢度なく、則ち禍殃の其の身に及ぶや必せりと。

蓋し孟子の此の言、近世、土地・人民・統治権を以て国家を釈する者と、其の義暗合せり。理の至れる者は、古今東西異なることなし、此れ其の一例なり」。

君主制の下で人民の意志を表現するものは、孟子によれば、天命である。「万章章句上」の第五章がその理を明らかにしている。

「万章曰く、堯《ぎょう》、天下を以て舜《しゅん》に与うと。諸《これ》ありや。孟子曰く、否《いな》、天子は天下を以て人に与うること能わず。然らば則ち舜の天下を有《たも》つや、孰《たれ》か之《これ》を与えし。曰く、天之を与う。天の之を与うるは、諄諄然《じゅんじゅんぜん》として之を命ずるか。曰く、否《いな》、天は言《ものい》わず、行《おこない》と事《こと》とを以て之を示《しめ》すのみ。曰く、行と事とを以て之を示すとは、如之何《いかん》。曰く、天子は能《よ》く人を天に薦《すす》むれども、天をして之に天下を与えしむること能《あた》わず。諸侯は能く人を天子に薦《すす》むれども、諸侯をして之に諸侯を与えしむること能わず。大夫《たいふ》は能く人を諸侯に薦《すす》むれども、諸侯をして之に大夫を与えしむること能わず。昔者《むかし》、堯《ぎょう》、舜《しゅん》を天に薦《すす》めて、天之を受け、之を民に暴《あらわ》（顕）して、民之を受く。故に曰く、天言《ものい》わず、行と事とを以て之を示すのみと。曰く、敢《あえ》て問う、之を天に薦《すす》めて天之を受け、之を民に暴《あらわ》して民之を受くとは、如何《いかん》。曰く、之をして祭を主《つかさど》らしめて百神之を享《う》く。是れ天之を受くるなり。之をして事を主《つかさど》らしめて事治まり、百姓之に安んず。是れ民之を受くるなり。天之を与え、人之を与う。故に天子は天下を以て人に与うること能わずと曰《い》えるなり。舜は堯に相《しょう》たること二十有《ゆう》八載《さい》、人の能《よ》く為《な》す所に非《あら》ざるなり。天なり。堯崩《ほう》じ、三年の喪畢《もおわ》りて、舜、堯の子を南河《なんか》の南に避《さ》く。天下の諸侯朝覲《ちょうきん》する者、堯の子に之《ゆ》かずして舜に之《ゆ》き、訟獄《しょうごく》する者、堯の子に之《ゆ》かずして舜に之《ゆ》き、謳歌《おうか》する者、堯の子を謳歌せずして舜を謳歌す。故に天なりと曰《い》えるなり。然《しか》して後に中国《みやこ》に之《ゆ》きて、天子の位を践《ふ》めり。而《も》（如）し堯の宮に居りて堯の子に逼《せま》らば、是れ簒《うば》うなり。天の与うるに非《あら》ざるなり。大誓《たいせい》に天の視《み》るは我が民の視るに自《したが》（従）い、天の聴《き》くは我が民の聴くに自《したが》うと曰《い》えるは、此れをこれ謂《い》うなり」。

大誓は書経周書の篇名。本章の要旨は堯は舜に天下を与えたわけではない。天が与えたのだ、その天の意は人心の向背による、書経に、「彼の天は未だ嘗て目ありて以て視ず、而るに人の善悪に於て見ざる所なきは、但《ただ》我が民衆の目にて視る所に従ひて以て視ることを為すのみ。又天は未だ嘗て耳ありて以て聴かず、而るに人の正邪曲直に於て聞かざる所なきは、但我が民衆の耳にて聴く所に従ひて以て聴くことを為すのみと。然らば則ち民の視聴は即ち天の視聴なり、民心の帰向する所は、則ち天意の帰向する所なり。民の舜に帰すること此の如くなれば、即ち天の之に与ふること知るべし。是れ吾が所謂天与の説は此れの謂なりと。以上第二段、舜の天下を有ちしは天与に出で、而して天意は民情に外ならざるを見《あら》はす」と、簡野道明『孟子通解』は「大誓は」以下の結論を「直解」において解説し、「章旨」において「此の章、堯が位を舜に禅《（ゆず）》りしは、一人の私意に出でずして、天与に出でしことを見《あら》はす、其の説く所、最も共和政治の真諦を得たる者、欧米政治家の持論も亦此れに過ぐること能はざるなり」と記している。

孟子の意が「共和政治」にあったとはいえないだろう。しかし、民意を治政の基本とし第一義としたことは、これまでみてきた各章の思想から間違いあるまい。かくして民意に反して非道な行為をする君主は一匹夫として誅殺するのが至当という革命思想に至るわけである。私が『孟子』に惹かれる所以は、このような思想にあるといってよい。

*

斉の宣王が燕を征服したさいの孟子の言動について検討したい。貝塚茂樹『孟子』は「王道主義者孟子の汚点」と題して「梁恵王章句下」の第十章をとりあげている。岩波文庫版の読み下し文を次に示す。

「斉人燕《せいひとえん》を伐《う》ちて之に勝つ。宣王《せんのう》問いて曰く、或《ある》ひとは寡人《かじん》に〔之を〕取る勿《なか》れと謂《い》い、或ひとは寡人に之を取れと謂《い》う。万乗《ばんじょう》の国を以て万乗の国を伐《う》ちて、五旬《ごじゅん》にして之を挙《あ》ぐ。人力《じんりょく》〔にて〕は此《ここ》に至らじ、取らざれば必ず天の殃《わざわい》あらん。之を取りては如何《いかん》。孟子対《こた》えて曰く、之を取りて燕の民悦ばば、則ち之を取れ。古《いにしえ》の人之を行なえる者あり、武王是《ぶおうこ》れなり。之を取りて燕の民悦ばずんば、則ち取る勿れ。古の人之を行なえる者あり、文王是《ぶんのうこ》れなり。万乗の国を以て万乗の国を伐てるに、〔民《たみ》〕箪食壺漿《たんしこしょう》して、以て王師《おうし》を迎えたるは、豈他《あにた》あらんや、水火〔の苦しみ〕を避けんとてなり。〔然るに〕水益ゝ《ますます》深きが如く、火益ゝ熱きが如くならんには、亦運《またうつ》〔徙〕らんのみ」。

簡野『孟子通解』の訓釈によれば「食は飯なり、箪は飯を入るる器なり、竹を以て之を作る、円きを箪といひ、方なるを笥といふ、漿は飲料なり、米汁にて作る、酸の類、壺は瓶なり、食を簞にし漿を壺にするは並に郊迎の状《ありさま》を写す」という。

「万乗の国」以下を同じく簡野『孟子通解』の「直解」は次のとおり解説している。

「今王の曰はれしが如く万乗の斉の国を以て万乗の燕の国を伐つ、強弱の勢正に相匹敵する筈なるに、彼の国民飯を竹にて造りたる簞に盛り、飲料を壺に貯へて王の軍兵を歓迎して労《ねぎら》う者は、豈他の故あらんや。燕の政令暴虐にして民其の命に耐へざること、水に陥り火に焼かるるが如き苦を、斉の力を借りて避けんが為めなり。然るに斉が之を取りて若しも水は却つて益〻深く、火は却つて益〻熱くならば、燕の虐政に苦みて一旦斉に帰したる人民は、再び斉の虐政に苦み、更に転じて他国に之《ゆ》きて救を求むるに至らん」。

この背景について貝塚茂樹の記述をみると、前三一四年、燕国の内乱に乗じて、斉の宣王は「将軍匡章《きょうしょう》に命じて斉の五都の軍を動員し、さらに北方民族とも謀《はかりごと》を通じ、燕国に侵入した。燕王と貴族の内乱に悩む燕の民衆の歓迎を受けた斉軍は、燕王噲を殺し、首都を陥れ、わずか五十日で燕国の主要部分を制圧した。この戦勝のあと、斉軍はそのまま燕国内に駐留して、占領行政を続けるべきか否か、斉の政界では賛否両論がおこなわれ、宣王は決断に迷った」という。

貝塚の解説の続きをみることとする。

「この章は、宣王がこの論争について孟子に意見を求めたのにたいして、孟子は、内乱に悩み、王室に愛想《あいそ》をつかして、燕国の国民がもしこの占領を支持するならば、そのまま継続せよ。もし燕国民が占領統治に反対ならば、燕国を放棄して軍を引き揚げるべきこと。占領によって燕国民をさらに難局に立たせることになると、天運はめぐって、斉国に不利をまねきかねないと警告したのである。道徳主義の王道政治を提唱する孟子が、もし燕国民がこれを支持するならば、という前提条件をつけているとしても、このような斉の侵略主義を支持したことは理解しがたい。さらに戦国時代の外交秘話を集めた『戦国策《せんごくさく》』によると、孟子は斉の外国占領政策、植民主義を支持したばかりでなく、燕の内乱を聞き伝えて、斉の宣王に、「今こそ燕国を討ち、周の文王・武王のような統一王朝を実現する絶好の機会で、これを逃してはいけない」とすすめたことになっている。孟子が開戦論者であったことは、「公孫丑章句 下」のもとの第八章で、沈同《ちんどう》の「燕伐つべきか」との問いにたいして、「可なり」と答えていることでもわかる。孟子が燕国への侵略戦を最初から主張していたことは、たしかな歴史事実であったのである。この孟子の権力主義的・機会主義的な言動は、儒教学者の一般にもっている王道主義者孟子のイメージとは似ても似つかないもののように見える」。

こうした解釈にもとづいて、貝塚はこの章を「王道主義者孟子の汚点」と題したのである。貝塚のような碩学の見解に異を唱えるのは、不遜というべきだろうが、私は貝塚の解釈は誤りと考える。簡野道明は前掲書において、「斉王の心は之を取るに在り、而して託するに茫漠たる天意を以てす。孟子の意は取らざるに在り、而して徴するに顕著なる民心を以てす。天意を知らんと欲せば、当《まさ》に民心の向背何如を察すべきを以てなり」と「直解」で述べ、「章旨」として「此の章、征伐の道は、当に民心に順ふべし、民心悦ばば、則ち天意に合す、天意に合して然る後に、以て人の国を取るべきを言ふ」と記している。

「之を取りて燕の民悦ばずんば、即ち之を取れ。古の人之を行なえる者あり、武王是れなり。之を取りて燕の民悦ばずんば、則ち取る勿れ」という民心の向背をたんなる「前提条件」とみるか、民心の向背何如こそが燕を侵略することの当否をなすとみるかによって、孟子の言辞の解釈が異なるであろう。ここに貝塚の解釈と簡野の解釈が異なる所以がある。孟子は斉の宣王が燕の民心を収攬し、燕を合併した大国斉が王道政治を実現することを期待したのではないか、と私は考える。しかし、この期待は斉の軍隊により裏切られる。「梁恵王章句下」第十一章は次のとおりである。

「斉人燕《せいひとえん》を伐《う》ちて之を取る。諸侯将《しょこうまさ》に謀《はか》りて燕を救わんとす。宣王《せんのう》曰く、諸侯寡人《かじん》を伐たんと謀《はか》る者多し。何を以てか之を待《とど》(止)めん。孟子対《こた》えて曰く、臣《われ》、七十里にして天下に政《あるじ》(主)たりし者《ひと》を聞けり、湯《とう》是れなり。未《いま》だ千里を以て人を畏《おそ》るる者を聞かざるなり。書《しょ》に曰く、湯一《とうはじ》めて征《せい》する、葛《かつ》より始むと。〔この時にあたりて〕天下之を信じ、東面《とうめん》して征すれば西夷《せいい》怨み、南面《なんめん》して征すれば北狄《ほくてき》怨み、奚為《なんす》れぞ我を後《のち》にするといいて民の之を望むこと、大旱《たいかん》に雲霓《うんげい》を望むが若《ごと》くなりき。帰市者《あきないするひと》には〔その商《あきない》を〕止《や》めしめず。耕者《たがやすひと》にも〔その耕《たがやし》を〕変《か》えしめず、其の君を誅《ちゅう》して其の民を弔《あわ》(愍)れむこと、時雨《じう》の降《ふ》るが若《ごと》くにして、民大に悦べり。〔されば〕書《しょ》には我が后《きみ》を徯《ま》つ、后《きみ》来らば其《すなわ》(則)ち蘇《よみがえ》らんといえり。今燕は其の民を虐《しいた》げて王往《ゆ》きて之を征《う》つ、民《たみ》は将《まさ》に己《おのれ》を水火の中より拯《すく》わんとするならんと以為《おも》いて、簞食壺漿《たんしこしょう》して以て王《おう》師《し》を迎えたるに、若《も》し其の父兄を殺し、其の子弟を係累《つな》ぎ、其の宗廟《そうびょう》を毀《こぼ》ち、其の重器《じゅうき》を遷《うつ》さば、如之何《いかに》してかそれ可《か》ならんや。天下固《もと》より斉《せい》の彊《つよ》きを畏《おそ》る、今《いま》又地を倍《ばい》にして仁政《じんせい》を行なわざるは、是《こ》れ〔自ら求めて〕天下の兵を動かさしむるなり。王速かに令《めいれい》を出《いだ》して、その旄倪《ぼうげい》（老幼）を反《かえ》し、其の重器《じゅうき》を止《とど》め、燕《えん》の衆《たみ》に謀《はか》りて君を置きて後《のち》之を去らば、則ち猶止《なおとど》むるに及ぶ可《べ》きなり」。

この前段は殷の湯王が征伐すると各地の人々が旱天に慈雨を待つかのように湯王を迎えたという話であり、「今燕は」以下が目下の情勢にどう対応すべきを孟子が建議した提言の記述である。この箇所を簡野『孟子通解』の「直解」によって以下に示す。

「今燕の其の民を残虐するに由りて王往きて之を征伐すること、湯王が葛を征すると異なることなし。故に燕の民皆謂《おも》へらく、王の来るや将に己等を水に溺れ火に焚かるる苦の中より拯《すく》ひ出し呉るるならんと。そこで其の飯を竹器に盛り、其の飲料を壺に貯へ、以て王の軍兵の来るを歓び迎へて犒《ねぎら》ふ。然るに王は却て其の老いたる父兄を殺害し、其の壮《さかん》なる子弟を縶縛《ちつばく》し、其の祖宗を祭祀する所の宗廟を破り毀ち、其の久しく伝へ来りし大切なる宝器を戦利品として鹵獲して自国の斉に遷し来るが如きは、是れ所謂水の益〻深く、火の益〻熱する者なり、之を如何ぞ可なりといふを得んや。夫れ天下の列国、固より斉国の強大なるを忌み憚り、力を併せて以て之を図らんと欲す。特《ただ》に乗ずべき機会なかりしが為めに、未だ之を実行せざりしのみ。然るに今又燕を併合して領土を倍加し、一層の強大を加へて而して仁政を行はず、燕の暴虐に易《(か)》ふるに更に甚だしき暴虐を以てするは、是れ天下の列国をして乗ずべきの釁隙《すきま》を得しむるものにて、天下兵乱の導火たるものなり、即ち是れ天下の兵を挑《いど》み動かして、共に斉を伐つことを謀らしむるものなり。是れ千里の大国を以て人を畏るる者にあらずや」「今天下の兵将に動かんとす。今日の計を為すには、王宜しく速に号令を出だして、其の捕虜とする所の老人小児を燕に送り返し、猶ほ幸に宝器の未だ遷し取らざる者を止めて徙すことなく、燕の民衆に謀り、輿望に由りて其の公族中の賢者を択び立てて君と為し、善く其の後事を処置し、而る後に兵を引き上げて燕を去り、以て天下に土地人民財貨等すべて自ら利するの念なきことを示すべし。果して然らば諸侯も亦燕を救ふを以て名と為すことを得ずして、則ち猶ほ天下の兵の未だ発せざるに及びて之を止むることを得べきなり」。

簡野『孟子通解』の「直解」は直訳ではなく、多く言葉を補っているので、原文よりも理解しやすいが、時に私などには難解な表現がまじり、かえって苦労することがしばしばである。それはともかくとして、私の眼には、たまたま燕の治政が乱れ、「民を残虐」にしていたので、宣王が燕を征伐することは、湯王が葛を征服したと同様に正しいことであり、孟子は斉が燕を合併して「仁政」を布くことを期待したのだが、現実は、かえって残虐な行為を燕の人民にしたため、失望した孟子は撤兵を勧告した、ということであったようにみえる。

この章の事件について金谷治『孟子』（岩波新書）は次のとおり記述している。

「「今や燕の国を併合すべきか、いなか。」宣王は孟子に相談した。

「燕の民衆が望むなら併合されるがよい。望まないのなら併合すべきでない。」孟子の答えは、このばあいにも民衆の意向を第一としている。もちろん、宣王はつごうのよい解釈をくだして、燕の国を合併してしまう。しかし、こんども、また燕の民衆が承服しなかった。一年あまりを経過すると、燕の人々は公子の一人を王に立てて反乱を起こした。諸侯の中には、それを助けて斉の軍隊を追い出そうと企てるものもあらわれた。こうして、ついに宣王も屈服する。燕の独立はふたたびよみがえったのである。この一連の大事件を通じて、民衆の力が政治的にどれほど大きな役割をはたすまでに成長していたかを、想像してよいであろう。

孟子が現実の政治を鋭く批判し、民衆の生活への顧慮をうながしてやがて革命是認の思想にまで到達したのは、こうした現実から学ぶところが多かったとしてよい」。

斉の宣王の燕国侵攻の失敗について貝塚茂樹は次のように評している。

「燕国の占領が内外の情勢から失敗だったとみてとると、すぐさま燕の国民の反感を和らげ、軍隊の退却の安全を保とうという、思いきった政策の転換をすすめた孟子の決断はみごとである。孟子は一介の学者ではなく、この点では政治現実をよくとらえている政治家として、その才能もなかなかであった。孟子は燕国干渉の侵略政策を強く支持した学者として、その政策が失敗とわかったとき、次善の政策をまじめに考えたのである。

しかし、この侵略の失敗によって、秦と並んで天下の強国であったさすがの斉の覇権にも大きな亀裂《きれつ》が入った。覇者斉の宣王をもり立て、天下を統一させ、そして自己の王道政治を実施しようという孟子の大きな野望は、足もとからくずれ去ったのであった。孟子の挫折《ざせつ》感は深刻であった。孟子は政治家としての自己の完全な破綻《はたん》を経験した。そして孟子はうしろ髪を引かれながら、悄然《しょうぜん》として斉国を後にしたのだった」。

私はこのような貝塚の見方に賛成できない。貝塚は同じ著書の「孟子の生涯」の項では、燕国の内乱の情報が斉に届いたとき、『戦国策』によると、孟子は、天下に王たる絶好の機会であるから、この機をはずさず出兵することをすすめたという。孟子がこれをすすめたのかどうかは多少問題であるが、すくなくとも、正面から反対しなかったのは事実であったろう」と書いている。明らかに貝塚の記述は同じ著書の中で矛盾している。おそらく孟子の斉国が燕に対し採るべしとした政策は単純に侵略、征服、併合といったものではなかった。そのためには、貝塚が、孟子は斉の燕国侵攻を支持した根拠として言及している「公孫丑章句下」の第八章を検討する必要があるだろう。以下に同章を示す。

「沈同《しんどう》其の私《わたくし》を以て問いて曰く、燕伐《えんう》つべきか。孟子曰く、可《か》なり。子噲《しかい》は人に燕《えん》を与うることを得ず。子之《しし》は燕《えん》を子噲《しかい》より受くることを得ず。此《ここ》に仕《し》（士）ありて、子《し》之を悦び、王に告《つ》げずして、私《ひそか》に之に吾子《ごし》の禄爵《ろくしゃく》を与え、夫《こ》（此）の士《ひと》（人）も亦王の命無くして、私《ひそか》に之を子《し》より受くれば、則ち可《か》ならんや。何を以てか是《こ》れに異ならん。斉人燕《せいひとえん》を伐《う》てり。或ひと問いて曰く、斉《せい》を勧《すす》めて燕《えん》を伐《う》たしむと。諸《これ》有りしか。曰く、未《あ》らず。沈同燕伐《しんどうえんう》つべきかと問いしかば、吾之に応《こた》えて可《か》なりと曰《い》えり。彼然《しか》して之を伐《う》てるなり。彼如《も》し孰《たれ》か以て之を伐《う》つべきと曰《い》わば、則ち将《まさ》に之に応《こた》えて天吏《てんり》たらば、則ち以て之を伐《う》つべしと曰《い》うべし。今、人を殺す者有らんに、或ひと之を問いて、〔此の〕人殺すべきかと曰《い》わば、則ち将《まさ》に之に応《こた》えて可《か》なりと曰《い》うべし。彼如《も》し孰《たれ》か以て之を殺すべきと曰わば、則ち将《まさ》に之に応《こた》えて士師《しし》たらば則ち以て之を殺すべしと曰うべし。今、燕《えん》を以て燕《えん》を伐《う》つ、〔吾〕何為《なんす》れぞ之を勧めんや」。

次に簡野『孟子通解』の「直解」を示す。

「沈同実は王の命を受けたるなれども、故《ことさ》らに己の私意に出でたるが如くにして問ふて曰はく、燕国内乱あり、之を伐ちて宜しかるべきかと。孟子理に拠《よ》りて之に答へて曰はく、燕国罪あり、之を伐ちて可なり、夫れ諸侯の土地人民は之を先君より伝へ承けたるものなれども、其の実は之を天子に受けたるものなり。故に天子の命を奉ずるにあらざれば、彼の国君子噲は擅《ほしいまま》に燕を人に与ふることを得ず。又其の臣の子之も亦決して燕を子噲より受くることを得ざるものなり。されば燕を与へたる子噲も、受けたる子之も共に罪ありと為す。例へば此に一人の仕ふる者あらんに、吾子の気に入りて之を悦び、斉王に告げずして私《ひそか》に之に吾子の禄を与へ、又夫《か》の士も亦王命なくして、私に禄を吾子より受くることあらば、理に於て則ち可なりとすべきか、其の不可なることは勿論なり。燕の君臣が擅に其の国土を授受せしは、何を以てか是れに異ならん。是れ其の伐つべき所以なりと」。

「斉人遂に師を出だして燕国を伐つ。蓋し孟子の言を軽信せしなり。或人孟子に問ふて曰はく、貴下が斉に勧めて燕を伐たしめたりといふ者あり、果して然ることあるかと。孟子答へて曰はく、我未だ嘗て之を勧めたる事なし、尤も沈同が嘗て来りて燕をば伐つべきかと問ひたれば、吾之に応じ答へて伐ちて可なりといへり。彼は吾が言を聞きて、深く其の意を推し究めず、而して後大早計にも燕を伐ちしなり。若し其の時、彼にして誰か之を伐つべきと問ひしならば、則ち吾は将に之に答へて天吏即ち天命を奉行し、天に代りて賞罰を掌る天子たらば、則ち以て之を伐つべしと曰はん。例へば今、人を殺す者あらんに、或人之を問ふて曰はく、人を殺したる罪人は、亦之を殺すべきかと。則ち将に之に答へて曰はんとす、宜しく之を殺すべしと。問ふ者が若し重ねて誰か之を殺すべきと曰はば、則ち将に答へて曰はんとす、刑罰を司る所の士師たらば、則ち以て之を殺すべしと。此の如く人を殺すべき権ある者にして、始めて人を殺すべく、国を伐つべき徳ある者にして、始めて国を伐つべきなり。而るに斉は則ち燕を伐つの徳なきのみならず、其の無道は殆ど燕と異なることなければ、斉を以て燕を伐つは、猶ほ燕を以て燕を伐つが如く所謂暴を以て暴に易ふるものなり。吾何為《なんす》れぞ之を伐つことを勧めんやと」。

箇野著の「章旨」には「此の章、人君の師を興すは、当《まさ》に義に従ふべきことを見《あら》はす」とある。「人君の師を興す」とは君主が軍隊を出動させる意である。

この孟子の言葉はいささか詭弁に近くみえるし、弁解じみている。貝塚は「あつい信任を得ていた孟子は、斉の宣王を天下の王として中国を統一させ、理想の仁政を天下におこなおうとひそかに野心をいだいていた」と記しているが、これはそのとおりにちがいない。孟子は冒頭では天子の命なくしては燕王はその国王を授受できないといいながら、末尾では「天吏たらば」燕を伐つことが許されると述べ、天子を天吏といいかえているので、これは詭弁ではないかと思わせるわけである。簡野は、天吏とは「天命を奉行し、天に代りて賞罰を掌る天子」と訳し、岩波文庫版で小林勝人は「天の使者である仁君」と訳している。そう理解すると、天意を体現する天子の同意なく諸侯である燕王はその国土をほしいままに他に与えられないし、天意を体現する天子は内乱状態にある燕を伐つことができる、というのが孟子の説いたところであろう。一方、すでにみてきたとおり、孟子においては、天意はすなわち民意である。そこで、沈同の質問に答えた孟子の回答の真意は、すでに内乱状態にあって民意を失い、人民が苦しんでいる燕に侵攻することは燕の民意にそう天意の命じるところであるから、当然、燕を伐つべし、という見解となる。ただ、伐つべきものは天意を体現して燕の人民を救済できるものでなければならない。そこで、斉の宣王が民心の悦ぶような、民意にかなう政治を行うことを期待して、斉が燕に侵攻することの当否を沈同が訊ねていることを承知の上で、燕伐つべし、と孟子は答えたのではないか。「梁恵王章句下」第十章における、斉が燕を併合すべきかどうかと問われ、民意にかなうならば「之を取れ」と答えたのと同じ趣旨の答を孟子はこのときも沈同に与えたのではないか。ところが、斉の燕併合は、暴を以て暴に易えるにひとしいこととなって、孟子の期待は裏切られた。こうした事態を知った孟子は、燕伐つべしと言ったのは天命をうけたものが伐つべしという趣旨であったと弁解したのではないか。くりかえしていえば、斉が燕を伐つことの当否も併合の当否も、孟子の基準は、民意に沿うかどうかで決まることであった。宣王は孟子の言葉にしたがわず大敗した。

そう考えるので私には、孟子が斉の侵略主義を支持したという貝塚の見解は短絡的な誤りであるとしか思われない。

続いて孟子が斉国を去ったときの状況を読んでおきたい。「公孫丑章句下」の第十二章である。この前の第十一章で、宣王は孟子をひきとめるため優遇するような条件を出した。孟子は富貴を求めるために来たのではない、と断然その申し出を断って、斉国を出発する、と貝塚は要約している。第十二章にいう。

「孟子斉《せい》を去る。尹士《いんし》人に語《つ》げて曰く、王の以て湯《とう》・武《ぶ》たるべからざるを識《し》らざれば、則ち是れ不明なり。その不可《ふか》なるを識《し》りて然《しか》も且《なお》至らば、則ち是れ沢《めぐみ》（禄）を干《もと》むるなり。千里にして王に見《まみ》え、遇《あ》わざるが故に去り、三宿《さんしゅく》（三泊）して後に昼《ちゅう》を出《い》ずるとは、是れ何ぞ濡滞《じゅたい》（遅留）なるや。士《し》は則ち茲《これ》（此れ）を悦ばずと。高子《こうし》以て告ぐ。〔孟子〕曰く、夫《か》の尹士《いんし》悪《いずく》んぞ〔能《よ》く〕予《われ》を知らんや。千里にして王に見《まみ》えしは、是れ予《わ》が欲する所なるも、遇《あ》わざるが故に去るは、豈予《あにわ》が欲する所ならんや。予已《われや》むを得ざるのみ。予《われ》三宿して〔後〕昼《ちゅう》を出《い》ずるも、予《わ》が心に於ては猶《なお》以て速《すみや》かなりとなす。王庶幾《こいねがわ》くば之を改めよ。王如《も》し諸《これ》を改めば則ち必ず予《われ》を反《よびかえ》さん。夫《そ》れ昼《ちゅう》を出《い》ずるも王予《われ》を追わず、予《われ》然る後浩然《こうぜん》として帰志《かえるこころ》あり。予《われ》然りと雖《いえど》も豈《あに》王を舎《す》てんや。王由用《なおもつ》（以）て善〔政〕を為《おこ》（行）なうに足《た》る。王若《も》し予《われ》を用いば則ち豈徒《あにただ》に斉《せい》の民《たみ》安きのみならんや。天下の民挙《みな》安からん。王庶幾《こいねがわ》くば之を改めよと予日《われひび》に之を望めり。予豈《われあに》是《か》（夫）の小丈夫《しょうじょうふ》の若《ごと》くせんや。其の君を諫《いさ》めて受けられざれば、則ち怒り悻悻然《こうこうぜん》として其の面《おもて》に見《あら》われ、去るときは則ち日《ひ》の力を窮《つく》（尽）して後に宿《しゅく》せんや。尹士《いんし》之を聞きて曰く、士《し》は誠に小人《しょうじん》なり」。

簡野道明の「直解」は長文だが、簡潔な原文の趣旨を補って説明しているので、私のような初学者には理解しやすい。煩をいとわず、以下に引用する。

「孟子既に斉を去り、猶ほ遅遅として去るに忍びざるの状あり、尹士之を見て人に語《つ》げて曰はく、進退去就は士君子の大節にして最も宜しく明決なるべし。今孟子の斉に至るや、若し斉王の資性、到底殷の湯王、周の武王の如き明君たること能はざるを識らずして、必ず之を輔けて湯武の如き明君と為さんとして来りしものならば、則ち是れ初めに君を択ぶ先見の明智なくして是れ不明なり。若し又斉王の遂に湯武たる可からざるを識るも、猶ほ且つ斉に来りたりとすれば、則ち其の志爵禄に在りて恩沢を求むるが為めなり。千里の遠きを厭はず、来りて斉王に見え、不幸にして遇合を得ず、其の道行はれざるが故に去る。一たび去ると決せしならば、躊躇することなく速かに去るべきに、遅遅として行き、昼邑に三宿して而して漸くに出で去る。是れ何ぞ愚図愚図として決せざるの甚だしきや。尹士は誠に此の事に対し心に不満を抱きて悦ばざるなりと。高子、尹士が孟子を譏りし言を以て孟子に告ぐ。孟子曰はく、人の去就には各〻深き心の存するあり、彼の尹士は焉《いずくん》ぞ能く予の心を知らんや。我が千里を遠しとせずして来りて王に見えたるは、志固より道を行ふに在り。王若し我を用ふれば、世を済《すく》ひ民を安んずるの業を成さんとす。是れ予が深く心に願ひ欲する所なり。而るに今不幸にして遇合を得ざるを以て辞し去るは、是れ予が本心の欲する所ならんや。道既に行はれずして苟も其の位に在るは、君子の恥づる所、故に已むことを得ずして之を去るのみ」。

「されば其の去るに臨みても、心に甚た遺憾とする所ありて低徊して去るに忍びず、三宿して昼を出でしさへも、予が心に於ては猶ほ以て速かなりと為す、予が心に斉王悔悟する所ありて前非を改めんことを願ひ望めり。王若し改心して王道を行はんとせらるるならば、必ず将に予を追ひかけて呼び返さるるならんと。是れ三宿して後、昼を出でし所以なり。予の王に望む所は此の如し。然るに予が昼を出でたるも、王我を追ひ来らず、是に於てか王の心終に悔悟せざるを知る、予然る後始めて浩然として水の遠く流れて止むべからざるが如く、帰り去る志の決するあり。予は然しながら豈王を見棄てて顧みざらんや。王の天資英邁にして尚ほ之を輔佐して以て善を為すに足るものあり。されば王若し心を改め、能く予を用ひて其の道を行はしめば、則ち豈徒《ただ》に斉一国の人民が安寧なることを得るのみならんや。天下の民衆皆悉く頼りて以て安寧なることを得ん。王願はくは悔悟して其の非を改め、予を召し返さんことを、予は日日之を希望すること、今も猶ほ初に異ならざるなり」。

「予は何とて彼の度量の狭小なる小丈夫の如く然らんや。小丈夫は一たび其の君を諌めて、君之を聴受せざる時は、則ち怒りて不平の気、其の顔面に見《あら》はれ、一旦辞し去れば、一時も早く一里も遠くと、一日中に行き得らるる限りの脚力を窮め尽くして然る後に止宿す。我何とてかかる小丈夫の己一身の去就あるを知りて、君を愛し民を憂ふるの意なきに傚はんやと。尹士孟子の言を聞きて、始めて悟る所ありて曰はく、士（我）は誠に小人なり、未だ嘗て聖賢が君を愛し民を憂ふる忠厚の心を知らずして失言せし罪は、士の甘んじて受くる所なりと。深く孟子に心服せり」。

この斉退去にさいしての孟子の言動について、貝塚茂樹は次のとおり書いている。

「ところが、きっぱりと断ったはずの孟子が、いざ斉国を去るという段になると、国郡の近くの昼県《ちゅう》に三晩も宿って、恋々《れんれん》とした態度を見せたので、尹士などの斉国の有識者のもの笑いの種となった。

孟子はこれにたいして、珍しく自分の真情を吐露《とろ》していった。自分は心よく斉王と別れてきたが、やっぱり心では斉王を愛しているのだ。ああはいったが、斉王からの使者が、もう一度追いかけて引きもどしてくれないかと、心は千々《ちぢ》に乱れていたのだという真情をぶちまけた。外面は強いように見える孟子にも、こんな優しい一面がひそんでいたのだ。それならばなぜその気持ちをすなおに出して、王の引き止めに応じなかったのだろう。それができないところがまた、孟子の性格であった。孟子が斉を去るにさいしての心境は、「告子章句下」でもふれている。孟子は、人間として欠点が多い人であったのだ」。

私にはどうして貝塚が孟子の心境を右のように解するのか、まったく理解できない。斉の宣王は燕を合併し、暴を以て暴にかえる政治によって民心を失い、大敗し、孟子の期待した王道政治を布かなかった。しかし、孟子は斉王の天資英邁を信じていたので、斉を去るにさいして、孟子はしきりに王の悔悟を求め、悔悟を期待して昼県に三泊して待った。孟子の言を容れる度量を宣王がもつならば斉はおろか天下万民の安寧が得られるはずであった。それほどに宣王に期待しながら、ついに宣王は悔悟しなかった。「心では斉王を愛していた」ので、ひきもどしに来ないために「心は千々に乱れていた」といった愛情ないし感情の問題ではない。孟子の思想を受け入れるかどうかが問題であった。

王道主義者であった孟子は理想を追ってやまない欠点をもっていたが、この欠点は、貝塚のいうようなやさしい気持を素直にあらわさなかったというような低俗な欠点ではない。いわば理想を追ってやまない人の悲劇だった。

*

「公孫丑章句上」の第二章の冒頭に次の問答がある。

「公孫丑問いて曰く、夫子《ふうし》斉の卿相《けいしょう》〔の位〕に加《お》（居）り、道を行なうを得《え》ば、焉《すなわ》（則）ち此れに由《よ》りて覇王《はおう》たらしむと雖《いえど》も、異《あや》（怪）しむに〔足ら〕ず。此《かく》の如《ごと》（是の若）くんば則ち心を動かさんや否《いな》や。孟子曰く、否《いな》、我四十にして心を動かさず」。

簡野道明の「直解」を示す。

「公孫丑問ふて曰はく、今先生の身に斉の卿相たる位を加へ、其の学ぶ所の道を政治の上に施し行ふことを得ば、此に由りて功を建て、小にしては諸侯の旗頭となり、大にしては天下に王たると雖も、固《もと》より先生の優《ゆた》かに為し得る所にして、そは少しも怪むに足らず。但《ただ》任大にして責重きこと此の如くなれば、恐懼疑惑する所ありて、其の心を動かすことありや否やと。孟子答へて曰はく、否我正に年四十なり、道明かにして徳立ち、事を処するに当りて疑ひ恐るる所なし。故に高き位に居り、重き責に任ずと雖も、復《また》心を動かさざるなりと」。

貝塚茂樹はいう。「斉の大臣になったら、先生でも心を動かすことがあるかという質問にたいして、心なぞ動かすことはとっくに卒業していると胸を張って答える。この冒頭の答えが、衒気《げんき》と自信に満ちた孟子の性格を丸出しにしている」。

右の言葉を孟子の衒気ととるのが正しいだろうか。諸侯に賓師として処遇され、やがては天下に王道主義による仁政が行われることを目指す政論家として、公孫丑が言うような地位、権力、責任に動揺することがあれば、その経綸を行うことができるはずもない。四十にして惑わず、とは孔子の言葉だが、孟子としても四十にして動かさず、ということは当然の自負である。むしろこうした自負を昂然と語る孟子に私は彼の人間性をみている。貝塚茂樹が「孟子のはでい好み」と題して紹介している「梁恵王章句下」第十六章の挿話にしても、貝塚のかなり悪意のある解釈としか思われない。この挿話は、「孟子の後の喪は前の喪に踰《こ》えたり」と聞き、魯の平公が孟子に会わなかった、という事実である。岩波文庫版の小林勝人訳では、母親の喪は父親の喪よりも、はるかに超えて立派であった、ということであり、貝塚訳では「継母の葬式を前の実母のときより贅沢にした」となっている。簡野訳は小林訳と同じである。簡野の「直解」では、「凡そ礼は其の身分に応じて各〻其の制を異にす、故に士と大夫とは其の礼固より異なり、之を私することを得ざる也」という考えから、「前の父の喪には士の礼を以て之を葬り、後の母の喪には大夫の礼を以て之を葬」ったというわけであった。貝塚はこの章の感想として次のとおり記している。「孟子はたいへんはでな性格で、贅沢好みだったらしい。それで収入の許す範囲で継母の葬式もできるだけ盛大にやったものとみえ、それが魯公のつまらない側近のため、中傷《ちゅうしょう》される材料となったのである」。

この挿話から孟子がはでで好みであったとか贅沢な性格であったとはいえない。むしろ、その時その時の身分に応じた礼儀にふさわしい葬儀をしたというだけのことである。もし後の葬儀を前のときと同じ程度で行ったなら、貝塚は孟子は吝嗇であったと書いたかもしれない。かえって私は身分に応じた葬儀を行った孟子にその人間性をみている。

私はまた、孟子がその性善説を語ったといわれる「公孫丑章句上」第六章の次の言葉が好きである。

「惻隠《そくいん》の心無《な》きは、人に非ざるなり。羞悪《しゅうお》の心無きは、人に非ざるなり。辞譲《じじょう》の心無きは、人に非ざるなり。是非《ぜひ》の心無きは、人に非ざるなり。惻隠の心は、仁の端《はじめ》なり。羞悪の心は、義の端《はじめ》なり。辞譲の心は、礼の端《はじめ》なり。是非の心は、智の端《はじめ》なり。人の是《こ》の四端《したん》あるは、猶《なお》其の四体あるがごときなり」。

「惻隠の心無きは、人に非ざるなり」といった断定的な言い方がじつに歯切れがよい。岩波文庫版の小林勝人訳は、惻隠の心をあわれみの心と、羞悪の心を悪をはじにくむ心と、辞譲の心を譲りあう心と、是非の心を善《よ》し悪《あ》しを見わける心、と訳している。簡野の「訓釈」に「惻隠・羞悪・辞譲・是非は情なり、即ち性の物に感じて動くもの、仁義礼智は性なり、即ち情の内に蘊蓄するもの、心は性情を統ぶるものなり、即ち動（情）静（性）を兼ねて言ふ」とある。この言葉はわが言動を律するに足ると思いながら、つねに律しえないことを私は恥じている。しかし、孟子は仁義礼智といっても、正義とか忠義とかいわないことを私は好んでいる。ただ、この言葉に照らしてみると、いま世界の強国の指導者の多くは「人に非ざるなり」と孟子に切って捨てられるにちがいない。

建物あるいは住居について

東京会館が二〇一四年秋に解体をはじめ、営業を再開するのは新しいビルが竣工予定の二〇一七年秋になると聞き、感慨ふかかった。現在の東京会館が竣工したのは一九七一年であった。私が勤務していた中松潤之助先生の特許法律事務所は戦前には三菱二十一号館にあったが、敗戦後、三菱二十一号館が占領軍に接収され、大森の中松先生の自宅を事務所としていた。接収解除され、三菱二十一号館に戻ったのは一九五四年であった。その後、二十年近く、現在の東京会館が建築される前の昔の東京会館で時に食事することがあった。重厚な趣があり、風格が高く、私のような駆け出しの弁護士など寄せつけないような雰囲気があった。私が当時から東京会館で食事する機会をもったのは、中松先生がお相伴させてくださったからである。はじめに三菱二十一号館の周辺の赤煉瓦のビルが解体されて、鍵字形のビルが建設され、三菱二十一号館も解体されて、跡地に建築された部分が鍵字形のビルと一体になって、四角なビルとなった。この新東京ビルの竣工が一九六五年であった。私の事務所は三菱二十一号館が解体されたさい、鍵字形ビルの四階に移転し、新東京ビルが完成すると六階に移転し、場所は変ったが、いまも六階に事務所がある。つまり、私は同じ場所に六十年近く勤め、その間、東京会館ともなじんできたことになる。

現在の建物に建てかわる以前の東京会館だったと思うが、私が好んだのはチキン・パイという英国風の料理であった。チキン・パイに限らず、東京会館の料理は若い私にはどれも高尚で文明の薫りがした。正確にいえば、私は東京会館で料理の文明を学んだように思われる。現在の東京会館の料理も私は気に入っているが、亡妻はことにプレーン・オムレツ、ロースト・ビーフ、それにデザートとしてクレープ・シュゼットを格別に好んでいた。先年他界した私の旧い友人、人権派の弁護士として知られ、後に最高裁判事にもなった大野正男は、少年時代から東京会館になじんでいたという。ソール・ボンファムが彼の好みだったと聞いている。ソール・ボンファムにはいまでも東京会館のメニューにお薦めのしるしがついているが、私の舌には濃厚にすぎる。これはたぶん白葡萄酒の杯を傾けながら賞味するに適した料理だろう。大野が東京会館のソール・ボンファムをたのしんでいたころ、私は年に一、二回両親に浅草に連れていってもらい、帰りに上野松坂屋の大食堂でオムライスをたべさせてもらうのが無上の悦びであった。名家の出身である大野とは、私は育ちが違うのだから止むをえない。

現在の東京会館はかつての東京会館と違って一階に喫茶室やケーキ類などの売場もあり、バーにはハンバーグ・サンドイッチもあり、ずいぶんと庶民的になったが、それでも品位があり、サービスが行届いているので、それなりに年齢をかさねた私も週に一度ほどは昼食をとるのが常である。チキン・パイがメニューから消えて久しいのが残念だが、いまの私は軽い食事ですませているので、メニューに残っていてもたべることはないかもしれない。だが、思いだすと、当時のチキン・パイは思いうかべただけで生唾が出るほどの絶品であった。

東京会館の料理を語ることが本稿の目的ではない。どうしていま東京会館を解体し、新築する必要があるのか、という私の不審感と不満の所以を記してきたつもりである。

詳しく聞いたところでは、東京会館に隣接する東京商工会議所ビルと富士ビルも解体し、三つのビルの跡地に一つの超高層ビルを建築する計画だそうである。東京会館以外にも多くの商店が入る、賑わいのある建物になるというから、たぶん建てかわった丸ビルのような建物になるのだろう。丸の内界隈からかつての静けさと風格は年々失われることになるだろう。ただ二〇一七年ともなれば、私が生きながらえているかどうか、はなはだ疑わしいのだから、そう考えればどうでもよいことだが、それでも若干納得しがたいものを私はこうした改築計画に感じている。

個人的な思い出が沁みついているのは東京会館だけではない。富士ビルは八幡製鉄と合併して新日本製鉄となる以前、富士製鉄のビルだったので富士鉄ビルと称していた。その何階かにアラビア石油の本社があった。ごく最近新聞の片隅にアラビア石油が解散することとなったという記事が掲載されていた。サウジアラビアから得ていた石油採掘権が失われたのが二〇〇〇年、クウェートから得ていた石油採掘権が失われたのが二〇〇三年だから、とうに解散していてもふしぎでない。残務整理にほぼ十年かかったのだろう。私の年長の友人遠藤麟一朗はアラビア石油に勤めていた。長い年月カフジ（クウェートの石油基地事務所）に勤務した。東京府立一中四年修了で旧制一高に入学、東大経済学部に学んだ。行くとして可ならざるはない、稀代の秀才であった。美貌という評判であった。熱烈な恋愛の末結婚した内藤津那子とは長いカフジ勤務中に夫婦生活が破綻した。私の友人たちが戦後刊行した雑誌『世代』の初代編集長であった。粕谷一希が『二十歳にして心朽ちたり』と題する遠藤の伝記を新潮社から刊行している。カフジ赴任には自己流謫の趣があった。カフジから帰国して後、本社に戻って総務部長か何か、そういった役職で働いていた。私の事務所のある新東京ビルと富士ビルとは三菱仲通りを隔てて隣り合っているので、しばしば路上などで顔を合わせる機会があった。肌は酒焼けしていたが、いつも瀟洒で足取りかろやかであった。しかし、そのころは内臓をかなりいためていたらしい。間もなく、突然他界した。やがて津那子夫人も他界した。その兄、内藤幸雄は鉄鋼会社に勤めていたが、退職後、『アレキサンドリア、わが旅』と題する、すぐれた随筆集を新潮社から刊行したことがある。その内藤幸雄も、『世代』に小説を寄稿したこともある長姉、内藤隆子もすでに他界した。富士ビルを通りぬけたり、見上げたりするとき、聡明でやさしい心の持主だった遠藤を思いだし、ついでに内藤兄妹を思いだすことが多い。そのたびに胸がしめつけられるような思いがする。

遠藤の思い出は別として、アラビア石油という会社の命運についても感慨を覚える。山下太郎という企業家が石油採掘権を獲得したのが一九五七、八年ころだったはずである。わが国の企業が本格的な石油採掘の権利を手にした最初であった。その採掘に成功したのが一九六〇年であった。ずいぶん投機的な試みだったにちがいないが、野心的であり、愛国的な意図に発している。本来なら、日本の国家的事業だったはずだが、個人として、これほど壮大な構想をもったわが国の実業家を私は他に知らない。サウジアラビア、クウェートから得ていた石油採掘権を延長できなかったのは、たぶん日本政府の支持が弱かったか、外交が拙劣だったからだろう。石油、天然液化ガス等をもっぱら輸入にたよっている現状を考えると、山下太郎のような企業家が出現しなくなったことは、わが国の経済的活力が衰退したことの象徴のように思われる。

余談だが、山下太郎よりもっとスケール、人格ともに偉大な人物として高碕達之助があげられるだろう。実業家として東洋製罐の創業、初代電源開発総裁としての佐久間ダムの開発等はともかく、政界に進出して、バンドン会議への参加をうながし、日中国交回復前、周恩来と親交を結び、廖承志との間でいわゆるLT貿易を開設、フルシチョフとも信頼関係をもって日ソ漁業交渉に貢献した。そのひろい国際的視野と識見、高い交渉力、品位ある人物は、戦後、比肩する人物はいないし、今後もわが国で期待できないのではないか。

話題を戻せば、富士製鉄と八幡製鉄が合併した新日本製鉄が産業界の指導的地位を占めていた時代もとうに終っている。富士ビルの解体は、ある時代の転機が訪れていると考えるべきかもしれない。

東京商工会議所ビルにはかつて国際商事仲裁協会があった。いまは国内企業間の紛争の仲裁もすることとなって、名称も日本商事仲裁協会とあらため、事務所も丸の内から移転したが、わが国の仲裁機関としてもっとも代表的な組織である。ＡＤＲとはAlternative Dispute Resolution代替的紛争解決方法の略であり、その筆頭にあげられるのが仲裁である。仲裁とは民事上の紛争の解決を一人または二人以上の仲裁人の判断に委ね、その判断に服する手続である。仲裁人の判断が法律的強制力をもつことが調停と異なる。裁判と比し一長一短だが、たとえば非公開だから、紛争が生じても、それが解決しても、社会的に公になることはない。多くのばあい、申立てた側と申立てられた側の双方が各自一人の仲裁人を選び、そうして選ばれた二人の仲裁人が第三仲裁人を選ぶ。どちらも公正な判断をするだろうと信頼できる弁護士や法律学者を仲裁人に選ぶから、仲裁人はふつう地方裁判所の裁判官と比べ、学識経験をつんだ法律家である。私は外国企業の代理人として日本企業を相手に仲裁を申立て、熾烈な争いをしたことが数回あり、依頼されて仲裁人あるいは第三仲裁人をつとめたことがたぶん六、七回ある。だから、商事仲裁協会の仲裁廷は私にはずいぶんと懐しい。

そうした事情で、これら三つのビルにはそれぞれ思い出が沁みついているので、解体されると聞くといたましく悲しい。私の事務所のある新東京ビルの竣工が、すでに記したとおり一九六五年だが、東京商工会議所ビルの竣工が一九六〇年、富士ビルの竣工が一九六二年、東京会館の竣工が一九七一年だから、東京商工会議所ビルが若干老朽化している感じがあることは事実だが、富士ビルも東京会館も建て替えを必要とする状態とは思われないし、東京商工会議所ビルもまだまだ使用に耐えられるはずである。だから、これら三つのビルを解体し、一つの超高層ビルを建築するというのは使用に耐えられないほど老朽化したからではあるまい。
建物の法定耐用年数表・減価償却費の計算方法という表がある。この表によると、鉄骨、鉄筋又は鉄筋コンクリート造の事務所又は美術館用の建物の法定耐用年数は五十年である。だから、東京商工会議所ビルも富士ビルもとうに法定耐用年数を超えており、減価償却も終っているにちがいない。東京会館はまだ法定耐用年数の上では残存期間があるけれども、減価償却の残額はごく僅かであろう。だから、これらのビルを解体し、三十階、四十階といった超高層ビルを建築する方が、よほど土地の利用効率が高いにちがいない。経済性を考えれば、私などの懐旧的な感傷を無視して、利益をはかるのが経営者の責務かもしれない。このようにして、おそらく、これまでも丸の内にいくつかの超高層ビルが建築されたのであろう。かつて一九七〇年ころには、三宅坂から桜田門、祝田橋のあたりに降りてきて、丸の内を展望すると、ビル群のスカイラインがそろっていて、東京でも誇るに足る美観を呈していた。いま、そういうスカイラインを崩して、不揃いにいくつかの超高層ビルが聳え立つ景観を私は嫌悪している。

*

ところで、前記の建物の法定耐用年数表・減価償却費の計算方法によると、木造または合成樹脂製の事務所等の耐用年数は二十四年、住宅は二十二年、木骨モルタル造は事務所等は二十二年、住宅は二十年とある。

通常、相続税の評価にさいしても、土地の評価額は取引価格に比し低いとはいえ、かなり高額なのに、住居はほとんど評価されない。もちろん住居は使用する者の家族構成、趣味等により取引価格は大きく違うから、多年住みなれて愛着のつよい住居も、いざ売るとすれば、底地は評価されても住居が評価されないことはふしぎでない。購入者が住居はとりこわし新築することが多いだろう。しかし、法定耐用年数表に示す耐用年数と木造住宅が実際使用に耐える年数とは、住居の質によるかもしれないが、私の見聞、体験とは大きく違っている。

私は一九五六年春、結婚した。氷川神社の参道の東側に約二百平方メートルの土地を借り、建坪十三・五坪のささやかな新居を構えた。その年の十一月に長女が、翌年十一月に次女が生まれた。結婚のとき建築した新居はたちまち手狭になった。たまたま、氷川神社の裏の大宮公園の西側、公園まで二、三分の距離に約五百平方メートルの敷地、建坪四十坪ほどの住宅をもっていた方から、父の許に買いとってもらえないかという話がもちこまれた。ちょうど父は裁判所を定年退職したばかりだったので、退職金があった。私は父から借金をした。それに結婚したときの住居は妻の両親に買いとってもらって代金の一部にあてた。亡妻は一人娘だったから、亡妻の両親としても娘の近く、徒歩で十分ほどの場所に転居するのは好都合であった。

亡妻の両親が他界した現在、知人に貸しているが、些細な修繕をすることはあっても、いまだに堅牢で、老朽化とはほど遠い。住宅金融公庫から借入して建てた家屋であり、ごく質素な建物である。だが、半世紀以上使用し続けて、まったく支障がない。法定耐用年数と実際の木造住宅が住居として耐えられる年数の間には大きく違っている。たぶんその当時は、いまのいわゆる新建材はほとんど普及していなかった。合板は存在したはずだが、建築材料としてほとんど使われてはいなかったのだろう。

私が一九五八年に移転した家屋に私はいまだに住んでいるが、この家屋はたぶん一九三〇年前後に建築されていたはずである。台所、浴室を手直ししたり、娘たちが中学に進学したとき、娘たちの部屋と書庫、納戸のために増築し、義母の最晩年、義母をひきとって面倒をみることになったとき一室増築し、さらに、最近、私の寝室を増築したが、基本的に純和風住宅である。前庭があり、玄関、南向きの前廊下、客間、居間等、これらの部屋の奥の中廊下をはさんで台所兼食堂、浴室などがある。むやみと部屋数が多く、私と次女二人で生活するのにひろすぎることは間違いないが、そうかといって長女一家三人が泊りがけで来ると、彼らの寝室にあてる部屋に苦労する。それは主としてあらゆる空間に私の蔵書があふれているからであり、また亡妻の部屋、家財、衣裳その他いっさいがまったく生前そのままになっているからである。

敷地の北西の隅には樹齢二百年と樹木医の方にいわれたケヤキの巨木があり、前庭にはさまざまな樹木が多い。真夏でも、街路から門をあけてわが家に入ると、二、三度涼しい感じがある。夏をむねとすべし、という伝統にしたがっているから、冬は寒い。とはいえ、このごろはガス床暖房で足りることが多く、時にエアコンディショニングを補助的に使う程度で、どうにか生活できる。転居して以後、母家はほとんど手入れしていないが、隙間風で困ることはない。とはいえ、冬になってもっとも快適なのは最近増築した私の寝室である。これも完全に木造だが、壁面に断熱材を入れていること、もともとは建具屋だったのに、向上心が旺盛で一級建築士の免許を得た棟梁の腕が良く、寸分の狂いもないためだろう。

夏は天井が高いし、風通しがいい。それでも冷房機は必要だが、二階にある次女の部屋では夏は夜も窓をあけ放しているという。ケヤキを渡る微風で充分に涼しいそうである。

台所、浴室等私が転居して以後増築した部分は何回か大がかりな修繕をしているが、母屋部分はほとんど修理した記憶がない。いったい、この建物が建てられたころは、大宮でも郊外とみられた地域であった。決して贅沢な建物ではない。ごくふつうの住宅である。それでも八十年ほど使用して何の差支えもない。まだ数十年は使えるだろう。

いま私の妹が住んでいる、元来祖父が隠居所として建てた建物は、はるかに材料も吟味し、入念に造られた住居である。祖父は零細な金を貸したり、持家を貸したりして生活していた。普請が好きでもあり、知識もあった。小学生のころ、祖父に普請場を見に行こうと誘われたことがあった。そのとき、祖父は材木を指さしながら、これは米松《べいまつ》というものだ、貸家にする家だから、こんな材木でいいのだ、と話してくれた。だから、自分の隠居所は材料等を選び、建具、家具等から工事もずいぶんと気を入れた建物であった。玄関に八畳、四畳半に便所等のささやかな隠居所だが、隙間風などとは縁のない住居である。この隠居所は私が物心ついたころにはもう建っていたから、たぶん八十年余の歳月を経ている。しかも、これはいまは兄が住んでいる母家を亡父が買ったときに、隣地を買いとって、移築したものだが、丁寧な普請だから、多年の間、すこしの歪み、傷みもないのである。

母家は隠居所と比べ、また一段と、贅沢で堅牢な建物である。これは前の持主が金にあかして建てた建物で、隅々に至るまで注意が行届いている。この母家はおそらく百年に近いだろう。兄が医院を開業したさい、診療所を増設し、その方は傷み、老朽化しても、母家はどこにも傷みが見当らない。

私の身辺をみても法定耐用年数表がいかに実情とかけ離れているかは明らかなのだが、豪農といわれた人々の江戸時代の邸宅が文化遺産として保存されている例も多い。奈良、京都の神社仏閣をみても、木造建造物はじつに耐用年数が長い。そうした建造物は別としても、戦前、富裕な階層に属した人々の建てた住居は百年ほどの耐久年数をもつのが通常のように思われる。

しかし、現在、大手の住宅会社が売りだしている戸建て住宅は、耐用年数を三、四十年とする設計で建築され、新建材といわれる材料もやはり三、四十年で使用できなくなるように製作されているのではないか。

一方、鉄筋コンクリートというものの耐用年数が非常に短いということを知ったとき、ずいぶん驚いた記憶がある。コンクリート・ブロックか何かの発明に関連して教えられたのだが、こうした構造物は鉄筋や鉄骨で骨組みを造らないと強度が保てない。しかし、構造物が雨にさらされることは避けられない。雨水が滲透すると鉄骨、鉄筋が必ず腐蝕する。鉄骨、鉄筋が腐蝕するとコンクリートがひびわれる。鉄筋コンクリートの建物がひびわれすれば、適切に修理しなければ崩壊することとなる。鉄筋コンクリート製の集合住宅、いわゆるマンションの価格は、こうした腐蝕に耐えるための充分な対策を施すために費す費用と正比例するだろう。それでも、奈良、京都の木造建築物に匹敵するほどの鉄筋コンクリートの建築物を私たちは後世に遺しうるだろうか。むしろ、鉄筋コンクリートが意外に脆い。住宅公団が建築した数多くの集合住宅も千里や多摩のニュータウンにみられるとおり、もう耐用年数が尽きようとしているのではなかろうか。

戸建て住宅も鉄筋コンクリートの建築物も現在、消費財化しているのではないか。これらは社会的資産として遺らないのではないか。これらが社会的資産として遺らない限り、たとえば住居や事務所用ないし商業用のビルが消費財として使い捨てられていくならば、私たちの社会は永遠に貧しいのではないか。ヨーロッパの多くの都市から私たちが感じる豊かさは、数百年を経た建物が、その内部は改造されていても、街並みを形成しているからではないか。木造建築物は火事に弱い。江戸時代、多くの建物が火事のために失われた。それでもかなりの建物を社会的遺産として私たちの祖先は私たちに遺してくれた。はたして私たちは何を私たちの子孫に伝えられるのか。

建物ないし住居が消費財化し、使い捨てになっていくかにみえる現状に私は悲しい眼差しを注いでいる。

＊

現行の借地借家法が施行されたのは一九九一年であった。このときはじめて定期借地権、定期建物賃貸借が認められることとなった。法務省民事局参事官室編の『一問一答　新しい借地借家法』に「現行の借地法（旧借地法）は、借地権の当初の存続期間について、契約でその定めがない場合は鉄筋コンクリート造りのビルのように堅固な建物所有を目的とするものについては六〇年、木造の建物のように堅固でない建物の所有を目的とするものについては三〇年とし、契約で期間を定める場合には堅固な建物の所有を目的とするものについては三〇年以上、堅固でない建物の所有を目的とするものについては二〇年以上としなければならないとしていますが（第二条）、新法（現行法）は、建物の種類・構造による取扱いの差を設けないこととしたこと、契約で定めをしなかった場合の期間と契約で定めることができる最も短い期間とを同じにしたことの二点で現行法（旧借地法）と違うことになります」と説明し、現行法では定期借地権でない普通借地権の存続期間は

「（1）当事者が契約で定めをしなかった場合は、三〇年となること。

（2）当事者が契約で定めることができる最も短い期間が三〇年であること。

を定めています」

と記している。

さらに、「基準を三〇年にしたのは、現在では、三〇年という期間が建物を建てるための土地の利用関係に一応の安定性を保障する期間として適当であり、一般の建物の社会的・経済的耐用年数からみても相当であると考えたからです」と説明し、また、「今日では鉄筋コンクリート造りの建物も、社会的・経済的には寿命がきてしまうのが比較的早い時期になってしまっています。反面、木造の建物であっても、技術的な水準の向上により長い期間もつことは大いにありうるようになっています」とも説明している。

「木造の建物であっても、技術的な水準の向上により長い期間もつことは大いにありうる」という説明は可能性としても木造の建物が鉄筋コンクリートの建物と同じような期間の耐久性をもつことがありうるかもしれないという理解に立っている。多くの、ことに戦前に建てられた、木造の建物が鉄筋コンクリートの建物と同様の耐久性をもっているという事実、また、鉄筋コンクリートの建物が脆く、朽廃しやすいという事実を、この説明は無視している。旧借地法、旧借家法がはじめて施行された一九二二年当時、鉄筋コンクリート造の建物はまだ存在していなかったためであろうか。旧借地法第二条には「借地権ノ存続期間ハ石造、土造、煉瓦造又ハ之ニ類スル堅固ノ建物ノ所有ヲ目的トスルモノニ付テハ六十年、其ノ他ノ建物ノ所有ヲ目的トスルモノニ付テハ三十年トス　但シ建物ガ此ノ期間内ニ朽廃シタルトキハ借地権ハ之ニ因リテ消滅ス」と規定されていた。木造の住居の存続期間は三十年とし、鉄筋コンクリート造の建物が出現したとき、これを借地法にいう「堅固ノ建物」とみることになったのだが、こうした立法と解釈には、現実との乖離があったのではないか。

そういう意味で、私はこの説明には同意できないけれども、現行の借地借家法で堅固な建物とそうでない建物とにより借地権の存続期間を区別しないこととしたのは正しいと考える。前記した建物の法定耐用年数表の耐用年数は、税法、会計法の便宜のためであって、目的が違うからかもしれないが、旧借地法と同様の認識に立っているようにみえる。

「木造の建物であっても、技術的な水準の向上」がありうると法務省民事局参事官室が説明していることはすでに引用したが、断熱材とか、防火、耐震構造とか、技術水準が向上している木造建築物の材料、構造が認められることは事実だが、反面、いわゆる新建材は耐用年数が短いのがふつうである。合板は私の祖父などが言っていた「むく材」と比べ、耐用年数が短い。家屋の例ではないが、桐箪笥は気密性も耐用年数もすぐれていることで知られていたが、最近の粗悪な桐箪笥には接着剤が多く使われており、接着材の劣化のため、気密性も耐久性もずいぶんと悪くなっており、密閉容器としては紙製のものでも、そうした粗悪な桐箪笥よりもはるかにすぐれたものが作られていると聞いている。

現行借地法で私がもっとも危惧している規定は、当事者が契約で借地権の存続期間を定めなかったときは、期間は三十年とする、という条文である。『一問一答　新しい借地借家法』は、前述のとおり、「基準を三〇年としたのは、現在では、三〇年という期間が建物を建てるための土地の利用関係に一応の安定性を保障する期間として適当であり、一般の建物の社会的、経済的耐用年数からみても相当であると考えたからです」と説明している。

この説明からみると、法務省は建物を耐用年数三十年ほどの消費財とみているとしか思われない。政府がそういう思想にもとづいた政策を採っているから、建築業者も、土地を賃借して建物を建てる者も、耐用年数三十年ほどの消費財として住居を建てる覚悟をもたなければならないし、三十年ほどすると建て替えの時期がくるが、ちょうどそのころにローンを払い終えることになるだろう。建材もすべてそういう耐用年数で作られるから、ほぼ三十年で建物がすべて朽廃する。三十年経ってローンを払い終えたころに勤務先は定年になっているか、定年に近いから、もう新しいローンを組むことができない。子供たちがいても、別に世帯をもち、別の住居をもっているだろうし、現代では同居は考えにくい。定年後の夫婦は朽廃した住居を手直ししながら、住み続け、やがては施設で生活することになるだろう。施設に入居できる資金があればよいが、そうでなければホームレスになるしかない。法務省民事局参事官室が説明しているような思想に立つ限り、私が空想する住居状況の未来は暗く寂しい。

私は住居は消費財であってはならないと考える。私がすでに説明してきたとおり、本来、木造住宅ははるかに三十年といった期間より長い耐用年数をもつのである。

東京会館、東京商工会議所ビル、富士ビルを解体し、跡地に一棟の超高層ビルを建てるという企画は、減価償却の終った、あるいは減価償却の残額が僅かな建物を解体し、土地を有効利用しようとする功利主義に由来する。こうしたビルもまた消費財と考える思想にもとづいている。

私は建物あるいは住居は社会的資産であって、消費財であってはならないと考え、消費財と考えることを嫌悪する。わが国の社会的資産が貧しいのは、そうした功利主義に支配され、目先のことしか考えないことによると考えている。

浜松町駅ビルに隣接した世界貿易センタービルも二〇一九年度に解体されるという。このビルの最上階で新年会を催すのが一九七〇年に竣工して以降、私の事務所の例年のならいであった。これも竣工後五十年に近いから法定耐用年数から考えれば、理解できないわけではない。

近くは一九八三年に新築された赤坂プリンスホテルが二〇一四年解体され、一九九三年に竣工した旧日本長期信用銀行ビルは継ぎ目が見えないガラス建築に特徴があり、繊細でかろやかだったが、これも解体された。その他、竣工後二、三十年で解体される超高層ビルは二、三に止まらないと聞く。赤坂プリンスは思うように客が集らなかったのだろうし、旧長期信用銀行ビルには同銀行が倒産して以降、空き室状態が続いていたという。建物を消費財化する見方は、バブル期に一般的になり、長期的にビルを維持・保存する思想を私たちは忘れ、安易にビルを建てたのであろう。

＊

法務省民事局参事官室の説明は「社会的、経済的耐用年数」という。ここには建物を文化的資産とみる観点が欠けているようにみえる。たとえば、かつて新東京ビルと道路をはさんだ東側に旧東京都庁舎が存在した。一九五七年に竣工した丹下健三設計のこの建物が私は好きであった。ピロティ構造とあいまって、和風建築の桁のような各階を区切る、くっきりした水平の線を強調した正面は、通常のビルが正面を列柱や垂直の柱状のもので形成するのと違った、また鉄とガラスによる軽快さが魅力的であった。ことに三菱銀行（現在の三菱東京ＵＦＪ銀行）の本店前の前庭の木立ち越しに見るとほれぼれするほど美しかった。この丹下健三の若い時期の代表作は、竣工後僅か三十年ほどで解体されてしまった。新しい新宿の東京都庁舎ビルはやはり丹下健三の設計だが、むやみと装飾的であり、ゴチックの醜悪な現代的変形をみる感があり、到底すぐれた建築物とは思われない。さすがの丹下健三といえどもこれほどに衰えるものかと痛感した。

ところで、代々木の国立屋内総合競技場も私の好きな建物である。吊り構造だそうだが、屋根の反りが中央部から外側へ昇っていく美しさは言語を絶する独創性だと感じた。一九六四年竣工の東京オリンピックを象徴する、あるいはわが国の高度成長期を象徴する建物である。つまり、この建物は奈良、京都の神社仏閣と同様、私たちの時代の象徴として、後世に遺すべき文化遺産である。この代々木の屋内総合競技場は一例にすぎない。建物あるいは住居は社会的、経済的効用以外に文化的価値をもつ。こうした文化遺産を維持、保存していかない限り、私たちの社会的資産は豊かにならない。余談だが、安藤忠雄設計の司馬遼太郎記念館を見るために相当数の英国人の団体客があったという。安藤忠雄の建築物も同じように文化的資産である。建築物は断じて消費財ではない。社会的文化資産である。

東京駅が建設当初の形状に復元されて、多くの観光客が見物に訪れている。失われたものを復元するよりも、現に存在する文化的資産を維持、保存することの方が、よほど大切だと私は信じている。

『近代秀歌』（永田和宏著）について

昨年（二〇一二年）十一月、『樋口一葉考』と題する著書を刊行した。同月中に十川信介さん、山之内正彦さんのお二方から、拙著中「一葉日記考（その三）・旧派最末期の歌人の足跡として」の章中、一葉こと樋口夏子の作として引用した和歌三首の中、一首はひろく知られた紀貫之の作、もう一首は「よみ人知らず」として「古今和歌集」に収められている作であり、いずれも筑摩書房版『樋口一葉全集』第三巻上の脚注にその旨記されている、とのご指摘をうけた。一葉が竜泉寺町から丸山福山町に転居してからの日記「塵中日記」に記されている和歌であり、彼女が印象ふかく読んで日記中に書きとめたのを、私が彼女自身の作と錯覚したのであった。野口碩さんの労作である『樋口一葉全集』の脚注に記されているのを、私が見落としたのだから、弁解の余地ない間違いである。

最近、梅内美華子さんから『現代歌枕』という著書を頂戴し、一読、せっかくの才能をこのような粗雑な著述のために浪費するのはどうかと思ったが、二世代近く若い方の著作について感想を公表するのは好ましいことではあるまいと考え、感想を公表するのは差し控えることとした。そんな心境でいたところ、続いて永田和宏さんから『近代秀歌』という著書をご恵投いただいた。永田さんは私よりたぶん二十歳ほどお若い。私は永田さんの率直でかざらぬお人柄が好きである。お人柄は好きだが、考えが違うことが多い。『近代秀歌』は岩波新書の中の一冊なので、ひろく読まれるにちがいないから、私が感想を発表するのも、むしろ義務のように感じられる。私が『樋口一葉考』で間違いを記したと同様、『近代秀歌』にも間違いがあることをまず指摘したい。

永田さんは

新《あたら》しき明日《あす》の来《きた》るを信《しん》ずといふ
自分《じぶん》の言葉《ことば》に
嘘《うそ》はなけれど——

という石川啄木の作の初出は、『早稲田文学』明治四十四（一九一一）年一月号だが、そのときは「下二句は「友の言葉をかなしみて聞く」となっていた。それが「自分の言葉に／嘘はなけれど——」と言いさしの形に変わった。この改作の意味は大きい」と書いた上で、次のとおり続けている。

「この歌が作られた明治四四年という年を押さえておくことは大切である。それは前年、明治四三年に大逆《たいぎやく》事件が起きたことによる。幸徳秋水《こうとくしゅうすい》や堺利彦《さかいとしひこ》らの平民社運動が国家から弾圧をうけ、次第に無政府主義、テロリズムへと傾斜していった。そのなかで、明治天皇暗殺未遂事件が発覚したのである。当局は、これを機会に、社会主義の撲滅をはかり、全国の数百名の社会主義者の検挙、取り調べを行うとともに、この暗殺未遂に関わった幸徳秋水以下一二名の処刑を断行した。

いちはやくこれに反応した啄木は、新聞社に勤めているという利点を生かし、自らそれについて調査し、「時代閉塞の現状」などの論文を書いた。しかし、それは生前ついに公になることはなかった。新聞社が掲載を拒否したからである。このような状況下で、啄木も国民のひとりとして、沈黙してゆかざるをえなかったのである。

「新しき明日の来るを信ずといふ／自分の言葉に／嘘はなけれど――」と最後に、言いさしの形で終らなければならなかった苦渋の文体は、そのような社会全体が暗黒の時代へ移りつつあるという危機感と、にもかかわらず、自らは何もなし得ないという無力感から来るものであっただろう」。

筑摩書房版『石川啄木全集』第四巻の解題によれば、「時代閉塞の現状」は「明治四十三年十二月九日二十八歳で夭折した東大出身の若き哲学者魚住折蘆《せつろ》（影雄）が、この年の八月二十二日と二十三日の『東京朝日新聞』に発表した、「自己主張の思想としての自然主義」に答えたものであるが、生前は発表されずその死後土岐善麿氏によって『啄木遺稿』（大2・5東雲堂書店刊）に収められた。魚住折蘆の論文は助川徳是氏も指摘しているように、文学史の上で初めて「国家こそ敵であるという認識が表明された」貴重な論稿で、啄木は基本的視座をほとんど魚住の論文に求めながらも、さらにこれを止揚して、強権の問題を提出し、それに社会的不正の根源を見出そうとしている」という。

次に、同全集同巻の「所謂今度の事」については、次のとおり解説している。

「啄木の明治四十三年における思想変遷の重要な資料となるこの評論が、初めて発表されたのは、「文学」昭和三十二年十月号によってであるが、その発見の経過については昭和三十二年七月二十日付の『朝日新聞』の「秘められた啄木の社会時評―近く発表『所謂今度の事』」に詳しい。この記事によると啄木は「林中の鳥」という匿名で幸徳秋水等の事件についての「所謂今度の事」という評論を書き、これをそのころ朝日の外勤部長兼夜間編集主任であった弓削田《ゆげた》精一氏に朝日への掲載を依頼したが、内容が内容だけに実現しなかった」。

長文の引用になったが、永田さんは「時代閉塞の現状」と「所謂今度の事」をとり違えているのである。「時代閉塞の現状」は啄木晩年のきわめて重要な評論だが、一読すればはっきりしているとおり、いわゆる大逆事件には言及していない。これに反し、「所謂今度の事」は、三人の紳士が「ビイヤホオル」で「今度の事は然し警察で早く探知したから可《よ》かつたさ」などと話しているのを耳にし、「今度の事と言ふのは、実に、近頃幸徳等一味の無政府主義者が企てた爆烈弾事件の事だつたのである」と書きおこしているとおり、確実に大逆事件を論評した文章である。

永田さんがはたしてこれらの評論に目を通しているのか疑問をもたれても止むをえないような間違いである。

岩城之徳『石川啄木伝』は「大逆事件の衝撃」の章で「啄木は明治四十四年一月二十六日の日記に、「社からかへるとすぐ、前夜の約を履《ふ》んで平出君宅に行き、特別裁判一件書類をよんだ。七千枚十七冊、一冊の厚さ約二寸乃至三寸づゝ。十二時までかゝつて漸く初二冊とそれから管野すがの分だけ方々拾ひよみした。」と書いているので、「訴訟記録」第一冊に収められた前記十九枚の検事調書を読んだことは確実で、これが啄木の大逆事件の真相解明に重要な役割を果したことはまちがいないところである」とある。平出は平出修、大逆事件の被告のうち紀州組の高木顕明、崎久保誓一の弁護を担当した弁護士だが、『明星』の同人、『スバル』創刊者の一人で、その事実上の経営者として、啄木は平出と親しかった。啄木は平出から借りうけて幸徳秋水の陳弁書を筆写したが、これが全集第四巻に「A LETTER FROM PRISON」として収められているものである。

また、「前記十九枚の検事調書」とは和田良平検事の宮下太吉からの聴取書であるという。大逆事件中、幸徳秋水をはじめ大多数の被告が冤罪であったことは現在では定説となっているが、天皇暗殺のために爆烈弾の製造に着手した宮下太吉、同調した管野スガ、この二人に加えて新村忠雄、古河力作をふくめ、四人が共犯に問われても止むをえない関係にあったとみられている。

ところで、「今度の事」とは何かについて、啄木は次のとおり書いている。

「今度の事とは言ふもの丶、実は我々は其事件の内容を何れだけも知つてるのでは無い。秋水幸徳伝次郎といふ一著述家を首領とする無政府主義者の一団が、信州の山中《やまなか》に於て密《ひそ》かに爆烈弾を製造してゐる事が発覚して、其一団及び彼等と機密を通じてゐた紀州新宮《しんぐう》の同主義者が其筋の手に検挙された。彼等が検挙されて、そして其事を何人も知らぬ間に、検事局は早くも各新聞社に対して記事差止の命令を発した。如何に機敏なる新聞も、唯叙上の事実と、及び彼等被検挙者の平生に就いて多少の報道を為す外に為方《しかた》が無かつた。——そして斯く言ふ私の此事件に関する智識も、遂に今日迄に都下の各新聞の伝へた所以上に何物をも有つてゐない」。

爆烈弾を製造しただけなら爆発物取締罰則違反にしかならない。しかし、岩城之徳の前掲書によれば、清水卯之助は、「所謂今度の事」で啄木が「日本開闢以来の新事実」と書いていると記し、このことからみて彼は、幸徳秋水らの容疑が「天皇又は天皇に準ずる皇族に対し危害を加え又は加えんとしたる者は死刑に処する」と定めた、当時の刑法七三条であることを知っていたと思われるという趣旨を述べ、啄木のこの表現は平出修の「弁護の控」における「刑法第七十三条に関する罪と云ふものは、日本建国以来初めての事件」という心情と同じである、と清水は説いていたそうである。また、『時事新報』明治四十三年六月二十一日の「針文字の書簡管野スガ子が獄中より幸徳氏の冤罪を訴ふ」という記事、翌六月二十二日の続報「私は近日死刑　須賀子の針文字　幸徳は何も知らぬ」という記事以来、この事件が刑法第七三条の天皇暗殺計画事件であることが、各新聞社の内部で確信をもって囁かれるようになっていた、と推測しているという。

以上の事実からみて、あたかも幸徳秋水が冤罪でないかのように書いている点、「いちはやくこれに反応した啄木は、新聞社に勤めているという利点を生かし」たという点で、永田さんの記述は正確でない。啄木が得た正確な情報の出所は平出修であり、その余は各新聞社内で囁かれていた確信であった。

私には永田さんが「所謂今度の事」を読んでいるとは信じられない。これは事実の間違いかどうかではなく、解釈の問題だが、「噓はなけれど――」と「言いさしの形で終らなければならなかった苦渋の文体は、そのような社会全体が暗黒の時代へ移りつつあるという危機感と、にもかかわらず、自らは何もなし得ないという無力感から来るものであっただろう」という解釈の中、危機感はともかく、無力感とみることに私は同意できない。「所謂今度の事」は五章から成るが、第四章の末尾に次のとおり書いている。

「社会主義者にあつては、人間の現在の生活が頗《すこぶ》る其理想と遠きを見て、因を社会組織の欠陥に帰し、主として其改革を計らうとする。而して彼の無政府主義者に至つては、実に、社会組織の改革と人間各自の進歩とを一挙にして成し遂げようとする者で有る。――以上は余り不謹慎な比較では有るが、然し若しも此様な相違が有るとするならば、無政府主義者とは畢竟「最も性急《せつかち》なる理想家」の謂《いひ》でなければならぬ」。

つまり、啄木は時代閉塞の現状を革命によって打破したいと思っていたが、社会主義者にも、無政府主義者にもその夢を託すことはできない。啄木は醒めていたのである。だから、「新しき明日の来るを信ずといふ」友の言葉を悲哀をもってしか聞けなかったし、自分が言っても、結局は口ごもってしまうこととならざるをえなかったのである。

以上のように永田さんは大逆事件についても、啄木の思想についても正確な理解を欠いているが、はっきり間違っているのは、「時代閉塞の現状」と「所謂今度の事」とのとり違えである。啄木についてはさらに後に述べる。

＊

ついで気付いたことはまことに些細な間違いである。「うすべにに葉《は》はいちはやく萌《も》えいでて咲《さ》かむとすなり山桜花《やまざくらばな》」という若山牧水の歌に関連して、「現在街中でみかける桜のほとんどは染井吉野《そめいよしの》であるが、これは江戸時代以降に主流になった桜」である、と説明している。出典を示すまでもないと思われるが、『改訂増補　牧野新日本植物図鑑』によれば、「はじめ東京の染井の植木屋から世にひろがったためである。元来植木屋では本種を吉野と呼んで桜の名所、吉野山の桜になぞらえていたが、単に吉野といったのでは、吉野の山桜と混同するので、明治5年（1872）にはじめて染井吉野の名がつけられた。本種は明治維新前後にはじめて東京に出現したものので、江戸の桜ではないであろうから、これにyedoensisの種名をつけたのは適切ではない」とある。

永田さんは「いかにも痴呆的に豪華に咲く染井吉野より、私自身は山桜が好きである」という。

私の住居に近い大宮公園は埼玉県ではサクラの名所の一であり、花見客が多い。私はソメイヨシノを痴呆的に豪華と思ったことはない。淡い紅をおびた白い花は、曇天の下などではむしろ寂しい感じがする。よくいえば清楚、率直にいえば、個性が乏しい、と私は感じている。

ただソメイヨシノを痴呆的に豪華とみるからといって間違いとはいえない。「江戸時代以降主流となった」が間違いである。拙著『樋口一葉考』を出版してくれた青土社のような小出版社と違い、岩波書店はよほど厳密に校閲しているものと想像していたが、これは私が過大に評価していたらしい。ただ、拙著は増刷されることはないだろうから、間違いを訂正する機会もないだろう。しかし、岩波新書は増刷をかさねることが通常だから、このような間違いは直ちに訂正されなければなるまい。

＊

次は確信をもって間違いといえることではないが、この著書の序文「はじめに」に「藤原俊成は、その著『古来風体抄《こらいふうていしょう》』のなかで、桜の花を見てそれを美しいと感じるのは、私たちが花を詠んだ名歌を数多く知っているからなのだと喝破した」と書き、「普通は花が美しいから感動する、歌に詠むと考えるだろう。しかし俊成は、そうではなく、私たちが花を見て美しいと感嘆するのは、私たちの心の奥深くに刷りこまれてきた、花を詠った歌の数々によって、花を美しいと感じる感性がおのずから形成されているからなのだと言うのである」と続けている。

私には藤原俊成が永田さんの文章にみられるようなことを言っているとは信じがたかったので、小学館刊『新編日本古典文学全集』八十七巻所収の「古来風躰抄」にあたってみた。だが永田さんが引用しているような文章は見いだすことができなかった。かなりに文意が近い文章としては「古来風躰抄」の「序」の次の一節であった。

「かの古今集の序にいへるがごとく、人の心を種《たね》としてよろづの言《こと》の葉《は》となりにければ、春の花をたづね、秋の紅葉《もみぢ》を見ても、歌といふものなからましかば、色をも香をも知る人もなく、なにをかは本《もと》の心ともすべき」。

右の「色をも香をも」は「君ならで誰にか見せむ梅の花色をも香をも知る人ぞ知る」という古今集所収の紀友則の作をうけたもの、「本《もと》の心」とは「事物の美的本性をとらえる心」と頭注に記されており、下欄に現代語訳を次のとおり示している。

「あの『古今集』の序文にいっているように、人の心をもととして、いろいろな歌になったので、春の花を尋ね、秋の紅葉を見ても、もし歌というものがなかったとしたならば、花の色も香りもといったような本来的な美に気づく人もなく、いったい、何を美の本性として考えることができようか」。

私なりにこの文章を解釈すれば、歌というものがあるからこそ私たちは春の花、秋の紅葉の本質を知ることができるのだ、ということであり、和歌の効用を説いているもので、「桜の花を見てそれを美しいと感じるのは、私たちが花を詠んだ名歌を数多く知っているからなのだ」といった趣旨ではない。サクラの花見客はサクラの美しさに感動しているのであって、永田さんのいう「名歌」を知っているわけではない。いったい永田さんの文章の論理にしたがえば、たとえば私たちがそれまで詠われなかった野草の美を発見することもできなくなるだろう。「古来風躰抄」の文章をどう解するかは別として、私は永田さんの説に同意できない。

こうした理解を記した上で、「私たち日本人の感性の基盤を形成してきた〈歌〉について、私とあなたとで話ができるだろうか。してみたい、と思う」と永田さんは書き、「そのためには、やはり最低これだけはという歌を知っていて欲しいと思う」と言い、「それらはほとんど私たちの感性そのものとも言えそうな普遍性を持っている。それらを互いの口に載せつつ、話が展開できないというのは、あまりにももったいない」と記して、次のように書いている。

「友人と一緒に酒を飲む。〈酒はしづかに飲むべかりけり〉なんて牧水《ぼくすい》は言ったけれど、こうしてわいわい飲むのもいいよなあ」と誰かが言う。「そう、彼はほんとに酒が好きだったから、一合が二合になって、どんどん進むって歌もあったよね」と応じる奴がいる。「だから、彼が亡くなった時、遺体はアルコール漬けみたいになって、しばらく腐らなかったそうだよ」と言う奴もいる。こんな会話がさりげなく交わされる飲み会の場は、魅力的ではないだろうか」。

ほとんど酒を嗜まない私には、このような「飲み会」に「魅力」を感じるどころか、ひたすら嫌悪感を覚える。「酒はしづかに」飲んでもらいたい。このような「飲み会」は放埒、狼藉に近い。もし私が隣の席に居合わせることがあったら、私は直ちに席を立つだろう。酒の好きな方々は互いに酔態に寛容だが、私は酔語、酔態を許しがたく感じる。

ところで、右の酒席で語られるのは

かんがへて飲《の》みはじめたる一合《がふ》の二合《がふ》の酒《さけ》の夏《なつ》のゆふぐれ

という若山牧水の作であり、『近代秀歌』百首の中に永田さんは選んでいるが、私にはこれが秀歌とは到底考えられない。この歌について、「意味は説明する必要もあるまい。牧水自身が「よさうか、飲まうか、さう考へながらにいつか取り出された徳利が一本になり二本になつてゆくといふ場合の夏の夕暮の静かな気持を詠んだものである」と書き残している」と永田さんは注しているが、この自注を知らなければ、「一合の二合の酒」は解しえないし、「かんがへて」が、飲もうか、飲むまいか、と考えた末で、という意味だとも解しえない。私には牧水の作中でも凡作に属するとしか思われない。これを選んでいるのは永田さんが牧水の自注を知っていること、永田さん自身が酒がお好きだからであろう。

そこで、永田さんが『近代秀歌』でどういう基準で百首を選んだかが問題となる。

「一〇〇首の選びは、できるだけ私の個人的な好悪を持ちこまず、誰もが知っているような、あるいは誰もに知っていて欲しいと思う一〇〇首を選ぶよう心がけた。ここに選ばれたそれぞれは、おそらくどこかで一度や二度は耳にしたり目にしたりしたことがある歌であろう。

あらかじめ断わっておけば、ここに選ばれた一〇〇首は、近代のもっともすぐれた一〇〇首という選びとは微妙に異なる。ベスト一〇〇なら、選ぶそれぞれの人によって一〇〇通りの選びがなされるべきである。また、近代の歌は、これだけを知っておけばそれで十分なのかと言われれば、それも違うと思う。ベスト一〇〇や、十分条件としての一〇〇ではなく、必要条件としての一〇〇というつもりである。

挑戦的な言い方をすれば、あなたが日本人なら、せめてこれくらいの歌は知っておいて欲しいというぎりぎりの一〇〇首であると思いたい」。

こう永田さんは書いている。「できるだけ私の個人的な好悪を持ちこまず」というけれども、前記した若山牧水の「かんがへて」の一首など永田さんの好みで選ばれたとしか思われない。また、「ここに選ばれたそれぞれは、おそらくどこかで一度や二度は耳にしたり目にしたりしたことがある歌であろう」というが、私にははじめて目にした歌が相当数存在した。これは私が短歌の世界に暗いことによるのだが、それだけ教示された歌がふくまれていたことも事実である。そういう意味では、本書は私にとって有益でなかったわけではない。

＊

そこで、選択についてみることとする。

収録された作品数の多い順序でいえば、斎藤茂吉が十一首、与謝野晶子と石川啄木がいずれも九首、若山牧水が八首、土屋文明が七首、北原白秋が六首、正岡子規・伊藤左千夫・島木赤彦・窪田空穂がいずれも四首、木下利玄・釈迢空・佐佐木信綱・長塚節がいずれも三首、山川登美子・会津八一・土岐善麿・前田夕暮・中村憲吉がいずれも二首採られており、北見志保子・松村英一・原阿佐緒・川田順・古泉千堅・明石海人・太田水穂・落合直文・尾上柴舟・岡本かの子・吉井勇がいずれも各人一首採られている。

まず私が不審に感じるのは吉井勇

かにかくに祇園はこひし寐《ぬ》るときも枕の下《した》を水のながるる

を収めたことである。日本人で祇園に遊んだことのある人は稀だろうし、寝るときも枕の下を水の流れるのを経験した人がどれだけいるか。これが著名な作であることに間違いないが、はたして「日本人なら、せめてこれくらいの歌は知っておいて欲しい」歌といえるのか。私は大いに疑問を感じる。

次に私が不満に感じることは、斎藤茂吉のばあい、十一首も選びながら、『赤光』から五首、『あらたま』から四首、『小園』から一首、『白き山』から一首というように著しく初期に偏していることである。これに反して、七首選んでいる土屋文明のばあい、第一歌集『ふゆくさ』から一首、第二歌集『往還集』から一首、昭和二十一（一九四六）年刊の『韮青集』から一首、昭和二十三年刊の『山下水』から三首、昭和五十九（一九八四）年刊の『青南後集』から一首というように、初期作品は二首、その他は戦中の作をふくめ、戦後刊行された歌集に収められた作品に偏している。与謝野晶子のばあいも九首中『みだれ髪』から六首、山川登美子、茅野雅子との合同歌集『恋衣』から二首、大正三（一九一四）年刊の『夏より秋へ』から一首というようにやはり初期に偏している。文明、晶子についてはそれるとするが、このような選択の結果、茂吉の中期の秀作がすっぽり落ち、『小園』『白き山』『つきかげ』の秀歌の多くがほとんど無視されている。『近代秀歌』なので明治・大正期の作品から選ぶというのであれば、大正十四—昭和三（一九二五—一九二八）年の作を収めた『ともしび』以降、あるいはアジア・太平洋戦争末期の作品を収めた『小園』以降を重視しないことも理解できるが、それなら、土屋文明の作品の選択と矛盾する。

『近代秀歌』では、『赤光』から、たとえば

めん鶏《どり》ら砂あび居《ゐ》たれひつそりと剃刀研人《かみそりとぎ》は過ぎ行きにけり

ゴオガンの自画像みればみちのくに山蚕《やまこ》殺ししその日おもほゆ

を選んでいる。しかし、私のような、永田さんよりも二十歳も年長の者でさえ、剃刀研人など見たこともないし、山蚕など、私の同世代の者はやはり見たこともないだろう。これらが秀歌であ

ることに私は疑問をもたないが、これらよりも、茂吉の中期から晩年の作から、私たちがせめてこれくらいは知っておいてほしいと思う作はいくらも選べるはずである。

ただひとつ惜《を》しみて置《お》きし白桃《しろもも》のゆたけきを吾は食ひをはりけり（『白桃』）
上《かみ》ノ山《やま》の町朝《あさ》くれば銃《つつ》に打たれし白き兎《うさぎ》はつるされてあり（同前）
春彼岸《はるひがん》の寒き一日《ひとひ》をとほく行く者のごとくに衢《ちまた》を徒歩《とほ》す（同前）
夜《よ》をこめて曇《くもり》のしづむ山《やま》かひに木芽《このめ》はいまだととのはなくに（『寒雲』）
このくにの空を飛ぶとき悲しめよ南へむかふ雨夜《あまよ》かりがね（『小園』）
うつせみのわが息息《そくそく》を見むものは窗《まど》にのぼれる蟷螂《かまきり》ひとつ（同前）
おしなべて境も見えず雪つもる墓地の一隅をわが通り居り（『白き山』）
こもごもに心のみだれやまなくに葉広がしはのもみぢするころ（同前）

永田さんが選んだのは次の二首である。

沈黙《ちんもく》のわれに見よとぞ百房《ひやくふさ》の黒き葡萄に雨ふりそそぐ（『小園』）
最上川逆白波《さかしらなみ》のたつまでにふぶくゆふべとなりにけるかも（『白き山』）

いずれも日本人であれば知ってほしい秀歌にちがいないが、前者については若干問題があるかもしれない。というのは、永田さんが指摘しているとおり、茂吉の「手帳五十五」から、この作品は昭和二十年九月五日から十日の間に作られたと推定され、「沈黙のわれ」という表現も敗戦必至となった戦争末期から敗戦直後の状況で茂吉が選択した姿勢であることを知らないと、歌意が充分に理解できない。そういう意味で、これは秀歌であっても普遍性に欠けているように思われる。

＊

斎藤茂吉は『明治大正短歌史概観』では与謝野晶子の『みだれ髪』から冒頭の三首を引用し「早熟の少女が早口にものいふ如き歌風である」と評し、『明治大正和歌史』では同じ歌集から五首を引用、「地を洗へば平安朝の恋愛文学、当時舶載の西洋浪曼主義、それと関西少女の口吻と、春機発動期を経て久しからぬものの詠歌と看做していい」と評している。このように茂吉が酷評した『みだれ髪』から永田さんが六首を選んでいることは前述した。もっとも名高い作である、

やは肌のあつき血汐にふれも見でさびしからずや道を説く君

についていえば、私は、あつき血汐にふれることはできないのだから、あつき血汐の流れるやは

肌に「ふれも見で」という趣旨であると解する。その上で「ふれも見で」は「ふれもせで」とは違うのか、「見で」は試みてみないで、という趣旨か、どうして「見」なのか、理解できない。「道を説く君」は表現としてどんな人物像なのか、イメージが湧かない。そのような意味で、私はこの作は措辞が拙く、まさに早熟の少女が早口に言ったかの如き、という茂吉の評に同感である。

しかし、この作品がたとえ未熟、稚拙であっても、これほど感情表現が大胆、率直になされたことに敬意を表したいと思うし、『みだれ髪』がわが国における因襲的な感情表現を解放した歴史的意義はいかに強調しても強調したりないと考えている。そういう意味で、『みだれ髪』から若干選ぶことに異論はない。

しかし、『夏より秋へ』所収の作、

ああ皐月《さつき》仏蘭西《フランス》の野《の》は火《ひ》の色《いろ》す君《きみ》も雛罌粟《コクリコ》われも雛罌粟《コクリコ》

はどうであろうか。「コクリコ」という可愛い響きが夫寛を追ってパリに旅行し、夫と再会した晶子の童心に帰ったような「心弾みをいきいきと伝えている」と永田さんは解説している。

晶子の心躍り、心弾みというのはそのとおりだろうが、「われも雛罌粟《コクリコ》」はともかく「君も雛罌粟《コクリコ》」と四十歳に近い寛をコクリコになぞらえるのは滑稽な感がつよい。これは歯切れよいリズム感をもった愛誦歌であっても、秀歌というのを私は躊躇する。

私の不満は晶子の晩年の歌、ことに『白桜集』中の作が一首も採られていないことにある。晶子の作の選び方が初期に偏しているからであり、それは「せめてこれくらいの歌は知っておいて欲しい」という基準が世にひろく知られているかどうかによっているのではないか、と疑わせるのである。私は晶子の短歌は『心の遠景』以降、ことに『白桜集』を重視し、『みだれ髪』等の初期作品は歴史的な意味だけを評価している。昭和十（一九三五）年、与謝野寛死去間もない時期の作に

わが机地下八尺に置かねども雨暗く降り蕭《しめ》やかに打つ
いつとても帰り来給ふ用意ある心を抱き老いて死ぬらん

といった作があり、寛を思い続け、同年夏

山山が顔そむけたるここちすれ無惨に見ゆるおのれなるべし

その翌年、昭和十一年、

地の底の覚めざる人のかたはらに聞くここちする山のしづくも
ほのぼのと消え入りしもの帰り来ぬ命と云ふはこれにかあらん

昭和十二年、

いづくへか帰る日近きここちしてこの世のもののなつかしきころ
かくてわれ愛憎《あいぞう》も皆失ひて立枯の木に至るべきかな

といった生のさいはてを見ているかの如き境地に至る。これらの作には『みだれ髪』にみられたような衒気もないし、倨傲もないし、無理な措辞もない。ひたすら自己の生の実相に沈みゆく、孤寂の気分にあふれている。
『白桜集』中の秀歌をすべて拾うことが目的ではない。『近代秀歌』に一首も採られていないのを残念に思うので、一端を示しているにすぎない。そこで、昭和十七（一九四二）年、彼女が死去した前年の昭和十六年の作を四首抄出して晶子については終えることとする。

木の間なる染井吉野の白ほどのはかなき命抱く春かな
隅田川長き橋をば渡る日のありやなしやを云はず思はず

死も忘れ今日も静に伏してありさみだれそそぐ柏木の奥
海底にねて魚を見る心地して蛾のゆききする暁のねや

＊

私が『近代秀歌』において不審なことは、斎藤茂吉、与謝野晶子の作品は初期に偏しているのに、土屋文明のばあいは晩年に偏していることにあることはすでに述べたが、はたしてそれが妥当か、ということである。

馬《うま》と驢《ろ》と騾《ら》との別《わかち》を聞き知りて驢来り騾来り馬《ま》来り騾と驢と来る

土屋文明が陸軍報道班員として中国に旅行したときの作、歌集『韮菁集《かいせい》』に収められている。ウマとロバとラバの見分け方を教えてもらってその区別を知ったところ、それぞれがやってきたという。永田さんは「おもしろい歌である」といい、「その口調には、新しい事物に触れたときの、純粋な喜びがあふれている」という。

この面白さには漢字の区別の面白さもふくまれているのだが、うたわれているとおりの事実の面白さであって、それ以上に何もない。このような面白さがあるから「秀歌」だといわれては私は当惑する。

時代ことなる父と子なれば枯山に腰下ろし向ふ一つ山脈《やまなみ》に

昭和二十一年、『山下水《やましたみず》』所収の作である。

「長男夏実が、学業のあいまに東京から家族のもとに帰ってきた。その折の歌である。戦争という、そして敗戦という大きな事件を、親も子もそれぞれの感慨で受けとめている。終戦時すでに五十代半ばであった文明と、まだ二〇歳そこそこの夏実との間には、戦争の受けとめ方、戦後という新しい時代への向かい方、そして価値観に、話しても埋めきれない大きな溝があった筈だ。枯れ山に向かって腰をおろし、ぼそぼそと語り合う父子は、単に息子が成長したことによるものではなく、「時代ことなる父と子」という時代状況によってもたらされた宿命によって、その齟《そ》齬《ご》がより強く意識されたことだろう」。

右が永田さんの解説である。当時文明は生誕の地に近い群馬県吾妻郡川戸に疎開していた。一見して明瞭な間違いは、文明父子は「枯山」に腰を下ろしているのであって、「枯山」に向かって腰を下ろしているわけではない。向かい合っているのは、おそらく、榛名山を中心とする山脈だったはずである。永田さんの筆が滑ったのだろうが、岩波書店の校閲者が気付いて当然の間違いである。

もっと重大なことは、この歌をどう読むかにある。成年に達した前後の男性とその父親との間にはいつも世代間の溝がある。戦争、敗戦等があると否とにかかわらず、溝は避けがたい。「時代」に限らない。ここで「時代ことなる」と言っているのは生きてきた時代が異なる、といったほどの意味である。その父子は枯山に腰を下ろし、互いに話し合うことなく、並んで山脈に向かっているのである。「ぼそぼそと語り合う父子」ではないから、話し合えなくとも、「父と子なれば」「一つ山脈に」対しているのである。永田さんの読みはこの点で決定的に間違っている。ただ、もっとくっきりと父子間の対立、齟齬を描いていなければ「秀歌」とはいえまい。主題をこの作品はうたいきっていない。そういう作を私は「秀作」とは認めない。

文明の初期作品中、永田さんは第一歌集『ふゆくさ』巻頭の

この三朝《みあさ》あさなあさなをよそほひし睡蓮《すゐれん》の花今朝《けさ》はひらかず

と、第二歌集『往還集』中、名高い「或る友を思ふ」から

ただひとり吾より貧しき友なりき金のことにて交《まじはり》絶《た》てり

を採っている。私としては、「ただひとり」の解説で永田さんが引用している

吾がもてる貧しきものの卑しさを是の友に見て堪へがたかりき

の方が、「ただひとり」より、はるかに心に迫る切実な秀歌と考える。だが、あるいはこれら二首は一体として読むべきかもしれない。

第一歌集『ふゆくさ』から採られた「この三朝」は歌集の「巻末雑記」に書かれているとおり、文明の歌作の最初の歌である。処女作としては驚くべき完成度であり、みずみずしい抒情性にみるべきものがあるが、それだけの作であり、『ふゆくさ』にはこれよりすぐれた作がいくらも収められている。私はかつて『土屋文明全歌集』から私が秀歌と考えた作品を心覚えに拾いあげたことがあるので、文明の生涯の作品中からも秀作をあげることもやさしいが、ここでは文明の多年の歌作から秀歌を紹介する煩をさけ、『ふゆくさ』から数首を引用する。永田さんの選が初期、中期をほとんど無視していることを例示するためである。

白楊《どろ》の花《はな》ほのかに房《ふさ》のゆるるとき遠《とほ》くはるかに人《ひと》をこそ思《おも》へ
夕ぐるるちまた行《ゆ》く人《ひと》もの言《い》はずもの言《い》はぬ顔《かほ》にまなこ光《ひか》れり
水落《みづお》ちて野菜《やさい》の屑《くづ》のくさり居《を》る湖《うみ》のみぎはに歩《あゆ》み来《き》にけり
原《はら》なかの弟《おとうと》の墓《はか》は吹《ふ》き曝《さ》れて地肌《ちはだ》あらはに霜《しも》のとけゐる
青苔《あをごけ》の庭《には》の日《ひ》ざしに赤棟蛇《やまかがし》いでて舌《した》はく昼《ひる》すぎにけり

＊

永田さんは、会津八一の作からは

はつなつの　かぜとなりぬと　みほとけは　をゆびのうれに　ほのしらすらし
やまばとの　とよもすやどの　しづもりに　なれはもゆくか　ねむるごとくに

の二首を採っている。前者は『鹿鳴集』（元来は『南京新唱』）所収の作、後者は空襲による罹災後、疎開先の新潟の寓居で養女が死んだときの挽歌中の一首である。前者について永田さんは次のとおり書いている。

「正直に言うと、私は会津八一の歌が苦手である。どうも生理的に受けつけないのだ。しかし、有名度という点では間違いなく近代の歌人として落とすことのできない人物である」。

私は永田さんのこういう正直さが好きである。同時に、永田さんと私との生理の違いの大きさに驚く。会津八一の創元選書版『鹿鳴集』と岩波文庫版『長塚節歌集』で私は短歌、というよりも、詩というものの本質を知ったと感じた記憶をもっている。永田さんはまたこうも書いている。

「本書で会津八一を取りあげるべきかどうか、実はだいぶ迷ったのである。私が苦手ということだけでなく、八一にはこれといった誰もが認めるような代表歌がない」。

こういう正直な発言に接すると、永田さんのご存知の「誰も」にあたる方々はずいぶんと視野の狭い人々だという感を禁じえない。

私見では、永田さんが選んだ作は、微視的であって、決して『南京新唱』の代表作ではない。同様の趣向の作としては

くわんおん の しろき ひたひ に やうらく の かげ うごかして かぜ わたる みゆ

の方が大らかである。むしろ『南京新唱』冒頭の

かすがの に おしてる つき の ほがらか に あき の ゆふべ と なり に ける かも

を代表作としてあげてもよい。格調が高く、抒情が心に沁み入る感がある。ただ、私はこれよりも「唐招提寺にて」と前書のある

おほてら の まろき はしら の つきかげ を つち に ふみ つつ もの を こ

そ　おもへ

を会津八一の最高の名作と思っている。永田さんは、佐佐木信綱の

ゆく秋の大和の国の薬師寺の塔の上なる一ひらの雲

を採っている。また毛越寺をうたった

大門《だいもん》のいしずゑ苔にうづもれて七堂《しちだう》伽藍《がらん》ただ秋の風

という信綱作の歌も採っている。これらは八一の『南京新唱』と歌境がかなりに似ている。しかし、これらが秀歌でないとはいわないけれども、私には八一の「おほてら」の作の方がはるかに調べが高く、のびやかで、対象に寄せる思いがふかいと思われる。

私は永田さんが『近代秀歌』中、会津八一の『寒燈集』から

やまばとの　とよもすやどの　しづもりに　なれはもゆくか　ねむるごとくに

を採ってくださったことをうれしく思っている。八一の作は『鹿鳴集』所収の作だけが知られ、戦後の作はかえりみられないことが多いからである。昭和二十六（一九五一）年『会津八一全歌集』で読売文学賞を贈られたとき、釈迢空は「越後西条の僑居に居て詠んだ山鳩以下松濤・幽暗に到る六十首は、人生、声をあげて哭《な》く悲しみの、堪へ易きを思はずには居られない」と評した。「やまばと」は昭和二十年八月の作、養女きい子の死を悼んだ一連の作の冒頭から二首目の作だが、私は続く連作中

あひ　しれる　ひとなき　さと　に　やみ　ふして　いくひ　きき　けむ　やまばと　の　こゑ

うつしよ　の　ひかり　ともしみ　わかき　ひ　を　わが　やど　いかに　さびし　かり　けむ

やまばと　は　き　なき　とよもす　ひねもす　を　ききて　ねむれる　ひと　も　あら　なく　に

などに惹かれる。養女きい子は二十歳のとき会津家に来て養子となり、「薪水のことに当ること十四年」と八一が序文に書いているから、死去のときは三十四歳であった。

ひと　いねし　ひろき　くりや　の　いたのま　に　ひとり　かよひて　みづ　のむ　われ
は
もえ　のこる　ほた　の　ほかげ　に　さしのべし　わが　あし　くらし　みゆき　ふる
よ　を

など「やまばと」以後の孤愁が心をうつ作である。これらの作を生理的にうけつけない人があるとは私には信じがたい。

＊

長塚節の作について考えることとする。

永田さんが『近代秀歌』で採った長塚節の作は次の三首である。

垂乳根の母が釣りたる青蚊帳をすがしといねつたるみたれども
馬追虫《うまおひ》の髭のそよろに来る秋はまなこを閉ぢて想ひ見るべし
白埴《しらはに》の瓶《かめ》こそよけれ霧ながら朝はつめたき水くみにけり

「白埴の」「垂乳根の」の二首は「鍼の如く」中の作。「白埴の」は「鍼の如く」冒頭の作である。

私としては、私の好みといえば、それまでだが、島木赤彦が次の四首を採られているのを考えると、節が右の三首しか採られていないことが残念でならない。

隣室に書《ふみ》よむ子らの声きけば心に沁みて生《い》きたかりけり
高槻《たかつき》のこずゑにありて頰白のさへづる春となりにけるかも
みづうみの氷は解けてなほ寒し三日月の影波にうつろふ
我が家の犬はいづこにゆきぬらむ今宵も思ひいでて眠れる

右四首の中、私が感心するのは第四首だけである。異論があることを承知の上で、私見をいえば、第一首は平凡、第二首は志貴皇子の「いはばしる垂水《たるみ》の上のさわらびの萌え出づる春になりにけるかも」の模倣にすぎないし、第三首が赤彦の目指した寂寥相、鍛錬道の行き着いた作だが、結局は写生だけで、人間性が感じられない。これに比べると、節には秀歌がじつに多い。「馬追虫の」は「鍼の如く」以前の作、これも悪くないが、私の好みでは同じ明治三十九（一九〇六）年初秋の歌、

小夜深《さよふけ》にさきて散るとふ稗草《ひえくさ》のひそやかにして秋さりぬらむ

の方を採りたい。明治四十五年の「病中雑詠」冒頭の

生きも死にも天《あめ》のまにまにと平《たひ》らけく思ひたりしは常の時なりき

には心がしめつけられる感がある。「鍼の如く」は大正三（一九一四）年に入っての大連作だが、永田さんが採った二首の他、

小夜《さよ》ふけてあいろもわかず悶《もだ》ゆれば明日は疲れてまた眠るらむ
小夜《さよ》ふけて竊《ひそか》に蚊帳《かや》にさす月をねむれる人は皆知らざらむ

などに大いに惹かれる。私の好みでは赤彦の作は二首で足り、節の作は五首ほど採りたい。

「白埴の」の歌について一言つけ加えておきたい。「霧ながら朝はつめたき水くみにけり」の「霧ながら」をどう解するか。「朝霧のたちこめるなかに、その清楚な瓶に冷たい水を汲み入れたことだ、という意味になろう」と永田さんは書いている。これでは「ながら」を読みこんでいない。『岩波古語辞典（補訂版）』の「基本助詞解説」の「ながら」をみると、万葉集にみられる「神ながら」は「神のみ心のままに」の意で、「…のままで」の意に用いた。また、「涙ながら」「二人ながら」などは「涙と共に」「二人共と」、と「ともに」の意に用いられるという解説が記され

ている。『日本国語大辞典（第二版）』にも「まま」「ままで」の意、「すべて」「…とも」の意がある、とも記している。だから、霧とともに水を汲んだ、という意と解すべきであろう。私には永田さんは短歌の鑑賞にさいして語釈に拘泥していないようにみえる。

＊

もう一度、石川啄木について私見を述べたい。啄木の歌は知られるとおり三行分かち書きに表記されているが、行分けは斜線で示す。

東海《とうかい》の小島《こじま》の磯《いそ》の白砂《しらすな》に／われ泣《な》きぬれて／蟹《かに》とたはむる

永田さんは、この名高い歌について、「青春の感傷性が、現在の目から見るとやや過剰な所作とともに詠われている。特に「われ泣きぬれて／蟹とたはむる」は、さすがに現在では恥しくて詠えないところだろう。しかし、一歩引いて考えれば、ある種の愛誦性を獲得するためには、このような過剰なまでに人々の心にベタに訴えかけるような俗性が必要なのかもしれない。総じて、啄木はいわゆる専門歌人からの評価は低い傾向があるが、それはこのような過剰な表現が、世間一般に受け入れられすぎているところに起因するのかもしれない。しかし、歌は人口に膾炙《かいしゃ》して、いつも口ずさまれるような一般性を持っていないと、後世に残っていかないことも事実なのである」と書いている。

私はこの永田さんの解説にいくつかの疑問を感じる。第一は「東海の」の歌が過剰に感傷的であるか、第二は啄木の通俗的であるか、第三は専門歌人の評価が正しいか、である。

「東海の」の感傷性についていえば、若山牧水の

幾山河《いくやまかは》越えさり行かば寂しさの終《は》てなむ国ぞ今日も旅行く
白鳥《しらとり》は哀《かな》しからずや空の青海のあをにも染まずたゞよふ

なども恥ずかしいほど感傷的である。

知る人には知られた事実だが、この歌には先行する「蟹に」という詩がある。

潮《しほ》満ちくれば穴に入り、
潮《しほ》落ちゆけば這《は》ひいでて、
ひねもす横にあゆむなる
東の海の砂浜の
かしこき蟹《かに》よ、今此処を
運命《さだめ》の浪にさらはれて

心の龕《ずし》の燈明《とうみやう》の
汝《なれ》が眼《め》よりも小《ささ》やかに
滅《き》えみ明るみすなる子の
行方《ゆくへ》も知らに、草臥《くたび》れて、
辿《たど》りゆくとは、知るや、知らずや。

つねに横に歩いて前進しない蟹に寄せて、行方を見いだしえない挫折感をうたった作であり、「東海の」はまさにこの挫折感、絶望をうたって涙しているのである。

『一握の砂』は明治四十三年刊だが、明治四十年に発表され、わが国自然主義文学の出発点ともなった、田山花袋「蒲団」の末尾で主人公時雄を作者はこう描いている。

「性慾と悲哀と絶望とが忽《たちま》ち時雄の胸を襲つた。時雄は其の蒲団を敷き、夜着をかけ、冷めたい汚れた天鵞絨の襟に顔を埋めて泣いた」。

島崎藤村の「春」は明治四十一年に朝日新聞に連載された小説だが、その第二章の末尾、友人たちと落ち合うために東海道、吉原の宿に主人公岸本が着くと、友人たちは留守であった。

「青木や市川やそれから菅の置いて行つたもの、洋傘《かうもり》だの、手拭だの、其他《そのほか》手荷物の類《たぐひ》が室内に散乱《ちらか》つて居る。急に熱い涙が岸本の頬を伝つて流れて来た。彼は自分の汗臭い風呂敷包に顔を押宛てて、激しく泣いた」。

これらを読むと、私たちはむしろ気恥ずかしく感じる。しかし、当時の青年は、感情が激し、昂ぶると、すぐ泣いたのである。「東海の」の歌で「泣きぬれ」るのもこれらと同じであり、挫折して、行方も知らず流浪する自己の運命に涙したのである。これは決して永田さんのいうような、「青春の感傷性」ではない。通俗的かといえば、そうではない、と私は考える。

私は「いわゆる専門歌人」が啄木を低く評価する傾向があるとすれば、啄木が次の作にみられるほどの心の暗黒を凝視した歌人であることを知らないのではないか、と考える。

人《ひと》みなが家《いへ》を持つてふかなしみよ／墓《はか》に入《い》るごとく／かへりて眠る
いと暗《くら》き／穴《あな》に心《こころ》を吸《す》はれゆくごとく思《おも》ひて／つかれて眠《ねむ》る
何《なに》がなしに／頭《あたま》のなかに崖《がけ》ありて／日毎《ひごと》に土《つち》のくづるるごとし
人《ひと》といふ人《ひと》のこころに／一人《ひとり》づつ囚人《しうじん》がゐて／うめくかなしさ

このような心情をもつ歌人が、

友《とも》がみなわれよりえらく見《み》ゆる日よ／花《はな》を買ひ来《き》て／妻《つま》としたしむ
ふるさとの訛《なまり》なつかし／停車場《ていしやば》の人《ひと》ごみの中《なか》に／そを聴《き》きにゆく
はたらけど／はたらけど猶《なほ》わが生活《くらし》楽にならざり／ぢつと手を見る

やはらかに柳《やなぎ》あをめる／北上《きたかみ》の岸辺《きしべ》目に見ゆ／泣《な》けとごとくに

などとうたったのは、その心の渇きからであって、じつはこれらが愛誦されるのは、読者のそれぞれもまた啄木ほどにないにせよ、啄木がもっていたと同様の心の暗黒をかかえ、渇きを感じているからではないか。

反面、こうした啄木の心情は

燈影《ほかげ》なき室《しつ》に我《われ》あり／父と母／壁《かべ》のなかより杖《つゑ》つきて出づ

愛犬《あいけん》の耳斬《みみき》りてみぬ／あはれこれも／物《もの》に倦《う》みたる心《こころ》にかあらむ

目《め》の前《まへ》の菓子皿《くわしざら》などを／かりかりと嚙みてみたくなりぬ／もどかしきかな

どんよりと／くもれる空《そら》を見《み》てゐしに／人を殺したくなりにけるかな

にみられるとおり、ほとんど狂気ととなり合っていた。

啄木の歌境はじつに多様であり、その心情はつらく、厳しい。その中で、私は

高山《たかやま》のいただきに登《のぼ》り／なにがなしに／帽子《ぼうし》をふりて下《くだ》りきしかな

気弱《きよわ》なる斥候《せきこう》のごとく／おそれつつ／深夜《しんや》の街《まち》を一人散歩《ひとりさんぽ》す

さらに、叙景歌としては

空知川《そらちがは》雪《ゆき》に埋《うも》れて／鳥《とり》も見《み》えず／岸辺《きしべ》の林《はやし》に人《ひと》ひとりゐき

さいはての駅《えき》に下《お》り立《た》ち／雪あかり／さびしき町にあゆみ入《い》りにき

などを彼の秀歌と考えている。

それ故、私は永田さんは啄木の秀歌を選ぶより、いわば愛誦歌を『近代秀歌』に採って解説したにすぎないのではないか、という不満をもつ。

＊

『近代秀歌』を一読したとき、私は永田さんの記述がいくつか間違っていることに気付いた。また、選び方に偏りがあるのではないかと感じた。再読、三読して、永田さんの鑑賞に同意できない点が多いことを知った。ここにその一端を書いたが、この程度で筆を擱くこととする。ただ「ここに選ばれた」歌は「どこかで一度や二度は耳にしたり目にしたことがある歌であろう」と永田さんは書いているが、前にも記したとおり、私がはじめて目にした歌も多かった。次の歌も、私は『近代秀歌』ではじめて知ったが、他人事ではないという思いが切であった。

もの忘れまたうち忘れかくしつつ生命をさへや明日は忘れむ　（太田水穂）

（なお、この文章が『ユリイカ』に掲載された後、『近代秀歌』の増刷のさい、「時代閉塞の現状」とソメイヨシノの誤りについては、永田さんは訂正し、その旨を後記に記していることを付記する）。

ミュージカル『レ・ミゼラブル』について

ユーゴー作『レ・ミゼラブル』の原作を読んだ方は多いと思うので、同書が何を描いたかについて考えたことのある人々も多いはずである。その題名のとおり、「惨めな人々」と解したばあい、おそらくすべての貧しい人々をふくむだろう。陋劣なテナルディエ夫婦も、法の権威の支配が及ばない魂にふれて苦悶し、自死を選ぶジャヴェールも、その心情において惨めな人々に属するだろうし、理想主義に殉じたアンジョラスら学生たちの空しい生も惨めだし、いうまでもなく、主人公ジャン・ヴァルジャンの生涯も惨めにちがいない。しかし、コゼットはその前半生は別として惨めといえるだろうか。マリウスはどうか。高潔なミリエル司教は惨めといえるか。

ジャン・ヴァルジャンが投獄されたのは一七九五年であった。ラマルク将軍の葬儀を契機とした暴動にマリウスが参加し、ジャン・ヴァルジャンにより下水道を通って救いだされたのが一八三二年であった。この間、エルバ島を脱出したナポレオンがワーテルローで敗れ、セントヘレナ島へ流刑され、ルイ十八世即位による王政復古がなされたのが一八一五年、続いて一八三〇年には七月革命によりシャルル十世が退位し、オルレアン公ルイ・フィリップが即位する。ラマルク将軍の葬儀を契機に暴動がおこった一八三二年はルイ・フィリップ王制下であった。その後、フランスの歴史は一八四八年の二月革命から、一八五二年ナポレオン三世の即位による第二帝政、一八七一年のパリ・コミューンを経て、一八七五年、第三共和制の成立に至る。こうして、フランスの政局は目まぐるしく展開、産業の発展にともなう農村の衰退、失業者の増加、労働者の窮乏、大ブルジョワジー支配に対する中小ブルジョワジーの不満、さまざまの思想、イデオロギーの対立、党派間の闘争など、『レ・ミゼラブル』はフランス革命からルイ・フィリップの時代に至る動乱期の人々を描いている。貧しい人々はもちろん、富裕な階層の人々も高潔な人々も、野卑な人々も、理想をもった人々も、もたない人々も、みな一様に「惨め」に時代に翻弄されたのではないか。私は『レ・ミゼラブル』は苛酷な動乱の時代に生きた人々を、群衆を描いた作品であり、いわば、ある時代そのものを描いた作品であると考える。

原作による限り、主人公はジャン・ヴァルジャンであり、ついでマリウスとコゼットである。彼らの運命を、時代と、その時代に生きる群衆が翻弄する。原作は岩波文庫版で四巻、全部で二千五百頁に近い。時代を描くために、作者はルイ・フィリップについて約五十頁を費し、パリ下水道について約三十頁をあてている。こうしてみると、ジャン・ヴァルジャンも、マリウスも、コゼットもたんに歴史に操られた、時代の語り手にすぎないようにさえみえる。

このような作品がはたしてミュージカルたりうるのか。到底不可能と思われるこの企てを実現し、成功させたのがプロデューサーであるキャメロン・マッキントッシュであった。このミュージカルがロンドンで初演されたのは一九八五年であった。当時、東宝の演劇担当の専務であった平尾辰夫さんが東京公演を決めたのは、このロンドンにおける初演のさい、ブロードウェイ公演さえ決まっていないときであった、といまは「サー」の称号を授けられたキャメロンが二〇一三年六・七月公演のプログラムに書いている。その後、東宝は一九八七年から二〇一三年までの間十数回にわたり、二千六百八十三回公演している。帝劇の客席数を考えると、たぶん約四百万人の観客を動員したことになるだろう。私はこの観客動員数が当然といってよいほど、このミュージカルはたのしく、興味ふかく、観客を昂奮させる傑作だと考えている。それにしても、平尾さんの炯眼は驚嘆に値するが、平尾さんといえども、これほどの反響は予測しなかったのではないか。

私はキャメロン・東宝間の契約の当初、法律上の相談に与った関係もあり、上演の都度、一、二度観てきたし、ロンドン、ニューヨークの公演も観ているし、十周年記念、二十五周年記念のコンサート形式によるこのミュージカルのDVD版も、二〇一二年末に公開された映画も観ているので、このミュージカルにはかなり詳しいつもりである。

＊

契約当初に問題となった条項の一つに、出演俳優はすべてオーディションで選ぶということがあった。このミュージカルにスターは不要、ということがキャメロンの信念であった。それでも、東宝としてはスターないし知名度のない俳優たちだけで上演することに不安がつよかったのであろう。東京の初演のさい、キャメロンに頼んで、その承認を得て、マリウスは野口五郎、コゼットは斉藤由貴、ファンテーヌは岩崎宏美が出演した。私は歌謡曲の歌手として岩崎宏美の透明な声が好きだったが、彼女のファンテーヌにはまったく失望した。野口五郎、斉藤由貴の二人は論外のミスキャストだと思った。二〇一三年の公演にさいしても、著名な俳優、歌手の方々がかなり多数オーディションを受け、不採用となった、と東宝の元社長・元会長である松岡功さんからお聞きしたが、まさにキャメロンのいうとおり、このミュージカルに必要なのは、個々の俳優の演技力であり、歌唱力であり、スターがもつ知名度、固定ファン、ある種のオーラではない。それはこのミュージカルが原作と同様、群衆の劇であり、群衆の生きた時代の表現だからである。

私自身の感想としては、第一幕から第二幕に劇が進行するにしたがい、感興がたかまる。第二幕に入って「オン・マイ・オウン」から市街戦となり、学生たちが壮絶な死を遂げ、終幕に至って、従来の演出では

戦う者の歌が聴えるか?
鼓動があのドラムと響き合えば
新たに熱い生命《いのち》が始まる

明日が来た時　そうさ明日が！

とはじまる「民衆の歌」を、死者たちもよみがえり、生きている者たちとともに、くりかえし合唱する。そのころには、観客も総立ちになって

列に入れよ　我らの味方に
砦の向こうに世界がある
戦え　それが自由への道

といった合唱に入ると、私自身も手拍子をとり、舞台の俳優たちと観客が一体となって、高揚した気分が劇場に横溢する。私もその一人となって、身体が開放感にみたされる。

ソ連邦の崩壊にはじまり、社会主義諸国が消滅し、今日、私たちは未来を託すことができる理想を見失っている。砦の向こうに自由な世界がある、といった幻想を、私はもったことはないが、それでも、社会主義が若いころの私にとっても魅力をもっていなかったわけではない。だから、バリケードを築いて抵抗した学生たちの理想主義が私の心をうち、そうした理想主義の敗北に感動し、理想主義の存在した日々に郷愁を感じる。

岩谷時子さんの訳詞は名訳だが、原詞はもっと激越である。

DO YOU HEAR THE PEOPLE SING?
SINGING A SONG OF ANGRY MEN?
IT IS THE MUSIC OF A PEOPLE
WHO WILL NOT BE SLAVES AGAIN!
WHEN THE BEATING OF YOUR HEART
ECHOES THE BEATING OF THE DRUMS,
THERE IS A LIFE ABOUT TO START
WHEN TOMORROW COMES.

直訳すれば、次のような意味であろうか。

民衆の歌が聴えるか？
怒れる男たちの歌が？
二度と奴隷とならない
民衆の歌だ
君の心臓の鼓動が

ドラムの鼓動に木霊《こだま》すれば
明日が来たとき、そこで
新しい生命がはじまろうとする

「列に入れよ」の原文は以下のとおりである。

WILL YOU JOIN IN OUR CRUSADE?
WHO WILL BE STRONG AND STAND WITH ME?
BEYOND THE BARRICADE
IS THERE A WORLD YOU LONG TO SEE?

翻訳は難しいが、拙訳を試みることにする。

我々の十字軍に加われよ?
強く、我々と共に立たないか?
バリケードの向こうには
見たいと思いこがれた世界があるのではないか?

「怒れる者」を「戦う者」と訳し、「二度と奴隷とならない者」を略したのは、表現を穏当にし、また日本語の語数が制限されているからだろうが、「鼓動があのドラムと響き合えば」以下は、岩谷さんならではの名訳だろう。

「列に入れよ」についていえば、学生たちを十字軍になぞらえていることに感慨を覚える。十字軍はキリスト教世界においては、いまだに聖戦なのだが、当時の実情としては、十一世紀、教皇ウルバン二世の煽動によるキリスト教徒遠征軍のエルサレム占領とそれにともなう暴虐略奪に他ならない。十字軍を聖戦とみることは英米刊行の辞書から承知していたが、こういうミュージカルの中で目にするほどに常識化していることに恐怖を感じる。

加えて、この歌詞が、韻をふんでいることに私は興味を惹かれる。つまり、第一行・第三行がCRUSADE・BARRICADEと同じ「エイド」という音で、第二行・第四行がME・SEEと同じ「イー」という音で終っている。ロンドンやニューヨーク公演でも、DVD版でも、この歌がうたわれるとき、押韻の音の美しさにこころよい気分を味わったが、こうしたミュージカルにおいてさえ、押韻の美しさ、心地よさを伝えることができる欧米の詞に私は羨望を禁じえない。

＊

「民衆の歌」から話題がそれてしまったが、私は第二部の冒頭の「オン・マイ・オウン」が好きである。そして、ここにこのミュージカルが評判高い、人気を呼んでいる所以がある、と考えている。この事実こそ、私がこの文章で書いておきたいと考えていることなのである。

文庫版四冊、計約二千五百頁の大作を三時間ほどに劇化するために省略は止むをえない。ただ、原作のストーリーの骨格は、逃亡しながらジャン・ヴァルジャンが育てたコゼットが、マリウスと結ばれるに至る経緯である。そのためにはマリウスがどう育ち、コゼットと出会うまでどのような生活をしていたのか、が語られなければならない。一方、ジャン・ヴァルジャンにしても、マドレーヌ氏として、モントルイユ・スュール・メールで実業家として成功、市長をつとめていたとき、「ジャン・ヴァルジャン」と思われる男が捕えられ、裁判が開始されると聞く。間違えられてジャン・ヴァルジャンとされた男が有罪とされれば、二度と彼は追われることがなくなる。そこで、彼、マドレーヌ氏ことジャン・ヴァルジャンは「名乗り出れば監獄、黙っていても地獄」と煩悶し、結局、名乗りでるところが、この劇の見せ場の一つだが、その後、どうなったかはこの劇では省略されている。

マドレーヌ氏ことジャン・ヴァルジャンの工場で働いていたファンテーヌが些細な喧嘩のため解雇され、売春婦に身を落とすまで零落、臨終の病床で、解雇に責任を感じていたジャン・ヴァルジャンはファンテーヌが気がかりにしていたコゼットの面倒をみる、と約束することは劇中語られているが、名乗りでたジャン・ヴァルジャンはふたたび投獄され、やがて脱獄に成功し、そこではじめてテナルディエからコゼットをひきとるのである。

この再度の投獄と脱獄の省略も止むをえないかもしれないが、ジャヴェールに追われたジャン・ヴァルジャンとコゼットが逃げこんだ場所が女子修道院であった。その修道院の庭番が、かつてジャン・ヴァルジャンが馬車の下敷きになっていたのを救けだしたフォーシュルヴァンであった。経緯はともかくとして、ジャン・ヴァルジャンはフォーシュルヴァンの弟として五年間、修道院の中で幽囚の生活を送り、コゼットは修道女たちによって教育される。その上で、はじめて修道院長に願いでて、修道院を出、パリに住むことになる。五年も経っているので、自分に対する追及もそう厳しくはなくなっているだろう、と見込んだのであった。

つまり、コゼットは、こうしたきわめて特異な環境で成人したのだが、本人もその事実を自覚していないし、観客も知らされていない。マリウスと出会うまでのコゼットの成長過程がミュージカルではすっぽり抜け落ちている。原作の構成は次のとおりである。

第一部　ファンテーヌ
第二部　コゼット
第三部　マリウス
第四部　叙情詩と叙事詩
第五部　ジャン・ヴァルジャン

くりかえしになるが、コゼットはファンテーヌの子として生まれ、テナルディエに預けられ、ジャン・ヴァルジャンに救けだされるまでテナルディエ夫婦に苛酷な労働を強いられていたことを観客は知っているが、その後どのように成人したかは、劇化にさいして切り捨てられている。

＊

もっと気がかりな事実は、マリウスがどのように育ったかが、劇化にさいして切り捨てられたことである。マリウスがどのように育ったかも、ジャン・ヴァルジャンの再度の投獄と脱獄と同様、原作を読んでいる方々にはまったく説明するまでもないのだが、あえて説明させていただくこととする。

マリウスには一八三一年当時九十歳を越えているが矍鑠《かくしやく》たる祖父があった。祖父ジルノルマンは遺産は大したものではなかったが、二人の娘のうちの未婚の姉娘は非常に富裕であった。ジルノルマンは王党派であった。マリウスの母はジルノルマンの二人娘の妹娘であり、ナポレオンとともにエルバ島に赴いた竜騎兵中隊の指揮官ポンメルシーと結婚し、マリウスを生んだ。ワーテルローにおいて、「ルネブールグ隊の軍旗を奪ったのは彼であった。彼はその軍旗を持ち帰って皇帝の足下に地に投じた。彼は血にまみれていた。軍旗を奪う時、剣の一撃を顔に受けたのである。皇帝は満足して叫んだ。「汝は今より大佐であり、男爵であり、レジオン・ドヌール勲章のオフィシエ受章者だぞ。」ポンメルシーは答えた。「陛下、やがて寡婦たるべき妻のために御礼を申しまする。」一時間後に彼はオーアンの峡路におちいった」と原作にある。

「ジルノルマン氏はその婿と何らの交渉も保たなかった。大佐は彼にとってはひとりの「無頼漢」であり、彼は大佐にとってひとりの「木偶漢《でくのぼう》」にすぎなかった」。「ジルノルマン家に対しては、ポンメルシーは一つの厄病神《やくびょうがみ》にすぎなかった」。マリウスは、一八一五年に教養がある立派な妻に先立たれたポンメルシー大佐の「孤独な生活における」慰めのはずだったが、「祖父は、権柄ずくでその孫を請求し、もし渡さなければ相続権を与えないと宣告した。父親は子供のために譲歩した。そしてもはや子供をも手もとに置くことができなくなったので、花を愛し初めた」。「彼がそういうふうにして生長している間に、二、三カ月に一度くらいは、大佐は家をぬけ出し、監視を破る刑人のようにひそかにパリーにやってきて、伯母のジルノルマンがマリウスを弥《ミ》撒《サ》に連れて行くころを見計らい、サン・スュルピス会堂の所に立っていた。そこで、伯母がふり返りはしないかを恐れながら、柱の陰に隠れ、息を凝らしてじっとたたずんで、子供を見るのだった」。

やがてマリウスは祖父から父に会うためヴェルノンへ行けと命じられ、到着したときには父の臨終に間に合わなかったことを知る。父の遺産は家具を売り払っても葬儀の費用に足りるかどうかという状態であった。そのさい、彼は次の書面を渡された。

「予が子のために——皇帝はワーテルローの戦場にて予を男爵に叙しぬ。復古政府は血をもって贖《あがな》いたるこの爵位を予に否認すれども、予が子はこれを取りこれを用うべし。もとより予が子はそれに価するなるべし」。

この書面の裏には次の文章が記されていた。

「なおこのワーテルローの戦争において、ひとりの軍曹《ぐんそう》予の生命を救いくれたり。その名をテナルディエという。最近彼はパリ近傍のシェルもしくはモンフェルメイユにおいて、小旅亭を営めるはずなり。もし予が子にしてテナルディエに出会わば、及ぶ限りの好意を彼に表すべし」。

実際は瀕死の状態にあったポンメルシー大佐の内ぶところから時計を、チョッキを探って金入れを自分のポケットにテナルディエがねじこんだことから、目覚めた大佐が、テナルディエに生命を救われたと錯覚したにすぎなかったし、劇ではマリウスとテナルディエとのこうした関係にはまったくふれていないが、原作ではマリウスはこの遺書のためにテナルディエに心理的負い目を感じることとなっている。

テナルディエはともかく、父の死を機に、マリウスは図書館に通って歴史を学び、驚愕し、「民衆に還付された民権の君臨のうちにある共和国と、全欧州に課せられたフランス思想の君臨のうちにある帝国。そして革命のうちから民衆の偉大な姿が現わるるのを見、帝国のうちからフランスの偉大なる姿が現わるるのを見た」と原作は記し、マリウスはここではじめて父と祖国とに気付いたという。

マリウスが「男爵マリウス・ポンメルシー」という名刺を作ったことから祖父と口論になって、マリウスは飛び出し、伯母からの送金も断って自活、窮迫した生活を送ることになる。

「苦しい生活のある場合には、マリウスは自ら階段を掃き、八百屋でブリーのチーズを一スーだけ買い、夕靄《ゆうもや》のおりるのを待ってパン屋へ行き、一片のパンをあがなって、あたかも盗みでもしたようにそれをひそかに自分の屋根部屋へ持ち帰ることもあった。時とすると、意地わるな女中らの間に肱《ひじ》で小突かれながら、片すみの肉屋にひそかにはいってゆく、ぎごちない青年の姿が見えることもあった。彼は小わきに書物を抱え、臆病《おくびょう》らしいまた気の立った様子をして、店にはいりながら汗のにじんだ額から帽子をぬぎ、あっけにとられてる肉屋の上《かみ》さんの前にうやうやしく頭を下げ、小僧の前にも一度頭を下げ、羊の肋肉《ろくにく》を一片求め、六、七スーの金を払い、肉を紙に包み、書物の間にはさんでわきに抱え、そして立ち去っていった。それはマリウスだった。彼はその肋肉を自ら煮、それで三日の飢えをしのぐのであった」。

こうした窮迫した生活をしながら、マリウスは弁護士資格を得、また、ドイツ語、英語を学んで、翻訳でつつましく暮らしていた。アンジョラスらと交際はあったが、すべてのことの局外にいたいという趣味から、何かおこったばあいには助け合うことにはなっていたが、それ以上に深入りしなかった。

マリウスはしたたかに自活する能力をもち、王党派、共和派、ボナパルト派等渦巻く思想の中で自らを鍛えた青年であった。経済的に他をたよらず、思想的に仲間から距離をおき、孤立した生活をしていた。彼は「中背の美しい青年で、まっ黒な濃い髪、高い利発らしい額、うち開いた熱情的な小鼻、まじめな落ち着いた様子、そしてその顔には、矜《ほこ》らかで思索的で潔白な言い知れぬ趣が漂っていた」と書かれている。

このように強靱な魂をもちながらも孤立した生活をしていたマリウスと、社会から隔離された環境で、やはり孤独に成長したコゼットとの二人の恋愛、彼らを結びつけるジャン・ヴァルジャンの高貴な犠牲的精神こそが、『レ・ミゼラブル』原作のもっとも主要な物語である。マリウスとコゼットの二人の性格、マリウスの境遇、テナルディエから救いだされた後、いかにコゼットが少女期から思春期を送ったかが、このミュージカルでまったく切り捨てられていることに、劇化としての特徴をみるべきだろう。

かつて初演のさいの野口五郎のマリウス、斉藤由貴のコゼットがほとんど見るにたえないと思ったが、それは彼らの演技力、歌唱力の貧しさだけによるわけではない、と私はいま考えている。このミュージカルでは彼ら二人の人格が描かれていない。マリウスは苦労知らずの学生、コゼットは世間知らずのお嬢さん、といった性格づけしかされていないのである。野口五郎、斉藤由貴に不満を感じた理由の一端は劇作法にあった。

＊

『レ・ミゼラブル』はどうしてこんなに評判が高いのでしょうね、と東宝演劇部の松田和彦さんと話したことがある。何でもあり、だからじゃないですか、というのが松田さんの答えであった。ジャン・ヴァルジャンの悲惨な半生と幕切れの場面などにみられる気高く美しい心、アンジョラスをはじめとする学生たちの英雄的な闘争と彼らの死、エポニーヌの悲恋、ガヴローシュの陽気で、悲壮な死、テナルディエ夫婦の強欲、もちろん、マリウスとコゼットの恋愛と結婚、冒頭ではミリエル司教の仁慈、ファンテーヌの悲運、ジャヴェールの執念と回心に近い信条の動揺等。すべて日本語訳文庫版約二千五百頁に語られている挿話がよく三時間かそこらの上演時間しかないミュージカルにもりこまれていることに、いいかえれば、私たち人間の心と精神と行動のありとあらゆる、といってよい様相をここにみることに観客の感興がある、という松田さんの説はたぶん正しいだろう。後にふれたいと思うが、ミュージカルというにふさわしく、うたわれる歌は良い歌が数多い。私はあらゆるミュージカル中『ラ・マンチャの男』が随一と考えており、見終えると、いつもドン・キホーテの高貴な魂に切々たる思いにとらえられるが、歌としては「見果てぬ夢」一曲しか記憶に刻まれる歌はない。憶えやすく、感銘ふかい歌が数多いことも『レ・ミゼラブル』が観客を惹きつける理由にちがいない。

しかし、私の見解では、このミュージカルの成功は、劇化にさいして、マリウスとコゼットの恋愛からエポニーヌの悲恋に重点を移したことにある。

日本における初演ではエポニーヌは島田歌穂が演じた。私は彼女の演技力、歌唱力につよい感銘をうけた。当時島田歌穂はほとんど無名であった。彼女の演技は評判になり、後に、このミュージカルの出演者がバッキンガム宮殿に招かれたさい、日本からは彼女がエリザベス女王の前で「オン・マイ・オウン」をうたったと聞いた憶えがある。最近のプログラムでは、ジャン・

ヴァルジャン、ジャヴェールの次に、エポニーヌ役が紹介されており、コゼット役、マリウス役より前に紹介されている。それだけ、エポニーヌ役がこのミュージカルで重要な役だという評価のあらわれであろう。

もちろんエポニーヌはテナルディエ夫婦の娘として原作に登場する。彼女がマリウスに片想いの恋をし、マリウスのために死ぬことも原作に描かれている。しかし、その描かれ方はほんの端役にすぎない。全二千五百頁中僅か五十頁ほどにすぎない。

最初は第三部第八編「邪悪なる貧民」の「四　困窮の中に咲ける薔薇」の章にジョンドレットと称しているテナルディエの娘として「小生に些少《さしよう》の好意を寄せ」てほしいという、父テナルディエの虫の良い懇願の手紙を持ってマリウスの前に登場する。

「マリウスは立ち上がって、夢の中に現われて来る影のようなその女を、惘然《ぼうぜん》として見守った。ことに痛ましいのは、彼女は生まれつき醜いものでなかったことである。ごく小さい時には美しかったに違いない。年頃の容色はなお、汚行と貧困とから来る恐ろしい早老のさまと戦っていた。一抹《いちまつ》の美しさがその十六歳の顔の上に漂っていて、冬の日の明け方恐ろしい雲の下に消えてゆく青白い太陽のように見えていた」。

マリウスは全然見憶えがないでもない程度にしか彼女は知らない。彼女はワーテルローの戦闘を書いた本の一節を読み、歌を小声でうたい、マリウスから五フラン貰って立ち去る。

次は同じ第三部第八編の「十一　惨めなる者悲しめる者に力を貸す」の章で、マリウスは偶然エポニーヌと出会い、「あの美しいお嬢さん」、コゼットの住居を探しだすようエポニーヌに依頼する。

「それであたしに何をくれるの。」

「何でも望みどおりのものを。」

といった問答の後、エポニーヌはマリウスの依頼をひきうける。

三回目は第四部第二編「エポニーヌ」の「四　マリウスに現われし幽霊」の章である。ここで、エポニーヌはマリウスにコゼットの居所へ連れていってやると言い、マリウスからこのことをエポニーヌが父親に言わないように誓わせられ、マリウスが、彼女を「エポニーヌ」と呼んだことを喜ぶ。マリウスに「あの、あなたはあたしに何か約束したのを忘れやしないわね」と言って、マリウスはポケットから五フランを渡す。

「彼女は指を開いて、その貨幣を地面に落としてしまった。そして暗い顔つきをして彼を見ながら言った。

「あなたのお金なんか欲しいんじゃないの」」。

エポニーヌの片想いはまことにいじらしい。

四回目は第四部第八編「一　充満せる光」において、マリウスをエポニーヌがコゼットの許に連れてゆく、というだけである。

五回目は同じ第四部第八編「二　恍惚たる至福」の章の末尾、偶然、マリウスはエポニーヌに出会う。

「彼は少し当惑したように答えた。

「ああ、あなたですか、エポニーヌ。」

「なぜあなたなんていうの。あたし何か悪いことでもして？」

確かに彼は何も彼女に含むところはなかった。そんなことはまったくなかった。ただ、コゼットと親しい調子になってる今では、エポニーヌに対してよそよそしい調子を取らざるを得ないような気がしたままでである。

彼が黙っているので、彼女は叫んだ。

「何なの……。」

そして彼女は言葉を切った。以前はあれほどむとんちゃくで厚かましかった彼女も、今は口をききかねてるらしかった。彼女はほほえもうとしたが、それもできなかった。彼女はまた言った。

「なーに？……。」

そう言いかけて彼女はまた口をつぐみ、目を伏せてしまった。

「さようなら、マリウスさん。」とだしぬけに彼女は言って、向こうに立ち去ってしまった」。

この章は右のように終る。エポニーヌはまことに可憐である。

次は第四部第十四編の「四　火薬の樽」の章である。マリウスはすでに市街戦の中に入っている。

「マリウスはもはや武器を持っていなかった。彼は発射し終わったピストルを投げ捨てていた。しかしふと、居酒屋の広間の入り口にある火薬の樽《たる》を見つけた。

彼がその方に目をつけて半ば身をめぐらした時、ひとりの兵士が彼をねらった。しかしいよいよ、マリウスの上にねらいを定めた時、一本の手がその銃口を押さえてふさいだ。それは飛び出してきたひとりの者の仕業《しわざ》で、ビロードのズボンをはいたあの年若い労働者だった。弾は発射され、その手を貫き、また労働者が倒れたところをみるとその他の個所をも貫いたらしかったが、しかしマリウスにはあたらなかった」。

最後が同じ第四部第十四編の「六　生の苦しみの後に死の苦しみ」の章である。

「マリウスが視察を終えて引き返してこようとした時、闇《やみ》の中から自分の名を呼ぶ弱々しい声が聞こえた。

「マリウスさん！」

彼は身を震わした。それは聞き覚えのある声で、二時間前にプリューメ街の鉄門から呼ばわった声であった。

ただその声も、今はわずかに息の音《ね》くらいの弱さになっていた。

マリウスはあたりを見回したが、だれの姿も見えなかった。

彼は自分の気の迷いだと思った。周囲にわき上がった異常な現実に自分の頭から出た幻が加わったのだと思った。そして防寨《ぼうさい》の奥まった場所から出ようとして一歩運んだ。

「マリウスさん！」とまた声がした。

こんどはもう疑う余地はなかった。彼ははっきりとその声を耳にした。しかし見回してみたが何も見えなかった。

「あなたの足のところです。」とその声は言った。

身をかがめて見ると、一つの影が自分の方へ寄ってきつつあった。それは鋪石《しきいし》の上をはっていた。呼びかけたのはそれだった。

豆ランプの光にすかし見ると、だぶだぶの上衣と裂けた粗末なビロードのズボンと、靴《くつ》もはいていない足と、血潮のたまりみたいなものとが、目にはいった。ようやく認めらるる青白い顔が彼の方へ伸び上がって言った。

「あなたあたしがわかりますか。」

「いいや。」

「エポニーヌですよ。」

マリウスは急に身をかがめた。実際それはあの不幸な娘だった。彼女は男の姿を装っていた。

「どうしてここへきたんだ？ 何をしていた？」

「あたしもう死にます。」と彼女は言った。

重荷に圧倒されてる人をも呼びさますほどの言葉と事件とが世にはある。マリウスは飛び上がるようにして叫んだ。

「傷を負ってるね！　待て、室《へや》の中に連れてってやろう。手当てをしてもらうといい。傷は重いのか。どういうふうにかかえたら痛くない？　どこが痛む？　ああどうしたら？　だがいったい何しにここへきたんだ？」

そして彼は、腕を彼女の下に入れて助け起こそうとした。

そうしながら彼女の手に触れた。

彼女は弱い声を立てた。

「痛かった？」とマリウスは尋ねた。

「ええ少し。」

「でも手にさわったばかりだが。」

彼女はマリウスの目の方へ手をあげた。見ると手のまんなかに黒い穴があいていた。

「手をどうしたんだ。」と彼は言った。

「突き通されたのよ。」

「突き通された！」

「ええ。」

「何で？」

「弾《たま》で。」

「どうして？」

「あなたをねらった鉄砲があったのを、あなたは見て？」

「見た、それからその銃口を押さえた手も。」

「あたしの手よ。」

マリウスは駭然《がいぜん》とした。

「なんて乱暴な！　かわいそうに！　だがまあよかった、それだけのことなら何でもない。僕に任せるがいい、寝床に連れてってやるから。包帯をしてもらってやろう。手を貫かれたくらいで死にはしない。」

彼女はかすかに言った。

「弾《たま》は手を突き通して、背中へぬけたのよ。ここからあたしを外へ連れていってもだめ。あたしほんとは、お医者よりあなたの看護の方がいいの。あたしの傍《そば》にこの石の上にすわって下さいな。」

彼はその言葉に従った。彼女は彼の膝《ひざ》の上に頭をのせ、その顔から目をそらして言った。

「ああ、ありがたい。ほんとによくなった。もうこれであたし苦しかない。」

（中略）

彼女は穴のあいた手で、痙攣《けいれん》的にマリウスの手をつかんだ。もう痛みをも感じていないらしかった。そしてマリウスの手を自分の上衣ポケットにさし入れさした。マリウスは果たしてそこに紙があるのを感じた。

「取って下さい。」と彼女は言った。

マリウスは手紙を取った。

彼女は安心と満足との様子をした。

「さあその代わりに、約束して下さいな……。」

そして彼女は言葉を切った。

「何を?」とマリウスは尋ねた。

「約束して下さい!」

「ああ約束する。」

「あたしが死んだら、あたしの額に接吻《キス》してやると、約束して下さい。……死んでもわかるでしょうから。」

彼女はまた頭をマリウスの膝《ひざ》の上に落とし、眼瞼《まぶた》を閉じた。彼はもうそのあわれな魂が去ったと思った。エポニーヌはじっと動かなかった。すると突然、もう永久に眠ったのだとマリウスが思った瞬間、彼女は静かに、死の深い影が宿ってる目を見開いた。そして他界から来るかと思われるようなやさしい調子で彼に言った。

「そして、ねえ、マリウスさん、あたしいくらかあなたを慕ってたように思うの。」

彼女はもう一度ほほえもうとした。そして息絶えた」。

つけ加えておけば、手紙はコゼットからマリウスに宛て、一週間もすればロンドンへ去ることとなる、という別れの言葉を記したものであり、これに対する返事として、祖父の反対のため自分たちは結婚できない、と知らせ、「予はマリウス・ポンメルシーという者なり。マレーのフィーユ・デュ・カルヴェール街六番地に住む予が祖父ジルノルマン氏のもとに、予の死骸《しがい》を送れ」と添え書きし、ガヴローシュに託して、その手紙をコゼットに届けさせる。これを読んだジャン・ヴァルジャンが市街戦で重傷を負ったマリウスを下水道を経由して、ジルノルマンに送り届けるわけである。なお、これもミュージカルには描かれていないが、ガヴローシュはエポニーヌの弟である。

エポニーヌの最期はいたましく、いじらしく、感動的だが、すでに記したとおり、原作ではエポニーヌが登場するのは前記の場面だけである。

マリウスは王党派の祖父、ナポレオン旗下の将校の父をもって生まれ、共和派の学生たちに加わって市街戦を戦う。まさに時代の子であり、マリウスと彼の恋人コゼットこそがジャン・ヴァルジャンと並ぶ、この原作の主人公であった。マリウスについてほとんど語ることなく、エポニーヌの悲恋を大きくふくらましたことによって、ミュージカルは原作の歴史的、思想的な性格を淡くし、エンタテイメントとして、それこそ紅涙をしぼることとなった。このミュージカルの観客の圧倒的多数は若い女性である。ミュージカル化にさいしてエポニーヌを重要な役とし、マリウスをほとんど木偶坊《でくのぼう》のような若者にしたことが、このミュージカルをエンタテイメントとして成功させた、決定的理由だと私は考える。

＊

このミュージカルの娯しさはまた、心に沁みる歌が数多いことによる。「民衆の歌」についてはすでにふれたが、「オン・マイ・オウン」も私の愛唱歌である。

ON MY OWN
PRETENDING HE'S BESIDE ME.
ALL ALONE I WALK WITH HIM TILL MORNING.
WITHOUT HIM,
I FEEL HIS ARMS AROUND ME,
AND WHEN I LOSE MY WAY I CLOSE MY EYES
AND HE HAS FOUND ME.

IN THE RAIN THE PAVEMENT SHINES LIKE SILVER.
ALL THE LIGHTS ARE MISTY IN THE RIVER.

IN THE DARKNESS THE TREES ARE FULL OF STARLIGHT,
AND ALL I SEE IS HIM AND ME FOREVER AND FOREVER!

「ON MY OWN」とはたぶんひとりぼっちという意味だろう。右は第三・四連だが、岩谷時子さんの訳は次のとおりである。

ひとりでも　二人だわ
いない人に抱かれて
ひとり　朝まで歩く
道に迷えば　みつけてくれるわ

雨の鋪道は銀色
川は妖しく光る
闇は　樹に星明かり
見えるのは　どこまでも二人だけ

直訳すれば、「わたしはひとりぼっち／あなたが寄り添うふりをして／たったひとりで朝まで歩く／あなたがいないのに／わたしはあなたに抱かれているように感じる／道に迷うと眼を瞑る／するとあなたがわたしを見つけてくれた／／雨に鋪道は銀に光り／灯りも川に靄《もや》っている／闇のなか樹々にいっぱいの星明かり／見えるのはわたしたちだけいつまでも」といったことかもしれないが、大意を歪めることなく、曲に合った訳を作っていることはさすがという他ない。ただ、たとえば、第三連の最初の二行を

ひとりでも　一緒のふり
あなたに抱かれたつもり

とでもしたいのだが、これではたぶん曲に合わないだろう。

原詞で気付くことは、第四連の第一・二・四行がSILVER・RIVER・FOREVERと韻をふんでいることであり、押韻とはいえないかもしれないが第三連の第二・第五・第七行にMEで結んでいることであり、これも聞いてみると耳にこころよい効果をあげていることである。

原詞と比較して岩谷訳を称揚したい歌が多いのだが、最後にもう一曲だけ紹介する。

原詞DRINK WITH ME（THE NIGHT）をまず示す。

DRINK WITH ME TO DAYS GONE BY!

SING WITH ME THE SONGS WE KNEW!
HERE'S TO PRETTY GIRLS
WHO WENT TO OUR HEADS!
HERE'S TO WITTY GIRLS
WHO WENT TO OUR BEDS!

右は冒頭だけだが、それでもHEADSとBEDSと押韻、GIRLSを二回かさねていることはもちろん聴覚的に効果がある。岩谷時子訳は次のとおりである。

過ぎた日に乾杯
歌声に乾杯
僕たちのきれいな娘
僕たちと寝てくれた
彼女らに乾杯

原語でうたうのと聞き比べるとはっきり分かることだが、原詞のGONE BYと乾杯がじつに似た音として聞こえる。訳詞の妙とはこんなものだろう。『レ・ミゼラブル』ミュージカルの魅力が多く歌曲にあり、日本語版では岩谷時子訳によるといってよい。

＊

私がくりかえしミュージカル『レ・ミゼラブル』を観、そのたびに感動した所以はほぼこの文章に書いたところにある、と私は考えている。

（原作は豊島与志雄訳岩波文庫版から引用したが、豊島訳の「マリユス」を「マリウス」に、「アンジョーラ」を「アンジョラス」に改めた）。

漱石の書簡について

『漱石全集』（岩波書店刊）第二十二巻に明治三十四（一九〇一）年二月二十日付でロンドン留学中の漱石から鏡子夫人に宛てた書簡が収められている。全文は以下のとおりである。

「国を出てから半年許りになる少々厭気になつて帰り度なつた御前の手紙は二本来た許りだ其後の消息は分らない多分無事だらうと思つて居る御前でも子供でも死んだら電報位は来るだらうと思つて居る夫だから便りのないのは左程心配にはならない然し甚だ淋い山川から端書が来た先達て是は年始状だ菅からも年始の端書をくれた其外に熊本の野々口と東京の太田と云ふ書生から年始状が来た手紙は是丈だ

御前は子供を産んだらう子供も御前も丈夫かな少々そこが心配だから手紙のくるのを待つて居るが何とも云つてこない中根の御父つさんも御母さんも忙がしいんだらう

金巡りさへよければ少しは我慢も出来るが外国に居て然も嚢中自か〔ら〕銭なしと来てはさすがの某も中々閉口だ早く満期放免と云ふ訳になりたい然し書物丈は切角来たものだから少しは買

って帰り度と思ふそうなると猶必逼〔逼迫〕する然し命に別条はない安心するが善い
段々日が立つと国の事を色々思ふおれの様な不人情なものでも頻りに御前が恋しい是丈は奇特と云つて褒めて貰はなければならぬ夫から筆の事だの中根の御父つさんや御母さんの事だの御梅さんや倫さんの事だの狩野だの正岡だの菅だの山川だの親類や友達の事なんかを無暗に考へる其癖あまり手紙はかゝない先達大坂の鈴木と時さんへ一本出した熊本の桜井へも出した狩野大塚山川菅へ連名で出した夫から中根の御母さんへ一本出した是は此前の郵便で届くか事によると此手紙と一所に届くだらう
おれの下宿は気に喰はない所もあるが先々《まずまず》辛防して居るよ妻君の妹が洗濯や室の掃除抔の世話をする中々行届いたものだシヤツや股引の破けたの抔は何にも云はんでもちやんと直つて呉る御前も少々気をつけるが善い
湯浅だの俣野、土屋、抔にも逢ひ度、高知県の書生でよく来た男一寸名前を忘れて仕舞たあの男抔の事も時々考へる
おれの下宿には○○と云ふサミユエル商会へ出る人が居る此人はノンキな男で地獄の話より外は何にも知らない人だ此人と時々芝居を見に行く是は一は修業の為だから敢て贅沢ではない日本の人は地獄に金を使ふ人が中々ある惜い事だおれは謹直方正だ安心するが善い
西洋は家の立て方から服装から万事窮窟で行かぬそして室抔は頗る陰気だ殊に倫敦は陰気でいけない昨日も三時頃「ピカーデレー」と云ふ所を通つて居ると突然太陽が早仕舞をして市中は真

暗になつた市中は瓦斯と電気で持つて居る騒ぎさ
まだ〳〵あるが是から散歩に出なければならぬから是でやめだ
からだが本復したらちつと手紙をよこすがいゝ

二月二十日　　　　金之助

鏡どの

此手紙は明日の郵便で日本へ行く郵便日は一週間に一遍しかない」。

漱石の文章には当て字が多いし、書簡には誤記が多い。引用文中〔　〕で示した文字は全集が示しているものである。ただし、倫敦《ロンドン》を倫孰と誤記しているようなものは、引用文中倫敦と訂正した。

右書簡中、中根の父母とあるのは、鏡子夫人の父中根重一夫妻、梅・倫は鏡子夫人の妹・弟、「狩野大塚山川菅へ連名」の書簡とは、同年二月九日付狩野亨吉・大塚保治・菅虎雄・山川信次郎宛書簡、正岡は正岡子規、大坂の鈴木と時さんとは鏡子夫人の妹時子の夫鈴木禎次と時子をいう。友人たちと中根家の関係の人々にふれ、夏目家の人々に言及していないのが目につくが、それはともかくとして、これほどに真情を吐露した書簡を書くことのできる漱石に私は驚異を覚える。漱石の長女筆子は明治三十二（一八九九）年五月生まれ。この書簡が書かれるほぼ一月前の一月二十七日、鏡子夫人は次女恒子を出産している。漱石は明治三十三年九月八日に横浜港から出帆、パリを経て十月二十八日にロンドンに到着した。次女出産の予定日後一月ほど経っても東京から通信がないことを漱石は気遣っている。だが、とりわけ心をうつのは「さすがの某も中々閉口だ」と言った上で、かさねて「段々日が立つと国の事を色々思ふおれの様な不人情なものでも頻りに御前が恋しい」といった心情である。中根家の人々や多くの友人たちに思いをめぐらしても、やはり「御前が恋しい是丈は奇特と云つて褒めて貰はなければならない」とまで言われたら、鏡子夫人はすぐに返事を書きそうに思うが、事実はそうではなかったようである。

岩波文庫版『漱石書簡集』は三好行雄さんの編集によるものだけあって、漱石の人柄、特徴の表現された書簡のほとんどを収録しているが、やはり紙幅の制限から感銘ふかいのに収められていない書簡も少なくない。明治三十四年三月八日の書簡は岩波文庫版に収められているが、全集から冒頭を引用する。

「其後国から便があるかと思つても一向ない二月二日に横浜を出た「リオヂヤネイロ」と云ふ船が桑港《サンフランシスコ》沖で沈没をしたから其中におれに当た書面もありはせぬかと思つて心掛りだ御前は産をしたのか子供は男か女か両方共丈夫なのかどうもさつぱり分らん遠国に居ると中々心配なものだ自分で書けなければ中根の御父さんか誰かに書て貰ふが好い夫が出来なければ土屋でも湯浅でもに頼むが好い」。

土屋は土屋忠治、漱石の五高時代の教え子で、当時漱石の家に書生をしていた、と全集の注にあり、湯浅は湯浅孫三郎、やはり漱石の五高時代の教え子である。ただ、鏡子夫人は『漱石の思ひ出』中、次のとおり回想している。

「長女が生まれましたのは、五月の末のことでありました。私が字が下手だから、せめて此の子は少し字を上手にしてやりたいといふので、夏目の意見に従ひまして、「筆《ふで》」と命名致しました。ところが皮肉なことに私以上の悪筆になつて了つたのはお笑ひ草です。で、今ではそんな慾張つた名はつけるものでない、そんな名をつけるからこんなに字が下手になつたのだなどと、当人の筆子はこの話が出る度にかへつて私たちを恨んで居るのです。親の心子知らずか、子の心親知らずか、ともかくお笑ひ草には違ひありません」。

漱石が次女無事出産の通知をうけとったのは五月二日であった。五月八日付書簡の前半は次のとおりである。

「御前の手紙と中根の御母さんの手紙と筆の写真と御前の写真は五月二日に着いて皆拝見した久々で写真を以て拝顔の栄を得たが不相変御両人とも滑稽な顔をして居るには感服の至だ少々恥かしい様な心持がしたが先づ御ふた方の御肖像をストーヴの上へ飾つて置たすると下宿の神さんと妹が掃除に来て大変御世辞を云つてほめた大変可愛らしい御嬢さんだと奥さんだと云つたから何日本ぢやこんなのは皆御多福の部類に入れて仕舞んで美しいのはもつと沢山あるのさと云つてつまらない処で愛国的気焔を吐いてやつた筆の顔抔は中々ひようきんなものだね此速力で滑稽的方面に変化されてはたまらない

善良なる淑女を養成するのは母のつとめだから能く心掛けて居らねばならぬ夫につけては御前自身が淑女と云ふ事について一つの理想をもつて居なければならぬ此理想は書物を読んだり自身

で考へたり又は高尚な人に接して会得するものだ　ぼんやりして居ては行けない
　飯を食はして着物をきせて湯をつかわせさへすれば母の務は了つたと考へられてはたまらない
御頼まふしますよ」。
「拝顔の栄を得た」と言い、すぐ「御両人とも滑稽な顔」だとひやかし、それでも、坐右においておきたいから「恥かしい様な心持」であってもストーヴの上に飾る、下宿の女主人とその妹がお二人とも綺麗だと褒めると、こんなのは日本ではお多福でもっと美人はいくらもいると「愛国的気焔を吐」くという、真情、夫人と長女への愛情と懐しさを諧謔豊かに叙述した文章の妙は、やはり漱石ならではであろう。
　そして、淑女の心得を説いた挙句、「お頼まふしますよ」と結ぶ。説教というものは説教で終ってはならない。こういう結びがつくから、読み手の心に落ちるのだ、とあらためて教えられることとなる。
　このように鏡子夫人を「御前」とよんでいる手紙がすべてといってよいが、例外もないわけではない。岩波文庫版にも収められている明治三十五年五月十四日付書簡である。その一部を抄出する。
「手紙の趣によれば夜は十二時過朝は九時十時頃迄も寐るよし夜はともかく朝は少々早く起きる様に注意あり度し日本の諺にも早寐宵張はあしきものとしてある位其辺は心得あるべし九時か十時迄寐る女は妾か、娼妓か、下等社会の女ばかりと思ふ苟《いやしく》も相応の家に生れて相応の教育あるものは斯様のふしだらなものは沢山見当らぬ様に考へらるまづ矢来町三番を門並しらべて見よ左様の妻君其許を除くの外例あるまじ、此事は洋行前にも常に申したる様に思へど其許は左程感ぜぬ様なりし夏目の奥さんは朝九時十時迄寐るとあつては少々外聞わるき心地せらる其許は如何考へらるゝや尤も病気は特別の事なれど先達の手紙によれば非常に丈夫になりし由なれば身体に異状なき限はつとめて早く起きる様心掛らるべし且小児の教育上にもよろしからざる結果ありと思ふ筆などが成人して嫁に行つて矢張九時十時迄寐るとあつては余は未来の婿に対して甚だ申訳なき心地せらる其許の御両親はそれを何とも思はれざるかも知らねど余は大に何とも思ふなり力《つと》めて己れの弊を除くは人間第一の義務なり且早起は健康上に必要なりことに眼あしき時抔は早く寐て早く起るが専一なるべし」。

　通常の書簡は「おれ」「御前」で書いているのに、この書簡は「余」「其許《そこもと》」で通している。いかにロンドンで孤独にたえていても、激昂したときは筆致があらたまるのである。鏡子夫人がどうとったかは知らないが、ふつうなら震えあがるほどの憤りであり、警めである。これもまた、漱石書簡にみられる、筆者の真情の表現が読者を魅惑し、ありありと漱石を眼前にみるかのような感を覚えさせるのである。

　対比のため、森鷗外の明治三十七（一九〇四）年四月十七日付妻しげ宛書簡を左に示す。ちなみに漱石は明治二十九（一八九六）年八月、三十歳のとき、十歳年少の中根鏡子と結婚した。鷗外は明治三十五年一月、四十歳のとき、二十三歳の荒木しげと再婚し、翌明治三十六年一月には長女茉莉を得ている。漱石の鏡子夫人宛書簡がロンドン留学中にほぼ集中しているのと同じく、鷗外の妻しげ宛書簡も戦争により海外遠征中にほぼ集中している。二人の書簡には妻を教えさとし、いたわる感情が潜んでいる点で共通しているように思われるが、夫婦間のこのような大きな年齢差によるであろう。

「十日の手紙が来たよ。こんどはちやあんと日づけをしたね。茉莉のはなしはかはいゝよ。あれは詩になるはなしだ。○おとうさんの進士のはなしは進士といふ人は実《じつ》さいはもつと小さい侍《さぶらひ》なのが脚本《きやくほん》でむやみにえらさうに出来て居《ゐ》るからそれでさうおつしやつたのだらうよ。ほんたうの日蓮の伝記では進士は夕立《ゆふだち》か何かの時に日蓮を傘《かさ》の下へ入れてやつた縁《えん》で信者《しんじや》になるといふ丈《だけ》だ。○さや町から新聞の切抜《きりぬき》を沢山《たくさん》送つて来たがずゐぶんおもひ〳〵にいろ〳〵な評をしてあるのでをかしいよ。○戦地からの手紙は月に三本としてあるから千駄木へも芝へもと出してはむつかしいわけだがそれは兵卒《へいそつ》に対《たい》してきめたやうなものだからこつちとらはやつぱり出したいほど出すよ。併《しか》し毎日だの一日おきだのに出してはあんまり乱暴だらうからちつとは遠慮《えんりよ》することとしようよ。○広しまでおれが馬鹿《ばか》なことでもするだらうといふやうな事がおまへさんの手紙にあつたから歌をよんだ。お前《まへ》さんは歌なんぞは分《わか》らせようともおもはない人だからだめだけれどついでだから書《か》くよ。

わが跡《あと》をふみもとめても来《こ》んといふ遠妻《とほづま》あるを誰《たれ》とか寐《ね》ん

追《お》つかけて来《こ》ようといふやうな親切《しんせつ》に云《い》つてくれるおまへさんがあるのに外《ほか》のものにかゝりあつ

てなるものかといふ意味《いみ》なのだよ。歌《うた》といふものは上手にはなか〱なれないが一寸やるとおもしろいものだよ。何《なに》か一つ歌にして書いておこしてごらん。直《なほ》してやるから。

四月十七日　　歌よみ

遠妻殿」。

これもやさしく、美しい書簡である。「広しまでおれが馬鹿でもするだらう」としげ子夫人が書いたことが、この作歌の動機になったわけだが、これが芸妓ないし娼婦と寝るのではないかという若い妻の懸念であったことは間違いない。明治三十四年二月二十日付書簡で、漱石が「日本の人は地獄に金を使ふ人が中々ある惜い事だおれは謹直方正だ安心するが善い」とある「地獄」とは私娼をいう。しげ子夫人と同様の懸念を鏡子夫人がもったかどうかはともかく、これらの報告は漱石も、鷗外も軌を一にしている。

この書簡に関連して鷗外の同年八月八日付書簡を引用する。

「先日手紙を出した後こちらには何も変《かは》つたことはない。仕合せに暑さもひどくなく此二三日は朝晩が少しひやりとする位だからおひ〱秋らしくなるだらう。蚊は少くてとう〱蚊やは弔《ツ》らずじまひだ。虫《ムシ》にさゝれるのは矢張《ヤハリ》どこまで来てもおなし事だから此頃も長持を横に仆《タホ》して其上に寐て居る。○広しまに居たころのお前さんの手紙に歌のあるのはたしかに届《トヾ》いて居る。あれならば無くなつたのではない。歌はあまりまづいから直してもやられない。これは失敬。○二十日朝としたお前さんの手紙とどきいろ〱書いてよこした事は承知したよ。涼しい時は栄ちゃんをさそつて茉莉をつれて出るやうにするが好い。三をさんが露伴に弟子入はおどろいたね。お経が好きになるかも知れない。○戦争も此手紙がとゞく頃には余程はかどるだらうとおもふ。

八月八日　林

しげ子殿

二白御両親虎太郎さんなどによろしく申しておくれ」。

この書簡もやさしいが、四月十七日付書簡で「何か一つ歌にして書いておこしてごらん。直してやるから」と言いながら、この書簡で、「歌はあまりまづいから直してもやられない」というのは、「これは失敬」と付記しているにせよ、しげ子夫人を意気沮喪させるに充分だったろう。鷗外としては三木竹二こと森篤次郎・小金井喜美子のような弟妹に恵まれ、直しもできないほどの和歌しか作れない者がいるとは信じられず、気軽に四月十七日付の書簡を書いたのかもしれない。そうはいっても、鷗外の書簡には、漱石の書簡に感じられるような筆者の真情が感じとれないように思われるし、また、書簡から筆者の人格が浮かび上ってくるといったことがないようにみえる。このことの理由は一つには、妻に対する「御前」「お前さん」と呼びかけの違いにもあらわれているかもしれない。現代では、いずれも同等ないし下位の者に対する言葉だが、「お前さん」の方が他人行儀なのではないか。

＊

先年、野上弥生子さんの長男野上素一さんが亡くなったとき、日本近代文学館は各種の文学展にさいし野上家にご迷惑をおかけし、ご協力いただいてきたので、お通夜、葬儀に文学館の理事長として参列した。そのためかどうか分からないが、その数カ月後、野上弥生子さんの処女作「明暗」の原稿と「明暗」を漱石が批評してからしばらく経って、漱石が野上さんに贈ったという小ぶりの京人形を文学館にご寄贈いただいた。知られているとおり、野上弥生子さんの「明暗」については、漱石の厳しい長文の批評を記した書簡が全集に収められている。全文を引用するのは煩瑣だが、やはり漱石という人格を知るのに必須と考えるので、以下にその全文を引用する。明治四十（一九〇七）年一月十七日付である。

「一　非常に苦心の作なり。然し此苦心は局部の苦心なり。従つて苦心の割に全体が引き立つ事なし

一　局部に苦心をし過ぎる結果散文中に無暗に詩的な形容を使ふ。然も入《い》らぬ処へ無理矢理に使ふ。スキ間なく象嵌を施したる文机の如し。全体の地は隠れて仕舞ふ。

一　而して此装飾は机の木とある点に於て不調和なり。会話は全然写真にして他の文は殆んど漢文口調の如き堅苦しきものなり。（余の文体のあるものに似たり）然し警句は大変多し此警句に費やせる労力を挙げて人間其もの丶心機の隠見する観察に費やしたらば是よりも数十等面白きものが出来るべし

一　明暗は若き人の作物也。篇中の人物と同じ位の平面に立つ人の作物なり。自から高い処に

居つて上から見下して彼我をかき分けた様な作物にあらず。夫故に同年輩以上の人の心を動かす能はず

大なる作者は大なる眼と高き立脚地あり。篇中の人物は赤も白も黒も悉く掌《たなごころ》を指すが如く双眸に入る。明暗の作者は人世のある色の外は識別し得ざる若き人なり。才の足らざるにあらず、識の足らざるにあらず。思索綜合の哲学と年が足らぬなり。年は大変な有力なものなり。「明暗」の作者は今より十年後に至つて再び「明暗」をよむ時余の言の詐《いつわ》りならざるを知るべし。

一　去れども世には年ばかり殖えて一向頭脳の進歩せぬものあり。十中六七迄はこれなり。余の年といふは単に世に住むといふ意ならず。漫然と世に住むは住まぬと同じ。余の年と云ふは文学者としてとつたる年なり。明暗の著作者もし文学者たらんと欲せば漫然として年をとるべからず文学者として年をとるべし。文学者として十年の歳月を送りたる時過去を顧みば余が言の妄ならざるを知らん

一　女主人公一人より成る小説なり此女主人公がもつと判然と活動せざる可《べか》らず。是を囲繞する附属物の人間も亦一層躍然たらざるべからず。幸子を慕ふ医学士の如きはどうも人間らしからず。之に対する幸子も大分は作者がいゝ加減に狭い胸の中で築き上げた畸形児なり。

読んで成程と思ふ程に出来ねば失敗なり。明暗は成程と迄思へぬ作なり。著者のみ無暗に成程と思つてゐる。此著者の世間が狭い証拠なり。人世の批評眼が出来上らぬ証拠なり。観

察が糸の如く細き証拠なり
一　明暗の如き詩的な警句を連発する作家はもつと詩的なる作物をかくべし。而して自己の得所が充分発揮せらるゝ様にすべし。人情ものをかく丈の手腕はなきなり。非人情のものをかく力量は充分あるなり。絵の如きもの、肖像の如きもの、美文的のものをかけば得所を発揮すると同時に弱点を露はすの不便を免がるゝを得べし。妄評多罪
〔別葉に〕
しばらく実際に就て御参考の為め愚存を述べん
一　幸子といふ女が画の為めに一身を献身的に過ごすといふはよし。然し妙齢の美人がこんな心を起すには起す丈の源因がなければならん夫をかゝなければ突然で不自然に聴える。
一　兄が嫁を貰ふのを聴いてうらめしく思ふのはよし。此うらめしさを読者に感ぜしむる為めにはあらかじめ伏線を設けて兄と妹の中のよき所、よき加減を読者に知らしめざるべからず。然らざれば是又突然にて器機的也。作者一人が承知してゐる様に思はれる
一　女が男の恋をしりぞける所は夫でよし。退ぞけて後迷ふもよし。只力量足らざる為め悉く作者が勝手に製造せる如く見ゆ。
一　女が自分の画のまづさに気がつく処アッケなし。突然としてレヱレーションの如く自分の画のまづきを知る。作者は夫でよしとするも読者の腑には落ちず
一　女が遂に降参して医学士に靡《なび》かんとする時自己の不見識を考へて無理に昔の主義を押し通

す所よし。全篇にて尤もと思ふは此所なり。何故といへば前に伏線がある故なり。是丈は突然にあらず。作者の勝手にあらず。かゝる女の心理的状態として如何にもかく発展しさうに思はるゝなり

一　かゝる変な女を描く事は一方から云へば容易なる如くにて一方からは非常に困難なるものなり。変人なる故普通の人と心理状態の異なる所以《ゆえん》を自づから説明せざるべからず。之を説明せざる限りは読者は成程と思へぬ也。然も其説明たるや全篇を読むうちにいつといふ事を知らぬ間に説明せざるべからず。是尤も手腕の必要なる所なり

一　趣向は全体として別段の事なし。あしく云へばありふれたるものなるべし。只運用の妙一つにて陳を化して新となす。作者は惜しい事に未だ此力量を有せず。

最後の一節の如きは尤も女主人公の性格を発揮すると共に吾人の同情を彼女の上に濺《そそ》がしめ得る好シチユエーシヨンなるにも拘はらず。左のみ感服せず」。

野上弥生子作「明暗」の女主人公は幸子という。「幸子は閨秀画家である。洋画研究会唯一の女性で、其天賦の画才と容色の美を以て、評判の高い女である」と書かれている。弥生子は明治三十九（一九〇六）年明治女学校専修科を卒業、同年八月、帝国大学英文科在学中の野上豊一郎と結婚、習作「明暗」を書き、豊一郎をつうじて漱石の批評を仰いだ、と年譜に記されている。右に引用した漱石の「明暗」評はずいぶんと厳しい。

「明暗は若き人の作物也。篇中の人物と同じ位の平面に立つ人の作物なり」と漱石は書いてい

るけれども、弥生子は幸子と違い「天賦」の才能や容色の美を認められていたわけではない。そのことは漱石も承知していたかもしれないが、同じ位の平面に立つというよりも、作者はかなりに背伸びしている。だから、高所に立って、作中人物を客観的に描くことができない。

兄と二人で生活していた幸子は兄が幾代と結婚し、幾代が「二年とたゝぬうちに、兄の妻とよばれ寺井家の主婦とたてられて、兄の関した一切の生活と寺井家に就いての凡ての支配を自分の手から奪ひ去ると共に、兄妹の従来の深い〳〵友情を悉くさいてしまふ」という状況が訪れる。一方、幸子は次のような信条をもっている。

「画に対しての新らしい意義深い理想と云ふ様な者が分つて来る。（中略）思をかくる恋の糸縁の糸は、目まぐるしきまで幸子の一身に集まつて来る。赤き糸あり青き糸あり、自分の事の様に胸を騒がせて居る媼やの眼を眩ゆがらしたほどな金糸銀糸もある。併しながら幸子の心は其糸には繋がれぬ。片ッ端から厭！の一言で逸ね返して仕舞ふ。画を生命画を良人にして生涯を独身で居ると誓ふ」。

彼女の前に兄嗣男の友人で医科大学の学生岡本が現れ、彼女に対する愛情を告白するが、すげなく拒否する。それから六年後、医科大学を卒業した岡本がドイツ留学に先立ってふたたび幸子に求婚する。

「もし否！だと申しましたら？」「幸子様……」「死ねますか？」「僕は笑談にこんな話をして居るのぢやありませんよ」。こんな問答の末、「『なぜ返事をしてくれません？　否なら否とでも

明白《はつきり》云つて下さい、僕は無言つて居られるのが一番困るのです。」と、三度岡本の言葉は急き込んだ」とあり、

「幸子は其言葉の下に静かに顔を上ぐると、

「まあ、そんなお話はよしにして、お茶でも入れかへて参りませう、ねえ、而して彼地での其お嬢様の恋物語でも聞かせて頂きませう！」と淋しく微笑んで、清水焼の吸子をとりあげてするりと膝を廻して、男の方が後になると、はら／＼と涙がちつた」

と終る。兄が結婚し、家の支配権を失って居心地の悪くなった家庭で、芸術を選ぶか、求婚を受け入れるか、と心の動揺を描き、結局画業を選ぶこととしながら、反面涙をこらえきれない心情を描いた作品である。

右の一節は漱石の評の末尾に「女主人公の性格を発揮すると共に吾人の同情を彼女の上に濺がしめ得る好シチュエーションなるにも拘はらず、左のみ感服せず」と書かれた文章である。漱石の評は肯綮にあたっていると思われる。本文で私も漱石に同調して「明暗」の欠点をあげつらおうとは思わない。漱石が、部分的に作者の才能を認めながらも、これほどに懇切丁寧に残酷なまでに欠陥を指摘することを躊躇しなかった人格であったことを確かめれば足りる。

ところが、驚くべきことだが、「明暗」について野上弥生子宛、右のような厳しい批評を送った明治四十年一月十七日付書簡に続き、翌日、同年一月十八日付書簡で、漱石は高浜虚子宛に次のとおり書いている。

「「縁」といふ面白いものを得たからホト、ギスへ差し上げます。「縁」はどこから見ても女の書いたものであります。しかも明治の才媛がいまだ曾《かつ》て描き出し得なかつた嬉しい情趣をあらはして居ます。「千鳥」をホト、ギスにす丶めた小生は「縁」をにぎりつぶす訳に行きません。ひろく同好の士に読ませたいと思ひます。

今の小説ずきはこんなものを読んでつまらんといふかも知れません。鰒汁《ふぐじる》をぐら〳〵煮て、それを飽く迄食つて、さうして夜中に腹が痛くなつて煩悶しなければ物足らないといふ連中が多い様である。それでなければ人生に触れた心持ちがしない抔と云って居ます。ことに女にはそんな毒にあたつて嬉しがる連中が多いと思ひます。大抵の女は信州の山の奥で育つた田舎者です。鮪を食つてピリ、と来て、顔がポーとしなければ魚らしく思はない様ですな。

こんななかに「縁」の様な作者の居るのは甚だたのもしい気がします。これをたのもしがつて歓迎するものはホト、ギス丈だらうと思ひます。夫だからホト、ギスへ進上します。

一月十八日　　　　　　　　　　　金

虚子様」。

「千鳥」はいうまでもなく鈴木三重吉の出世作である。「明暗」を没にしながら、こうして漱石は野上弥生子のふつう処女作とされてきた「縁」を『ホト、ギス』に推薦し、野上弥生子を世に送りだしたのであった。

「明暗」がかなりに複雑な女主人公の心理を境遇の変化の中で展開させているのに比し、「縁」

はきわめて単純である。いずれも弥生子は習作といっているが、前年、漱石の手許に届けられていたものであろう。

「縁」の筋は、寿美子という若い女性の両親が結婚する経緯にすぎない。そのとき、寿美子の母親は十九歳、父親は熊本の人、多少の障害がなかったわけではないが、母親はほとんど見たこともない父親と結ばれる。「第一に竹田の叔父様の家まで熊本から十輌の人力車が、二十五里の山道を前日から迎ひに廻された事から、お元ははじめた。お元はその時はじめて人力車といふ物を見たのださうな。其時お母様は十九、お元は十八。親名代として行つた清様といふお母様の弟が十七。（中略）二十五里を三日旅にとつて熊本につく。その明けの日がすぐ婚儀の式日である。さあ肥後やの若旦那が、花もいや、紅葉もいやで撰りぬいた嫁御寮を見やうぢやなツかと騒ぎ立て丶、熊本市内の若い男と若い女が、みんな待ち設けた首を延す。眼を光らせる騒動の中に、しづ〳〵と裲《かいどり》を捌いた時の姿ばかりは、画も何も及ぶ事ぢやない。何百といふ人の息がしばしの間ぢつと留まつたといふ。而して其留まつた息は明けの日になつて、あつといふ嘆美の声に変つて町中に拡がつた。夫は寿美子のお母様が朝の化粧の間で、十九の眉ををしげもなくそり落した事についてである」。

「眉を落とす」とは、結婚して女が眉をそり落とす。転じて妻となる、という意であることを恥ずかしいことだが、私は知らなかった。『日本国語大辞典（第二版）』の語釈ではじめて知ったのだが、久保田万太郎の用例を示していることからみれば、決して珍しい表現ではないらしい。

ところで、「縁」の主題は次の寿美子の感想に尽きる。

「夫にしても縁といふ物こそ不思議なものである。生れてから顔も見た事もないといふ知らぬ男と知らぬ女が、一朝偶然な機会から夫となり妻とよばるゝ。而して平気に済して五十年の朝夕を暮らして行く。考ふれば考ふるほど奇妙なる一大奇蹟を、とんと「あたりまへの事」と頭から極めて居る。（中略）こゝに一種の神秘なる大威力があつて、決して他を娶らず他に嫁がぬ様にお父様とお母様をとゞめておいた様な気がする。目には見えぬ一縷の赤縄が、二十五里の山を貫いて二人の心と心とを結びつけておいたのかもしれぬと、寿美子の空想の鳥はどこまでも翼を拡げる」。

主題は単純だが、構成はずいぶんと工夫をこらしている。寿美子の祖母は衰亡した豪家の生まれで、二間しかない禅寺の庵を借りて生活している。寿美子と祖母は寺の和尚が大きな鉄鉢にこぼれるほどの栗を持ってきてくれた、その上皮をむきながら、父母の結婚の経緯を聞いている。そこへ元という以前の女中が加わり、栗飯《くりまゝ》をつくり、祖母の「髪あげ」をしながら、昔話に加わる。いわば、この結婚の経緯は直接話法でなく、間接話法で語られ、祖母だけでなく、元が加わり、寿美子自身の感慨がかさねあわされて厚みをもって語られるのである。この結構は決して尋常の才能ではない。読了して清楚な水彩画を見るかの感がある。「明暗」に「思をかくる恋の糸縁の糸は目まぐるしきまで幸子の一身に集まつて来る」という一節があった。若い野上弥生子はかねて男女間の縁の不可解さを考え続け、この佳作を生んだのであろう。一方で「明暗」を却け、

「縁」を拾いあげた漱石の炯眼と、新人を世に送りだそうとする情熱と親切さに敬服する。

余談だが、野上素一さんの遺族から「明暗」の原稿をご寄贈いただいたとき、同時に、小ぶりの京人形を頂戴し、これも漱石から贈られたということだったので、私は「明暗」評のさいに漱石が贈ったものと理解していた。実際は明治四十年三月二十三日付野上豊一郎宛書簡に漱石は「京へは参り候。京の人形御所望なれば御見やげに買つて参るべく候」とあり、四月十二日付で同じく野上豊一郎に宛て「京人形の一寸ほどのものを買ひ求め候」とある。「明暗」中、幾代をモデルに「しほらしい花の様な京少女」の画を幸子が描いたことから、京人形を漱石が弥生子に贈ったのか、と想像したのだが、これはまったく誤解であった。

続いて、同年五月四日付野上豊一郎宛葉書で「七夕さまは「縁」よりもずつと傑作と思ふ　読み直して驚ろいた　燈籠を以て着物を見に行く所は非常によい。末段はあれでよろし」と、高浜虚子宛に同日付葉書で次のように書いている。

「七夕さまをよんで見ました、あれは大変な傑作です。原稿料を奮発なさい。先達てのは安すぎる」。

野上弥生子の作品紹介が本稿の目的ではないから、筋書などは省略するが、「七夕さま」は淡白、端正な小品にちがいない。野上弥生子年譜によれば「縁」が『ホトトギス』二月号に、「七夕さま」が同誌六月号に発表され、「仏の座」が『中央公論』七月号に発表されているから、弥生子は『ホトトギス』に発表した二作により文壇に認められたのであり、これがもっぱら漱石の尽力によることはこれまでみてきたとおりである。

＊

実際この当時、漱石には朝日新聞入社の件がもちあがっていた。同年三月四日付白仁三郎こと坂元雪鳥宛書簡は次のとおりである。

「拝啓先日は御来駕失敬致候其節の御話しの義は篤と考へたくと存候処非常に多忙にて未だ何とも決せざるうち大学より英文学の講座担任の相談有之《これあり》候。因つて其方は朝日の方落着迄待つてもらひ置候。而して小生は今二三週間の後には少々余裕が出来る見込故其節は場合によりては池辺氏と直接に御目にかゝり御相談を遂げ度と存候。然し其前に考の材料として今少し委細の事を承はり置度と存候

一　手当の事　其高は先日の仰の通りにて増減は出来ぬものと承知して可なるやそれから手当の保証　是は六《む》やみに免職にならぬとか、池辺氏のみならず社主の村山氏が保証してくれるとか云ふ事。

何年務めれば官吏で云ふ恩給といふ様なものが出るにや、さうして其高は月給の何分一に当るや。

小生が新聞に入れば生活が一変する訳なり。失敗するも再び教育界へもどらざる覚悟なればそれ相応なる安全なる見込なければ一寸動きがたき故下品を顧みず金の事を伺ひ候

次には仕事の事なり。新聞の小説は一回（年に）として何月位つゞくものをかくにや。それから売捌の方から色々な苦情が出ても構はぬにや。小生の小説は到底今日の新聞には不向と思ふ夫でも差し支なきや。尤も十年後には或はよろしかるべきやも知れず。然し其うちには漱石も今の様に流行せぬ様になるかも知れず。夫でも差支なきや。

小説以外にかくべき事項は小生の随意として約どの位の量を一週何日位かくべきか。

それから学校をやめる事は勿論なれども論説とか小説とかを雑誌で依頼された時は今日の如く随意に執筆して然るべきや。

それから朝日に出た小説やら其他は書物と纏《まと》めて小生の版権にて出版する事を許さるゝや

小生はある意味に於て大学を好まぬものに候。然しある意味にては隠居の様な教授生活を愛し候。此故に多少躊躇致候。御迷惑とは存じ候へど御序《ついで》の節以上の件々御聞き合せ置被下度候。尤も御即答にも及ばずもし池辺氏に面会致す機会もあらば同氏より承はりてもよろしく候。先は用事のみ　草々

三月四日　　　　　　　　　　夏目金之助

白仁三郎様

大学を出て江湖の士となるは今迄誰もやらぬ事に候夫故《ゆえ》一寸やつて見度候。是も変人たる所以《ゆえん》かと存候」。

当時、朝日新聞の社主は村山竜平、主筆が池辺三山、坂元雪鳥は記者であった。右の漱石の要

望を上段に、下段に池辺三山の回答を記した書面をもって坂元雪鳥が三月七日に漱石を訪問して、双方の意図が確認され、その結果が岩波文庫版書簡集にも収録されている漱石の坂元宛書簡となった。詳細は岩波文庫版を参照していただくこととし、要旨を次に記す。

「一　小生の文学的作物は一切を挙げて朝日新聞に掲載する事

一　但し其分量と種類と長短と時日の割合は小生の随意たる事

一〔報〕酬は御申出の通り月二百円にてよろしく候。但し他の社員並に盆暮の賞与は頂戴致し候。

一　もし文学的作物にて他の雑誌に不得已《やむをえず》掲載の場合には其都度朝日社の許可を得べく候。

一　但し全く非《ママ》文学的ならぬもの（誰が見ても）或は二三頁の端もの、もしくは新聞に不向なる学説の論文等は無断にて適当な所へ掲載の自由を得度と存候

一　小生の位地の安全を池辺氏及び社主より正式に保証せられ度事

必竟ずるに一度び大学を出で丶野の人となる以上は再び教師抔にはならぬ考故に色々な面倒な事を申し候。猶熟考せば此他にも条件が出るやも知れず。出たらば出た時に申上候が先づ是丈を参考迄に先方へ一寸御通知置被下度候先は右用事迄　草々頓首

三月十一日　　　　　　　　　　　夏目金之助」。

右の書簡の後三月十五日、池辺三山が漱石を訪ねて、朝日新聞入社が事実上決定した。野上弥生子に贈った京人形を買い求めた京都行は狩野亨吉と旧交を暖め、転身についで話すことにも目

的の一端があったろうが、四月四日、大阪で村山竜平に会い、保証をとりつけることが本来の目的だったのではないか。帰京後の五月三日付朝日新聞に「入社の辞」が掲載された。なお、この京都旅行が「虞美人草」中の素材となったことも間違いあるまい。

ただ、不審にたえないことは、漱石が朝日新聞社との間で契約書を締結しなかったことである。異例の転職であり、朝日新聞に対しどれだけの義務を負い、権利を負うか、三月十一日の書簡でも明らかでない。たとえば、新聞に掲載した小説といえども、その版権（著作権）は漱石に帰属する、と三月四日付書簡で申出た事項が、三月十一日付書簡では脱落している。池辺三山の人柄を信頼したからということもあるだろうが、この種の権利義務について契約書を作成する慣行が成立していない時代だったとみるのが正しいかもしれない。

契約書の定めがあれば、問題とはならない、朝日新聞社会部長渋川玄耳との書簡の往復がある。五月二十八日付漱石から玄耳宛。

「拝啓又手紙を差し上げます。わが朝日新聞に於て社員諸君は所得税に対して如何なる態度を取られますか。社の方では一々税務署の方へ生等《せいら》の所得高を通知されますか。又は税務署の方から照会又は検査に参りますか。所得の申告をしろと催促状が来ましたから一寸参考に伺ひたいと思ひます。夫からあなたはどういふ風になさいますか。御役人をやめられてから始めての所得申告と云ふ点が小生と一寸似て居ますから是も参考に一寸聴かして下さいませんか。色々御面倒を願つて済みません。以上

五月二十八日　　　　　　　金之助

玄耳先生」。

玄耳は朝日新聞入社前、第六師団法官部理事試補であった。

五月二十九日付玄耳宛漱石書簡はその後半だけを引用する。

「次に所得税の事を御聞き合せ被下まして御手数の段どうも難有存じます。実はあれもほかの社員なみにズルク構へて可成少ない税を払ふ目算を以て伺つた訳であります。実は今日迄教師として充分正直に所得税を払つたから当分所得税の休養を仕るか左なくばあまり繁劇なる払ひ方を遠慮する積りでありました。然る所公明正大に些々た〔る〕所得税の如き云々と一喝された為めに蒼くなつて急に貴意に従つて真直に届け出でる気に相成りました」。

漱石ともあろう人が「所得税の休養を仕」ろうか、と考えたというのだから、微苦笑を禁じえない。

次の坂元雪鳥との照会書簡も興趣ふかい。まず、同年七月十二日付雪鳥宛漱石の書簡。

「拝啓京都より御帰りの由毎日出社御精勤の事と存候。小生一昨十日総務局より臨時賞与として五十円貰へり。定めて入社当時に話しのあつた盆暮の賞与の意味なるべし。夫ならば大分話が違ふ。始め君の周旋の時は一年二期に給料の二ヶ月分宛位といふ事であった。其後愈《いよいよ》となったら弓削田氏より君への返事に言ふ所は先づ一ヶ月位との事であつた。僕が池辺氏にあつて最低額は一ヶ月分と定めて差し支なきやと質したる時氏は然りと答へられた。

僕は賞与がなくとも其日には困らぬ。又実際アテにもする程の自覚もない。然し貰つて見るといやである。金の多少でいやといふより池辺、弓削田両君の如き君子人が当初の条件を守られぬといふ事がいやである。

入社の日が浅いから今年は出さぬといふなら弁解になる。同上の理由で今年は少ないと云ふなら尤である。

以上の理由は誰からもきかぬ。只一〔人〕で、しか解釈すべきものか。

受取つた五十円は難有く頂戴する。返却は仕らぬ。不足だからもつと余計くれとも云はぬ。只事実は条件を無視してしかも一言の弁解も伴ふて居らんといふ事を、入社の周旋をしてくれた君に参考の為め申し送る」。

以下が七月十四日雪鳥宛漱石の書簡である。

「拝啓御多忙の処をわざ〳〵池辺氏を御尋ね御返事を御聞き被下て難有候

御申越の理由詳細判然承知致候

六ヶ月以内のものが貰はぬが原則ならば小生の貰ふたのが異数なるべし。深く池辺氏の御注意を謝す。

池辺君に御面会の節は小生が御尤もと納得したる上同君の御好意を感謝しつゝある旨を伝へられたし

ことに君が此件につき御奔走の労を謝す。

医者に御通ひ中のよし御病気なるや大事にせられたし　以上

七月十四日　　　　　　　　　　　　　　　　　夏目金之助

白仁三郎様」。

これも契約書が作成されていれば誤解が生じなかったかもしれないが、朝日新聞が支払いにさいして言葉足らずであったことも間違いない。

ついでに指摘すれば、漱石書簡は、子規等ごく例外的なものを除き、つねに、「金之助」または「夏目金之助」であり、漱石という署名はない。文中、自身を漱石ということはあっても、署名は本名である。

それにしても、漱石が朝日新聞のために尽力している事実に目を瞠るものがある。

明治四十年八月二十六日付寺田寅彦宛葉書で、

「玉稿ハ新聞ヘ届ケタリ。天陰、満庭コトゴトク蟬声。漫然トシテ座ス。興趣無尽。理科ノ不平ヲヤメテ白雲裡ニ一頭地ヲ抜キ来レ」と書いているが、これは寅彦の随筆「汽船の改良」を東京朝日新聞八月三十日付に掲載したさいのものだが、詩情と友情のあふれた文章である。これは科学随筆で紙面を充実させようと考えたものだろうが、小説の掲載について多くの作家に自ら執筆を依頼している。明治四十一年二月二十九日付大塚楠緒子宛書簡で

「夫から夫へと用事が出てくるので御無沙汰をして居ります。かねて願ひました小説は正月から掲載の筈の処色々な事情が出来上りまして私が大阪の方へかく事になり夫を東京へも載せる事

になりました。夫が為めあなたの方も夫ぎりに放り出して置いた訳で甚だ申訳がありません」とあるのは、原稿を依頼した上で、その掲載が遅れていることの詫び状である。後に、「あるほどの菊投げ入れよ棺の中」の悼句をその死にさいして漱石が送った大塚楠緒子に対するこうした配慮は心をうつものがある。この楠緒子の小説「空薫《そらだき》」は同年四月二十七日から五月三十一日まで掲載されたという。この作品については五月十七日付小宮豊隆宛書簡に「大塚さんのそらだきが好評嘖々《さくさく》の由社より報知有之《これあり》先以て安心致候。池辺主筆曰くあれは中々うまいですねと。池辺主筆すらうまいと云ふ。読者の歓迎するや尤なり」とある。

翌明治四十二年四月二十二日付坂元雪鳥宛書簡は次のとおりである。

「拝啓森田草平の煤烟は社へ掲載の約束なりたる当時原稿料は大塚氏のそらだき同様にてよろしきやとの渋川氏の問に対し承知の旨を答へ置候。

そらだき原稿料は一回四円五十銭と記憶致し候が間違に御座候や

本日森田参り社へ稿料をもらひに行つたら煤烟は一回参円五十銭なる故最早《もはや》渡すべき金なしと山本君より言はれたる由

それで小生の考と原稿料の点に於て少々矛盾相生じ候。もしそらだきが一回参円五十銭ならば小生の覚え違草平に対して小生の責任に候が小生は四円五十銭と記憶致居候につき念の為め御問合せ申候。御多忙中恐縮なれど一寸御しらべの上御一報願度候　以上

四月二十二日　　　　夏目金之助

坂〔元〕三郎様」。

「煤烟」は明治四十二年一月一日から五月十六日まで東京朝日新聞に掲載された。これは漱石の弟子森田草平に対する好意によるはからいだったにちがいないが、その原稿料が不足だと草平に言われ、問い合わせをする漱石の面倒見の良さに感心する。ただし、「是は実は小生の記臆違より出づ。滑稽よりも気の毒なり。〆て百円程の損」と漱石が四月二十四日付鈴木三重吉宛書簡に書いている。

「煤烟」は漱石が朝日に売りこんだものだろうが、永井荷風には漱石が頼みこんでいる。

「拝啓御名前は度々御著作及西村などより承はり居り候処未だ拝顔の機を得ず遺憾の至に御座候

次《ついで》今回は森田草平を通じて御無理御願申上候処早速御引受被下深謝の至に不堪候只今逗子地方にて御執筆のよし承知致候御完成の日を待ち拝顔の栄を楽み居候右不取敢御挨拶迄草々

斯《かくのごとく》如御座候　以上

十一月二十日　　　金之助

永井荷風様」。

この依頼に応じて荷風が執筆した「冷笑」は明治四十二年十二月十三日から翌年二月二十八日まで連載された。はるかに後輩の荷風に対する漱石の礼を尽した文面が印象的だが、同じことが次の明治四十三年四月二十九日付長塚節宛書簡にもいえるだろう。

「拝啓其後は御無沙汰に打過候偖《さて》先般は森田草平氏を通じて突然なる御願に及び候処早速御聞届被下候段感謝の至に候其後草平君より再度の照〔会〕に対する御返事正に拝見致候小生の小説はいつ完結するや実の処本人にも不明に候へどもごく短かくても九十回にはなるべきかと予想致居候只今六十回故今より御起草被下候へば小生も安心。万々一の事にて夫よりも早く片付候ても毫も心配無之故失礼をも不顧伺候次第に候御返事の趣にて一旦御引受の上は不都合なき由御申《おもうし》聞《きかせ》難有候東京と茨〔城〕とは少々懸隔居候故自然懸念も相生じ杞憂相洩し候様の訳あしからず御高免願上候右御挨拶旁《かたがた》御願迄如斯に候　草々頓首

四月二十九日　　　　　　　　　　　　夏目金之助

長塚様」。

漱石の「門」は六月十二日まで百四回にわたり連載され、節の「土」が翌十三日から連載された。節は漱石の親友子規の弟子だから、漱石がここまで節に慇懃である必要はないように思われるが、漱石はあくまで節目正しくふるまう人格であった。

志賀直哉の寄稿に関する一連の書簡も興味ふかい。以下、すべて署名は「夏目金之助」宛名は「志賀直哉様」なので、本文のみを引用する。まず、大正三（一九一四）年二月二日付書簡。

「拝啓両三日前社へ行つてあなたの小説の事をしつかり極めて来ました、今のが三月一ぱいつゞくさうです私が四月から其後をかきます、あなたのは私のあとへ出す事に致します。私のは何回になるのだかまだ何を書くあてもないから分りませんがまあ順序丈はさういふ筈にしました

から一寸御知らせして置きますどうぞ御積でゐて下さい一寸行かうと思ふが大井ときくと遠方のやうな気がして無精の私にはまだ足が向きません　以上」。

宛先は「府下大井町四七五五　志賀直哉様」とあるから大井が当時の志賀の住所であった。次は七月十三日付書簡。

「御書拝見どうしても書けな〔い〕との仰せ残念ですが已むを得ない事と思ひます社の方へはさう云つてやりました、あとは極りませんが何うかなるでせう御心配には及びません、他〔日〕あなたの得意なものが出来たら其代り外へやらずに此方へ下さい先は右迄　匆々」。

次は、朝日新聞社山本笑月宛七月十五日付書簡。志賀関係部分のみ引用する。

「志賀の断り方は道徳上不都合で小生も全く面喰ひましたが芸術上の立場からいふと至極尤もです。今迄愛した女が急に厭になつたのを強ひて愛したふりで交際をしろと傍からいふのは少々残酷にも思はれます」。

こういう文章は漱石独得の人間学ともいうべきであろう。

こうした依頼以外、あまり煩瑣なので引用しないが、久保田万太郎、田村俊子、その他漱石が自ら依頼状を書いている作家が数多い。ここまで漱石が朝日新聞社と約束した義務なのか。二百円の月給にこれほどの仕事がふくまれているとは思われない。漱石がこれほどの義務ないし義理を朝日新聞に感じていたかどうかは疑わしい。むしろすぐれた新人を世に出し、すぐれた文学作品を読者に提供したいという情熱が、ここまで漱石を尽力させたのではないか。そういう人格を感じさせる点でも漱石の書簡は感興がふかい。

＊

最後に、漱石の書にふれた良寛に関する書簡を引用する。漱石が良寛の書が好きだったこと、漱石の書が良寛に影響されていることはひろく知られているが、それがどれほどのものだったかを森成麟造宛書簡にみることができる。森成は長与胃腸病院に勤務し、修善寺大患のさい担当医として介護、治療にあたり、その後新潟県高田で森成胃腸病院を営んでいたという。大正三年十一月四日付書簡は以下のとおり。

「森成さんいつか私に書をかいてくれといひましたね私は正直だからそれを今日書きましたあなた許りのでありません方々のを一度にかためて書いたのです一日の三分一程費やしましたあなたのは御気に入るかどうか知りませんが私の記念だと思つて取つて置いて下さい
良寛はしきり〔に〕欲いのですとても手には入りませんか　以上
十一月四日　　　　　　　　夏目金之助
森成麟造様」。

翌年十一月七日付書簡の前半は贈られてきた松茸の礼なので、後半だけを示す。

「時々先年御依頼した良寛の事を思ひ出します良寛などは手に入らないものとあきらめてはゐますが時々欲しくなりますもし縁があつたら忘れないで探して下さい

奥さまへよろしく　以上

十一月七日

夏目金之助

森成麟造様」。

さて、大正五（一九一六）年三月十六日付書簡は次のとおりである。

「拝復良寛上人の筆蹟はかねてよりの希望にて年来御依頼致し置候処今回非常の御奮発にて懸賞の結果漸く御入手被下候由近来になき好報感謝の言葉もなく只管《ひたすら》恐縮致候

良寛は世間にても珍重致し候が小生のはたゞ書家ならといふ意味にてはなく寧ろ良寛ならではといふ執心故菘翁だの山陽だのを珍重する意味で良寛を壁間に挂《か》けて置くものを見ると有《も》つまじき人が良寛を有つてゐるやうな気がして少々不愉快になる位に候

さて良寛の珍跡なるは申す迄もなく従つて之を得るにも随分骨の折れる位は承知致し候所で是はどうしてもたゞで頂戴すべき次第のものに無之故《これなきゆえ》相応の代価を乍失礼御取り下さるやう願ひ上候御依頼の当初より其覚悟に有之候旨は其節既に御話し致し候とも記憶致し居候へば誤解も有之間敷《これあるまじく》とは存じ候へども念の為故わざと申添候たゞし貧生嚢中幾何《いくばく》の余裕あるかは疑問に候へば其辺は身分相応の所にとゞめ置度是も御含迄に申上候

其外に拙筆御所望とあれば何なりと御意に従ひ塗抹可　仕《つかまつるべく》良寛を得る喜びに比ぶれば悪筆で恥をさらす位はいくらでも辛防可仕候

先は右不取敢御返事迄余は四月上旬御来京の節拝眉の上にて万々可申述候　以上

三月十六日　　　　　　　　　　　　　　　　夏目金之助

森成麟造様

両三日来風風邪に〔て〕臥蓐此手紙床の上に起き直りて書いたものに候乍筆末奥さんへよろしく猶良寛幅代価御面会の節差上度考故あらかじめ其都合に致し置度と存候間前以て一寸金額丈御報知被下ば幸甚に候」。

「懸賞の結果」入手したという「懸賞」の意味は私には分からない。入札の如きものであろうか。「塗抹」はぬりつぶすの意。いずれにしても漱石の良寛の書に対する執着と愛好心が率直に表現されているので興味ふかい。四月十二日付森成麟造宛書簡で漱石は十五円を為替で送ると書いているので、おそらく代金は十五円だったのであろう。

漱石の書簡は相手により、その時点の漱石の境遇により、用件や内容により、筆致文体がじつに多様だが、一貫して漱石の人格を表現している。文は人なりというが、私自身漱石については、小説よりも書簡を愛読しているほどである。それが何故か、ここで記してみた。

『愚管抄』について

『吾妻鏡』には舞文曲筆が多く、その記述は必ずしも信用できないといわれる。その一例を元久元（一二〇四）年七月十九日の記事にみることができる。「己卯、酉剋、伊豆国の飛脚参著す、昨日十八日、左金吾禅閣年廿三、当国修禅寺に於て薨じ給ふの由、之を申すと云々、」（引用は岩波文庫版によるが、表記中小文字も他文字と同じに変えている。たとえば、文中「十八日」「年廿三」は原典は小文字で表記している）とある。左金吾禅閣とは鎌倉幕府二代将軍源頼家である。「云々」とは「という」という意味である。頼家の死について『愚管抄』は次のとおり記している（引用は岩波書店刊『日本古典文学大系』版による。以下、古典大系という）。

「サテ次の年ハ元久元年七月十八日ニ、修禅寺ニテ又頼家入道ヲバサシコロシテ（刺し殺して）ケリ。トミニ（即座に）ヱトリツメザリケレバ（押えつけられなかったので）、頭ニヲ（緒、捻り合わせた繊維）ヲツケ、フグリ（陰嚢）ヲ取《とり》ナドシテコロシテケリト聞《きこ》ヘキ」（文中の語注は多くは古典大系の頭注により、若干は『岩波古語辞典』『愚管抄全注解』などを参考にした私見による）。

頼家がこうした残酷な方法で殺されたことを『愚管抄』で知り、これを契機に『愚管抄』を通読し、大いに感興を覚えたので、以下にその一端を記すこととした。

＊

『愚管抄』の成立時期については論争があったようだが、巻二の以下の記述からみて、承久の乱後に成立したことは間違いないようである。

「今年天下有《リ》二内乱一。コレニヨテ、俄ニ主上（仲恭天皇）執政臣（摂政九条道家）改易《かいえき》（更迭）、世人迷《ス》惑云々。

一院（後鳥羽上皇）遠流《をんる》セラレ給、隠岐国。七月八日於《テ》二鳥羽殿一御出家、十三日御下向云々。但ウルハシキ（威儀整った）ヤウハナクテ令《メ》二首途《セ》一給《フ》云々。御共ニハ俄入道清範只一人、女房両三云々。則義茂法師参《まゐり》カハリテ清範帰京云々。土御門院幷新院（順徳上皇）・六条宮・冷泉《れいぜい》宮・皆被《レ》レ行《ハ》二流刑《ニ》一給云々。新院同月廿一日佐渡国、冷泉宮同廿五日備前国小島、六条宮同廿四日但馬国、土御門院ハ其比《ころ》スギテ、同年閏十月土佐国ヘ又被《レ》二流刑《セ》一給《フ》。其後同四年四月改元。五月比阿波国ヘウツラセ給フ由聞ユ。三院、両宮皆遠国ニ流サレ給ヘドモ、ウルハシキ儀ハナシトゾ世ニ沙汰シケル（評判になった）也」。

六条宮、冷泉宮は後鳥羽上皇の皇子、それぞれ雅成親王、頼仁親王である。仲恭天皇を退位させ、三上皇・二親王を流刑にした処分は、明治憲法下でも、現行憲法下でも、想像を絶する非道だが、承久の乱については別に『承久記』について記したいと考えているので、これ以上ふれない。この非道な処分について、たんに「世人迷惑」とか、流刑地行について「ウルハシキ儀ハナシトゾ世ニ沙汰シケル也」というような、かなりに冷淡な感想を記している『愚管抄』の著者慈円について、古典大系の補注の記述を引用する。

「慈円は後鳥羽上皇の討幕計画が失敗することを信じてそれに反対し愚管抄を著わしたのであるが、予言の通り上皇側が敗北し、慈円が最も頼みとした仲恭天皇・九条道家の失脚という事態が生ずると、慈円の落胆失望は見る眼も痛々しいほどであった。ここに世人とは自分をさして言った、としてよい」。

大隅和雄『愚管抄を読む』にもとづいて慈円の出自、生涯を略述する。慈円は法相寺殿《ほっしょうじどの》とよばれて白河院政の後期から鳥羽院政の時代まで三十七年間摂政関白の職にあった藤原忠通を父として久寿二(一一五五)年四月十五日に生まれた。兄弟のうち、基実(近衛)・基房(松殿)・兼実(九条)はいずれも摂政関白の職につき、兼実は太政大臣になり、兼房も太政大臣になった。三人の姉妹は、崇徳天皇中宮聖子・二条天皇中宮育子・近衛天皇中宮呈子《ていし》である。慈円をふくむ四人の兄弟は僧籍に入った。承久の乱で失脚した九条道家は、慈円の兄兼実の孫にあたる。慈円は十三歳で出家、十六歳で一身阿闍利《いっしんあじゃり》の称号を許され、二十歳で大原に隠棲して法華の学習につとめ、翌年には比叡山の無動寺に入って、千日入堂《にゅうどう》の修行にはげんだ。二十五歳のとき、比叡山を下り、遁世を志したが、兼実の説得により遁世を思いとどまり、三十八歳のときに天台座主の地位についた。その四年後、兼実が失脚、慈円も天台座主を辞任したが、四十七歳のとき、二度目の天台座主の地位につき、四十九歳のとき大僧正となったが、間もなく辞し、その後は前大僧正《さきのだいそうじょう》とよばれることとなった。九条家は頼朝の挙兵以来頼朝を支持、慈円も頼朝と親しい関係にあったが、後鳥羽上皇の武家敵視の政策の変更を求めて容れられず、承久の乱により九条家の繁栄は終り、慈円は失意の底に沈んだという。嘉禄元（一二二五）年九月二十五日、七十歳で死去した。

承久の乱により退位させられた仲恭天皇は順徳天皇とその中宮立子との間の子だが、立子は慈円の甥良経の子であり、実朝の死後、鎌倉に下って四代将軍となった頼経は承久の乱により失脚した摂政九条道家の子である。九条家は公武合体構想を兼実が抱いていたので、右のような血縁関係から慈円も仲恭天皇と摂政九条道家に公武協調の推進を期待していた。承久の乱により九条家が構想したような公武協調構想は破綻したが、鎌倉幕府との関係はふかかった。『愚管抄』にみられる慈円の史観がこうした出自を反映していることは当然といってよい。

なお、慈円は三十歳代の半ばから和歌を作るようになり、歌人として高い評価を得ていた。『新古今和歌集』には西行の九十四首についで九十一首が採られ、俊成の七十二首、定家の四十六首より多い。慈円の作としては、

おほけなく憂き世の民におほふかな我が立つ杣《そま》に墨染の袖

が知られているが、その他若干を抄記する。

み山路やいつより秋の色ならむ見ざりし雲のゆふぐれの空
秋ふかき淡路の島のありあけにかたぶく月をおくる浦かぜ
皆人の知りがほにして知らぬかな必ず死ぬるならひありとは
わが恋は松を時雨の染めかねて真葛が原に風さわぐなり
草の庵をいとひても又いかがせむ露のいのちのかかる限は
いたづらに過ぎにし事や歎かれむうけがたき身の夕暮の空
世を厭ふ心の深くなるままに過ぐる月日をうち数へつつ

*

北条義時が仲恭天皇を退位させ、三上皇・二親王を流刑に処したことは慈円を困惑させたが、この処置が君臣の分際に反する不正、非道の行為とはとらえていなかった。

『愚管抄』巻二の光孝天皇の項に、陽成天皇について次の記述がある。

「陽成院御物気《もののけ》強《シ》、於《テ》レ事《ニ》勿論《ノ》御事也。仍外舅《ぐわいきう》昭宣公大臣以下相談シテ此御門《このみかど》ヲ位ニ即《つけ》マイラセラル」。

「事に於て勿論の御事」とは「おやりになることが論外のひどい事」の意、「此御門」は光孝天皇をいう。陽成帝については巻三に次の記述がある。

「コノ陽成院、九歳ニテ位ニツキテ八年十六マデノアヒダ、昔ノ武烈天皇ノゴトクナノメナラズアサマシクオハシマシケレバ（並大抵ならず、あきれた状態でいらっしゃったから）、オヂニテ昭宣公基経ハ摂政ニテ諸卿群議有テ、「是ハ御モノ、ケノカクアレテ（荒れて）オハシマセバ、イカヾ国王トテ国ヲモオサメオハシマスベキ」トテナン、ヲロシマイラセントテヤウ〳〵ニ沙汰《サタメイ》（裁定）有リケルニ、仁明ノ御子ニテ時康《ときやす》親王トテ式部卿宮ニテオハシマシケルヲムカヘトリテ、位ニツケマイラセラレニケリ。コレハ光孝天皇ト申也」。

古典大系の補注に「陽成天皇に尋常でない挙動のあった事は天皇が源蔭の男益を格殺するという事件が三代実録にみえる」とある。格殺とは手で打ち殺すことと諸橋『大漢和辞典』にあるから、撲殺と同義であろう。

陽成帝の母二条后と摂政基経は兄妹だったから、基経は陽成帝の伯父にあたる。そこで、基経が発意し、枢要な地位にあった公卿たちと協議の上で退位させたのであろう。物気《もののけ》といわれるような悪霊の実在は信じがたいが、慈円は信じていたようである。

『愚管抄』はまた崇峻天皇の殺害についても記している。巻三の以下の記述である。

「神功皇后、又開化ノ五世ノ女帝ハジマリテ、応神天皇イデオハシマシテ、今ハ我国ハ神代ノ気分アルマジ、ヒトヘニ人の心タヾアシ（悪し）ニテオトロヘンズラントオボシメシテ、仏法ノワタランマデトマモラセ給ケレドモ、代々ノ聖運ホドナクテ（代々の天皇の御命が短くて）、允恭・

雄略ナド王孫モツヾカズ、又子孫ヲモトメナドシテ（継体天皇を探しだしたりなどして）、其後仏法ワタリナドシテ国王バカリハ（国王だけでは）治天下《ぢてんか》相応シガタクテ、聖徳太子東宮ニハ立《たち》ナガラ、推古天皇女帝ニテ卅六年ヲオサメオハシマシテ、崇峻天皇コロサレ給フコトナドイデキナガラ世ヲオサメ、仏法ヲウケヨロコバザリシ守屋ノ臣ヲバ、聖徳太子十六ニテ蘇我大臣ト同心シテ、タ、カヒウシナヒテ仏法ヲオコシハジメテ、ヤガテイマニイタルマデサカリナリ。

コノ崇峻天皇ノ、馬子ノ大臣ニコロサレ給《たまひ》テ、大臣スコシノトガモヲコナワレズ、ヨキ事ヲシタルテイニテサテヤミタルコトハイカニトモ、昔ノ人モコレヲアヤメサタシヲクベシ。イマノ人モ又コレヲ心得ベシ」。

蘇我馬子が崇峻天皇を殺害したことで、いささかの罰も加えられず、むしろ善行をしたとして終ったのはどうしてか、と昔の人も噂し、これを怪しんでいるようだし、今の人も納得しないことだろうと記して、その理由を慈円は次のように考察する。

「コノコトヲフカク案ズルニ、タヾセンハ（結局）仏法ニテ王法ヲバマモランズルゾ。仏法ナクテハ、仏法ノワタリヌルウヘニハ、王法ハヱアルマジキゾトイフコトハリヲアラハサンレウト、又物ノ道理ニハ一定（必ず）軽重《けいちょう》ノアルヲ、オモキニツキテカロキヲスツルゾト、コノコトハリトコノ二ヲヒシト（しっかりと）アラハカサレタルニテ侍《はべる》ナリ。コレヲバタレガアラハスベキゾトイフニ、観音ノ化身《けしん》聖徳太子ノアラハサセ給《たまふ》ベケレバ、カクアリケルコトサダカニ心得ラル、ナリ」。

仏法によって王法は守られ、仏法なくして王法はない、と慈円は考える。物には軽重があり、仏法を守るためには王法を軽んじることは止むをえない。蘇我馬子により崇峻天皇が殺害されたことも、三上皇、二親王の流刑も咎め立てする気持を慈円はもたない。慈円の政治思想としては、そもそも後鳥羽院が承久の乱を企てたことが誤りだった。

天皇の行動の誤りを匡正する輔弼の臣として、藤原氏は天皇家と特別の関係があった。

*

『愚管抄』巻三に次の記述がある。

「サテコノ、チ、臣家ノイデキテ世ヲオサムベキ時代ニゾ、ヨクナリイル時マデマタ天照大神《あまてるおほんがみ》アマノコヤネノ春日《かすが》ノ大明神ニ同《ク》侍《ヒテ》㆓殿内《ニ》㆒能《ク》為《セ》㆓防護《ギルコトヲ》㆒ト御一諾《いちだく》ヲハリニシカバ、臣下ニテ王ヲタスケタテマツラルベキ期《ご》イタリテ、大織冠《たいしよくくわん》ハ聖徳太子ニツヾキテ生レ給テ、又女帝ノ皇極天皇御《の》時、天智天皇ノ東宮ニテオハシマスト、二人シテ、世ヲヲシヲコナイケル（政治を勝手にとっていた）入鹿ガクビヲ節会《せちゑ》ノニハニテ身ヅカラキラセ給ヒシニヨリ、唯国王之威勢バカリニテコノ日本国ハアルマジ、タヾミダレニミダレナンズ、臣下ノハカラヒニ仏法ノ力ヲ合《あはせ》テ、トオボシメシケルコトノハジメハアラハニ心得ラレタリ。サレバソノヲモムキノマヽニテ、今日マデモ侍《はべる》ニコソ」。

いうまでもなく大織冠は藤原鎌足、天照大神は天皇家の始祖、藤原氏は天児屋根命を氏神とし、春日大明神を祀っている。右によると、天照大神から天児屋根命に殿内に侍ってよく防禦せよとの一諾があったので、藤原氏の「はからひ」と仏法とによって、世を治めることとなったのだ、と慈円はいう。藤原氏の嫡流に生まれた慈円が藤原氏の権力の由来を説いた文章にちがいないが、鎌足以降、天皇は権威として存続し、藤原氏が権力をもって治政し、現在に至った、と慈円はいう。藤原氏以外の臣下にとっては、傲慢としか感じられないだろうと思われる言辞だが、おそらくこうした意識が当時の貴族社会の常識だったのであろう。

『愚管抄』巻三には次の記述がある。

「桓武天皇ハ東宮ニテ位（都の誤りか）ヒキウツシテ、此平安城タイラノ京ヘ初《はじめ》テ都ウツリ有《あり》テ、此桓武ノ御後、コノ京ノ後ハ、女帝モオハシマサズ、又ムマゴ（孫）ノ位ト云《いふ》事モナシ。ツヾキ〳〵シテアニヲト、ツガセ給《たまひ》ツヽ、国母《こくも》ハ又ミナ大織冠ノナガレノ大臣ドモノ女《むす》メニテ、ヒシト国オサマリ、民アツクテメデタカリケリ。今日マデモソノマヽ、ハタガハヌ（違はぬ）ヲモムキ（趣）也。是ハ此御時延暦年中ニ、伝教・弘法ト申《まうす》両大師、唐ニワタリテ天台宗ト云、無二無三、一代教主尺迦《さか》如来ノ出世ノ御本懐ノ至極《しごく》無双《むさう》ノ教門、真言宗トテ又一切真俗二諦《にたい》（一切の絶対的真理と世俗的な真理）ヲサナガラ一宗ニコメタル三世（過去・現在・未来）諸仏ノ己証《こしやう》（自己の心中に悟ること）ノ真言宗トヲバ、コノ二人《の》大師ワタシ給テ、両人灌項《くわんじやう》道場ヲオコシ、天台宗菩薩戒ヲヒロメ、後七日法《の》ヲ真言院トテ大内《だいだい》（大内裏）ニ立テハジメナドセラレタル、シルシニテ偏《ひとへ》ニ侍《はべる》也（国が治まり、民が安心して生活しているのはこの効験なのである）」。

慈円は続けて仏教の治安に対する効用を説いているが省く。むしろ右の引用中「国母ハ又ミナ大織冠ノナガレノ大臣ドモノ女メ」という事実に注目する。国母とは皇后、女御などで天皇の母となった女性を意味する。国母がすべて藤原氏の出身であることは驚異だし、それにしても、これはたやすくはない。

菅原道真を讒言した藤原時平の弟忠平は『愚管抄』では貞信公とよばれているが、この忠平（貞信公）の子に小野宮（実頼《さねより》）、九条殿（師輔《もろすけ》）の兄弟がいたという。

「コノ貞信公《の》御子ニ小野宮・九条殿トテオハスメリ。此事ドモハ、ヨツギ（世継）ノ鏡ノ巻（『大鏡』）ニコマ〲トカキタレバ申ニヲヨバネドモ、ツジ〲ノアフトコロ（要所要所の問題となる点）ヲバ申ベキニヤ。弟ノ九条《の》右丞相、アニノ小野宮殿ニサキダチテ一定（必ず）ウセナンズ（死ぬだろう）トシラセ給テ（感知なさって）、「我身コソ短祚《たんそ》（短命）ニウケタリトモ、我子孫ニ摂政ヲバ伝《つたへ》ン、又我子孫ヲ帝ノ外戚《げしやく》トハナサン」トチカヒテ、観音ノ化身ノ叡山ノ慈恵大師ト師檀（法師と檀那）ノ契フカクシテ、横川ノ峯ニ楞厳三昧院《りやうごんさんまいゐん》ト云寺ヲ立テ、九条殿ノ御存日ニハ法華堂《ほっけだう》バカリヲマヅツクリテ、ノボリテ大衆ノ中ニテ火ウチノ火ヲウチテ、「我ガ此願成就スベクバ三度ガ中ニツケ」、トテウタセ給《たまひ》ケルニ、一番ニ火ウチツケテ法華堂ノ常燈《じやうとう》ニツケラレタリ。イマニキエズト申《まうし》伝ヘタリ。サレバソノ御女ノ腹ニ、冷泉・円融両帝ヨリハジメテ、後冷泉院マデ、継体守文《けいていしゆぶん》（天子の位を継ぐ後つぎの君、皇太子）ノ君、内覧摂籙ノ臣アザヤカニサカリナリ。其後、閑院ノ大臣ノカタニウツリテ、又白川・鳥羽・後白川・太上天皇（上皇）ナガラ世ヲシロシメス君ニハオハシマス。後白川ノツギニハ、当院（後鳥羽院）伝《つたへ》テオハシマスモ、中関白道隆ノスヂナリ、コノ日本国観音ノ利生方便《りしやうはうべん》ハ（観音が衆生を利せんがための方便は）、聖徳太子ヨリハジメテ、大織冠・菅丞相・慈恵大僧正カクノミ侍ル事ヲフカク思《おもひ》シル人ナシ（大織冠・菅原道真・慈恵大師が観音の化身であることを思い知る人がいない）。アハレ〳〵王臣ミナカヤウノ事ヲフカク信ジテ、聊《いささか》モユガマズ、正道ノ御案ダニモアラバ、劫初劫末《こふしよこふまつ》（この世の初めと終り）ノ時運ハ不レ及《バ》レ力、中間ノ不運不慮ノ災難ハ侍ラジモノヲ。サレバヨクヲコナハル、世ハミナ夭《よう》ハ徳ニカタズ（政治が良ければ災難がおこっても徳の力で克服できる）トテノミコソ侍レ」。

九条師輔の誓願もすさまじいものだが、その誓願が実現、九条系の女性から三代の天皇が生まれ、その後は閑院系の女性から生まれた天皇が当代、後鳥羽院まで五代にわたって続き、その間終始大織冠鎌足の子孫が摂政関白を占めたというのだから、驚くべき歴史の展開である。

興味ふかいことは、慈円が菅原道真は観音の化身であるとみている事実である。『愚管抄』巻三は「時平ノ讒言ト云事ハ一定《いちぢやう》也」と述べた上で、「スベテ内覧《の》臣、摂籙ノ家ハ、天神ノ御カタキニテウシナハルベキニコソアルニ、ヤガテ時平ノ弟ノ貞信《ていしん》公、家ヲ伝ヘ、内覧摂政アヤニクニ（憎らしく思われるほど）繁昌シテ、子孫タフルコトナク、イマ、デメデタクテスギラル、コトヲフカク案ズルニハ、日本国《は》小国也、内覧ノ臣二人ナラビテハ一定アシカルベシ、ソノ中ニ太神宮鹿島ノ御一諾（伊勢神宮と藤原氏の先祖とされる天児屋根命を祭神とする約束）ハ、スヱマデタガフベキコトニアラズ、大織冠ノ御アトヲフカクマモラントテ、時平ノ讒口《ざんこう》ニワザトイリテ御身ヲウシナヒテ、シカモ摂籙ノ家ヲマモラセ給《たまふ》ナリ」。

つまり、天照大神と天児屋根命が、大織冠鎌足以来、藤原家が摂政関白として仕えるべき家柄と約束なさったのだから、菅原道真が藤原時平と並んで内覧をつとめることは小国である日本国のためにならないと菅原道真は考え、時平の讒言に自ら陥ることによって、藤原家を救い、神々の約束を違えぬようにしたので、道真は観音の化身であるというわけである。これは藤原氏一族に属する慈円の藤原氏による権力独占を正当化するための牽強付会の解釈というべきだが、こうした史観は慈円独自というより藤原氏の史観だったのかもしれない。

摂政関白について『愚管抄』の巻三には次の記述もある。

「サテコノ九条右丞相師輔ノ公《きみ》ノ家ニ摂籙ノ臣ノツキニケル事ハ、小野宮殿ウセ給テ、九条殿ノ嫡子一条摂政伊尹《これただ》摂政ニナリ、又コレハ円融院ノ外舅《ぐわいきう》ニテ右大臣ニテ有レバ、九条殿ハ摂籙セザリシカバ、ナニトテ（何者も）カタヲナラブベキモノナクテ、カクハ侍《はべる》ナリ。地体ハ（元来は）藤氏長者トイフコトハ、上ヨリナサル、コトナシ。家ノ一《いち》ナル人ニ次第ニ朱器台盤《すきだいばん》・印ナドヲワタシ〳〵スルコトナリ。ソノ人又オナジク内覧ノ臣トハナル也（「官職難儀」によれば、内覧とは「関白は必内覧宣下ある也。さるによりて万機の政まづ関白に申て、次奏聞する也」という）。関白摂政ト云コトハ、必《かならず》シモタエズナルコトニハアラズ。摂政ハ幼主ノ時バカリナリ。忠仁公（藤原良房）ノ後ハ、タヾ藤氏長者内覧ノ臣ニナリヌルヲ一《いち》ノ人《ひと》トハ申ナリ。内覧モカナラズシモナキコト也。関白ハ昭宣公（藤原基経）摂政ノ後ニ関白ノ詔ハハジマリケリ。漢ノ宣帝ノ時、霍光《くわんくわう》ガマヅアヅカリキカシメテノチニ奏セヨト、ウケタマハリケル例ナルベシ。小野宮殿ノ摂政ヲヘズシテ関白詔ハジマリケルヲバ、ヲソレ申サレケリ（おそれ多いと申し上げた）。サレバ延喜（醍醐帝）ノ御時、時平ウセ給テノチト、天暦（村上帝）ノ御時ニハ内覧《の》臣ダニナシ。マシテ摂政関白ト云ツカサ（官）モナサレズ、唯藤氏長者、一《いち》ノカミ（左大臣）ニテ、延喜ノ御時ハ貞信公、後ニコソ朱雀院八（八歳）ニテ御位ナレバ摂政ニナラセ給ヘ。村上ニハハジメハ貞信公関白如《シ》レ元《ノ》トテ有リケレド、ウセサセ給テ後ハ、左大臣ニテ小野宮殿コソタヾ一《いち》ノ上《かみ》ニテ事ヲコナヒテ、冷泉院御時、直《ただちに》関白ノ詔有リケリ。時ノ君ノ御器量ガラニテ、カツハヲカル、コト也。ヨノスヱハ、ミナ君モ昔ニハニサセ給《たまは》ズ、マコトノ聖主ハアリガタケレバ（おいでになりにくいから）、イマハ様ノ事ト摂政関白ノ名ハタフルコトナシ」。

摂籙とは摂政関白をいう。慈円は昔と違って聖主は得がたいから、摂政関白をおかなければならないという。兄弟三人が摂政関白になっている慈円の出自の正当化の論理にちがいないが、反面では慈円をふくむ藤原家嫡流の自負自信ともみられるだろう。

藤原の姓を賜った大織冠鎌足が内大臣になったのが天智天皇治下の天智八（六六九）年十月であり、藤原基経が摂政太政大臣になったのが陽成天皇治下の元慶四（八八〇）年、平清盛が太政大臣になったのが六条天皇治下の仁安二（一一六七）年だから、鎌足から数えて約五百年、基経から数えても約三百年、天皇の権威の下、藤原氏は権力の座を占めていた。平家の栄華といわれるが、その時期は清盛一代にすぎない。藤原氏に比べれば、槿花一朝の夢にひとしい。

藤原氏の権力の源泉は天皇の権威にあった。そのために、藤原氏は代々の天皇の後宮にその娘たちを送りこみ、次代の天皇を生んで国母たらしめなければならなかった。藤原氏は天皇家の外戚たることによってはじめて権力を維持できたのだといってよい。『愚管抄』は、そういう意味で、私に天皇制の本質についての省察をうながした著述であった。

*

この藤原氏がもった権力の実態はどういうものだったか。御堂関白といわれた藤原道長は第六十六代一条天皇治下の長徳元（九九五）年五月、内覧に任じられ、第六十七代三条天皇の治下でも内覧をつとめ、第六十八代後一条天皇治下では摂政、太政大臣をつとめた。

『愚管抄』巻一は「漢家年代」「皇帝年代記」と題され、各天皇の在位期間、后・女御・御子等の記述がある。

これによれば、一条天皇は在位二十五年、「后女御五人。御子五人」、三条天皇は在位五年、后・女御・御子の記載はない。後一条天皇は在位二十年、「后一人。女皇二人」とあり、頭注によれば、后は中宮威子、道長長女。女皇子は章子・馨子内親王とあるから、女皇二人とは内親王二人の趣旨であろう。ちなみに、第五十八代光孝天皇は在位三年、「女御四人。男女御子四十一人」、第六十二代村上天皇は在位二十一年、「后女御十人。男女御子十九人」とある。一条天皇は光孝天皇・村上天皇に比べ、后・女御の数、御子の数がかなり少ない。知られるとおり、紫式部は、藤原道長の娘で後に上東門院と称した、一条天皇の中宮彰子に仕え、清少納言は同じ一条天皇の皇后定子に仕えた。定子は道長の甥伊周の娘である。中宮は皇后と同格だから、二人の皇后をもったのは一条天皇が最初である。この一条帝について『愚管抄』は巻三に次のとおり記している。

「カ、リケルホドニ、一条院ウセサセ給《たまひ》テ後ニ、御堂ハ御遺物ドモノサタ（始末）アリケルニ、御手箱ノアリケルヲヒラキ御覧ジケルニ、震筆（宸筆）ノ宣命メカシキ物ヲカ、セオハシマシタリケルハジメニ、三光欲レ明《シナラント》覆《ヒテ》二重雲《ヲ》一大精暗《シ》トアソバサレタリケルヲ御覧ジテ、次ザマヲヨマセタマハデ、ヤガテマキコメテヤキアゲラレニケリトコソ、宇治殿（藤原頼通）ハ隆国宇治大納言ニハカタリ給ケルト、隆国ハ記シテ侍《はべる》ナレ」。

一条帝の宣命めいた宸筆は「三光明ならんと欲し重雲を覆ふ」と読み、古典大系の頭注によれば、三光は白・月・星。天子の徳にたとえ、雲が邪魔をしているので、天を暗くし、天子の徳を妨げている、といった意のようである。一条帝が、御堂関白道長が権力をほしいままにしていることへの嗟嘆をひそかに書きつけたものにちがいない。これに関して慈円は『愚管抄』で次のとおり説明している。

「大方御堂御事ハ、タトヘバ唐ノ太宗ノ世ヲヲコシテ、我ハ堯舜ニヒトシトマデオモハセ給タリケルト中ヤウニ、御堂ハ昭宣公（基経）ニモ大織冠マデニモヲトラヌホドニ、正道ニ理ノ外ナル御心ナカリケルトミユ。ワガ威光威勢トイフハ、サナガラ君ノ御威《おんゐ》也。王威ノスヱヲウケテコソカクアレト、ワタクシナクオボシケルナリ」。

道長は私心なく正道にしたがって事を行っているのだし、わが威勢はすべて天皇の威光によると考えていたのだ、と慈円はいう。しかし、一条帝が道長の権勢をうっとうしく、重苦しく、感じていたことは間違いあるまい。権力者は被害者の感情に鈍感だが、慈円をはじめ、藤原一族は、歴代の天皇の心情を解していなかったのではないか。しかし、慈円は道長の人格が高潔、一条帝の不満に理由がないことを示す事実として、道長の臨終の情景を記している。

「ソノ証拠《しようご》ハ、万寿四年十二月四日ウセサセ給ケル御臨終ニアラハナリ。思《おもひ》ノゴトク出家シテ多年、九体ノ丈六堂法成寺ノ無量寿院ノ中堂ノ御前ヲ閉眼ノ所ニシテ、屏風ヲタテ、脇足《けふそく》ニヨリカヽリテ、法衣《ほふえ》ヲタヾシクシテヰナガラ御閉眼アリケルコトハ、ムカシモイマモカヽル臨終ノタメシアルベシトヤハ。十二月四日ナルニ、十二月ハ神今食《じんこんじき》（六月・十二月の十一日の月次《つきなみ》祭の夜、天照大神を神嘉殿に請じて天子自ら火をあらため新たに炊いた飯を供し自身も食する行事）ノ神事トテキビシケレバ、閏朔日《じゆんさくじつ》其ノ斎《とき》イミジクキビシクテ、摂政関白公家同事ニテアルニ、法成寺ノ御八講（法華御八講の略。法華経八巻を八人に分けて八座に読経供養する行事）トテ南北二京（京都、奈良）ノ竪義《りふぎ》ヲカレタルニ、大伽藍ノ仏前ノ法会ニ、氏長者・関白摂政ナル、カナラズ公卿引率シテ令メ二参詣セ一テ、竪義、例講御《れいこうご》聴聞《ちやうもん》一切ニハヾカラルヽ事ナシ。伊勢太神宮是ヲユルシオボシメスナリ。コレコソ人間界ノ中ニソノ人ノ徳ト云《いふ》手本ニテ侍《はべる》メレ。カヽル徳ハスコシモワタクシニケガレテ、為メ二朝家ノ一不忠ナラン人アリナンヤ。返々《かへすがへす》ヤンゴトナキコト也。コレハ一条院モアルマヽニ御覧ジシラセ給ハデ、カヽル宣命メカシキモノヲカキヲカセ給《たまひ》テ、トクウセサセ給《たまひ》ニケルニ、御堂ハ其後久シクタモチテ、子孫ノ繁昌、臨終正念タグヒナキヲ、御心ノ中ニ是ヲフカクミトホシテ、「イカニゾヤ、悪心モヲコサジ。ワレトヾマリテカク御追福イトナム。タカキモイヤシキモ御心バヘノニズモアル。又イカニゾヤ、キカフコトハスコシモイカニトオモフベキコトナラズ」トテ、マキコメテ、ヤキアゲサセ給ヒケンヲバ、伊勢大神宮・八幡大菩薩モアハレニマモラセ給ケントコソアラハニサトラレ侍レ。サレバコソ其後万寿ノ歳マデヒサシクタモチテ、サル臨終ヲモ人ニハキカレサセ給へ」。

道長臨終にさいして行われた行事は古典大系の頭注を参照しても私には理解できないが、要は、道長が私心なく事を行った人物であったからこそ、長寿を保ち、このような見事な臨終を遂げることができたのであって、一条帝が宣命めいたものを書いたのは、道長を理解していなかったからであり、これを道長が焼き捨てたことが正しい処置であった、と慈円はいうわけである。一条帝が三十二歳で崩御し、道長が六十二歳という当時としての長寿を保ったことをみても、道長に悪心がなかったからだと慈円は一条帝の短慮を批判している。

右の『愚管抄』の文章の一々の語句を私が正確に読解していないかもしれないが、一応大意は右に記したように私は理解している。いずれにしても、はっきりしていることは、藤原道長の権力を一条帝がうっとうしく、重苦しく思っていたが、藤原一族からみれば、それは一条帝の思い違いだ、思慮が不足しているからだ、と一蹴されるにすぎない、ということである。だからこそ、一条帝もひそかに書きとめて手箱にしまいこんでいたのである。

＊

道長の後継者、宇治殿といわれた藤原頼通は第六十九代後朱雀天皇の治下で関白左大臣、第七十代後冷泉天皇の治下では関白太政大臣をつとめた。『愚管抄』巻四は頼通と後三条帝の葛藤を次のとおり記している。

「延久ノ記録所トテハジメテヲカレタリケルハ、諸国七道（東海・東山・北陸・山陰・山陽・南海・西海の七道）ノ所領ノ宣旨《せんじ》官符《くわんぷ》（公文書）モナクテ公田《くでん》（国有の田地）ヲカスムル事、一天四海ノ巨《こ》害《がい》ナリトキコシメシツメテアリケルハ、スナハチ宇治殿ノ時一《いち》ノ所（藤原家の一の人）ノ御領〳〵トノミ云テ、庄（荘）園諸国ニミチテ受領《ずりやう》ノツトメタヘガタシナド云ヲ、キコシメシモチタリケルニコソ。サテ宣旨ヲ下サレテ、諸人領知ノ庄園ノ文書ヲメサレケルニ、宇治殿ヘ仰ラレタリケル御返事ニ、「皆サ心ヱラレタリケルニヤ。五十余年君ノ御ウシロミヲツカウマツリテ候《さふらひ》シ間、所領モチテ候者ノ強縁《がうえん》（縁故）ニセンナド思《おもひ》ツ、ヨセタビ（寄進なさる）候ヒシカバ、サニコソナンド申《まうし》タルバカリニテ（そうかなどと申したばかりで）マカリスギ候キ。ナンデウ文書カハ候ベキ。タヾソレガシガ領ト申候ハン所ノ、シカルベカラズ、タシカナラズキコシメサレ候ハンヲバ、イサ、カノ御ハヾカリ候ベキコトニモ候ハズ。カヤウノ事ハ、カクコソ申《まうし》サタスベキ身ニテ候ヘバ（かような事は関白として私が進んで処置すべき身なのですから）、カズヲツクシテ（一つ残らず）タヲサレ

（廃止され）候ベキナリ」ト、サハヤカニ申サレタリケレバ、アダニ（無駄に）御支度サウイ（御計画齟齬）ノ事ニテ、ムゴニ（いつまでも）御案（ご思案）アリテ、別ニ宣旨ヲクダサレテ、コノ記録所ヘ文書ドモメスコトニハ、前太《の》相国（頼通）ノ領ヲバノゾクト云宣下《せんげ》アリテ、中〳〵ツヤ〳〵（かえって充分に）ト御沙汰ナカリケリ。コノ御サタヲバイミジキ（困った、ひどい）事哉トコソ世ノ中ニ申ケレ」。

藤原氏と縁故を結ぼうとして領地を寄進してくるのを、そうか、と言ってうけているだけだから、文書などあるはずもない、然るべきでない、確かでない、とお考えになるならどうぞお召し上げください、本来これは関白太政大臣である私がしなければならないことだったのですから、と頼通は開き直ったわけである。本来国有地であるべき田畑が藤原氏の荘園として徴税等の対象から除外されれば、国家財政として由々しい大事である。そう考えた後三条帝が記録所を設けて荘園整理を計画した。後一条、後朱雀の二帝は道長の娘上東門院彰子を母としていたし、冷泉帝は道長の別の娘嬉子を母としていたが、後三条帝は三条帝の三女陽明門院禎子を母としていた。陽明門院禎子の母は道長の娘妍子だから、頼通からみれば姪の子になるので、藤原家と縁がつながってはいるが、後三条帝は頼通とは比較的縁が遠い。この計画は結局挫折したわけだが、この文章にいう「世ノ人」とは慈円その人であろう。こうした考え方は藤原氏の利害を代弁するものであって、公正とはいえない。後三条帝の計画の挫折は藤原氏の権力の強大さを示している。天皇が権力を断念し、権威にとどまっている限り、治政は安定する。天皇が権力者たらんとしたときには摩擦・葛藤を生じ、権力者が武家であれば、承久の乱、南北朝の争乱となったのであった。

＊

『愚管抄』巻四には次の知られた一章がある。

「サテ大治ノ、チ（後）久寿マデハ、又鳥羽院、白河院ノ御アトニ世ヲシロシメシテ、保元元年七月二日、鳥羽院ウセサセ給《たまひ》テ後、日本国ノ乱逆《らんげき》ト云《いふ》コトハヲコリテ後ムサ（武者）ノ世ニナリニケルナリ。コノ次第ノコトハリヲ、コレハセンニ（つきつめて）思《おもひ》テカキヲキ侍《はべる》ナリ」。

ここで慈円は『愚管抄』執筆の動機を記しているわけだが、武家の時代の出発を保元の乱に定め、平清盛の関白太政大臣になったときや源頼朝の征夷大将軍に任じられたときと定めていないことが、慈円の史観の特徴である。武士の力を借りなければ争乱が収拾できない、あるいは、そのために治政が行われないということは、それだけ摂関制が衰微したからだと慈円は実感したのであろう。すでに記したとおり、慈円は保元の乱の前年、一一五五年に生まれ、承久の乱の四年後、一二二五年に他界した。それだけに武士の勃興は摂関家の生まれである慈円にとって強烈、切実な体験だったにちがいない。

『愚管抄』における保元の乱、平治の乱、平家滅亡に至る源平合戦の記述を、『保元物語』『平治物語』『平家物語』の叙述と読み比べることは興趣ふかいが、とりわけ巻五の安徳天皇の入水の叙述が抜群である。

「元暦二年三月廿四日ニ船イクサノ支度《したく》ニテ、イヨ〳〵カクト聞《きき》テ、頼朝ガ武士等カサナリキタリテ西国ニヲモムキテ、長門ノ門司関《もじのせき》ダンノ浦ト云フ所ニテ船ノイクサシテ、主上（安徳帝）ヲバムバ（うば、祖母のこと）ノ二位《にゐ》宗盛母イダキマイラセテ、神璽《しんじ》・宝剣《ほうけん》トリダシテ海ニ入リニケリ。ユ、シカリケル女房《にようばう》也。内大臣宗盛以下カズヲツクシテ（全部）入海《にふかい》シテケル程ニ、宗盛ハ水練《すいれん》ヲスル者ニテ、ウキアガリ〳〵シテ、イカン（生きよう）ト思フ心ツキニケリ。サテイケドリニセラレヌ。主上ノ母后《ぼごう》建礼門院ヲバ海ヨリトリアゲテ、トカクシテイケ（生かし）タテマツリテケリ。神璽・内侍所《ないしどころ》ハ同《おな》ジ四月廿五日ニカヘリイラセ給《たまひ》ニケリ。宝剣ハ海ニシヅミヌ。ソノシルシノ御ハコハウキテ有《あり》ケルヲ、武者《むしや》トリテ尹明《これあき》ガムスメノ内侍ニテアリケルニミセナンドシタリケリ。内侍所ハ、大納言時忠《ときただ》トテ二位ガセウト（同母の兄弟）有リキ、グ（具）シテアル者ドモノ中ニ、時信子《ときのぶのこ》ニテ（時信の子ということで）ツカヘシ者ニテ、サカシキコトノミシテ、タビ〳〵ナガサレナンドシタリシ者、トリテモチタリケリ。コレ皆トリダシテ京ヘノボリニケリ。二宮《にのみや》（高倉帝第二皇子守貞親王）モトラレサセ給テ上西門院《じようさいもんゐん》ニヤシナハレテヲハシケリ。宝剣ノ沙汰《さた》ヤウ〳〵ニアリシカド、終《つひ》ニヱアマモカヅキシカネテ（海女も潜りかねて）出デコズ。其間《そのあひだ》ノ次第ハイカニトモカキツクスベキ事ナラズ。タヾヲシハカリツベシ。大事《だいじ》ノフシ〴〵ナラヌ事ハソノ詮《せん》（効果）モナケレバ書《かき》ヲトスコトノミ有リ。其後《そののち》コノ主上ヲバ安徳天皇トツケ申《まうし》タリ。海ニシヅマセ給ヒヌルコトハ、コノ王《きみ》ヲ平相国《へいしやうこく》イノリ出シマイラスル事ハ、安芸ノイツクシマノ明神《みやうじん》ノ利《り》生《しやう》（めぐみ）ナリ、コノイツクシマト云フハ龍王《りゆうわう》ノムスメナリト申ツタヘタリ、コノ御神《おんかみ》ノ、心ザシフカキニコタヘテ、我身ノコノ王《きみ》ト成《なり》テムマレ（生まれ）タリケルナリ、サテハテ（最後）ニハ海ヘカヘリヌル也トゾ、コノ子細シリタル人ハ申《まうし》ケル。コノ事ハ誠《まこと》ナラントヲボユ」。

宗盛の描写をはじめ、かなり『平家物語』により知られているが、右の叙述中、目立つのは、引用の末尾である。つまり、安徳天皇は平清盛が厳島神社に祈って、その「利生」によって生まれた方であり、厳島神社は祭神は龍王の娘なので、安徳天皇は海へ帰ったのだ、という。神仏の加護、利生、聖霊などが実在すると信じられていた時代の解釈が私たちにとっての興趣である。

右の引用の続きもまた、じつに興味ふかい。

「抑《そもそも》コノ宝剣ウセハテヌル事コソ、王法《わうぼふ》ニハ心ウキコトニテ侍《はべ》レ、コレヲモコ、ロウベキ道理サダメテアルラント案《あん》ヲメグラスニ、コレハヒトヘニ、今ハ色ニアラハレテ（表面にあらわれて）、武士ノキミノ御マモリトナリタル世ニナレバ、ソレニカヘテウセタルニヤトヲボユル也。ソノユヘハ太刀《たち》ト云フ剣《つるぎ》ハコレ兵器ノ本《もと》也。コレハ武《ぶ》ノ方《かた》ノヲホンマモリ也。文武《ぶんぶ》ノ二道《にだう》ニテ国王ハ世ヲオサムルニ、文ハ継体守文《けいたいしゆぶん》（祖先の遺体を継ぎ成法にしたがって武力を用いない）トテ、国王ノヲホン身ニツキテ、東宮ニハ学士《がくし》、主上ニハ侍読《じどく》トテ儒家《じゆか》トテヲカレタリ。武ノ方ヲバコノ御マモリニ、宗廟《そうべう》ノ神（皇室の神先の霊を祀るところ、伊勢神宮。石清水八幡宮を加えることもあるという）モノリテ（とりついて）マモリマイラセラル、ナリ。ソレニ今ハ武士大将軍《ぶしのたいしやうぐん》世ヲヒシト取《とり》テ、国主、武士大将軍ガ心ヲタガヘテハ（違えては）、エヲハシマスマジキ時運《じうん》（時のめぐりあわせ）ノ、色《いろ》ニアラハレテ出キヌル世ゾト、大神宮八幡大菩薩《だいじんぐうはちまんだいぼさつ》モユルサレヌレバ、今ハ宝剣モムヤク（無益）ニナリヌル也」。

草薙剣として知られる三種の神器の一が壇の浦で失われたことは、武士の世になり、皇室にとって無益となったからだ、と慈円は解釈する。この解釈は私たちには可笑しいが、慈円はこう解してわが意を得たと思ったにちがいない。慈円は私たちが想像できないほど武士の威勢をひしひしと身に感じていた。慈円の史観はそれなりに一貫している。

＊

『愚管抄』は、『保元物語』『平治物語』『平家物語』と共通する事件についても記しており、これらとの間に事実認識に違いがあることがある。

たとえば、すでに「『平治物語』について」(「平治物語」。拙著『平家物語を読む』所収)でふれたが、その巻上「六波羅より紀州へ早馬を立てらるる事」の章段で、熊野参詣の途次、三条殿焼討の報に接した平清盛は「これまで参《まい》りたれども、朝家《てうか》の御大事、出来《いできた》るうへは、先達《せんだち》ばかりをまゐらせて、下《げ》する（下向する、ここでは帰洛する意）よりほかは他事《たじ》なし。たゞし、兵具《ひやうぐ》もなきをば何《いかが》せん」という。筑後守家貞が「少ゝは用意つかまりて候」と若干の太刀、鎧、弓などを差しだし、「家貞《いへさだ》はまことに武勇《ぶゆう》の達者、思慮ふかき兵なり」と「重盛《しげもり》は感《かん》じ給《たまひ》ける」とあり、さらに、悪《あく》源太《げんだ》義平を大将として、摂津国天王寺、阿倍野の松原に陣を取って、清盛の下向を待つと聞き、「清盛《きよもり》のたまひけるは、「悪源太《あくげんだ》、大勢にて待《また》んには、都《みやこ》へのぼりえずして、阿倍野《あべの》・天王寺《てんわうじ》の間《あいだ》にしかばねをとゞめんこと、理《ことわり》の勇士《ゆうし》（道理の分かった勇者）にあるべからず。しよせん当国《たうごく》の浦《うら》より船《ふね》をあつめて、四国《こく》の地《ち》におしわたり、鎮西《ちんぜい》の軍勢《ぐんぜい》をもよほし都《みやこ》へせめのぼりて、逆《ぎやく》臣をほろぼし、君《きみ》の御いきどをりを休《やす》めたてまつらばやと存《ぞん》ずる。おの〳〵、いかゞ」とありしかば、重盛《しげもり》、すゝみ出《いで》て申されけるは、「此《この》おほせ、さる御こと（もっともな仰せ）にて候へども、重盛《しげもり》が愚案《ぐあん》には、院内《ゐんない》を大内にとりこめたてまつるうへは、いまはさだめて諸国《しよこく》へ宣旨《せんじ》・院宣《いんぜん》をぞなし下《くだす》らん。朝敵《てうてき》に成《なり》ては、四国《こく》・九国《こく》の軍勢《ぐんぜい》も、さらに（まったく）したがふべからず。君の御事と申《まうし》、六波羅《はら》の留守《す》のためといふ、公私《かうし》につきて、しばらくもとゞこほるべからず。筑後《ちくごの》守《かみ》、いかゞ」とのたまへば、家貞《いへさだ》、涙《なみだ》をはら〳〵とながし、「今にはじめぬ御事にて候へ共、此《この》おほせ、すゞしく（潔く）おぼえ候。」難波《なには》三郎経房《つねふさ》も、「かうこそ」と同心して御前をたち、馬《むま》に打《うち》のり北《きた》へむかひてあゆませければ、清盛《きよもり》も此《この》人〻の心を感じて、おなじさまにぞふるまひける」とある。

さらに、重盛は「悪源太《あくげんだ》が待《まつ》と聞阿倍野《きくあべの》にて討死《うちじに》せん事、たゞいまなり。少《すこし》も後《うし》ろ足《あし》をふまん人〻は、戦場にてにげんは見ぐるしかるべし。こゝよりいとま申《まうし》て留《とゞま》れ」と叱咤し、奮い立たせる。思慮ふかく、勇気凛々たる若大将ぶりである。

ところが、『愚管抄』では次のとおり記されており、重盛は同席していない。

「コノ間ニ、清盛ハ太宰大弐《ださいだいに》ニテアリケルガ、熊野詣《くまのまうで》ヲシタリケル間ニ、コノ事ドモヲバシ出シテアリケルニ、清盛ハイマダ参リツカデ、二《ふ》タガハノ宿《しゆく》ト云《いふ》ハタノベノ宿ナリ、ソレニツキタリケルニ、カクリキ（脚力、飛脚のこと）ハシリテ、「カヽル事京ニ出《いで》キタリ」ト告《つげ》ケレバ、「コハイカヾセンズル」ト思ヒワヅラヒテアリケリ。子ドモニハ越前守基盛《もともり》ト、十三ニナル淡路守宗盛《むねもり》ト、侍《さぶらひ》十五人トヲゾグ（具）シタリケル。コレヨリタヾツクシザマ（筑紫方面）ヘヤ落《おち》テ、勢《せい》ツクベキナンド云ヘドモ、湯浅ノ権守《ごんのかみ》ト云テ宗重《むねしげ》ト云紀伊国ニ武者《むしゃ》アリ。タシカニ三十七騎ゾアリケル。ソノ時ハヨキ勢ニテ、「タヾオハシマセ。京ヘハ入レマイラセナン」ト云ケリ。熊野ノ湛快《たんくわい》ハサブライ（侍）ノ数ニハヱナクテ、ヨロヒ七領ヲゾ弓矢マデ皆具《かいぐ》タノモシクトリ出《いだし》テ、サウナクトラセタリケリ。又宗重ガ子ノ十三ナルガ紫革ノ小腹巻《はらまき》ノアリケルヲゾ宗盛ニハキセタリケル。ソノ子ハ文覚《もんがく》ガ一具ノ（文覚と一緒にいる）上覚《じやうがく》ト云《いふ》ヒジリニヤ。代官ヲ立テ参《まゐり》モツカデ、ヤガテ十二月十七日ニ京ヘ入《いり》ニケリ」。

清盛一行が熊野参詣をとり止め直ちに帰洛したことが平治の乱における平家の勝因だったが、『平治物語』では、これを重盛の進言によるとし、『愚管抄』はそもそも重盛はその場にいなかったという。語りつがれ脚色された『平治物語』より『愚管抄』の方が信用できるだろう。

また、『平家物語』第一「殿下乗合」の章段には次の事件が語られている。

「平家《へいけ》も又、別して朝家《ちようか》を恨《うらみ》奉る事もなかりしほどに、世の乱れそめける根本は、去《いん》じ嘉応《かおう》二年十月十六日、小松殿（重盛）の次男新三位中将資盛卿《すけもりのきやう》、其時はいまだ越前守《ゑちぜんのかみ》とて十三になられけるが、雪ははだれ（まばら）に降ッたりけり。枯野のけしき、誠に面白かりければ、わかき侍《さぶらひ》ども卅騎ばかり召し具して、蓮台野や紫野・右近馬場《うこんのばば》にうち出《いで》て、鷹どもあまたすゑさせ、うづら、雲雀をおッたて〳〵終日《ひねもす》にかり暮し、薄暮に及《およん》で六波羅へこそ帰られけれ。其《その》時の御摂禄《しょうろく》は松殿《まつどの》（藤原基房）にてまし〳〵けるが、中御門《なかみかどの》東洞院《ひがしのとうゐん》の御所より、御参内《ごさんだい》ありけり。郁芳門《ゆうほうもん》より入御《じゅぎょ》あるべきにて、東洞院を南へ、大炊御門《おおいのみかど》を西へ御出《ぎょしゅつ》なる。資盛朝臣《すけもりのあそん》、大炊御門猪熊《いのくま》にて御出《ぎょしゅつ》に鼻づきに（鼻をつきあわせるように）参りあふ。御供（基房の供）の人〻、「なに者ぞ、狼藉《ろうぜき》なり。御出のなるに、のりものよりおり候へ〳〵」といらで（せきたてられ）けれ共、余《あまり》にほこりいさみ、世を世ともせざりけるうへ、召し具したる侍《さぶらひ》ども、皆廿《にじゅう》より内のわか者どもなり。礼儀骨法弁《わきま》へたる者一人もなし。殿下の御出ともいはず、一切《いっせつ》下馬の礼儀にも及ばず、かけやぶッて通らむとするあひだ、くらさは闇《くら》し、つや〳〵入道の孫とも知らず、又少々は知《しれ》たれ共、そら知らずして（知らぬふりして）、資盛朝臣《すけもりあそん》をはじめとして侍ども皆馬《むま》よりとッて引落《ひきおと》し、頗《すこぶ》る恥辱《ちじょく》に及《および》けり。資盛朝臣はふ〳〵（やっと）六波羅へおはして、祖父《おほぢ》の相国禅門に、此由《このよし》うつたへ申されければ、入道大《おおき》にいかッて「たとひ殿下なりとも、浄海《じょうかい》があたり（清盛の近親者）をば、憚《はばか》り給ふべきに、をさなきものに、左右《さう》なく恥辱を与へられけるこそ、遺恨《いこん》の次第なれ。かゝる事よりして、人にはあざむかるゝ（見くびられる）ぞ。此事思知《おもいし》らせたてまつらでは、えこそあるまじけれ。殿下を恨《うらみ》奉らばや」との給へば、重盛卿《しげもりの》申されけるは、「是《これ》は少《すこし》もくるしう候まじ。頼政《よりまさ》、光基《みつもと》なンど申《もうす》源氏共《ども》にあざむかれて候はんには、誠に一門の恥辱でも候べし。重盛が子どもとて候はんずる者の、殿の御出《ぎょしゅつ》に参りあひて、のりものよりおり候はぬこそ、尾籠《びろう》（無礼）に候へ」とて、其時《そのとき》事にあうたる侍《さぶらひ》ども召しよせ、「自今《じこん》以後も、汝等《なんじら》能々《よくよく》心うべし。あやまつて殿下へ無礼の由を申さばやとこそ思へ」とて、帰られけり。

其後入道相国、小松殿には仰《おおせ》られもあはせず、片田舎の侍《さぶらひ》どもの、こはらか（粗野）にて、入道殿の仰《おおせ》より外は、又おそろしき事なしと思ふ者ども、難波《なんば》・瀬尾《せのお》をはじめとして、都合六十余人召《めし》よせ、「来《きたる》廿一日、主上《しゆじよう》御元服《ごげんぷく》の御さだめの為に、殿下御出あるべかむなり。いづくにても待《まち》うけ奉り、前駈《ぜんく》・御随身《みずいしん》どもがもとゞりきッて、資盛が恥すゝげ」とぞのたまひける。殿下是をば夢にもしろしめさず、主上明年《みようねん》御元服御加冠《ごかかん》、拝官の御さだめの為に、御直廬《ごちよくろ》（摂政・関白の宿直所）に暫《しばら》く御座《ござ》あるべきにて、常の御出よりもひきつくろはせ給ひ、今度《こんど》は待賢門より入御《じゆぎよ》あるべきにて、中御門《なかみかど》を西へ御出なる。猪熊堀河の辺《へん》に、六波羅の兵《つわもの》どもひた甲《かぶと》三百余騎待《まち》うけ奉り、殿下を中にとり籠《こめ》まゐらせて、前後より一度に時をどッとぞつくりける。前駈・御随身どもが、けふをはれと装束《しようぞく》いたるを、あそこに追《おつ》かけ、爰《ここ》に追《おつ》つめ、馬《むま》よりとッて引落《ひきおと》し、散々に陵礫《りようりやく》（乱暴）して、一ゝにもとどりをきる。随身十人がうち、右の府生《ふしよう》武基《たけもと》がもとゞりもきられにけり。其中《そのなか》に藤蔵人《とうのくらんどの》丈夫《にゆう》隆教《たかのり》がもとゞりをきるとて、「是《これ》は汝《なんじ》がもとゞりと思ふべからず。主《しゆ》のもとゞりと思ふべし」と、言ひふくめてきッてけり。其後は御車の内へも、弓のはずつき入れなンとして、すだれかなぐり落し、御牛の鞦《しりがい》・胸懸《むながけ》きりはなち、かく散々にしちらして、悦《よろこび》の時をつくり、六波羅へこそ参りけれ。入道、「神妙なり」とぞのたまひける」。

『愚管抄』巻五において、慈円も「小松内府重盛治承三年八月朔日ウセニケリ。コノ小松内府ハイミジク心ウルハシクテ、又父入道ガ謀反心《むほんしん》アルトミテ、「トク死ナバヤ」ナド云ト聞《きこ》ヘシ」

と書いているから、評判の良い人物と聞いていたのであろうが、「父入道ガ教《をしへ》ニハアラデ、不可思議ノ事ヲ一ツシタリシナリ」と藤原基房に対する乱暴について次のとおり記している。

「子ニテ資盛《すけもり》トテアリシヲバ、基家中納言婿《もといへちゆうなごんむこ》ニシテアリシ。サテ持明院《ぢみやうゐん》ノ三位中将《さんみちゆうじやう》トゾ申《まうし》シ。ソレ（資盛）ガムゲニワカ、リシ時、松殿《まつどの》ノ摂籙臣《せつろくのしん》ニテ御出《ぎよしゆつ》アリケルニ、忍ビタルアリキ（外出）ヲシテアシク（都合悪い）イキアヒテ、ウタレテ車ノ簾《みす》切レナドシタル事ノアリシヲ、フカク（重盛が）ネタク（憎く）思《おもひ》テ、関白嘉応《かおう》二年十月廿一日高倉院御元服《ごげんぷく》ノ定《さだめ》ニ参内《さんだい》スル道ニテ、武士等ヲマウケテ（手配して）前駈《ぜんく》ノ髻《もとどり》ヲ切《きり》テシナリ。コレニヨリテ御元服《の》定メノビニキ。サル不思議アリシカド世ニ沙汰モナシ」。

古典大系の補注によれば、嘉応二年七月三日、基房が法勝寺に赴こうとしたときのことであり、九条兼実の日記『玉葉』を引用、女車に乗った資盛と出会って、基房の侍者が乱暴したので、基房が陳謝したにもかかわらず、重盛の憤慨が休まらず、十月二十一日、高倉帝元服の定に赴く基房の行列を重盛側の武士が襲撃、前駈らを馬からひきおとし、五人のうち四人の髻を切った、という。

同じ補注によると、「世ニ沙汰ナシ」の「世」を朝廷と解すると、この問題は朝議にとりあげられていないので、世間と解する、としている。

はたして平重盛が人格廉直、戦略眼にもすぐれていた人物であったかどうかは疑問である。

＊

『愚管抄』には、この他、法然上人の浄土宗信仰への庶民の狂熱的な状況、承久の乱にさいしての後鳥羽院批判など、感興ふかい記述が多いが、機会をみて別にふれたい。

『吾妻鏡』・北条義時について

『承久記』について考えてきたことを書きとめておきたい。その前に、主として『吾妻鏡』にもとづき北条義時について記したい。

『吾妻鏡』巻十七、建仁三（一二〇三）年八月二十七日の条に次の記述がある。

「壬戌、将軍家の御不例、縡《こと》危急の間、御譲補の沙汰有り、関西三十八ヶ国の地頭職を以て、舎弟千幡君十歳、に譲り奉らる、関東二十八ヶ国の地頭幷びに惣守護職を以て、御長子一幡君六歳、に充てらる、爰《ここ》に家督の御外祖比企判官能員、潜《ひそ》かに舎弟に譲補の事を憤怨し、外戚の権威に募り、独歩の志を挿むの間、叛逆を企て、千幡君幷びに彼の外家已下を謀り奉らんと擬すと云々」

（岩波文庫版による。括弧内のルビは筆者が付した）。

これはふしぎな「沙汰」である。これ以前、七月十八日の条には

「甲申、御所の御鞠なり、今日以後此御会無し、北条五郎時房、紀内行景、富部五郎、此企弥四郎、肥田八郎、源性、義印等参ず」

とあったのが、翌々日、二十日の条には

「丙戌、晴、戌剋、将軍家俄かに以て御病悩、御心神辛苦、直也事《ただごと》に非ずと云々」

とあり、八月七日の条には

「壬寅、将軍家の御不例太《はなは》だ辛苦と云々」

とあって、右二十七日の記事に続く。

将軍家とあるのは二代将軍頼家であり、千幡はその弟、後の実朝である。このとき、実朝は十二歳であったので、本文中十歳とあるのは「二脱カ」と岩波文庫版は注している。頼家が急病になったのは流行性の感染症に罹ったか、あるいは毒をもられたかであろうが、それはともかく、格別に重篤な病状にあった頼家が「沙汰」できるはずがない。有力な御家人であった比企能員がこの沙汰を聞いて叛逆を企てたというのだから、沙汰の決定に比企能員は与っていなかったのであろう。また、総守護職を頼家の長男一幡が相続するとはいえ、地頭職を一幡と千幡とに二分するということは尋常でない。千幡をつうじて幕府の実権を把握しようとした北条時政と政子・義時姉弟の策謀による沙汰であったにちがいない。頼家、一幡を支持する比企能員が憤ったのは当然であった。

そこで、いわゆる比企の乱がおこる。以下が『吾妻鏡』の九月二日の条の記述である。

「丁卯、今朝廷尉能員、息女将軍家の妾、若公の母儀なり、元若狭局と号す、を以て訴へ申す、北条殿、偏に追討す可き由なり、凡そ家督の外、地頭職を相分たるるに於ては、威権二つに分れ、挑み争はんの条疑ふ可からず、子たり弟たれば、静謐の御計に似たりと雖も、還って乱国の基を招く所なり、遠州（北条時政）の一族存《なが》へられば、家督の世を奪はるるの事、又以て異儀無からんと云々、将軍驚きて能員を病床に招きて談合せしめ給ひ、追討の儀且は（すぐに）許諾に及ぶ」（括弧内は筆者による語注）。

ここで比企能員が言上した威権二つに分かれることの弊害はまことに正当だと私は考えるが、この前日、一日の記事には「将軍家御病悩の事、祈療共に其験無きが如し」とあったのだから、頼家がこうした進言を聞き、当否を判断できるような健康状態であったとは信じがたい。この記事は次に続く。

「而《しか》るに尼御台所（政子）、障子を隔てて潜《ひそ》かに此密事を伺ひ聞かしめ給ひ、告げ申されん為に、女房を以て、遠州を尋ね奉らる、仏事を修せんが為、已に名越に帰り給ふの由申さしむるの間、委細の趣に非ずと雖も、聊か此子細を御書に載せ、美女に付して之を進ぜらる、彼女路次に奔り付き奉り、御書を捧ぐ、遠州下馬して之を拝見し、頗る落涙して、更に乗馬の後、駕を止め、暫く思案の気有りて、遂に轡を廻らし、大膳大夫広元（中原広元）朝臣の亭に渡御、亭主之に相逢ひ奉る」。

およそ障子越しで聞くことのできるような密談などということがありうるか。ことに頼家の病状を考えれば、障子越しに政子が密談を聞いたというのも不自然きわまる。私は右の『吾妻鏡』の記事は比企氏誅殺を正当化するための捏造と考える。比企能員は譲補に対する憤怒を弟にさえ「潜かに」洩らしたのである。娘の若狭局にもひそかに話したであろう。ただ、この不当な沙汰について比企能員と同調する御家人たちが蜂起することを北条一族は危惧したのではないか。

中原広元と時政の問答が興味ふかい。

「遠州仰合せられて云ふ、近年能員威を振ひて、諸人を蔑如する条、世の知る所なり、剰《あまつさ》へ将軍病疾の今、惘然《ぼうぜん》の期（あっけにとられている時期）を窺ひ、掠めて将命と称し、逆謀を企てんと欲するの由、慥《たしか》に告を聞く、此上は、先づ之を征す可きか、如何者《てへれば》、大官令答へ申して云ふ、幕下将軍（頼朝）の御時より以降、政道を扶くるの号《な》有るも、兵法に於ては、是非を辨ぜず、誅戮の実否は、宜しく賢慮有るべしと云々、遠州此詞を聞きて、即ち座を起ち給ふ」。

広元の回答はまさに日和見的、官僚的だが、時政に賛同もしなければ、迎合もしていない。おそらく能員の見解を正当と考えていたのであろう。しかし、北条氏の威勢を考え、将来を見透かして、意見を述べることを差し控えたのではないか。

そこで、時政は比企能員以下比企一族の討伐にのりだす。

「遠州、工藤五郎を以て使と為し、能員の許に仰遣はされて云ふ、宿願に依りて、仏像供養の儀有り、御来臨有りて聴聞せらる可きか、且は又次を以て雑事を談《かた》る可し者、早く予参す可きの由を申す、御使退去の後、廷尉（能員）の子息親類等諫めて云ふ、日来計議の事無きに非ず、若し風聞の旨有るに依りて、専使に預る（特使をうけた）か、左右なく（無造作に）参向せらる可からず、縦《たと》ひ参らる可しと雖も、家子郎従等をして、甲冑を著け、弓矢を帯せしめて、相従へらる可しと云々、能員云ふ、然る如きの行粧、敢て警固の備に非ず、謬りて人の疑を成す可きの因なり、当時（今）能員猶甲冑の兵士を召具せば、鎌倉中の諸人皆遽《あわ》て騒《さわ》ぐ可し、其事然る可からず、且は仏事結縁の為、且は御譲補等の事に就きて、仰合せらるる可き事有りや、忩（忽）ぎ参ず可し者、遠州甲冑を著け給ひ、中野四郎、市河別当五郎を召し、弓箭を帯し、両方の小門に儲く（同意する）可きの旨下知し給ふ、仍つて征箭一腰を二つに取分け、各之を手夾《たばさ》みて、件《（くだん）》の両門に立つ、彼等は勝《すぐ》れたる射手たるに依りて、此仰に応ずと云々、蓮景、忠常、腹巻を著けて、西南の脇戸の内に構ふ、小時《しばらく》して、廷尉参入す、平礼、白水干、葛袴を著け、黒馬に駕し、郎等二人、雑色五人共に有り、惣門を入り、廊の沓脱《くつぬぎ》に昇り、妻戸を通りて北面に参らんと擬す、時に蓮景、忠常等、造合の脇戸の砌《みぎり》（石だたみ）に立向ひ、廷尉の左右の手を取り、山の本の竹の中に引き伏せ、誅戮踵を廻らさず、遠州出居に出でて之を見給ふと云々」。

『吾妻鏡』はここでも舞文曲筆を弄している。比企氏の側では、北条討伐の計画をめぐらしていたのだから、時政を訪ねるには武装すべきだと子息、親戚が忠告したのに、不用意に時政を訪ねた能員が自らその死を招いたのであって、時政は能員を騙し討ちしたわけではない、という。しかし、比企能員が沙汰に憤っていたからといって、この時点で時政ないし北条一族と対決する謀略をめぐらしていたとは信じがたい。時政をはじめ北条一族の討伐を企てていたとすれば、同調する御家人を誘い、軍勢をととのえる準備をしていたはずである。能員がこうして誅殺された直後、北条一門以下鎌倉御家人のほとんどすべてを敵として比企一族は「一幡君の御館小御所と号す」に引籠って戦わざるをえないこととなった。

攻撃に加わったのは、「所謂、江間四郎殿（北条義時）、同太郎主、武蔵守朝政、小山左衛門尉朝政、同五郎宗政、同七郎朝光、畠山二郎重忠、榛谷四郎重朝、三浦平六兵衛尉義村、和田左衛門尉義盛、同兵衛尉常盛、同小四郎景長、土肥先二郎惟光、後藤左衛門尉信康（中略）已下雲霞の如く、各彼所に襲ひ到る、比企三郎、同四郎、同五郎、河原田次郎能員の猶子、笠原十郎左衛門尉親景、中山五郎為重、糟屋藤太兵衛尉有季以上三人、能員の聟等防戦し、敢て死を愁《うれ》へざるの間、挑戦申剋に及びて、景朝、景廉、知景、景長等幷びに郎従数輩、疵を被りて頗る引き退く、重忠壮力の郎従を入替へて之を責め攻む、親景等彼の武威に敵せず、火を館に放ち、各若君の御前に於て自殺す、若君も同じく此殃《わざわい》を免かれ給はず」。

以下は省略する。翌三日の記事中から引用する。

「大輔房源性鞠足、故一幡君の遺骨を拾ひ奉らんと欲するの処、焼くる所の死骸、若干相交りて、求むるに所無し、而るに御乳母云ふ、最後に染付《そめつけ》の小袖を著せしめ給ふ、其文《もん》菊の枝なりと云々、或死骸の右の脇下の小袖、僅かに一寸余焦げ残り、菊の文詳かなり。仍つて之を以て之を知り、拾ひ奉り了つて、源性頸に懸け、高野山に進発し、奥院に納め奉る可しと云々」。

一幡を惣守護職にあてたのが八月二十七日であった。その後五日も経たないうちに、一幡を救いだすことなど、まったく気にすることなく、比企一族とともに死に追いやる北条義時ら北条一族はまことに非情というべきであろう。

ところが、『愚管抄』にも比企の乱の記述がある。伝聞による記述にちがいないが、筆者の主観による歪曲がないので、『吾妻鏡』よりよほど信頼性が高いといわれる。『愚管抄』から引用する。

「サテ又関東将軍ノ方《かた》ニハ、頼家又叙《シ》二二位《ニ》一、左衛門督ニ成《なり》テ、頼朝ノ将軍ガアトニ候《さふらひ》ケレバ、範光《のりみつ》中納言辨ナリシ時、御ツカイニツカハシナドシテ有《あり》ケル程ニ、建仁三年九月ノコロヲイ、大事ノ病ヲウケテスデニ死《しな》ントシケルニ、ヒキノ判官《はうぐわん》能員《よしかず》阿波国ノ者也ト云《いふ》者ノムスメヲ思テ、男子ヲウマセタリケルニ、六《むつ》ニ成ケル、一万《いちまん》御前ト云《いひ》ケル、ソレニ皆家ヲ引《ひき》ウツシテ（家督を相続させて）、能員ガ世ニテアラントテシケル由ヲ、母方ノヲヂ北条時政《ほうでうときまさ》、遠江守ニ成《なり》テアリケルガ聞《きき》テ、頼家ガヲト、子千万御前トテ頼朝モ愛子ニテアリシ、ソレコソト思《おもひ》テ、同九月廿日能員ヲヨビトリテ（近くに呼びよせて）、ヤガテ遠カゲ入道ニシテイダカセテ、新田《につた》四郎ニサシコロサセテ、ヤガテ武士ヲヤリテ、頼家ガヤミフシタルヲバ、自《リ》レ元広元ガモトニテ病《やま》セテソレニスエテケリ」（引用は岩波書店刊『日本古典文学大系』版による）。一万は一幡に同じである。

『愚管抄』にいう遠カゲ入道は遠景入道、蓮景は遠景の法名と頭注にいうので、能員を殺した両名について『吾妻鏡』と違いはない。比企能員が北条時政に敵意をもっていたことは『愚管抄』も『吾妻鏡』と同じだが、『愚管抄』では、能員が時政誅殺、北条討伐を企てていたとの記述はない。時政が騙し討ちしたかのように記されているようにみえる。

「サテ本体《ほんたい》（家督がいる家、ここでは小御所）ノ家ニナラヒテ子ノ一万御前ガアル、人ヤリテウタントシケレバ、母イダキテ小門ヨリ出《いで》ニケリ。サレドソレニ籠《こも》リタル程ノ郎等ノハヂアルハ出ザリケレバ、皆ウチ殺《ころし》テケリ。其中ニカスヤ（糟屋）有末ヲバ、「由ナシ、出《いだ》セヨ〳〵」ト敵モヲシミテ云《いひ》ケルヲ、ツイニ出サズシテ敵八人トリテ打死《うちじに》シケルヲゾ、人ハナノメナラズ（ふつうでなく）ヲシミ（惜しみ）ケル。其外笠原ノ十郎左衛門親景《ちかかげ》、渋河ノ刑部《ぎやうぶ》兼忠《かねただ》ナド云《いふ》者ミナウタレヌ。ヒキガ子共、ムコノ児玉党《こだまたう》ナド、アリアイタル者（居合わせた者）ハ皆ウタレニケリ。コレハ建仁三年九月二日ノ事ナリ」。

糟屋有季・笠原親景については『吾妻鏡』からすでに引用した文章中にも記されている。渋河兼忠については、省略した文中に「夜に入つて渋河刑部丞を誅せらる」と記されている。慈円が得ていた情報は人名に至るまできわめて正確であった。

比企氏と源氏との縁はふかい。頼朝が伊豆国に流されると、乳母比企尼は夫の所領武蔵国比企郷に下向、北条の頼朝の許にたえず物資を送り届けた。源範頼・義経の正妻はともに比企尼の孫、政子が頼家を生んだのは鎌倉の比企氏の館であったし、比企氏は上野国、信濃国の守護をつとめ、縁者をふくめ、武蔵・上野・信濃など鎌倉街道上道に沿った地域に強大な勢力をもっていた。比企能員の娘（若狭局）が一幡の生母となり、能員がわが世が来たと感じたのも無理からぬほどの名門であり、勢力であり、縁故であった。北条などは元来は小国伊豆国の一土豪にすぎなかった。しかし、こうして、北条時政と政子・義時の姉弟は比企氏を滅亡させたのであった。ところで、「母イダキテ小門ヨリ」出た一幡はどうなったか。『愚管抄』は

「サテソノ年ノ十一月三日、ツイニ一万若ヲバ義時トリテヲキテ（逮捕する者を配置して）、藤馬《とうま》

と云郎等ニテサシコロサセテウヅミテケリ」。

と記している。比企討伐の当初から北条氏は一万を誅殺するつもりであったが、小御所から脱出した一万も義時の張りめぐらした手配の網から逃れることはできなかった。名もなき郎等に殺され、どことも知れぬ場所に埋められるという運命を辿った。本来、北条時政・義時にとって一幡は彼らが仕えるべき二代将軍頼家の長子であり、政子にとっては孫であり、関東二十八ヶ国の地頭幷びに惣守護職にあてる沙汰をしたばかりであった。二代将軍頼家を修善寺に押しこめ、残虐きわまる手段で殺したことは『愚管抄』にふれて記した。かりに頼家に将軍としてふさわしくない行状があったとしても、六歳の一幡にいかなる罪責もあろうはずがない。何としても、北条氏にとって邪魔な一幡は殺すのだと決めたとき、一幡が主として仕えた頼朝の正嫡の孫であることは問題ではなかった。義時らには、かれらの権力確立の前に立ちふさがる者は、主従関係も、縁故も、情宜も、考慮の外にあった。義時も、時政も、政子も、すべて非情、無残な人格であった。

*

さて、私は一幡の死以上に、畠山重忠の死にこだわっている。『吾妻鏡』元久二（一二〇五）年六月二十日の条に「畠山六郎重保、武蔵国より参著す、是稲毛三郎重成入道之を招き寄すと云々」とあり、次の二十一日の記事に続く。

「廿一日、丁未、晴、牧御方、朝雅去年畠山六郎の為に悪口せらるの讒訴を請《う》けて、鬱陶せらるるの間、重忠父子を誅す可きの由、内々計議有り、先づ遠州（時政）此事を相州（義時）幷びに式部丞時房主等に仰せらる」。

牧御方は時政の後妻であり、平賀朝雅はその娘婿である。記事の続きを引用する。

「両客申されて云ふ、重忠は治承四年以来、忠直を専にする間、右大将軍（頼朝）其志を鑑み給ふに依り、後胤を護り奉る可きの旨、慇懃《いんぎん》の御詞を遺はさるる者なり、就中、金吾将軍（頼家）の御方に候すと雖も、能員合戦の時、御方《みかた》に参じ、其忠を抽んづ、是併しながら御父子の礼を重ずるの故なり、重忠は遠州の聟なり 而るに今、何の憤を以て、叛逆を企つ可きや、若し度々の勲功を棄てられ、楚忽《そこつ》の誅戮を加へられれば、定めて後悔に及ぶ可し、犯否の真偽を糺すの後、其沙汰有りて、停滞す可からざらんかと云々、遠州重ねて詞を出さずして起座せられ、相州又退出し給ふ、備前守時親、牧御方の使として、追つて相州の御亭に参りて申して云ふ、重忠謀叛の事、已に発覚す、仍つて君の為世の為に、事の由を遠州に漏《もら》し申すの処、今貴殿の申さるるの趣、偏に重忠に相代りて、彼の奸曲を宥《なだ》められんと欲す、是継母の阿党（おもねること）を存じ、吾を讒者に処せられんが為かと云々、相州、此上は賢慮に在る可きの由、之を申さると云々」。

右の記事は二十二日に続く。

「廿二日、戊申、快晴、寅剋、鎌倉中驚遽し、軍兵由比浜の辺に競ひ走る、謀叛の輩を誅せらる可しと云々、之に依つて畠山六郎重保、郎従三人を具して其所に向ふの間、三浦平六兵衛義村、仰を承《うけたまは》り、佐久間太郎等を以て、重保を相囲《かこ》むの処、雌雄を諍ふと雖も、多勢を破る能はず、主従共に誅せらると云々、又畠山次郎重忠参上するの由、風聞するの間、路次（途中）に於て誅す可きの由、其沙汰有り、相州已下進発せらる、軍兵悉く以て之に従ふ、仍つて御所中に祗候するの輩少し、時に問注所の入道善信、広元朝臣に相談《かた》りて云ふ、朱雀院の御時、将門東国に起る、数日の行程を隔つと雖も、洛陽に於て猶固関《こげん》の如きの構有り、上東上西の両門元は土門なり、始めて扉を建てらる、矧《いわん》や重忠已に近所に莅《のぞ》み来るか、盍《なん》ぞ用意を廻らさざらんやと云々、之に依りて、遠州御前に候し給ひ、四百人の壮士を召上せ、御所の四面を固めらる、次に軍兵等進発す」。

私には『吾妻鏡』は難解、つくづく浅学非才の感を覚えるが、たとえば、前掲、牧御方の使として備前守時親が義時を訪ね、「異継母の阿党を存じ、吾を讒者に処せられんが為か」と言ったという文章の意味、さらに「相州、此上は賢慮に在る可きの由」の意味が私の理解を超えている。「阿党」は通常「おもねること、機嫌をとること」といった意味と辞書にあるけれども、この阿党は「あだ」と読み、敵と解すべきかもしれない。後にみるとおり、和田合戦の恩賞に関する泰時の言に「阿党」とあり、これに岩波文庫版は「あだ」とふり仮名している。そう読むと、牧御方は、備前守時親をつうじて、義時に対し「あなたは私を敵と思って、私が重忠を讒言しているというのか」と口説いたと解される。そうとすれば、「賢慮」とは牧御方の賢慮ではなく、時政の賢慮ということになり、時政が重忠誅殺を決意したのなら、その意向にしたがうことにいたしますと答えたこととなる。重忠が頼朝に対し忠直であったこと、その後胤を護ってほしいと言ったことなど、どうということもない、と義時は答えたのであった。そう解すると事件の進展と合う。

「大手の大将軍は相州なり、先陣は葛西兵衛尉清重、後陣は堺平次兵衛尉常秀、大須賀四郎胤信、国分五郎胤通、相馬五郎義胤、東平太重胤なり」と続き、「其外足利三郎義氏」以下二十数名を記し、「幷びに大井、品河、春日部、潮田、鹿嶋、小栗、行方の輩、児玉、横山、金子、村山党の者共、皆鞭を揚ぐ、関戸の大将軍は、式部丞時房、和田左衛門尉義盛なり、前後の軍兵雲霞の如くにして、山に列り、野に満つ」とあって、「午剋、各武蔵国二俣河に於て、重忠に相逢ふ」とある。そこで、重忠の側の記述に移り、

「重忠は、去る十九日小衾郡菅屋館を出で、今此沢に著せるなり、折節舎弟長野三郎重清信濃国に在り、同弟六郎重宗奥州に在り、然る間、相従ふの輩、二男小次郎重秀、郎従本田次郎近常、榛沢六郎成清已下百三十四騎、鶴峯の麓に陣す、而して重保今朝誅を蒙るの上、軍兵又襲ひ来るの由、此所に於て之を聞く、近常、成清等云ふ、聞くが如くんば、討手幾千万騎なるかを知らず、吾衆更に件の威勢に敵し難し、早く本所に退き帰り、討手を相待ちて合戦を遂ぐ可しと云々、重忠云ふ、其儀然る可からず、家を忘れ親を忘るるは、将軍の本意なり、随って重保誅せらるるの後は、本所を顧みる能はず、去る正治の比、景時一宮館を辞し、途中に於て誅に伏す、暫時の命を惜しむに似たり、且は又兼ねて陰謀の企有るに似たり、賢察を恥かしむ可きか、尤も後車の誡を存ず可しと云々、爰に襲ひ来る軍兵等、各意を先陣に懸け、誉を後代に貽さんと欲す、其中、安達藤九郎右衛門尉景盛、野田与一、加治次郎、飽間太郎、鶴見平次、玉村太郎、与藤次等を引

卒し、畢つて主従七騎、先登に進んで弓を取り、鏑を挟む、重忠之を見て、此金吾（景盛）は、弓馬放遊の旧友なり、万人を抜んでて一陣に赴く、何ぞ之を感ぜざらんや、重秀彼に対して、命を軽んず可きの由、下知を加ふ、仍つて挑戦数反に及びて、加治次郎家季已下多く以て重忠の為に誅せらる、凡そ弓箭の戦、刀剣の諍、剋を移すと雖も、其勝負無きの処、申の斜に及びて、愛甲三郎季隆の発《はな》つ所の箭、重忠年四十二、の身に中る、季隆即ち彼の首を取りて、相州の陣に献ず、爾るの後、小次郎重秀年廿三、母は右衛尉遠元の女、幷びに郎従等自殺するの間、縡《こと》無為に属す」。

午の刻から申の刻まで約四時間にわたり、僅か百三十四騎の重忠勢は雲霞の如き敵を相手に奮戦したかのような記述である。翌二十三日の条

「己酉、晴、未剋、相州已下鎌倉に帰参せらる、遠州戦場の事を尋ね申さる、相州申されて云ふ、重忠の弟親類は、大略以て他所に在り、戦場に相従ふの者、僅かに百余輩なり、然れば、謀殺を企つる事已に虚誕なり、若讒訴に依りて誅戮に逢へるか、太《はなは》だ以て不便《ふびん》なり、首を斬りて陣頭に持ち来る、之を見て、年来合眼の昵《なじみ》を忘れず、悲涙禁じ難しと云々、遠州仰せらるるの旨無しと云々、酉剋、鎌倉中又騒動す、是三浦平六兵衛尉義村、重ねて思慮を廻らし、経師谷口に於て、謀りて榛谷四郎重朝、同嫡男太郎重季、次郎秀季等を誅するなり、稲毛入道、大河戸三郎の為に誅せらる、子息小沢次郎重政は、宇佐美与一之を誅す、今度の合戦の起は、偏に彼の重成法師の謀曲に在り、所謂右衛門権佐朝雅は、畠山次郎に遺恨有るの間、彼の一族反逆を巧むの由、頻りに牧御方遠州の室、に讒し申すに依り、遠州潜かに此事を稲毛に示し合せらるるの間、稲毛親

族の好を変じ、当時鎌倉中に兵起有るの由消息に就いて、重忠途中に於て、不意の横死に逢ふ、人以て悲歎せざる莫しと云々」。

整理してみると、平賀朝雅は畠山重忠に遺恨をもち、朝雅は娘婿である関係で牧御方に讒言し、畠山重忠に反逆の企図があると告げた。これを牧御方から聞いた時政は、重忠の従兄弟にあたる稲毛入道重成に相談、重成は同じく重忠の従兄弟にあたる榛谷重朝と相談した上で、重忠に近く鎌倉に「兵起」争乱がおこると知らせたので、これを信じた重忠は二俣川の合戦で非業の死を遂げた。事情を知った三浦義村が榛谷重朝とその長男、次男を誅殺、大河戸三郎が稲毛重成を、宇佐美与一が稲毛重成の子息小沢次郎重政を、それぞれ誅殺した。これが事件の結末であった。

畠山重忠は無実であったのに、謀略によって殺されたことは「太《はなは》だ以て不便《ふびん》」と告げられた時政は「仰せらるるの旨無し」ということで退去したが、そもそも重忠は時政にとっては娘婿なのだから、それなりの情愛も信頼もあったはずだが、それよりも牧御方の讒言にしたがって、重忠を排除することを重視したのであろう。一つには牧御方に対する愛情に溺れたという面があり、それ以上に、関東の御家人の間できわめて信望の篤かった畠山重忠を誅殺することが北条家にとって必要と考えたのではないか。

そういう考えにおいては義時も同じであったと思われる。牧御方の使者備前守時親に「此上は賢慮に在る可きの由」回答したときにそう覚悟していたにちがいない。義時は重忠の首を見て、「年来合眼の昵を忘れず、悲涙禁じ難し」と語ったというが、そういうことはありえない。二俣川合戦の大手の大将軍として義時は、重忠勢と遭遇したとき、直ちに斥候などをつうじ、重忠勢が百数十騎にすぎないことを知ったにちがいない。敵軍と遭遇したとき、敵の軍勢の規模、配置等を速やかに知り、これに対する味方の迎撃の態勢を指示するのが大将軍の役割である。そう考えてみると、四時間に及ぶ激戦が行われたかの如き『吾妻鏡』の記述はきわめて疑わしい。畠山重忠と鎌倉勢の先陣をきった安達景盛は「弓馬放遊の旧友」であった。安達景盛は、重忠勢が僅か百数十騎にすぎないのを知り、重忠の謀叛を疑ったとみるのが自然である。そのため、遭遇してもすぐ戦闘に入らず、躊躇して、大将軍である義時の指示を仰いだのではないか。その結果、実際の戦闘の時間は、百数十騎に対する雲霞の如き大軍だから、はるかに短かったためではないか。私は義時の「悲涙」は信じがたい。

私は個人的にも、畠山重忠につよい親近感をもっている。かつて『故園逍遥』と題する随筆集を刊行したとき、その一章を「菅谷館跡」にあてている。菅谷館跡を訪ねたことは数えきれないほど多い。亡父がいまは東松山市に属する農村に生まれたので、菅谷館跡の周辺は馴染みがふかい。亡妻が元気だったころ、私たちがもっとも好んだドライブの目的地であった。最初に菅谷館跡を訪ねたころは若干の空地を囲む荒寥たる林であった。やがて遺跡として保存されることとなり、郭跡や堀割跡などがはっきりと分かるようになった。都幾川を眼下に望む館跡には、本郭の他、一の郭、二の郭、三の郭、西の郭と五つの郭があり、三の郭にはいま埼玉県立嵐山史跡博物館が存在する。もっとも、この遺跡は後北条氏の時代のもので、畠山重忠の当時はこの本郭のあたりだけであったという。それでも、木洩れ日の下を歩きながら、また、草地に腰を下ろし、重忠はここから二俣川へ向かったのだと思うと、その悲運を思いだし、しばし感慨に耽るのがつねであった。

残念ながら、比企氏関係の遺跡はまったく残っていない。東松山市の大谷も亡父の生家からほど近いが、比企尼山《ひきにやま》という丘がある。此企尼が草庵を結んだのがこの丘の一角という。

そういえば、私の生家のあるさいたま市中央区与野本町の円乗院は畠山重忠の創建といわれている。総門から本堂までかなり距離があり、ひろびろとした土地の一画に古びた鐘撞堂があったが、とうにとりこわされてしまった。亭々たる菩提樹が聳えているのが見事だったが、切り伐されてしまった。俗悪な色彩の多宝塔が建てられ、しだいに俗化していくらしい。

ところで、北条義時に戻ると、承元元（一二〇七）年二月二十日の条に

「丁卯、霽（はれ）、時房朝臣去月十四日武蔵守に任ぜらるるの間、国務の事、故武蔵守義信入道の例に任せて、沙汰せらる可きの旨、仰下さると云々」

とある。平賀朝雅の滅亡は後に記すが、本来畠山重忠は武蔵国総検校《けんぎょう》であった。つまり、重忠の勢力基盤を義時は弟の時房に与えたのである。義時の「悲涙」など嘘なみだも甚だしい。ついでに思いだしておけば時房は、修善寺に押しこめられる前の頼家の蹴鞠の仲間として建仁三年七月十日の条に出ている人物である。

ついでだが『愚管抄』は畠山重忠の死についてふれていることを紹介したい。巻六である。

「カクテスグル程ニ、時政ガ時、関東ニ勢《せい》モアリ（威勢もあり）、サモスコシ（いかにも）ムツカシカリヌベキ武士（わずらわしい武士）、荘司二郎重忠《しげただ》ナド以下皆ウチテ（討ちて）ケリ。重忠ハ武士ノ方《かた》ハノゾミタリテ第一ニ聞《きこ》ヘキ（第一の武士と評判された）。サレバウタレケルニモ、ヨリツク人モナクテ（立ち向かう武士もなくて）、終《つひ》ニワレトコソ死ニケレ（自分こそはと信じて死んだ）。平氏ノアト方《かた》ナキホロビヤウ、又コノ源氏頼朝将軍昔今《むかしいま》有難《ありがた》キ器量《きりやう》ニテ、ヒシト天下ヲシヅメタリツルアトノ成行《なりゆき》ヤウ、人ノシワザトハヲボヘズ」。

北条時政による畠山重忠の謀殺は、慈円をして、「人ノシワザトハ」覚えず、という感慨を催させたのであった。なお、右引用の「ワレトコソ死ニケレ」の文意は私には不自然に思われるが、一応『日本古典文学大系』の語注を付した。

『吾妻鏡』には畠山重忠に関連してもう一つ注目すべき記述がある。建保元（一二一三）年九月十九日の条である。

「丙辰、未剋、日光山の別当法眼辨覚使者を進じて申して云ふ、故畠山次郎重忠の末子阿闍梨重慶、当山の麓根に籠居し、浪人を招き聚め、又祈禱肝胆を砕く事有り、是《これ》謀叛を企つるの条、異儀無きかの由之を申す、仲兼朝臣辨覚の使者の申詞を以て、御前に披露す、其間、長沼五郎宗政当座に候するの間、重慶を生虜《いけど》る可きの趣、之を仰含めらる。仍つて宗政帰宅する能はず、家子一人、雑色の男八人を具し、御所より直に下野国に進発せしむ、聞き及びて郎従等競ひ走る、之に依りて鎌倉中聊か騒動すと云々」。

同月二十六日の条に続く。

「発亥、天晴、晩景宗政下野国より参著す、重慶の首を斬りて持参するの由之を申す、将軍家仲兼朝臣を以て仰せられて曰く、重忠本《もと》より過《あやまち》無くして誅を蒙る、其末子の法師、縦ひ隠謀を挿むと雖も、何事か有らんや、随つて仰下さるるの旨に任せ、先づ其身を生虜らしめ、之を具し参ぜば、犯否の左右に就いて、沙汰有る可きの処、戮誅を加ふること、楚忽の儀、罪業の因たるの由、太だ御歎息と云々、仍つて宗政御気色を蒙る」。

重忠の無実は実朝が知るように周知の事実であり、実朝が重忠に同情的であったことは間違いない。重慶を生捕りにせず、その首を持って帰った宗政に対し実朝は不機嫌であった。ところが、宗政は開き直っていう。

「而《しか》るに宗政眼を怒らし、仲兼朝臣に盟ひて云ふ、件の法師に於ては、叛逆の企其疑無し、又生虜るの条は、掌の内に在りと雖も（思うがままだが）、直に之を具参せしめば、諸の女性比丘尼等の申状に就いて、定めて宥《なだめ》の沙汰有るかの由、兼ねて以て推量するの間、斯の如く誅罰を加ふる者なり」。

以下なお宗政の発言は続くが略する。実朝が、真に謀叛の企があったかどうか生捕りにして調べる、という指示をしたのに反し、「叛逆の企疑無し」と決めつけ、生捕りにして鎌倉に連れてくれば比丘尼等の命令によって宥恕されるものと推量し、謀殺したのだというのだから、将軍実朝の意に反することは明らかなのに、むしろ当然の措置とする。この発言は

「此外の過言勝《あ》げて計ふ可からず、仲兼一言に及ばず座を起つ、宗政も又退出す」と終る。実朝将軍の権威はすでに地に堕ちていたといってよい。

＊

三浦義村が榛谷重朝およびその長男、次男を誅殺し、大河戸三郎が稲毛重成に誅殺されたが、これが義時の指示によるものであったことは間違いあるまい。平賀朝雅が畠山重忠に遺恨をもち、娘婿の立場を利用して牧御方に讒言、牧御方が北条時政にこれを伝え、時政は榛谷重朝、稲毛重成と謀議して、畠山重忠を二俣川で誅殺した。義時はその謀議に与ったとして榛谷重朝、稲毛重成の責任を問うて誅殺したのだが、これはじっさいは時政に向けられた威嚇であった。義時の次の刃が自分に向けられていることは、時政としても覚悟していたにちがいない。義時は重忠の無実を知りながら、時政の謀略に加担して、重忠という有力御家人を葬り去り、他方、重忠を陥れたとして時政を責めたのである。それが平賀朝雅の反逆事件となって実現したのであった。

元久二年閏《うるう》七月十九日の条の『吾妻鏡』は次のとおり記している。

「甲辰、晴、牧御方奸謀を廻らし、朝雅を以て関東の将軍と為し、当将軍家時に遠州（時政）の亭に御座すを謀り奉る可きの由、其聞《きこえ》有り、仍つて尼御台所、長沼五郎宗政、結城七郎朝光、三浦兵衛尉義村、同九郎胤義、天野六郎政景等を遣はし、羽林（公卿の家格の一つだが、ここでは実朝）を迎へ奉らる。即ち相州（義時）の亭に入御の間、遠州の召聚めらるる所の勇士、悉く以て彼所に参入し、将軍家を守護し奉る、同日丑剋、遠州俄かに以て落飾せしめ給ふ、年六十八、同時に出家の輩、勝《あ》げて計《かぞ》ふ可からず」。

牧御方の奸謀なるものがどれほど具体化されていたのか、時政に招集されて時政邸に参集していた武士はすべて義時邸に移った実朝を守護したというのだから、実朝を討つべき軍勢が集められていたわけではない。

平賀朝雅は八幡太郎義家の弟義光の四代目の後胤、頼朝は義家の五代目の後胤だから、遠い血縁があり、また朝雅は頼朝の猶子（養子）となっていたという。そこで牧御方が朝雅を将軍におしたてようと画策したというのが牧御方の変といわれるものだが、これはたんに時政追放の口実だったのではないか。『吾妻鏡』建仁三（一二〇三）年十月三日の条に「武蔵守朝雅、京都警固の為に上洛す」とあり、朝雅は京都に駐在していた。以下元久二（一二〇五）年閏七月二十日の記述。

「廿日、乙巳、晴、辰剋、遠州禅室伊豆北条郡に下向し給ふ、今日相州、執権の事を奉《うけたまは》らしめ給ふと云々、今日前大膳大夫（中原広元）、属《さかん》入道（三善康信）、藤九郎右衛門尉（安達景盛）等、相州の御亭に参会し、評議を経られ、使者を京都に発せらる、是右衛門権佐朝雅を誅す可きの由、在京の御家人等に仰せらるるに依りてなり」。

ここで義時は時政を追放、自ら執権職に就く。平賀朝雅誅殺は付け足しにすぎない。同年、同月

「廿五日、庚戌、晴、去る廿日進発の東使、今日夜に入つて入洛し、即ち事の由を在京の健士

に相触ると云々、

廿六日、辛亥、晴、右衛門権佐朝雅仙洞に候し、未だ退出せざるの間、囲碁の会有るの処、小舎人童走り来りて金吾（朝雅）を招き、追討使の事を告ぐ、金吾更に驚動せず、本所（囲碁をうっていた場所）に帰参して目竿《もくさん》（目で計算）せしむる後、関東より誅罰の専使を差上《さしのぼ》さる、遁避に拠《よんどころ》無し、早く身の暇を給はる可きの旨奏し訖《おわ》つて、六角東洞院の宿廬に退出するの後、軍兵五条判官有範、後藤左衛門尉基清、源三左衛門尉親長、佐々木左衛門尉広綱、同弥太郎高重已下襲ひ到りて、暫く相戦ふと雖も、朝雅度を失ひて逃亡し、松坂辺に遁る、金持六郎広親、佐々木三郎兵衛尉盛綱等、彼の後を追ふの処、山内持寿丸、後に六郎通基と号す、刑部大夫経俊の六男、右金吾を射留むと云々」。

叛逆の首謀者が単身御所で囲碁をうっているといった光景は想像を絶する。朝雅もまた義時の野望のために非業の死を遂げたのであった。

藤原定家の『明月記』を眺めていたところ、この事件にふれた記述が同年同月二十六日の項に記されていることに気付いた。「或説ニ云、時政嫡男相模守義時背時政、興将軍実朝母子同心、滅継母之党云々、是又不知実否」「時政朝臣如頼家卿、被幽閉伊豆山、出家云々」などとある。定家は噂話に関心があったらしい。

*

義時がその権力を確立したのは、いわゆる和田合戦の結果であった。その発端は建保元（一二一三）年二月に発覚した泉親衡の乱であった。親衡は頼家の子栄実を「大将軍と為し、相州を度《はか》り奉らんと欲すと云々」と同月十六日の条の『吾妻鏡』に記され、「凡そ張本百三十余人、伴類二百人に及ぶと云々」と記されているほどに規模も大きく、具体的な人名があげられている謀叛計画であった。和田義盛の子息義直、義重らが謀叛計画に加担していた。三月八日の条に記す。

「八日、己酉、天霽、鎌倉中に兵起るの由、諸国に風聞するの間、遠近の御家人群参すること、幾千万なるかを知らず、和田左衛門尉義盛は、日来上総国伊北庄に在り、此事に依りて馳せ参じ、今日御所に参上し、御対面有り、其次を以て、且は累日の労功を考へ、且は子息義直、義重等勘発（おちどを責めあばく）の事を愁ふ、仍つて今更御感有りて、沙汰を経らるるに及ばず、父の数度の勲功に募り、彼の両息の罪名を除かる、義盛老後の眉目（面目に同じ）を施して退出すと云々」。

こうして二人の子息は有恕されたが、まだ義盛は同様謀叛の企に加担した甥胤長を助けたいと考えた。

「九日、庚戌、晴、義盛木蘭地の水干に葛袴を著く、今日又御所に参ず、一族九十八人を引率して南庭に列座す、是囚人胤長を厚免せらる可きの由、申請ふに依りてなり、而るに彼の胤長は、今度の張本として、殊に計略を廻らすの旨、聞食《きこしめ》すの間、御許容に能はず、即ち行親、忠家等の手より、山城判官行村の方に召渡さる、重ねて禁遏《きんあつ》を加ふ可きの由、相州御旨を伝へらる、此間、胤長の身を面縛《めんばく》し、一族の座前を渡し、行村に之を請取らしむ、義盛の逆心職《もと》として之に由《よ》ると云々」。

これは義時の義盛挑発である。前日は実朝将軍に直訴できたのに、この日は申次を介する他なく、その嘆願もまったく聞き入れられない。そればかりか、胤長を後ろ手に縛って一族の面前で山城判官行村に引渡した。義盛以下一族に恥辱を加えるだけのためとしか思われない。このこと自体が非情だが、義時は義盛が侮辱に耐えかねて行動に移すときを待っていた。同月二十五日の条の記述をみる。

「丙寅、和田平太胤長の屋地、荏柄の前に在り、御所の東隣たるに依りて、昵近《じっこん》の士、面々に頻りに之を望み申す、而るに今日、左衛門尉義盛、女房五条局に属して、愁へ申して云ふ、故将軍の御時より、一族の領所収公の時、未だ他人に仰せられず、彼地は適直《たまたま》祗候の便有り、之を拝領せしむ可きかと云々、忽ち之を達せしむ、殊に喜悦の思を成すと云々」。

ところが、翌月二日の条はこう記述する。

「癸酉、相州、胤長の荏柄の前の屋地を拝領せられ、則ち行親、忠家に分ち給ふの間、前給の人を追ひ出す、和田左衛門尉義盛、代官久野谷弥次郎、各卜居《ぼくきょ》する所なり、義盛欝陶を含むと雖も、勝劣を論ずれば、已に虎鼠の如し、仍つて再び子細を申す能はずと云々、先日一類を相率ゐて、胤長の事を参訴するの時、敢て恩許の沙汰無く、剰《あまつさ》へ其身を面縛し、一族の眼前を渡し、判官に下さるること、列参の眉目を失ふと称し、彼日より悉く出仕を止め畢んぬ、其後、義盛件《くだん》の屋地を給はり、聊か怨念を慰せんと欲するの処、事を問はず替へらる、逆心弥止まずして起ると云々」。

ここまでいやがらせをされて忍耐できる者は稀であろう。和田義盛とすれば源平合戦以来多くの手柄をあげてきたが、まったく何の功績もない義時からこのような仕打ちをうけることは耐えがたかったにちがいない。

そのことは別として、義時は実朝将軍が決めたことを数日の間にまったく無視し、義時の沙汰により胤長の旧屋地を義盛からとりあげ、自分の配下に分け与えている。実朝の将軍としての権威も権力もすでに義時に奪われている。

和田合戦の詳細については、私は感興を覚えない。建保元（一二一三）年五月二日「申刻、和田左衛門尉義盛、件党を率ゐて、忽ち将軍の幕下を襲ふ」ことではじまり、翌三日「酉剋、和田四郎左衛門尉義直、年卅七、伊具馬太郎盛重の為に討取らる、父義盛年六十七、殊に歎息す、年来義直を鍾愛せしむるに依り、義直に禄（知行、扶持米など）を願ふ所なり、今に於ては、合戦に励むも益無しと云々、声を揚げて悲哭し、東西に迷惑し（とまどい）、遂に江戸左衛門尉能範の所従に討たると云々、同男五郎兵衛尉義重、年卅四、六郎兵衛尉義信廿八、七郎秀盛十五、以下の張本七人、共に誅に伏す、朝夷名三郎義秀卅八、幷びに数率等海浜に出で、船に掉して安房国に赴く、其勢五百騎、船六艘と云々、又新左衛門尉常盛四十二、山内先次郎左衛門尉、岡崎余一左衛門尉、横山馬允、古郡左衛門尉、和田新兵衛入道、以上大将軍六人、戦場を遁れて逐電すと云々、此輩悉く敗北するの間、世上無為に属す」とあることで、合戦が終ったとみてよいであろう。申刻は午後四時、酉刻は午後六時だから二日以上にわたる戦闘であり、若宮大路、由比が浜などをふくむ全鎌倉の市街戦であった。

討死した者は、和田一族十三人、横山党三十一人、土屋党十人、山内党二十人、渋谷党八人、毛利党十人、鎌倉の人々十三人、その他三十七人、生捕りされた人々二十八人、御所方の討死した者は五十一名、それぞれの名を『吾妻鏡』は記している。

同月五日の記事の冒頭は次のとおり。

「乙巳、天霽、義盛、時兼以下の謀叛の輩の所領美作淡路等の国の守護職、横山庄以下の宗《むねと》たる所々、先づ以て之を収公し、勲功の賞に充てらる可しと云々、相州、大官令之を沙汰し申さる、次に侍別当の事、義盛の闕を以て相州に仰せらると云々」。

それまで政所別当であった義時は侍所別当をかねることになって組織上も幕府の実権を独占することとなり、前記した数百の人々（これには郎等などはふくまれていない）の死がこういう結果をもたらしたのであった。

この恩賞に関連して、書きとめておきたいことは義時の長男泰時の行動である。『吾妻鏡』同月八日の条に次の記述がある。

「修理亮泰時、御所に参らる、是去る五日勲功の賞に預かる、而るに存案有りと称して、件の御下文を、広元朝臣に属して上表せらるるの間、将軍家等の巡賞なり、辞し申す可からざるの旨、仰下さると雖も、固辞再三に及ぶ、仍つて其意趣を恠《あや》しましめ給ふの処、時に匠作（泰時）申され云ふ、義盛上に於て逆心を挿まず、只相州に阿党《あだ》せんが為、謀叛を起すの時、防戦の間其寄無く、御家人多く夭亡す、然らば此所を以て、彼の勲功の不足に充行はる可きか、下官父の敵を攻め撃つに依りて、強ち賞を蒙る可きに非ずと云々、世以て之を感歎せざる莫《な》し」。

この記事は世人も泰時の見解に同感していたことを示しているだろうし、泰時が北条執権制の基礎をつくった人物として評価されている理由もこのような行動にあったのであろう。これが『吾妻鏡』の曲筆とは思われない。

和田合戦に関連して、つけ加えておきたいことは合戦直前の三浦義村の裏切りである。五月二日の条に次のとおり記述されている。

「二日、壬刁（寅）、陰、筑後左衛門尉朝重、義盛の近隣に在り、而るに義盛の館に軍兵競ひ集る、其粧《よそおい》を見、其音を聞きて戎服を備へ、使者を発して事の由を前大膳大夫（広元）に告ぐ、時に件の朝臣、賓客座に在りて、杯酒方《まさ》に酣なり、亭主之を聞き、独り座を起ちて御所に奔り参ず、次に三浦平六左衛門尉義村、同弟九郎右衛門尉胤義等、始めは義盛と一諾を成し、北門を警固す可きの由、同心の起請文を書き乍ら、後には之を改変せしめ、兄弟各相議《はか》りて云ふ、曩祖三浦平太郎為継、八幡殿に属し奉り、奥州の武衡家衡を征せしより以降、飽くまで其恩禄を啄《は》む所なり、今内親の勧に就いて、忽ち累代の主君を射奉らば、定めて天譴を遁る可からざる者か、早く先非を翻し、彼の内議の趣を告げ申す可しと、後悔に及びて、則ち相州御亭に参入し、義盛已に出軍の由を申す、時に相州囲碁の会有りて、此事を聞くと雖も、敢て以て驚動の気無く、心静に目算を加ふるの後起座し、折烏帽子を立烏帽子に改め、水干を装束きて幕府に参り給ふ」。

義時としては予期していたことだから驚くような事態ではなかった。記事を続ける。

「而るに義盛と時兼（横山時兼）と謀合の疑有りと雖も、今朝の事に非ざるかの由、猶予するの間、御所に於て敢て警衛の備無し、然れども両客の告に依りて、尼御台所幷びに御台所等営中を去り、北の御門を出で、鶴岳の別当坊に渡御と云々」。

和田、三浦の二豪族が共に蜂起したならば、和田合戦以上の乱戦となったろうし、和田、三浦の側に味方した豪族もありえたかもしれない。いずれにしても、義時としては、すでに合戦の準備をすませていた後に、和田義盛らは蜂起したのであった。

*

公暁による実朝殺害について記しておく。

『吾妻鏡』建保七（一二一九）年一月二十七日の条の記述はじつに生彩に富んでいる。「甲午、霽、夜に入つて雪降る、積ること二尺余、今日将軍家右大臣拝賀の為、鶴岡八幡宮に御参、酉刻御出」とあって、行列につらなった人々の氏名を列挙、その後、以下のとおり記述している。

「宮寺の楼門に入らしめ御ふの時、右京兆（義時）俄かに心神御違例の事有り、御剣を仲章朝臣に譲りて、退去し給ひ、神宮寺に於て御解脱の後、小町御亭に帰らしめ給ふ、夜陰に及びて、神拝事終りて、漸く退出せしめ給ふの処、当宮の別当阿闍梨公暁、石階の際に窺ひ来り、剣を取りて丞相（実朝）を侵し奉る、其後随兵等宮中に馳せ駕すと雖も、武田五郎信光先登に進む、讎敵を覓《もと》むるに所無し、或人云ふ、上宮の砌に於て、別当阿闍梨公暁、父の敵を討つの由、名謁《なの》ると云々、之に就いて、各件の雪下の本坊に襲ひ到る、彼門弟の悪僧等、其内に籠りて相戦ふの処、長尾新六定景、子息太郎景茂、同次郎胤景等と先登を諍ふと云々、勇士の戦場に赴くの法、人以て美談と為す、遂に悪僧は敗北し、阿闍梨は此所に坐し給はず、軍兵空しく退散し、諸人惘然（呆然）の外他無し、爰《(ここ)》に阿闍梨彼の御首を持ち、後見備中阿闍梨の雪下の北谷の宅に向はる、膳を羞《(すす)》むる間、猶手に御首を放たず、使者弥源太兵衛尉阿闍梨の乳母子、を義村に遣はさる、今将軍の闕有り、吾専ら東関の長に当るなり、早く計議を廻らす可きの由示し合せらる、是義村の息男駒若丸、門弟に列《つらな》るに依りて、其好《よしみ》を恃《(たの)》まるるの故か、義村此事を聞き、先君の恩化を忘れざるの間、落涙数行、更に言語に及ばず、少選《しばらく》して、先づ蓬屋に光臨有る可し、且は御迎の兵士を献ず可きの由之を申す、使者退去するの後、義村使者を発し、件の趣を右京兆に告ぐ、京兆左右無く阿闍梨を誅し奉る可きの由、下知し給ふの間、一族等を招き聚めて評定を凝らす、阿闍梨は、太だ武勇に足《たつ》し、直也人《ただうど》に非ず、輙《(たやす)》く之を謀る可からず、頗る難儀たるの由、各相議するの処、義村勇敢の器を撰ばしめ、長尾新六定景を討手に差す、定景雪下の合戦を遂ぐるの後、義村の宅に向ふ、辞退する能はずして座を起ち、黒皮威の甲を著け、雑賀次郎西国の住人、強力の者なり、以下の郎従五人を相具し、阿闍梨の在所備中阿闍梨の宅に赴くの刻、阿闍梨は、義村の使遅引の間、鶴岳の後面の峯に登り、義村の宅に至らんと擬す、仍つて定景と途中に相逢ふ、雑賀次郎忽ち阿闍梨を懐き、互に雌雄を諍ふの処に、定景太刀を取りて、阿闍梨素絹の衣に腹巻を著く、年廿と云々、の首を梟す、是金吾将軍頼家、の御息、母は賀茂次郎重長の女、為朝の孫女なり、公胤僧正に入室、貞暁僧都受法の弟子なり、定景彼首を持ちて帰り畢んぬ、即ち義村京兆の御亭に持参す、亭主出居にて其首を見らる、安東次郎忠家指燭を取る、李部仰せられて云ふ、正《まさ》しく未だ阿闍梨の面を見奉らず、猶疑胎有りと云々、抑今日の勝事、兼ねて変異を示す事一に非ず、所謂、御出立の期に及びて、前大膳大夫入道（大江広元）参進して申して云ふ、覚阿（広元）成人の後、未だ涙の顔面に浮ぶことを知らず、而るに今昵近し奉るの処、落涙禁じ難し、是直也事《ただごと》に非ず、定めて子細有る可きか、東大寺供養の日、右大将軍の御出の例に任せ、御束帯の下に腹巻を著けしめ給ふ可しと云々、仲章朝臣申して云ふ、大臣大将に昇るの人、未だ其式有らずと云々、仍つて之を止めらる、又公氏御鬢（耳ぎわの髪）に候するの処、自ら御鬢一筋を抜き、記念と称して之を賜はる、次に庭の梅を覧て禁忌の和歌を詠じ給ふ

　出テイナハ主ナキ宿ト成ヌトモ軒端ノ梅ヨ春ヲワスルナ

次に南門を御出の時、霊鳩頻りに鳴き囀り、車より下り給ふの刻、雄剣を突き折らると云々、又今夜の中に、阿闍梨の群党を糺弾す可きの旨、二位家より仰下さる、信濃国の住人中野太郎助能、少輔阿闍梨勝円を生虜り、右京兆の御亭に具し参る、是彼の受法の師たるなりと云々」。

　この事件については『愚管抄』も記述しているので、以下に引用する。

「夜ニ入《いり》テ奉幣終《ほうへいをはり》テ、宝前《ほうぜん》ノ石橋ヲクダリテ、扈従《こしよう》ノ公卿《くぎやう》列立シタル前ヲ揖《い》シテ、下襲尻《したがさねのしり》引《ひき》テ笏《しやく》モチテユキケルヲ、法師ノケウサウ（行装か）・トキン（兜巾）ト云物《いふもの》シタル、馳《はせ》カ、リテ下ガサネノ尻ノ上ニノボリテ、カシラヲ一《いち》ノカタナニハ切《きり》テ、タフレ（倒れ）ケレバ、頸ヲウチ

ヲトシテ取《とり》テケリ。ヲイザマニ（あとを追いながら）三四人ヲナジヤウナル者ノ出《いで》キテ、供ノ者ヲイチラシテ、コノ仲章《なかあき》ガ前駈《ぜんく》シテ火フリテアリケルヲ義時ゾト思《おもひ》テ、同《雪》ジク切《きり》フセテコロシテウセヌ（消えた）。義時ハ太刀《たち》ヲ持《もち》テカタハラニ有《あり》ケルヲサヘ、中門ニトヾマレトテ留《と》メテケリ。大《おほ》方《かた》用心セズサ云《いふ》バカリナシ。皆蛛《くも》ノ子ヲ散《ちら》スガゴトクニ、公卿《くぎやう》モ何モニゲニケリ。カシコク光《みつ》盛《もり》ハコレヘハコデ、鳥居ニモウケテ（準備して）アリケレバ、ワガ毛車《けぐるま》ニノリテカヘリニケリ。ミナ散々《ちりぢり》ニチリテ、鳥居ノ外《そと》ナル数万《の》武士コレヲ知ラズ、此《この》法師ハ、頼家ガ子ヲ其《その》八幡ノ別当《べつたう》ニナシテヲキタリケルガ、日ゴロヲモイモチテ（長い間思い続けて）、今日カヽル本意《ほい》ヲトゲテケリ。一《いち》ノ刀《かたな》ノ時、「ヲヤノ敵《かたき》ハカクウツゾ」ト云《いひ》ケル、公卿ドモアザヤカニ皆聞《きき》ケリ。カクシチラシテ一《いち》ノ郎等《らうどう》トヲボシキ義村三浦左衛門ト云者《いふもの》ノモトヘ、「ワレカクシツ。今ハ我コソハ大将軍ヨ。ソレヘユカン」ト云タリケレバ、コノ由《よし》ヲ義時ニ云テ、ヤガテ一人、コノ実朝ガ頸ヲ持《もち》タリケルニヤ、大雪ニテ雪ノツモリタル中ニ、岡山ノ有《あり》ケルヲコヱテ、義村ガモトヘキケル道ニ人ヲヤリテ打《うち》テケリ、トミニ（すぐには）ウタレズシテ切《きり》チラシ〳〵ニゲテ、義村ガ家ノハタ板（板塀）ノモトマデキテ、ハタ板ヲコヘテイラントシケル所ニテウチトリテケリ。猶《なほ》〳〵頼朝ユヽ、シカリケル将軍カナ。ソレガムマゴ（孫）ニテ、カヽル事シタル。武士ノ心ギハ（事に臨んでの心の様子）カヽル者出《いで》キ。又ヲロカニ用心ナク、文《ぶん》ノ方アリケル実朝ハ、又大臣ノ大将ケガシテケリ。又跡モナクウセヌルナリケリ。

実朝ガ頸ハ岡山ノ雪ノ中ヨリモトメ出《いだし》タリケリ。日頃《ひごろ》ワカ宮トゾコノ社ハ云ナライタリケル。

其辺ニ房《ばう》ツクリテ居《ゐ》タリケルヘヨセテ、同意シタル者共ヲバ皆ウチテケリ」。

『愚管抄』の描写はまことに現実感がある。三浦義村邸の板塀にとりつくまで辿りついて、ついに殺された公暁は悲惨きわまるし、「今ハ我コソハ大将軍ヨ」と叫んだのも憐れを催す。ただ、こうした記述にまして不審を覚えるのは、『吾妻鏡』には義時と間違えて仲章が殺されたと記述がないこと、義時が何故その場に居合わせなかったかの記述が、『吾妻鏡』と『愚管抄』では違っていることである。『吾妻鏡』では義時が「俄かに心神御違例の事有り」としているが、『愚管抄』は実朝が愚かで不用心だったので中門にとどめた、という不可解な説を記している。

ともかく、こうして、実朝、公暁の二人を一挙に葬り去り、源氏の正統を継ぐ者のない状況をつくりだす謀略をめぐらしたのが誰かが問題となる。石井進『日本の歴史7・鎌倉幕府』(中公文庫)は「謀略に長じていた義時は、ひそかに若い公暁をそそのかして実朝を暗殺させ、さらに一味の三浦義村に命じて公暁を葬った」とみるのが、「通説的見解であり、結果論からすれば、たしかにだいたいは首肯できる」と述べながら、次のとおり記している。

「最近、永井路子《ながいみちこ》氏は歴史小説『炎環《えんかん》』で、次のような解釈を示された。公暁の背後にあったのは三浦義村である。義村は、実朝と義時の二人を暗殺させたのち、公暁を将軍に立て、みずから幕府の実権を握る計画であった。しかし、いち早くそれを察知した義時がその場をのがれてしまったため、計画はくずれた。義村はただちに裏切って公暁を殺し、一身の安全をはかったのである、と。

歴史小説のわくぐみとして示されている解釈ではあるが、わたくしはこの見かたに大変魅力を感ずる」。

私は永井路子の作品の愛読者であり、彼女がその作品に示した見識に大いに敬意を払っているが、謀略をめぐらしたのが三浦義村という説には同意できない。永井路子がこの説を明らかにしたのは『炎環』だが、それ以上に『つわものの賦』の「第十章　雪の日の惨劇　三浦義村の場合」である。この著書に次の記述がある。

「じつは『吾妻鏡』にはこの中に注目すべき一節がある。大事なところなので、原文を引いておく。これは義時が剣を仲章に預けて八幡宮を退出した記事の後にある。

而《シコウ》シテ右京兆《ウケイチョウ》（義時のこと。当時彼は右京大夫だった。右京兆はその唐風の呼び名）御剣ヲ役トセラルルノ由、禅師《ゼンジ》（公暁）兼ネテ以テ存知スルノ間、其ノ役ノ人ヲ守リテ仲章ノ首ヲ斬ル。

これはどうしたことか。義時はその日、剣を奉じて儀式に参列する役だった。公暁はそれをかねて知っていたので、その役をつとめる人を狙って斬りつけた、というのだ。ところが、このとき、すでに義時は去り、代ってそこに坐っていた仲章が斬られてしまった、というのである」。

ところが、私が引用してきた岩波文庫版『吾妻鏡』には右の記述はない。無駄なことだったたが岩波文庫版が底本にしている『新訂増補国史大系本』もあたってみたが、見当らない。吾味文彦・本郷和史編・現代語訳『吾妻鏡』（吉川弘文館刊）にも『つわものの賦』で引用している記述に相当する文章はない。『吾妻鏡』にも諸本存在するようだから、永井路子の著述にも根拠があるにちがいないが、私は三浦義村説には疑問をもつ。

第一に、和田合戦のさいの裏切りからみて、三浦一族だけで北条一族に対抗できる、というような自信を義村がもったはずがない。

第二に、『吾妻鏡』の記述にせよ、『愚管抄』の記述にせよ、三浦義村は自邸に公暁が到着するのを待たず、直ちに公暁を誅殺している。その間義時から指示をうけたという『吾妻鏡』の記述は信用できるだろうか。もし義村が公暁をそそのかしたのであれば、あまりに変り身が早すぎる。犯罪者はつねに犯罪によってもっとも利益を得る者である。その意味でも北条義時の策謀と考えるのが自然だし、当日の義時の行動はあまりに不自然である。

北条義時はまことに非情、狡猾、卑劣であった。

＊

そこで『承久記』に「爰《ここ》ニ、右京権大夫《うきやうのごんのだいぶ》義時《よしとき》ノ朝臣思様《おもふやう》、「朝《てう》の護《まもり》源氏ハ失終《うせおはり》ヌ。誰カハ日本国ヲバ知行スベキ。義時一人シテ、万方《ばんぼう》ヲナビカシ、一天下ヲ取ラン事、誰カハ諍《あらそ》フベキ」」と語って、義時が登場し、『承久記』の物語が展開するわけである。

『承久記』・後鳥羽院について

『承久記』上に左の記述がある。

「爰《ここ》ニ、太上天皇《だいじやうてんわう》（後鳥羽院）叡慮《えいりよ》動キマシマス事アリ。源氏ハ日本国ヲ乱《みだ》リシ平家ヲ打平《うちたひ》ラゲシカバ、勲功ニ地頭職《ぢとうしき》ヲモ被《くだされ》レ下シナリ。義時ガ仕出《しいだし》タル事モ無《なく》テ、日本国ヲ心ノ儘ニ執行《しゆぎやう》シテ、動《ややも》スレバ勅定《ちよくぢやう》ヲ違背《ゐはい》スルコソ奇怪《きつくわい》（けしからぬ）ナレト、思食《おぼしめさ》ル、叡慮積《つも》リニケリ。凡《およそ》、御心操《しんさう》（お心栄え）コソ世間ニ傾《かた》ブキ申《まうし》ケレ（世人は非難申し上げた）。伏物、越内、水練《すいれん》、早態《はやわざ》、相撲《すまひ》、笠懸《かさがけ》ノミナラズ、朝夕武芸ヲ事トシテ、昼夜ニ兵具《ひやうぐ》ヲ整《ととの》ヘテ、兵乱ヲ巧《たくみ》（計画）マシ〱ケリ」。

上皇自らが「朝夕武芸ヲ事トシ」、「昼夜ニ兵具ヲ整ヘテ、兵乱ヲ巧《たくみ》」ましますといった状況は世人としては狂気としか思われなかったであろう。この記事は続く。

「御腹悪《おんはらあしく》テ（怒りっぽくて）、少《すこし》モ御気色《ごきそく》（ご意向）ニ違《たがふ》者ヲバ、親《まのあた》リ（直接）乱罪《らんざい》ニ行ハル（むやみやたらに処罰なさった）。大臣・公卿ノ宿所・山荘ヲ御覧ジテハ、御目留《とま》ル所ヲバ召シテ（召しあげて)、御所《ごしよ》ト号セラル。都ノ中ニモ六所アリ。片井中《かたゐなか》ニモアマタアリ。御遊《ぎよいう》ノ余《あまり》ニハ、四方《よも》ノ白拍子《しらびやうし》(水干・立烏帽子の男装で今様をうたい舞う雑芸の妓女)ヲ召集《めしあつめ》、結番《けちばん》、寵愛《ちやうあい》ノ族《やから》ヲバ、十二殿(八省の行政が執行される八省院(朝堂院)の異称)ノ上、錦《にしき》ノ茵《しとね》ニ召上《めしのぼ》セテ、踏汚《ふみけが》サセラレケルコソ、王法《わうぼふ》・王威《わうゐ》モ傾《かたぶ》キマシマス覧《らん》ト覚《おぼえ》テ浅猿《あさまし》ケレ。月卿雲客相伝《げつけいうんかくさうでん》ノ所領ヲバ優《いう》ゼラレテ、神田《しんでん》(神社に付属してその収穫を祭祀・造営などの費用に宛てる田)・講田(収穫を寺院で行う講会の費用に宛てる田)十所ヲ五所ニ倒《たふ》シ合《あはせ》テ(没収し横領して)、白拍子ニコソ下シタベ(賜った)。古老神官・寺僧等、神田・講田倒《たふ》サレテ、歎ク思《おもひ》ヤ積《つもり》ケン、十善君《じふぜんのきみ》忽《たちまち》ニ兵乱ヲ起給《おこしたま》ヒ、終《つひ》ニ流罪セラレ玉ヒケルコソ浅増《あさまし》ケレ」(引用は岩波書店刊『新日本古典文学大系』(以下、古典大系という)版による。古典大系の脚注の語義を本文にくみこんだが、若干は古語辞典等によっている)。

三条白川にあった慈円の本坊の地を召しあげて最勝四天王院をおいたのも、「公卿ノ宿所・山荘ヲ御覧ジテハ、御目留ル所ヲバ召シテ、御所ト号」した例ではないか、と古典大系の脚注にある。

見渡せば山もとかすむ水無瀬川　夕べは秋と何思ひけむ

の作で名高い水無瀬殿も目崎徳衛『史伝後鳥羽院』によれば、「元は権臣源通親の別業であったが、院は譲位直後からその風光に魅せられ、通親や長厳僧正が修理・造営を加え、建保四年大洪水の後には水辺より奥へ移築した。「此の前後の土木、惣じて海内の財力を尽す」とは定家の評である（『明月記』建保五・二・八）」という。『明月記』には「八日、院主法印被来談、亜相又水無瀬殿山上造営新御所為眺望耳・此前後土木、惣尽海内之財力、又引北白川白砂云々」とある。法印とはおそらく長厳僧正、亜相は源通親であろう。定家は山上に御殿を造営したのは眺望のためと解していたようである。ことさら北白川から白砂をとり、水辺に敷きつめた、という。

こうして臣下の邸を召しあげて御所にするのも異例だが、神社、仏閣に属する田を召しあげて白拍子に下賜するなどというのも言語道断というべきだろう。

　　奥山のおどろが下も踏みわけて道ある世とぞ人に知らせん

とは後鳥羽院の承元二（一二〇八）年三月、住吉社歌合のさいの作だが、いったい、後鳥羽院はどんな「道」を教えさとそうとしたのか。殺戮こそしなかったけれども、後鳥羽院の院政は不羈放埒、歴代の天皇の中でも特筆すべき愚帝であったと私は考える。

ここでは、『新古今和歌集』に対する寄与、情熱はしばらく措くこととしているが、すでに引用した「見渡せば」の歌について私見を記す。

先年亡くなった畏友丸谷才一は名著と評判高い『後鳥羽院』（ちくま学芸文庫。以下、引用は「第二版」による）において、この歌について「単に後鳥羽院一代の絶唱であるのみならず、『新古今』

の代表的な秀歌である。和歌史上最高の作品の一つと呼んでもいいかもしれない」と書いている。私はこのような丸谷の見解には同意できない。私にはこの作はとるに足らぬ凡庸な作としか思われない。丸谷はいう。

「この歌の楽しさは、まづ、m音を何度もくりかへしながら第一句から第五句までよどみなく一気に詠み下したところにある」。

一首の和歌が秀歌かどうかは「楽しさ」に富んでいるかどうかにあるわけではない。また、「m音を何度もくりかえし」というが、「見渡せば」と「みなせ川」と二度くりかえしているにすぎない。しいていえば、「山もと」の「も」と「かすむ」の「む」のm音、「思ひ」の「も」のm音と「けむ」の「む」のm音が数えられるが、これらは音韻効果とはまったく関係ない。かつて萩原朔太郎が引用していた次の歌の音の音韻効果とは比較にもならない。

久方のひかりのどけき春の日にしづ心なく花の散るらむ

「第一句から第五句までよどみなく一気に詠み下」している、と丸谷はいうけれども、明らかに上句の末五「みなせ川」と一旦休止があり、「一気に詠み下」されているわけではない。「見渡せば」が「一首の眼目になつてゐるのだが、そのことを説明するには、もともと後鳥羽院は見渡すのが大好きなたちであつたといふ話からはじめなければなるまい」という。しかし、見渡すのが好きかどうか、と秀歌かどうかは関係ない。さらに丸谷はこれを説明して、第一に、「広やかな眺望を好むといふ個人的な嗜好」をあげているが、このような嗜好も秀歌かどうかを論じる基準とはならない。第二に、「この性癖とからみあつての、風景美に対する詩人の態度がある」というが、広やかに風景美をとらえなければ秀歌にならないということもないし、広やかに風景美をとらえているから秀歌となる、ということもない。第三に、「彼が個人としてでも詩人としてでもなく、いはば帝王として見渡したといふ局面」があるというが、帝王として見渡しているからといって、それも秀歌たる所以ではない。丸谷は「見渡せばむらの朝けぞ霞みゆく民のかまども春に逢ふころ」は、仁徳天皇の詠と伝えられる「たかき屋にのぼりてみれば煙立つたみのかまどはにぎはひにけり」を連想させ、「国見といふ、高所から国土を見渡して讃美する農耕儀式は古代における天皇の行事であつた」ので、後鳥羽院のこの一首に「政治的な国見と風景美の鑑賞とを微妙に兼ねたものとしてとらへたくなる」という。仁徳天皇の作として伝えられる作が国見の歌であることは「たみのかまどはにぎはひにけり」で下句をうたいおさめているからであって、「民のかまども春に逢ふころ」にはそうした「民」への心配りはない。ただ、「みなせ川」の作を「見渡せば」の上五を理由として「政治的な国見と風景美の鑑賞とを微妙に兼ねたものととらへたくなる」のは丸谷の自由だが、牽強付会というべきだろう。

丸谷は、この作の解釈は従来『枕草子』の「春はあけぼの……秋は夕暮」と藤原清輔の

うす霧のまがきの花の朝じめり秋は夕べと誰かいひけん

という繊細にして巧緻な作を後鳥羽院が「みなせ川」の歌でどんなに新しく色あげしたかに急所をおいてなされてきたが、後鳥羽院の作と比べると、清輔の作は「奇妙にせせこましくて単純なものに見えて来るあたりに、問題がひそんでゐるのではないか」という。清輔の作が繊細な感覚から生まれたことは間違いないが、それだけのことである。

後鳥羽院の「みなせ川」の作は、私には、ああそうですか、といった感想しか覚えさせない。「見渡せば」と大仰にうたいだしたことに嫌みを感じるし、写生歌としてはこの上五は余計である。見渡す「我」をうちだすには一首が描きだしている風景は淡く、深みがない。凡庸と考える所以である。こうした意見は丸谷の生前、話し合う機会があれば話し合ったのだが、没後、こういうかたちで発表することは、私としてはかなりに残念である。私は旧制中学の最上級生のころ、『新古今集』にうちこんだ時期があり、その後まったく関心を失っていたので、丸谷から『後鳥羽院』を贈ってもらっても頁をくることさえしなかった。考えてみれば悔いはつよい。はからずも承久の乱を考えるにさいし、はじめてこの著書を読んだことをおことわりする。

＊

『承久記』に戻ると、承久の乱の発端を次のとおり記している。

「其由来《そのゆらい》ヲ尋《たづ》ヌレバ、佐目牛西洞院《さめうしにしのとうゐん》ニ住《すみ》ケル亀菊《かめぎく》ト云舞女《いふぶじよ》（白拍子、後に伊賀局とよばれる）ノ故《ゆゑ》トゾ承《うけたまは》ル。彼人《かのひと》、寵愛双《ならび》ナキ余《あまり》、父ヲバ刑部丞《ぎやうぶのじよう》ニゾナサレケル。俸禄《ほうろく》不レ余思食《あまらずおぼしめし》テ、摂津国長江庄《ながえのしやう》三百余町ヲバ、丸《まろ》（私。後鳥羽院のこと）ガ一期《いちご》ノ間ハ亀菊ニ充行《あておこな》ハル、トゾ、院宣下サレケル。刑部丞ハ庁《ちやう》ノ御下文《おんくだしぶみ》ヲ額《ひたひ》ニ宛《あて》テ（ひけらかして）、長江庄ニ馳下《はせくだり》、此由執行《このよししゆぎやう》（領主としての事務を執行）シケレ共《ども》、坂東地頭《ばんどうのぢとう》、是《これ》ヲ事共《ことども》セデ申《まうし》ケルハ、「此所ハ故右大将家《こうだいしやうけ》（頼朝）ヨリ大《だい》夫殿《ぶどの》（義時）ノ給《たまはり》テマシマス所ナレバ、宣旨ナリトモ、大夫殿ノ御判《ごはん》ニテ（御書判のある文書で）、去《さり》マヰラセヨ（譲歩し申し上げよ）ト仰《おほせ》ノナカラン限《かぎり》ハ、努力叶候《ゆめゆめかなひさうらふ》マジ」トテ、刑部丞ヲ追上《おひのぼ》スル。仍《よつて》、此趣《このおもむき》ヲ院ニ愁申《うれへまうし》（愁訴）ケレバ、叡慮不レ安カラ《やすからず》思食《おぼしめし》テ、医王《ゐわう》左衛門能茂《よししげ》ヲ召《めし》テ、「又、長江庄ニ罷下《まかりくだり》テ、地頭追出《おひいだ》シテ取ラセヨ」ト被二仰下一《おほせくだされ》ケレバ、能茂馳下《はせくだり》テ追出ケレドモ、更ニ（一向に）用《もち》ヰズ。能茂帰洛《きらく》シテ、此由院奏《このよしゐんそう》シケレバ、仰下《おほせくだ》サレケルハ、「末〳〵《すゑずゑ》ノ者共（鎌倉幕府につらなる末端の者共）ダニモ如レ此云《かくのごとくいふ》。増《ま》シテ義時ガ院宣ヲ軽忽《きやうこつ》スルハ（軽んじるのは）、尤《もつとも》理《ことわり》也」トテ、義時ガ詞《ことば》ヲモ聞召《きこしめし》テ、重《かさね》テ院宣ヲ被レ下《くだされ》ケリ。「余所《よそ》ハ百所モ千所モシラバシレ（領有するならば領有したらよい）、摂津国長江庄計《ばかり》ヲバ去進《さりまゐら》スベシ」トゾ書下サレケル。義時、院宣ヲ開《ひらき》テ申サレケルハ、「如何《いか》ニ、十善《じふぜん》ノ君ハ加様《かやう》ノ宣旨ヲバ被レ下《くだされ》候ヤラン。於二余所一《よそにおいて》者《は》、百所モ千所モ被二召上一《めしあげられ》候共《とも》、長江庄ハ故右大将ヨリモ義時ガ御恩ヲ蒙《かうぶる》始ニ給《たまひ》テ候所ナレバ、居《ゐ》乍《ながら》（坐して）頸ヲ被レ召《めさる》トモ、努力叶《ゆめゆめかなひ》候マジ」トテ、院宣ヲ三度マデコソ背《そむき》ケレ。院ハ此由聞食《このよしきこしめし》、弥《いよいよ》不レ安カラ《やすからず》奇怪《きつくわい》也ト思食《おぼしめし》ケルモ、御理《おんことわり》ナルベシ」。

『吾妻鏡』には承久三（一二二一）年五月十九日の条に

「武家天気に背くの起は、舞女亀菊の申状に依りて、摂津国長江、倉橋両庄の地頭職を停止す可きの由、二箇度宣旨を下さるるの処、右京兆（義時）諾し申さず、是幕下将軍（頼朝）の時、勲功の賞に募り、定補せらるるの輩は、指せる懈怠無くして改め難き由之を申す、仍って逆鱗甚しきの故なりと云々」

とある。

長江、倉橋両庄の地頭職が頼朝から賜ったものだから、後鳥羽院の意に沿えないというのは口実にすぎない。頼朝が建久元（一一九〇）年十月、精兵一千騎をひき連れて上洛、一ヵ月余、後白河法皇を折衝して得た、日本惣給追捕使・総地頭職という地位、権限こそが鎌倉幕府の基礎であった。地頭職を安堵できないなら、幕府の基盤が揺らぐという性質のものであった。後鳥羽院は一片の院旨をもって地頭職の任免ができるかのように誤解し、政治権力の実質的移行がなされていたことに無知であった。それにしても、白拍子出身の寵愛する女性のために義時の征討、ひいては幕府の権力の奪回を企てるのは、大義名分も立たないし、志も低い。つまりは愚かである。

『承久記』を読みつぐこととする。

「爰《ここ》ニ、女房卿《きやうの》二位《にゐ》殿（藤原兼子、後鳥羽院の乳母範子の妹として権勢をふるった）、簾中《れんちう》ヨリ申サセ給ケルハ、「大極殿造営《だいごくでんざうえい》ニ、山陽道《せんやうだう》ニハ安芸《あき》・周防《すはう》、山陰道《せんいんだう》ニハ但馬《たぢま》・丹後《たんご》、北陸道《ほくろくだう》ニハ越後・加賀、六ヶ国マデ寄《よせ》ラレタレドモ（六カ国が造営費を負担することと決められたが）、按察《あぜち》光親・秀《ひで》康《やす》（藤原秀康）ガ沙汰トシテ、四ヶ国ハ国務（国司の事務）ヲ行《おこなふ》ト雖《いへども》、越後・加賀両国ハ、坂東ノ地頭、用キズ候ナル。去《され》バ、木ヲ切《きる》ニハ本ヲ断《たち》ヌレバ、末ノ栄《さかゆ》ル事ナシ。義時ヲ打《うた》レテ、日本国ヲ思食儘《おぼしめすまま》ニ行ハセ玉ヘ」トゾ申サセ給ケル」。

高位で無知の女性の思いつくままのご機嫌とりの放言にどうしてすぐにとびつくのか、通常の理性では解しがたいのだが、こうした進言こそが後鳥羽院の意にかなうものであった。

「院ハ此由聞食《このよしきこしめし》テ、「サラバ秀康メセ」トテ、御所ニ召サル。院宣ノ成《なり》ケル様、「義時ガ数度《すど》ノ院宣ヲ背《そむく》コソ奇怪ナレ（けしからぬ）。打《うつ》ベキ由思食立《おぼしめしたつ》。計《はからひ》申セ」トゾ仰下《おほせくだ》リケル」。

思い立ったら、直ちに北条義時を誅殺、討伐できるかの如くに考える無思慮は驚く他ないのだが、召しだされた家臣がまた軽佻限りない。

「秀康畏《かしこまり》テ奏申《そうしまうし》ケルハ、「駿河守義村《よしむら》（三浦義村）ガ弟ニ、平判官胤義《へいはうぐわんたねよし》コソ此程《このほど》都ニ上《のぼり》テ候ヘ。胤義ニ此由申合《まうしあはせ》テ、義時討《うた》ン事易《やすく》候」トゾ申ケル」。

ずいぶんと安請合をしたものだという感がふかいし、胤義がまた軽々しい。二人の問答は些か長いが、承久の乱の具体化のはじまりなので、引用する。

「能登守《のとのかみ》秀康ハ、賀陽院殿《かやのゐんどの》ノ御倉町《みくらまち》辺ノ北辺《ほくへん》ニ宿所有《あり》ケリ。平判官胤義ヲ請寄《しやうじよせ》、酒盛《さかもり》ヲ始テ申様《まうすやう》、「今日ハ判官殿ト秀康ト、心静《こころしづか》ニ一日《ひとひ》酒盛仕《つかまつ》ラン」トテ、隠座《をんざ》ニ成テ（くつろいで）、能登守申様、「ヤ、判官殿、三浦・鎌倉振棄《ふりすて》テ都ニ上リ、十善君《じふぜんのきみ》ニ宮仕《みやづか》ヘ申サセ給ヘ。和殿《わどの》（あなた）ハ一定《いちぢやう》（きっと）心中ニ思事《おもふこと》マシマスラント推《すい》スル也。一院《いちゐん》（後鳥羽院）ハヨナ、御心サスガノ君ニテマシマス也。此程《このほど》思食《おぼしめす》事有《ある》ヤラント推シ奉《たてまつる》。殿ハ鎌倉ニ付《つく》ヤ付《つか》ズヤ、十善ノ君ニハ随《したが》ヒマヰラセンヤ、計給《はからひたま》へ、判官殿」トゾ申《まうし》タル。

判官ハ此由聞《このよしきき》、返答申《まうし》ケルハ、「神妙也トヨ（素晴らしいことですな）、能登殿。胤義ハ先祖ノ三浦・鎌倉振捨《ふりすて》テ、都ニ上リ、十善ノ君ニ宮仕《みやづかへ》マヰラスルハ、心中ニ存事《ぞんずること》ノ候也。如何ト申セバ、胤義ガ妻ヲバ誰トカ思食《おぼしめす》。鎌倉一トハヤリシ一法執行《いちほふのしゆぎやう》ガ娘ゾカシ。故左衛門督《こさゑもんのかみ》殿（頼家）ノ御台所ニ参《まゐり》テ候シガ、若君（栄実、童名千手丸）一人出来《いでき》サセ給《たまひ》テ候キ。督殿《かうどの》ハ遠江守《とほたふみのかみ》時政ニ失《うしな》ハレサセ給《たまひ》ヌ。若君ハ其子ノ権大夫《ごんのだいぶ》義時ニ害セラレサセ給ヌ。胤義契《ちぎり》ヲ結《むすび》テ後、日夜ニ袖ヲ絞ル、ムザンニ候。「男子《なんし》ノ身也セバ、深山《しんざん》ニ遁世《とんせい》シテ念仏申《まうす》メレ、後生《ごしやう》ヲモ弔《とぶらひ》マヰラスベキニ、女《によ》人《にん》ノ身ノ口惜《くちをし》サヨ」ト申シテ流涙《ながすなみだ》ヲ見《みる》ニ付《つけ》テモ、万《よろ》ヅ哀《あはれ》ニ候也。三千大千世界ノ中ニ、黄金ヲ積《つみ》テ候共、命《いのち》ニカヘバ物ナラジ。勝《まさり》テ惜《をし》キハ人命《ひとのいのち》也。ワリナキ宿世《すくせ》ニ逢《あひ》ヌレバ、惜命《をしきいのち》モ惜《をし》カラズ。去《され》バ胤義ガ都ニ上《のぼり》テ、院ニ召サレテマヰリ、謀反起《むほんおこし》、鎌倉ニ向《むかひ》テヨキ矢一《ひとつ》射テ、夫妻ノ心ヲ慰《なぐさ》メバヤト思ヒ候ツルニ、加様《かやう》ニ院宣ヲ蒙《かうぶる》コソ面目《めんぼく》ニ存《ぞんじ》候へ。胤義ガ兄駿河守義村ガ許《もと》へ文ヲダニ一下《ひとつくだし》ツル物ナラバ、義時打取ランニ易《やすく》候。其状ニ、「胤義ガ都ニ上リテ、院ニ召《めさ》レテ謀反オコシ、鎌倉ニ向テ好矢一《よきやひとつ》射テ、今日ヨリ長ク鎌倉ヘコソ下《くだ》リ候マジケレ。去《され》バ昔ヨリ八ケ国ノ大名・高家《かうけ》ハ、弓矢ニ付《つけ》テ親子ノ奉公（親子そろって忠義を尽す）ヲ忘レヌ者ナレバ、権大夫ハ大勢《おほぜい》ソロヘテ都ヘ上《のぼ》セテ、九重中《ここのへぢう》ヲ七重八重《ななへやへ》ニ打巻《うちまき》テ、謀反ノ輩責玉《せめたま》ハンズラン。駿河殿ハ、権太夫ト一《ひとつ》ニテ、三浦ニ九七五ニナル子共三人乍《ながら》、権太夫ノ前ニテ頸切失給《くびきりうしなひたま》へ。サヤウニ成ヌル物ナラバ、殿ト権太夫殿、中ハ隔心《きやくしん》ナクシテ（分けへだてないようにふるまって）、諸国ノ武士ハ上《のぼる》トモ、殿ハ上《のぼら》ズシテ、三浦ノ人共勧《すすめ》仰《おほ》セテ、権太夫ヲ打玉へ。打《うち》ツル物ナラバ、胤義モ三人ノ子共ニオクレテ候ハン其替《そのかはり》ニ（三人の子供に先立たれた、そのかわりに）、殿ト胤義ト二人シテ日本国ヲ知行《ちぎやう》セン」ト、文ダニ一下《ひとつくだし》ツル者ナラバ、義時討《うた》ンニ易《やすく》候。加様《かやう》ノ事ハ延《のび》ヌレバ悪《あしく》候。急ギ軍《いくさ》ノ僉義《せんぎ》候ベシ」トゾ申タル。能登守秀康ハ、又此由《このよし》院奏シケレバ、「申《まうす》所、神妙《しんべう》也。サラバ急ギ軍ノ僉議仕《つかまつ》レ」トゾ勅定《ちよくぢやう》ナル」。

胤義の発言の後半は私には若干理解しにくいのだが、胤義は時勢をみる眼が暗かったようである。和田合戦のさいの裏切りからみても、実朝暗殺にさいして公暁を殺して義時の許へ馳せ参じたことからみても、胤義の兄、三浦義村が胤義の書簡によって後鳥羽院の企図に同心するはずがない。名門三浦家の生まれである胤義が、三浦氏が北条氏の下風に立つことを不快に感じ、義時が自分を措いて「誰カハ日本国ヲバ知行スベキ」などと豪語することを許しがたく思ったにちがいないが、兄の三浦義村は義時の権力にさからうことはできないと認めていた。

この回答で気付いたことだが、胤義は、後鳥羽院の側で鎌倉幕府ないし北条義時を追討する企図を「謀反」ととらえている。私には「天皇御謀反」という言葉は承久の乱以後に用いられるようになったと考えていたが、謀をめぐらしていた段階で、すでに胤義は「謀反」と言っている。「謀反」とは元来朝廷に反逆して兵をおこすことをいったが、後には為政者、君主に対してもいう、と『岩波古語辞典』にある。そういう意味では北条義時は、この時代の為政者であった。ただ、『承久記』が書かれた当時に、「謀反」はそういう意味で流布していたので、『承久記』の作者が、胤義の回答にこの「謀反」という言葉を書きこんだのであり、本当に胤義がこの言葉を使ったわけではないのかもしれない。

*

こうして四月二十八日、城南寺の仏事にことよせて「守護ノ為ニ甲冑《かっちゅう》ヲ着《ちゃく》シテ参ラルベシ」との触れを廻し、坊門新大納言以下六名の公卿が「直《ぢき》ニ勅定ヲ蒙《かうぶ》」って参上、僧侶二名の他、「廻《めぐらし》文《ぶみ》ニ入輩《いるともがら》」として、能登守秀康以下、「諸国ニ被レ召《めさるる》輩」として、丹波国、丹後国、但馬国、播磨国、美濃国、尾張国、三河国、摂津国、紀伊国、大和国、伊勢国、伊与国、近江国等の諸国の武士、一千余騎が参集した。卿二位が「十善ノ君ノ御果報《くわほう》ニ義時ガ果報ハ対揚《たいやう》（対抗）スベキ事カハ。且《かつう》ハ加様《かやう》ノ事、独《ひとり》ガ耳ニ聞《きこ》ヘタルダニモ、世ニハ程ナク聞《きこ》ユ。増《ま》シテ一千余騎ガ耳ニ触《ふれ》テン事、隠《かく》ス共隠《かくれ》アルマジ。義時ガ聞《きき》候ナン後ハ、弥《いよいよ》君ノ御為、重《おも》ク成候ベシ。只疾々思食《とくとくおぼしめし》候ベシ」と進言した結果、「サラバ秀康召《めし》テ、先《まづ》義時ガ縁者検非違使《けびゐし》伊賀太郎《いがのたらう》判官光季《みつすゑ》ヲ可レ討由《うつべきよし》ヲ、宣旨ゾ下《くだし》ケル」ということになる。まことに卿二位の進言したとおり、一千余騎を集めたのであれば、直ちに行動を開始すべきなのに、無為に日を過している。

それに一千余騎はいかにも少ない。かつて頼朝が建久元（一一九〇）年はじめて上洛したさい、たんに威容をととのえるためにひき連れたのが一千余騎であった。数倍ないし一桁違いの軍勢を鎌倉幕府ないし義時が動員できることは三浦胤長などをはじめ主要な武士たちには分かっていたはずである。

しかも、こうした院宣が発せられても、なかなか行動ははじまらない。院宣をうけた藤原秀康は胤義を招いて「軍《いくさ》ノ僉議」をはじめたが、何日、伊賀光季を討ったらよいか、意見を求めている。胤義は五月十五日がよかろうと答えて、ようやく襲撃の日が決まる。

伊賀光季とその一族との戦闘は『承久記』中唯一の軍記物語らしい戦闘場面を描いているので、一部を抄記する。襲撃された当初、「光季、縦《たとひ》宣旨也トモ、能《よき》矢一《ひとつ》射テ、死《しぬ》トモ死ナン。只今、事ニアフベキ者（合戦にあたることができる者）、何人《イクタリ》バカリ有《ある》ラン」と訊ねると、名をあげて、八十五騎ばかりと聞く。やがて次第に落ち行く者があり、「廿九騎コソ残《のこり》ケレ」となる。

「一千余騎ノ討手《うつて》ハ、京極面《おもて》ニ押寄《おしよす》ル。門ヲ差《さし》タリケレバ、幡《はた》ゾシラミケル。判官云ハレケルハ、「何程ノ命ヲ生《いき》ントテ、門ヲバサシタルゾ、余所ノ誹謗《ひはう》ノ恥《はづ》カシキニ。其門アケヨ」トテ開カセタリ。治部次郎・熊王丸、門ヲアケタレバ、打入《うちいる》人々、一陣ニ平判官胤義、二陣草田右馬允、三陣六郎左衛門、四陣刑部左衛門、五陣山城守広綱ヲ始《はじめ》トシテ、上下卅余騎コソ打入タレ。判官是《これ》ヲ見テ、紅扇ヲ持テ、弓手《ゆんで》ノ袂《たもと》ヲ打ハラヒ、大庭ニ歩下《あゆみおり》、平判官ノ馬ノ鼻弓長計《ゆんだけはかり》歩《あゆみ》寄《より》テ申《まうし》ケルハ、「アレハ平判官ノオハスルカ。光季、此程《このほど》都ニ候ヘドモ、十善ノ君ノ御為ニ過《すご》セル罪モナキ者ヲ、勅勘《ちよくかん》何事故候ヤラン」。平判官返事ニハ、「其事ニ候、判官殿。和殿ト胤義トハ若クヨリ一所ニテソダチタレバ、疎《おろそか》ニハ思ハネ共《ども》、時世《ときよ》ニ随フ事ナレバ、宣旨ニ召《めさ》レテ、和殿討手《うつて》ニ寄《よせ》タル也」。取合《とりあへ》ズ又、伊賀判官云《いは》レケルハ、「此事《このこと》、光季兼《かね》テ知タリ。和殿ト能登守殿ト二人シテ権大夫ヲ打取テ、日本国ヲ云合《いひあはせ》テ、心ノマヽニ知行セント思《おもひ》テ、権大夫打《うた》ンズル門出ニ、無勢ノ光季ヲ先打《まづうち》ニオハシタリト思フ也。弓矢取身《とるみ》ハ、今日ハ人ノ上、明日ハ身ノ上ナル者ヲ。鎌倉ヘ聞《きこ》エヌル者ナラバ、八ケ国ノ大名・高家ハ、昔ヨリ弓矢ノ契忘《ちぎりわすれ》ヌ者ナレバ、権大夫《ぶ》ハ大勢揃《そろへ》テ打テ上《のぼ》リ、御方《みかた》ノ謀反《むほん》ノ衆責出《せめいだし》責出、頸切ラン時ハ、何シニ加様《かやう》ノ事思ヒ企《くはだて》ケント思食《おぼしめさ》ンズルゾ、判官」トゾ云ハレケル」。

光季の最期を引用する。

「両方ニ死者多《おほし》。御方《みかた》三十五騎。判官モ痛手負《おひ》、今ハ限《かぎり》ト思《おもひ》テ、出居《でゐ》ノ内ヘゾ入ニケル。政所ノ太郎ヲ召寄《めしよせ》テ、「敵ニ火カケサスナ。此方《こなた》ヨリ火カケヨ」ト下知《げぢ》セラレケリ。寝殿《しんでん》ノ間ニ火懸《かけ》タリケレバ、上天《じやうてん》ノ雲トゾ焼上《やきあぐ》ル。判官ハ寿王喚《よび》ヨセ云ハレケルハ、「光季、今ハ限《かぎり》ト思フ也。自害セヨ」ト有ケレバ、火中ヘ飛入《とびいり》、三度マデコソ立帰レ。判官是《これ》ヲ見玉ヒ、「寿王ヨ。自害エセズハ、是《これ》ヘ立ヨレ。遺言《ゆいごん》セン」ト宣玉《のたま》ヒケレバ、寿王冠者立寄《くわんじやたちより》ケリ、判官膝ニ引懸《ひきがけ》、云ハレケルハ、「去年霜月ニ、新院（順徳院）八幡御幸《ごかう》成シ時、大渡《おほわたり》ノ橋爪固《はしつめかた》メテ、御所ノ見参《げんざん》ニ入《いり》、「カシコキ冠者《くわんじや》ノ眼《まな》ザシ哉《かな》」ト叡感《えいかん》ヲ蒙《かう》ブリタリシカバ、光季モ嬉《うれ》シク覚《おぼえ》テ、来《こ》ンズル秋除目《あきのぢもく》ニハ、官所望《つかさしよまう》セント思ヒツルニ、今ハ限《かぎり》ノ命コソ心細《こころぼそ》ケレ」。寿王冠者申《まうし》ケルハ、「自害ヲエ仕《つかまつり》候ハヌニ、父ノ御手《おんて》ニカケサセ玉ヘ」ト申ケレバ、判官宣玉《のたま》ヒケルハ、「命ヲ惜《をし》ミ、「鎌倉ヘ落行《おちゆか》ン」トゾ云ハント思《おもひ》ツルニ」トテ、横サマニ懐《いだ》キ、刀《かたな》ヲ抜出シ、既ニサヽントシケルガ、流ル、涙ニ目クレ、刀ノ立所《たてど》、更ニ見エザリケリ。乍レ去《さりながら》、三刀指《みかたなさし》テ、燃《もゆ》ル炎ノ中ニ投入テ、念仏ヲ申《まうし》、「南無帰命《なむきみやう》頂礼《ちやうらい》、八幡大菩薩《はちまんだいぼさつ》・賀茂《かも》・春日、哀《あはれ》ミ納受《なふじゆ》ヲ垂《たれ》給へ、光季、都ニ留《とどまり》テ、十善ノ君ノ御為ニスゴセル罪モナキ者ヲ、宣旨ヲ蒙《かうぶり》テ、命ハ君ニ召《めさ》レヌ。名ヲバ後代《こうたい》ニ留置《とどめおか》ン」ト宣玉《のたま》ヒテ、又鎌倉ノ方ヲ三度伏拝《ふしをが》ミ、「無《なか》ラン後ノ敵、打玉へ、大夫殿《だいぶ》」トテ、政所《まんどころ》ノ太郎手ヲ取チガヘテ、寿王ノ上ニマロビ懸《かか》リ、炎ノ底ニ入ニケリ。

去程《さるほど》ニ、能登守ハ御所ニ参《まゐり》、軍《いくさ》ノ次第申上《まうしあげ》ケレバ、十善《じふぜん》ノ君モ御尋《たづね》有ケリ。秀康奏申ケレバ、「軍《いくさ》ノ為体《ていたらく》、詞《ことば》モ不レ及《およばず》キブク（激しく）コソ候ツレ。一千余騎ノ打手《うつて》ノ御使ト光季ガ卅一騎ノ勢ト、未《ひつじ》ノ始ヨリ申《さる》ノ終ニ及ブマデニ（ほぼ午後一時から午後五時まで）戦《たたかひ》候ツルニ、御方《みかた》三十五騎被レ討《うたれ》候ヌ。手負《ておひ》ハ数モシラズ。アナタ（相手）ニハ恥アル郎等《らうどう》少〻被レ討《うたれ》、或《あるいは》光季父子自害ニテ候」ト奏シケレバ、十善ノ君ノ宣旨ノ成様《なるやう》ハ、「然《しかり》ト云ヘドモ、哀《あはれ》、光季ヲバ御方《みかた》ニシテ、イケテ置《おき》（生かしておき）、大将軍ヲサセバヤ」トゾ仰出《おほせいで》サレケル」。

*

承久の乱はここで新しい局面に入った。

「去程《さるほど》ニ、右大将公経（西園寺公経）・子息中納言実氏召籠《さねうぢめしこめ》（監禁）ラセサセ給フ。其謂《そのいはれ》ハ、関東ニ心カハス（内通する）御疑トゾ承《うけたまは》ル。朝《あした》ニ恩ヲ蒙《かうぶり》、夕《ゆふべ》ニ死ヲ給《たまひ》ケン唐人《たうじん》ノ様也。

サテ、伊賀判官下人《げにん》、十五日戌刻《いぬのこく》ニ、鎌倉ヘトテ下《くだり》ニケリ。平判官モ宿所ニ帰リ、以前ノ詞

（以前秀康に語った言葉）、少《すこし》モ違ハズ、文委《くはし》ク書《かき》テ、同《おなじき》戌剋、兄ノ駿河守（三浦義村）ノ許《もと》ヘゾ下シケル。又十善《じふぜん》ノ君ノ宣旨ノ成様《なるやう》ハ、「秀康、是ヲ承《うけたまは》レ。武田・小笠原・小山左衛門・宇津宮入道・中間五郎・武蔵前司義氏、相模守時房・駿河守義村、此等両三人ガ許ヘハ賺遣《スカシやる》（説得する）ベシ」トゾ仰下《おほせくだ》サル。秀康宣旨ヲ蒙《かうぶり》テ、按察中納言光親卿ゾ書下サレケル」。

三浦胤義があらかじめ兄義村に通知も相談もせず、伊賀光季邸を襲撃、激戦の末、光季父子を自害させた後の戌刻《いぬのこく》、つまりは夜になって義村に委細を知らせるというのも愚かだし、義時の弟、相模守時房に義時に対し反乱をおこせという院宣を下すのも愚かとしか言いようがない。以下が院宣の読み下し文である。

「院宣《ゐんぜん》を被《かうぶ》るに称《い》へらく、故右大臣薨去の後、家人等偏《ひとへ》に聖断を仰《あふ》ぐべきの由、申せしむ。仍つて義時朝臣、奉行の仁たるべきかの由、思《おぼ》し食《め》すのところに、三代将軍の遺跡を管領するに人なしと称《しよう》して、種々申す旨あるの間《あひだ》、勲功の職を優《いう》ぜらるるによりて、摂政の子息に迭《か》へられ畢《をは》んぬ。然而《しかれども》、幼齢にして未識の間、彼《か》の朝臣、性を野心に稟《う》け、権を朝威に借《か》れり。これを論ずるに、政道、豈《あ》に然るべけんや。仍つて自今以後、義時朝臣の奉行を停止し、併《しかしながら》叡襟に決すべし。もし、この御定に拘《かかは》らずして、猶《な》ほ反逆の企ある者は、早くその命を殞《おと》すべく、殊功の輩においては、褒美を加へらるべきなり。宣《よろ》しくこの旨を存ぜしむべしてへれば、院宣かくのごとし。これを悉《ことごと》くせよ。以て状す。

承久三年五月十五日　按察使光親　承《うけたまは》る」

関幸彦『承久の乱と後鳥羽院』（吉川弘文館刊）には、諸国の守護・地頭に発せられた院宣の内容は「おおよそ以下のようであった」として『鎌倉遺文』の「官宣旨案」を引用している。「近年は関東の成敗と称し、天下の政務を乱している。将軍の名を仮りてはいるが、まだ幼少で義時が将軍の命令と称しほしいままに諸国を裁断している。加えて、自分の力を誇示し、朝廷の威をおろそかにしている。まさしく謀反というべきだ。早く諸国に命じ、守護・地頭が院庁に参じるべきである。国司や荘園領主はこの令達に従うように」。

関幸彦は「ここで注目されるのは、後鳥羽側のねらいはあくまで、義時追討にあった点だ。幕府を倒すことではなく、義時の専横を是正することだった」と記し、「ともすれば幕府の否定と読み換え勝ちなのだが、戦略上での院の意向は、義時排除あるいは北条氏討滅にあった」という。

私はこうした解釈は誤りと考える。関幸彦が引用している「官宣旨案」でも「守護・地頭が院庁に参じるべきである」と述べられているとおり、守護・地頭職の任免権を幕府から奪って院庁に移すことを命じている。また院宣でも「義時朝臣の奉行を停止し、叡慮に決すべし」というのであって、義時に代る然るべき武士が鎌倉幕府の治政を行うべきだ、などとは言っていない。

標的を義時に絞っているのは、下世話なかんぐりでいえば、白拍子亀菊、後の伊賀局のために要求した摂津国長江庄の地頭の罷免を義時が再三拒否したためともいえるが、真実は義時の専横に不満をもって、武田信光、小笠原長清、小山朝政、宇都宮頼綱、足利義氏、三浦義村らが院宣に共鳴して蜂起することを狙ったものにちがいない。

目崎徳衛『史伝後鳥羽院』は、「古来の史筆はそろって敗因を院の「軽兆」に帰し、結果論としてはそれに相違はないものの、あれほどの悲劇的な結末は計画を正面から批判していた慈円を含めて公家社会の誰もが思い設けなかった事態で、なぜそうした破局が起ったかをもう一段立ち入って考える事こそ肝要だ」とし、「院の致命的な蹉跌は三点あった」という。

「第一の蹉跌は、義時の宿敵三浦義村の向背を見誤ったことであろう」と目崎は言い、「北条氏の膝元で大豪族三浦氏の裏切りが起れば勝敗の帰趨はそれだけで決する、院はそう判断していた。しかし、二年前実朝暗殺の際に宿敵義時を討ち洩らした三浦義村は、このたびは持ち前の用心深さに徹していた。彼は院宣を携えて馳せ下った院の使押松なる者を捕え、院宣をただちに北条氏に差出して身の証とした。「三浦の犬は友をも食《くら》うぞ」と酷評された義村得意の、どたん場での裏切りである。鎌倉の内部分裂を必至と予測した院の、これが第一の蹉跌であった」と記している。

いったい、三浦義村に「裏切り」があったのか。目崎の著述はまことに杜撰である。承久の乱にさいして、弟、「胤義は兄義村の内応を請け合った」と目崎はいうが、胤義が義村に後鳥羽院の義時討伐計画を通知したのは伊賀光季誅殺後の五月十五日であって、義村が後鳥羽院に同心するというような事実はまったく存在しなかったのだから、裏切りと非難することはいわれがない。

そもそも、「三浦の犬は友をも食《くら》うぞ」と批判されたのは和田義盛との間に約束があったのに、和田合戦にさいして、義盛を見殺しにしたからであって、そういう慎重な、目崎の言葉によれば

「持ち前の用心深さ」をもつ三浦義村がたやすく義時誅殺に同意するなどと考えるとすれば、短慮も甚だしい。胤義が能登守秀康に「兄駿河守義村ガ許ヘ文ヲダニ一下《ひとつくだし》ツル物ナラバ、義時打取ランニ易《やす》候」とうけあったときに、すぐに義村と連絡、同意をとりつけていたのならともかく、義村から事前にいかなる意向も聞いていないのに、義村を責めるのは筋違いである。

目崎徳衛は続けて次のとおり記している。

「第二の蹉跌は、世に有名な尼将軍政子の御家人への涙の訴えによって起った。俗に政子の「大演説」などと言われるが、スピーチの訳語が出現する近代までは、多数の聴衆を説得する雄弁術は法会の唱導以外にはなかった。政子のいわゆる演説は異例中の異例である。

尼ガ様ニ若キヨリ物思フハ候ハジ。一番ニハ姫御前《ひめごぜ》（大姫）ニ後《おく》レマイラセ、二番ニハ大将殿（頼朝）ニ後レタテマツリ、其ノ後又打チツヾキ左衛門督《さえもんのかみ》殿（頼家）ニ後レ申シ、又程無ク右大臣殿（実朝）ニ後レタテマツル。四度ノ思ハスデニ過ギタリ。今度、権太夫《ごんだいぶ》（義時）打タレナバ、五ノ思ニナリヌベシ。女人五障トハ、是ヲ申スベキヤラン。（中略）京方ニ付キテ鎌倉ヲ責メントモ、鎌倉方ニ付キテ京方ヲ責メントモ、有《あり》ノママニ仰セラレヨ、殿原《とのばら》。

慈光寺本にはこのように見える。かよわい女の身に降りかかった相次ぐ肉親の不幸を嘆き悲しむ涙のくどきによって、追討の標的を義時個人から御家人一同へと巧みに転換してしまった、その絶妙の話術は、澄憲・聖覚の唱導もそこのけである」。

『承久記』によれば政子の「大演説」は目崎の引用したようなものだが、『吾妻鏡』ではかなりに違う。

「相州、武州、前大官令禅門、前武州以下群集す、二品（政子）家人等ヲ簾下に招き、秋田城介景盛を以て示し含めて曰く、皆心を一にして承《うけたまは》る可し、是最後の詞なり、故右大将軍朝敵を征罰し、関東を草創してより以降、官位と云ひ、俸禄と云ひ、其恩既に山岳よりも高く、溟渤《めいぼつ》よりも深し、報謝の志浅からんや、而るに今逆臣の讒に依りて、非義の綸旨を下さる。名を惜しむの族は、早く秀康、胤義等を討取り、三代将軍の遺跡を全うす可し、但し院中に参らんと欲する者は、只今申切る可し者、群参の士悉く命に応じ、且は涙に溺れて返報を申すこと委しからず、只命を軽んじて恩に酬いんことを思ふ」。

『承久記』の記述によれば、政子の演説は感情的、感傷的、情緒的だが、『吾妻鏡』によれば、論理的であり、功利的である。私は『吾妻鏡』によるのが正しいと考える。ここで政子が説いたことは、頼朝が与えた「恩」であり、「恩」に報いるべきではないか、ということであった。この「恩」とは所領の安堵であり、安堵とは所領の確認であり、保証であった。幕府のもつ武力を背景として「安堵」できたのであって、一片の院宣や宣旨によってできるものではない。また、寵愛する女性のために地頭を免じられるような恣意的な治政によっては官位の安定も覚束ない。御家人は頼朝からうけた治政により身分、所領を保証されている。こうした治政のあり方が義時に承継されている。それでも「院中に参らんと欲する者は」院に赴くがよい、と政子は問いかけたのである。

いいかえれば、鎌倉に残るか、後鳥羽院にしたがうか、どちらがご家人にとってその所領、身分が保証されるか、を政子は問いかけ、ご家人たちは議論の余地なく、前者を選んだのである。目崎がいうような政子の感傷に共感したわけではない。政子は彼らの打算に訴えたのである。

目崎は「第三の蹉跌」を次のとおり説明している。

「第三の蹉跌は、大軍「十九万騎」の即時上洛作戦である。洛中での御家人の武闘は保元・平治以降何度かあったが、かならず要請によって宣旨が発給された。その手続きを欠けば「謀叛」であり、忌まわしい朝敵となるからだ。ところが、幕府の評定の場でこの手続き無視をあえて提起したのは政所別当大江広元入道覚阿《かくあ》、そしてなお逡巡する軍勢を強く促したのは病軀を押して出頭した三善康信入道善信《ぜんしん》と、『吾妻鏡』が伝えている。戦機を見るに長じた武士が京下官人の両宿老に尻を叩かれたというのは、果して事実であろうか。

それは、北条氏には積極的に謀叛を企てる意図がなかったと弁明するための、『吾妻鏡』の曲筆と疑うこともできようが、もし事実とすれば、覚阿・善信が「治天の君」の権威の表も裏も知りつくし、過剰なコンプレクスを持たなかったからであろう。こうした京下官人のしたたかさが、第三の蹉跌を呼び起したのである。大軍上洛の怒濤の勢いを見せつけられた押松の報告に貴族社会が生色を失なったさまは『承久記』に活写されたところで、木曾川ラインと宇治・勢田ラインの二度の激闘以前に、大乱の勝敗はすでに決していた。今も昔も大一番の勝敗は概して呆気ないものである」。

目崎の記述は、『吾妻鏡』の読解としても正しくない。政子の演説を想起するがよい。「今逆臣の讒に依りて、非義の綸旨を下さる」と政子は語った。院宣は正義に反する、というのが政子の立場であり、義時らの立場であった。「舞女亀菊の申状に依りて、摂津国長江、倉橋両庄の地頭職を停止す可きの旨、二箇度宣旨を下さるるの処、右京兆諾し申さず、是幕下将軍の時、勲功の賞に募り、定補せらるの輩は、指《さ》せる解怠無くして改め難き由之を申す」とあるとおり、後鳥羽院の院宣が正義に反する以上、院宣をうけられない、というのが終始変らぬ義時の立場であった。

意見が分かれたのは、「足柄、筥根の両方の道路を固関して、相待つ」べきか「早く軍兵を京都に発遣せらる」べきかであり、覚阿は後者を支持したので、「両議を以て二品に申すの処、二品云ふ、上洛せずば、更に官軍を敗り難からんか、安保刑部丞実光以下、武蔵国の勢を相待ち、速かに参洛す可し」という政子の決断によって、軍勢の上洛が決まったのである。『吾妻鏡』五月二十五日の条によれば「各東海東山北陸の三道に分ちて上洛す可きの由、之を定め下す、軍士惣て十九万騎なり」とある。目崎の説は決定的に間違っている。

ところで、目崎のあげる「蹉跌」よりも、もっと不可解なことは、いったい後鳥羽院はどのようにして義時を討伐するつもりだったのか。伊賀光季を自殺に追いこんだ以後、荏苒日を送り、院宣を送っただけである。義時の弟時房にも院宣を送っているほどだから、北条氏一族内部でも反乱がおきると期待していたのであろうか。院宣を諸々方々に送りつければ、各地で反北条の武士たちが蜂起して、鎌倉幕府を打倒すると期待していたのであろうか。じっさい、そうとしか思えないほど、後鳥羽院の行動は暗愚きわまる。好意的にみれば、後鳥羽院は反北条義時の勢力の一斉蜂起を信じていた、そうした大局観の誤りが蹉跌の真の原因だったといえるだろう。

*

鎌倉から京都に戻った押松から報告をうけた能登守秀康は「山道・海道・北陸道、三ノ道ヨリ、十九万騎ノ白冠者原《しらくわじやばら》ヲ上候《のぼせ》ナリ。西国ノ武士ニ召合《めしあはせ》ラレテ、軍《いくさ》ヲサセテ、御簾《みす》ノ隙《ひま》ヨリ御覧《ごらん》ゼヨ。猶《なほ》、軍ニアカセ玉ハヌモノナラバ、己《おのれ》ガ様《やう》ナル足早カラン脚力《きやくりき》ヲ下シタベ。義時モ十万騎ニテ馳上《はせのぼ》リ、手ノ際軍《きはいくさ》　仕《つかまつり》テ、見参《げんざん》ニ入ラント由セ」ということであった。

「十善《じふぜん》ノ君、宣旨ノ成様《なるやう》ハ、「ウタテカリトヨ（情けないなあ）、和人共《わひとども》（お前たちは）。サテモ麿《まろ》ヲバ、軍セヨトハ勧メケルカ（そのように気が弱いのに朕に合戦せよと勧めたのか）。今ハ此事《このこと》、如何ニ示ストモ叶フマジ（いまとなってはどう説得しても無駄だろう）。トクトク勢《せい》ヲ汰《そろ》ヘテ、手ヲ向《むけ》ヨ（討手を向けよ）」

と述懐した、と『承久記』は記している。

『承久記』は戦闘の模様を記述しているが、十九万騎の鎌倉勢を相手にした京方勢の敗北はあまりにみじめなので、その経緯にはいかなる感興もない。胤義の末路について記したい。

「翔《かける》・山田二郎重貞ハ、六月十四日ノ夜半計《ばかり》ニ、高陽院殿《かやのゐんどの》ヘ参《まゐり》テ、胤義申《まうし》ケルハ、「君ハ、早《はや》、軍《いくさ》ニ負《まけ》サセオハシマシヌ。門ヲ開カセマシマセ。御所ニ祗候《しこう》シテ、敵待請《まちうけ》、手際軍《てのきはいくさ》　仕《つかまつり》テ、親《まのあた》リ君ノ御見参《ごげんざん》ニ入テ（わが君のお目にかけて）、討死ヲ仕《つかまつ》ラン」トゾ奏シタル。院宣ニハ「男共御所ニ籠《こも》ラバ、鎌倉ノ武者共打囲《うちかこみ》テ、我ヲ攻《せめ》ン事ノ口惜《くちをし》ケレバ、只今ハトクトク何《いづ》クヘモ引《ひき》退《しりぞ》ケ」ト心弱《こころよわく》仰下《おほせくだ》サレケレバ、胤義是《これ》ヲ承《うけたまはり》テ、翔・重定等ニ向《むかひ》テ申ケルハ、「口惜《くちをしく》マシマシケル君ノ御心哉《かな》。カヽリケル君ニカタラハレマヰラセテ、謀反ヲ起シケル胤義コソ哀《あはれ》ナレ。何《いづく》ヘカ退《しりぞく》ベキ。コヽニテ自害仕《つかまつる》ベケレドモ、兄ノ駿河守ガ淀路《よどぢ》ヨリ打テ上ルナルニ、カケ向《むかひ》テ、人手ニカヽランヨリハ、最後ノ対面シテ、思フ事ヲ一詞《ひとことば》云ハン。義村ガ手ニカヽリ、命ヲステン」トテ、三人同《おなじく》打具シテ、大宮ヲ下《くだり》ニ、東寺《とうじ》マデ打《うち》、彼《かの》寺ニ引籠《ひきこもり》テ敵ヲ待《まつ》ニ、新田四郎ゾカケ出タル」。

　このときは胤義は討死しない。「木島ニテ十五日ノ辰《たつ》ノ時ニ、平判官父子自害シテコソ失《うせ》ニケレ。「アハレ、武士ナリツル人ヲ」ト、ヲシマヌ人モ無《なか》リケリ」という。胤義には義時に対しその非情な仕打ちのために後鳥羽院の誘いにのるだけの恨みがあったことはすでに記した。

　一方、『吾妻鏡』は「申刻、胤義父子西山木嶋に於て自殺す」とあり、そうであれば午後三時から五時の間であり、『承久記』にいう辰の刻であれば午前七時から九時の間ということになるのだが、そうした些末よりも同日の条に『吾妻鏡』には次の記述がある。

「辰刻、国宗院宣を捧げ、樋口河原に於て、武州に相逢ひて子細を述ぶ、武州院宣を拝す可しと称して、馬より下り訖んぬ、共《とも》の勇士五十余騎有り（中略）武蔵国の住人藤田三郎は、文博士の者なりと、之を召し出す、藤田院宣を読む、其趣、今度の合戦は、叡慮より起らず、謀臣等の申行ふ所なり、今に於ては、申請に任せて、宣下せらる可し、洛中に於ては、狼唳に及ぶ可からざるの由、東士に下知す可し者、其後又御随身頼武を以て、院に武士の参入を停められ畢んぬるの旨、重ねて仰下さると云々」。

この院宣に接した武州、義時の子息武蔵守泰時の心境は『吾妻鏡』には記されていないが、唖然とするのは私だけではあるまい。

承久の乱は、これほどに愚昧で厚顔、しかも傲慢な帝王によりおこされたのであった。

*

一方、義時はどうか。ふたたび『承久記』を引用する。

「去程《さるほど》ニ、六月十五日巳時《みのとき》ニハ、武蔵守六波羅《ろくはら》ヘ著《つき》給フ。同十七日午時《うまのとき》ニ、式部丞（北条朝時）モ六波羅ヘ著《つき》給フ。其時《そのとき》、武蔵守ハ御文急《いそぎ》鎌倉ヘ参《まゐら》セラル。「東国ヨリ都ヘ向《むかひ》シ人々ノ、水ニ流ル、トモナク討《うた》ル、トモナク（渡河作戦で押しながされた者や討死した者を合わせて）一万三千六百廿人ハ死《しに》タリ。泰時ト同《おなじ》ク都ヘ著《つき》テ、勧賞《けんじやう》蒙《かうぶ》ラント申《まうす》人々、一千八百人也。所附《ところづけ》シテ（それぞれに所領をつけて）賜《たまは》ルベク候。又、院ニハ誰ヲカ成《なし》マキラスベキ。御位ニハ誰ヲカ附《つけ》マキラスベキ。十善《じふぜん》ノ君ヲバ何《いづ》クヘカ入奉《いれたてまつ》ルベキ。宮々ヲバ、イカナル所ヘカ移シマキラスベキ。公卿・殿上人ヲバ、イカヾハカラヒ申《まうす》ベキ。条々《でうでう》、能々計仰給《よくよくはからひおほせたまふ》ベシ」トゾ申サレタル。権太夫《ごんのだいぶ》（義時）ハ、此状ヲ御覧ジテ申サレケル。「是《これ》見給ヘ、和殿原。今ハ義時思フ事ナシ。義時ハ果報《くわほう》ハ、王ノ果報ニハ猶マサリマヰラセタリケレ。義時ガ昔報行《むかしのほうぎやう》（前世の行い）、今一足《いまひとつ》ラズシテ、下臈《げらふ》ノ報ト生レタリケル」トゾ申サレケル」。

一万三千余人の死者とは圧倒的多数の軍勢で攻めた鎌倉勢として驚くほど多い。義時はそうした死者など気にかけない。有頂天になっている。天皇を退位させ、三上皇を流罪に処することにもいささかの疚しさも感じていない。人格低劣なのである。

＊

承久の乱の敗者たちの行方を追うことにする。『承久記』によれば、

「同十日ハ、武蔵太郎時氏（北条時氏、泰時の嫡男）鳥羽殿ヘコソ参リ給ヘ。物具《もののぐ》シナガラ（武装したまま）南殿《なんでん》ヘ参給《まゐりたま》ヒ、弓ノウラハズ（弓の上部の弭《はず》）ニテ御前御簾ヲカキ揚《あげ》テ、「君ハ流罪セサセオハシマス。トクトク出《いで》テオハシマセ」ト責申声気色《せめまうすこゑきそく》、琰魔《エンマ》の使ニコトナラズ。院トモカクモ御返事ナカリケリ」とあり、やがて「七月十三日ニハ、院ヲバ伊藤左衛門請取マヰラセテ、四方ノ逆輿《さかごし》（進行方向と逆にかく輿、罪人を送るときの作法）ニノセマヰラセ、伊王左衛門入道御供ニテ、鳥羽院ヲコソ出サセ給ヘ」ということとなり「十四日許《ばかり》ニゾ出雲国ノ大浜浦《おほはまのうら》ニ著セ給フ」などとあり、

　都ヨリ吹《ふき》クル風モナキモノヲ沖ウツ波ゾ常ニ問《とひ》ケル

の御製があり、隠岐に到着する。愚痴というべきだろう。

土御門院は事実上承久の乱に加担したわけではないが、自ら望んで、土佐国に流罪となる。

「十月十日、中院《ちうゐん》ヲバ土佐国畑《はた》ト云《いふ》所ヘ流《ながし》マヰラス」と『承久記』は記している。

「新院ヲバ、佐渡国ヘ流シ参ラス」

という。止むをえぬ仕儀ではあったが、義時の冷酷無残がここまでの処分となったのであろう。

それにしても、私が心をいためるのは、公卿たちに対する処分である。

「公卿・殿上人ヲバ、坂東ヘ下シ参ラス。按察《あぜち》中納言光親卿ヲバ、武田　承《うけたまはつ》テ下シ奉ル。中御門《なかのみかど》中納言宗行卿ヲバ、小笠原　承《うけたまはつ》テ下シ参ラス。坊門《ぼうもんの》大納言忠信卿ヲバ、城入道　承《うけたまはつ》テ下シ奉ル。佐々木野兵衛督有雅ヲバ、伊東左衛門承テ下シ奉ル。甲斐宰相中将範茂ヲバ、式部丞朝時承テ下シ奉ル。一条少将能継《よしつぐ》朝臣ヲバ、久下《くげ》三郎承テ、丹波芦田《あしだ》ヘ流シ奉ル。其後、人ノ讒言《ざんげん》ニテ程ナク頸切ラレ給《たまひ》ヌ。

中御門中納言宗行卿ハ、遠江国菊川《きくかは》ノ宿《しゆく》ニテ切ラレ給ヒヌ。御手水《てうず》メシケル人家ニ立入《たちいり》、カクゾ書附《かきつけ》給ヒケル。

昔南陽県菊水《の》　汲㆓下流㆒延㆑齢《よはひをのぶ》　今東海道菊川《の》　傍㆓西岸㆒終㆑命《いのちををふ》

按察卿ヲバ、駿河国浮島原《うきしまがはら》ニテ切奉《きりたてまつ》ル。御経アソバシテ、又カクナン、

今日過《すぐ》ル身ヲウキ島ガ原ニ来テ露ノ命ゾコ、ニ消《きえ》ヌル

甲斐宰相中将ヲバ、早キ河ニテフシ付《づけ》（水中に沈めて殺す）ニシ奉ル。中将、式部丞ヲ召テ仰《おほせ》ラレケルハ、「剣刀《つるぎやいば》ノ先ニカ、リテ死スル者ハ、修羅道《しゆらだう》ニ落《おつ》ルナレバ、範茂ヲバフシ漬《ツケ》ニセヨ」ト仰《おほせ》ラレケレバ、大籠《おほかご》ヲ組《くみ》テ、ツケ参ラセケルニ、御台所《みだいどころ》ヘ御文書オキ給フトテ、

遥《はるか》ナル千尋《ちひろ》ノ底ヘ入時《いるとき》ハアカデ別《わかれ》シツマゾコヒシキ

兵衛督モ、同《おなじく》切ラレ給《たまひ》ヌ」。

彼ら後鳥羽院の側近たちを死罪に処するほどの責任があったか。後鳥羽院の無謀な野心をとどめられなかったからといって、死罪に処せられた彼らが私には憐れでならない。

しかも、彼らをことさら京都で斬ることなく、地方へ連れだして殺したのは、目立たないようにするためであった。こうした非情さも、私は義時の狡猾さのあらわれとしか思われない。

*

ところで、丸谷才一は『後鳥羽院』に次のとおりの説を記している。

「しかし承久の乱といふ事件はいかにも謎めいてゐる。『承久記』を読んでも『吾妻鏡』その他に当つてもすこぶる要領を得ないのである。北条氏が証拠を湮滅《いんめつ》したのではないかと保田は疑つてゐるが、その種の作業はもちろんしきりにおこなはれたものに相違ない。だが、たとへかずかずの記録がそつくり残つてゐても、この事件の本質についてはさほど多くを教へてくれないだらう。この反乱の最も重要な部分は後鳥羽院といふ一人の天才の妄想に属してゐるからである。彼

はそれを長い歳月にわたつて心に育て、その結果、久しい以前から隠岐に流されることを夢み、さらにはその事態に憧れてゐたやうにさへ思はれる。わたしに言はせれば、そのやうな夢と憧れを後鳥羽院がみづから打明けてゐるのである。

『夫木和歌抄』巻第十九に、

あはれなり世をうみ渡る浦人のほのかにともすおきのかがり火

といふ後鳥羽院の一首がある。第一句「あはれなり」のあ、第二句から第三句へかけての「うみ渡る浦人」のう、そして第五句「おき」のおと、三つの母音をこの上なく効果的に据ゑた秀歌だけれども、『後鳥羽院御集』にも『後鳥羽院御百首』にも見えないし『新古今集』にも収められてゐない」。

小説家の豊かな想像力には感嘆するけれども、後鳥羽院に流罪願望、ことに隠岐への流罪願望があったと解するのはあまりに根拠に乏しいのではないか。

「あはれなり」の作も、私には丸谷がいうほどの秀歌と評価することは妥当とは思われない。後鳥羽院に若干の秀歌があることは否定しないが、彼以上に多くの秀歌を遺した当時の歌人は数多い、と私は考える。

丸谷は「妄想」というけれども、後鳥羽院が野望を燃やしたのが地頭職の任免権を幕府からとりあげること、ないし停止し、天皇の権力を確立することにあったことは疑いない。しかし、自尊心、据傲、野心はあっても、後鳥羽院はどのように戦うべきかを知らなかったし、誰に教えを乞うこともしなかったし、軍勢を指揮すべき大将軍を任命することもしなかった。あまりに暗愚な帝王であった。その暗愚を丸谷は妄執といいかえているにすぎない。

丸谷才一の『後鳥羽院』（第二版）には「ただし後鳥羽院が一対十二の比率で承久の乱の成敗を賭けてゐたとしても、その僅かな割合だけの見込みはたしかにあつたことを認めなければなるまい」とある。しかし、十二分の一しか勝つ見込みがない戦争にまきこまれて、戦死した武士たちは惨めだし、戦後、斬られた武士たちも、また、わざわざ京都から遠い僻地で斬られた側近の公卿たちも、暗愚な帝王の身近にいたために、気の毒な死を遂げるに至ったのであった。

後鳥羽院は情というものを解しなかったのではないか。たとえば『遠島百首』にも、彼の野望のために命を失った側近たちの死を悼み、あるいは冥福を祈る、といった作はない。ひたすら自己の孤独、寂寥、愚痴をうたっているにすぎない。

おそらく彼は自己を過信していた。「後鳥羽院御口伝」にしても、かなりの水準に達しているとはいえ、定家に対する誹謗に多くの筆を費している。次のような一節が定家批判の核心をなす。

「惣じて彼卿が歌のすがた、殊勝のものなれども、人のまねぶべき風情にはあらず。心有様なるをば庶幾せず。たゞ、ことばすがたのえんにやさしきを本体とせる間、其骨すぐれざらむ初心のものまねばゞ、正体なき事になりぬべし。定家は生得の上手にてこそ、心なにとなけれども、うつくしくはいひつゞけつけたれば殊勝のものにこそはあれ。

秋とだにふきあへぬ風に色かはるいくたのもりの露のした草

まことに、秋とだにうちはじめたるより、ふきあへぬ風に色かはるといへる詞つゞき、露の下草とをける下の句、上句あひかねて優なる歌の本体とみゆ。かの障子の生田の森の歌にはまことにまさりてみゆらむ。しかはあれども、如此の失錯自体、いまもいまもあるべき事なり。さればとて、ながきとがになるべきにはあらず。この歌をよくよくみるべし。詞のやさしくえんなる外は、心もおもかげもいたくはなきなり」。

この「秋とだに」の作については後鳥羽院の意見に私も同感する。しかし、定家の作に心がない、という評には賛成できない。名高い作

駒とめて袖うちはらふ蔭もなしさののわたりの雪のゆふぐれ

をあげてもよい。安東次男『藤原定家』における、この作の鑑賞の一節を示してもよい。

「「さののわたり」の旅人は、二人の男の愛に揺れる浮舟を雪中の宇治に尋ねる匂宮であり、同時にまた、仏弟子の本意を遂げた浮舟を諦めきれぬ薫の姿だろう」。

安東の解釈の当否は別として、定家の作が技法の極致を尽していることは事実だが、決して、情意に欠けているわけではない。定家は

道のべの野原のやなぎ下萌えぬあはれ嘆きのけぶりくらべや

の作により、後鳥羽院の勘気を蒙ったが、それも、この作の暗示している心情の一徹さが後鳥羽院の意を傷つけたのであった。

だが、和歌の批評なら、若干の間違いがあってもどうということはない。権力闘争の場にのりだすには、後鳥羽院はあまりに無知であり、暗愚であり、あいにくに相手になった北条義時は、史上稀にみる非情で狡智にたけ、卑劣であり、策謀にすぐれた人物であった。

京極夏彦『遠野物語remix』について

奥付によれば『遠野物語remix』とあり、著者として「京極夏彦　柳田國男」と表示されている著書（以下『本書』という）を読み、柳田國男の古典的名著『遠野物語』（以下『原典』という）を『本書』のように改変されることについて、柳田國男の遺族ないし柳田國男の学統を継ぐ人々はどう考えているのか、不審にたえなかった。一九六二（昭和三十七）年八月、死去した柳田國男の著作権の保護期間は死後五十年を経過しているけれども、死後においても、著作者人格権は著作権法第一一六条第一項により、次のとおり保護されている。

「著作者又は実演家の死後においては、その遺族（死亡した著作者又は実演家の配偶者、子、父母、孫、祖父母又は兄弟姉妹をいう。以下この条において同じ。）は、当該著作者又は実演家について第六十条又は第百一条の三の規定に違反する行為をする者又はするおそれがある者に対し第百十二条の請求を、故意又は過失により著作者人格権又は実演家人格権を侵害する行為又は第六十条若しくは第百一条の三の規定に違反する行為をした者に対し前条の請求をすることができる」。

著作者人格権とは著作権法第一八条に定める公表権、第一九条に定める氏名表示権、第二〇条に定める同一性保持権の三つの権利をいい、本稿で問題となるのは同一性保持権であり、第二〇条第一項は次のとおり規定している。

「著作者は、その著作物及びその題号の同一性を保持する権利を有し、その意に反してこれらの変更、切除その他の改変を受けないものとする」。

通常、著作者の同一性保持権とは、著作者がその意に反して著作物を改変されない権利をいう。第六〇条は「著作物を公衆に提供し、又は提示する者は、その著作物の著作者が存しなくなった後においても、著作者が存しているとしたならばその著作者人格権の侵害となるべき行為をしてはならない。ただし、その行為の性質及び程度、社会的事情の変動その他によりその行為が当該著作者の意を害しないと認められる場合は、この限りでない」。

すなわち、著作者人格権は、著作者の死後であっても、侵害してはならない、と定められている。第一〇一条の三は実演家についての規定であるから、省略する。

また、第一一三条六項は「著作者の名誉又は声望を害する方法によりその著作物を利用する行為は、その著作者人格権を侵害する行為とみなす」と規定しており、第一一六条第一項の末尾に「前条の請求をすることができる」とある前条、第一一五条の規定は次のとおりである。

「著作者又は実演家は、故意又は過失によりその著作者人格権又は実演家人格権を侵害した者に対し、損害の賠償に代えて、又は損害の賠償とともに、著作者又は実演家であることを確保し、又は訂正その他著作者若しくは実演家の名誉若しくは声望を回復するために適当な措置を請求することができる」。

そこで、著作権法第一一六条を簡明に説明すると、著作者の死後においては、著作者の配偶者、子、孫などは、著作物を著作者の意に反して改変した者または改変するおそれのある者に対し、損害賠償、名誉声望の回復措置を求める法律上の権利がある、ということであり、これは財産権としての著作権の保護期間とは関係なく、前記の条項により保護される権利である。

*

このような私自身の法律上の常識にしたがって、『本書』を読むと、当惑すること甚だしい。『遠野物語 remix　Opening』という扉に続いて、「remix　序」という頁があり、次のとおり著者京極夏彦の名により記されている。

「この物語はすべて成城の人柳田國男先生の著された書物遠野物語に記されて居るものなり。明治四十三年に記されてより、百年を通してをりをりに讀み繼がれし名著なり。柳田先生は文學者にはあらざれども名文家として識られる碩學の人なり。自分もまたその端正なる美文に因り喚起せらるる感動を損なはぬやう、一字一句をも加減せず、時に補い時に意訳し、順序を違へて、拙き筆なれど感じたるままを傳へらるるやう努め書きたり。思ふにこの遠野郷に傳はる物語は百年を経て色褪せることなし。今の世に在りてこそ、より多くの者に讀まれん事を切望す。願はくはこれを語りて平地人を戰慄せしめよ」。

右の文章には随所に違和感を覚えるが、たとえば『原典』を「美文」と評していることである。「美文」とは『角川必携国語辞典』によれば「美しい語句やたくみな言いまわしを多く使った調子のよい文章」という。『原典』は簡潔、明晰、余計な形容詞等をすべてそぎ落とした文章であり、そういう意味で「名文」だが、「美文」ではない。

じつは「美文」その他若干の語句はそう拘泥することではない。「一字一句をも加減せず」とは一字一句も加えたり、削ったりすることなく、の意としかうけとれない。しかし、これに続けて「時に補い時に意訳し」というのは「一字一句をも加減せず」とは矛盾する。一字一句をも加減せず、時に補い時に意訳するということはありえない。私が当惑するのは、このような文章である。

たとえば、『本書』のオビに次の文章が用いられている。

「その岩の上に美しい女が一人、／座っているのだった。／女は横座りになり、黒々とした、／艶のある、長い長い髪を梳《くしけず》っていた。／顔の色は極めて白い。／それも、白粉《おしろい》を塗ったような／白さではない。／肌そのものが抜けるように／白いのだった。／人ではない」（／線は行替え、筆者が加えた）。

右は『本書』の三十九頁ないし四十二頁にわたる『原典』の第三話の一部である。『本書』と

『原典』との間にどれほどの違いがあるかを示すために、『本書』の第三話をまず全文引用する。

「やはり、遠野を囲む山々には、山人が棲んでいるのだ。

栃内村の和野《わの》に、佐々木嘉兵衛《ささきかへえ》という七十を超した老爺《ろうや》が住んでいる。

この嘉兵衛翁が、若い時分のことである。若き日の嘉兵衛は、鉄砲撃ちの名人として知られていた。猟師だったのである。

その日。

猟のため山に入った若き嘉兵衛は、獲物を求め山へと分け入った。

夢中になって登り、はっと気が付いた時にはかなりの山奥に達していた。人跡未踏とまでは言わぬが、人の行き来する場所ではない。いや、山に慣れている猟師であっても、普段なら踏み込まぬ領域にまで来てしまっていた。

その、更に先。

枝葉の間、遥か向こうに、大きな岩が見えた。嘉兵衛はぎょっとした。

その岩の上に美しい女が一人、座っているのだった。

女は横座りになり、黒々とした、艶のある、長い長い髪を梳《くしけず》っていた。

顔の色は極めて白い。それも、白粉《おしろい》を塗ったような白さではない。肌そのものが抜けるように白いのだった。

人ではない。

人のいる場所ではないからだ。いや、人がいるべき場所ではないだろう。行こうとしても常人に行けるような処ではない。行く意味もない。況《まし》て女には無理だ。

だから。人ではない。

若き嘉兵衛は不敵な男でもあったから、怖いとは思わなかった。反対に、その魔性のものに真っ直ぐに銃を向け、弾を撃ち放ったのである。

山間《やまあい》に轟音が谺《こだま》し、音が止む前に女は倒れた。

命中したのだ。嘉兵衛は木々の間を駆け、岩を攀《よ》じ登った。

倒れていた女は、大きかった。身の丈は嘉兵衛よりも高い。

そして解《ほど》かれた黒髪は更に長かった。身長よりも長く髪の毛を伸ばす者など村里にはいない。顔立ちは美しいけれど、異形ではある。

死んでいる。しかし、嘉兵衛にはどうしようもなかった。死骸を持ち帰る訳にもいかず、嘉兵衛は山の魔性を討ち取った証しにと、その長い髪の毛を些《いささ》かばかり切り取り、綰《わが》ねて懐にしまった。その日の猟はそれで止めて、嘉兵衛は家路を辿った。

ただ、どういう訳か嘉兵衛は、帰路の途中で突然睡魔に襲われた。

まだ山道も半ばあたりである。それでも堪え難《がた》く眠い。

眠くて眠くてしようがない。

嘉兵衛は仕方なく物陰に立ち寄り、仮眠をとることにした。足許が覚束なくなったりすると、山道は危ない。

嘉兵衛は微睡《まどろ》んだ。うとうとと、夢と現《うつつ》の境を行き来しているその時。

背の高い男が一人、何処からともなく現れた。

雲を突くばかりに大きな男に見えたのだそうである。その大男は嘉兵衛のすぐ傍《そば》まで近寄ると、身体を屈め、嘉兵衛の懐中に手を差し入れて、縮ねた黒髪をすっと抜き取った。あの、女の死骸から切り取った髪の毛である。

取り返しに来たか。

そう思った。男は髪の束を手にするとすぐに立ち去り、途端に嘉兵衛も目覚めた。

眠気もすっかり飛んでいた。

あれは――。

山男だろうと思った。

嘉兵衛翁は、今も健在である」。

『原典』の引用は角川文庫版『新版　遠野物語　付・遠野物語拾遺』によることとする。私はかねて『柳田國男集』（筑摩書房刊）第四巻所収の『遠野物語』に親しんできたが、『本書』が角川学芸出版（現在は合併されて株式会社KADOKAWAとなっている）から出版されているからである。

『原典』の第三話は次のとおりである。

「山々の奥には山人住めり。栃内《とちない》村和野《わの》の佐々木嘉兵衛といふ人は今も七十余にて生存せり。

この翁若かりし頃猟をして山奥に入りしに、はるかなる岩の上に美しき女一人ありて、長き黒髪を梳《くしけづ》りてゐたり。顔の色きはめて白し。不敵の男なれば直に銃《つつ》を差し向けて打ち放せしに弾に応じて倒れたり。そこに馳《か》け付けて見れば、身のたけ高き女にて、解きたる黒髪はまたそのたけよりも長かりき。後の験《しるし》にせばやと思ひてその髪をいささか切り取り、これを綰《わが》ねて懐に入れ、やがて家路に向かひしに、道の程にて耐へがたく睡眠を催しければ、しばらく物蔭に立ち寄りてまどろみたり。その間夢と現《うつつ》との境のやうなる時に、これも丈《たけ》の高き男一人近よりて懐中に手を差し入れ、かの綰ねたる黒髪を取り返し立ち去ると見ればたちまち睡りは覚めたり。山男なるべしといへり」。

両者は比較すれば誰の目にも明らかなとおり、『本書』の第三話は『原典』の翻案というべきものであり、著作者人格権にいう「改変」の限度を超えており、著作者人格権の同一性保持権の侵害にあたることは疑いない。そもそも『原典』の文語文を口語訳にすること自体が同一性保持権の侵害にあたる「改変」とみられるが、著作権法第六〇条ただし書にいう「社会的事情の変動」によるものとして、忠実な口語訳は許容されると解しても、『本書』は口語訳の範囲をはるかに出ている。

しかも、『原典』の説話が感情をまじえず、平静淡々と叙述されているのに比べ、『本書』の叙述は、「嘉兵衛はぎょっとした」「怖いとは思わなかった」「嘉兵衛にはどうしようもなかった」「眠くて眠くてしようがない」「眠気もすっかり飛んでいた」といった感情的表現が多い。何よりも、嘉兵衛に猟銃で撃たれて死んだ女性に描写の多くを費している。「はるかなる岩の上に美しき女一人ありて、長き黒髪を梳《くしけづ》りてゐたり。顔の色きはめて白し」としか『原典』には書かれていないのに、「女は横座りになり、黒々とした、艶のある、長い長い髪を梳《くしけず》っていた。／顔の色は極めて白い。それも、白粉《おしろい》を塗ったような白さではない。肌そのものが抜けるように白いのだった」というように女性の容姿を丹念に描いている。岩の上に横座りする、抜けるように白い肌の美女、といった神秘的なエロティシズムを感じさせる描写である。このような女性の容姿の強調は柳田國男の意に反すると思われる。しかも、以上の文章に「人ではない。／人のいる場所ではないからだ。いや、人がいるべき場所ではないだろう。行こうとしても常人に行けるような処ではない。行く意味もない。況《まし》て女には無理だ。／だから。人ではない」と続いている。この叙述は、冒頭の「やはり、遠野を囲む山々には、山人が棲んでいるのだ」という記述と矛盾することを著者はどう考えているのか。

余談だが、私は二十歳前から宮沢賢治の童話、詩に親しんできた。宮沢賢治が描いた童話中の山男は岩手県では通常どう語られているのか、という関心から『原典』にも佐々木喜善『聴耳草紙』にも六十年ほど前から親しんでいた。当時、私は賢治が山男をあまりに無垢の善人として描きすぎているのではないか、と感じた。しかし、この第三話を読むと、明らかに嘉兵衛に殺された女性の夫である山男は、復讐のため嘉兵衛を殺害しても当然と思われるのに、ただ女性の髪だけを嘉兵衛の懐中から抜きとって立ち去る。このような山男は宮沢賢治がその童話に描いた山男に近いし、柳田國男が「平地人」に対立する存在として夢想した「山神山人」であった。
この第三話だけをとっても、『本書』が『原典』の精神を伝えるものとはいえない。

＊

私は『本書』に接するまでremixという語を知らなかった。研究社刊の『新英和中辞典』に「（すでに発表された曲などを）ミキシングしなおす、リミックスする《アレンジや構成を変えながらトラックダウンしなおす》」とあり、『三省堂国語辞典　第七版』にも「リミックス」という項目があることに気付いた。「〔remix＝再びまぜる〕以前に録音した音楽の伴奏（バンソウ）部分だけをさしかえたりして、新しく編集すること」と定義されている。これによれば、伴奏部分だけを再編集する、と音楽用語のようだが、音楽に限らず既存のもののすべてを再編集することも、リミックスというのであろうか。『本書』にいう「remix」とは『原典』全体の書き直しのようにみえる。このさい、『本書』の著者は原著者柳田國男の著作に関する同一性保持権をまったく意に介していない。

まず、『原典』には序文がある。三節に分かれており、第一節は「この話はすべて遠野の人佐々木鏡石君より聞きたり」とはじまり、「鏡石君は話上手にはあらざれども誠実なる人なり。自分もまた一字一句をも加減せず感じたるままを書きたり」「国内の山村にして遠野よりさらに物深き所には、また無数の山神山人の伝説あるべし。願はくはこれを語りて平地人を戦慄《せんりつ》せしめよ。この書のごときは陳勝呉広《ちんしようごくわう》のみ」と終り、第二節は、「昨年八月の末自分は遠野郷に遊びたり」とはじまり、「以上は自分が遠野郷にて得たる印象なり」と終る、遠野紀行の概略であり、第三節は「思ふにこの類の書物は少なくも現代の流行にあらず」と書きおこし、しかも、「要するに、この書は現在の事実なり。単にこれのみをもつてするも立派なる存在理由ありと信ず」といいながらも、「今の事業多き時代に生まれながら、問題の大小をもわきまへず、その力を用ゐる所当を失へりと言ふ人あらば如何」などと自らに問いかけ、「この責任のみは自分が負はねばならぬなり」と結び、「おきなさび飛ばず鳴かざるをちかたの森のふくろふ笑ふらんかも」という自嘲的戯《ざ》れ歌《うた》で終っている。

つまり、佐々木鏡石の語るところを忠実に再現し、山神山人の伝説を語って平地人を戦慄させることを願い、自ら遠野という現地を視察、観察したものであり、この出版については誰がいかに言おうとも意義があるのだ、と記したものであって、この序文はこういう三節構成の一体の文章として書かれているものである。

ところが、『本書』はこの序文を「序（一）」（一一頁）、「序（三）」（一〇七頁―一一一頁）、「序（四）」（二〇七頁―二〇九頁）、「序（二）」（二三二頁）と「序」を四部に分散、掲載している。「序（二）」が「序」の（三）、（四）の後に掲載されているのも不可解だが、『原典』の「序文」は同書全体の序文であり、同書出版の経緯、意図を明確に記したものであって、みだりに分割し、掲載すべきものではない。このこと自体、原著者柳田國男を冒瀆し、著作の著作者人格権を侵害するものである。

しかも、この『本書』の現代語訳はきわめて間違いが多い。

「鏡石君は話上手にはあらざれども誠実なる人なり。自分もまた一字一句をも加減せず感じたるままを書きたり」。

『原典』の右の文章を『本書』は次のとおり現代語訳している。

「佐々木君は、話し上手でこそないのだけれど、誠実な人柄であったので、一話一話を実に丁寧に話してくれた。

その朴訥な語り口を再現するために、書き記す際も一字一句を吟味し、勝手な解釈を加えたり、無駄だからといって省略してしまったりしないように心掛けた。彼の話を聞いた時に私（柳田）自身が感じたそのままを、一人でも多くの人に伝えたかったからである」。

「一字一句をも加減せず」とは「一字一句を吟味」することとは違う。一字一句を加えるとは、解釈を加えることではない。言葉を加えることである。『原典』の序文の文章が『本書』の現代語訳とは違って、きりっとひきしまった簡潔な名文であることは『本書』の読者には想像できまい。

「序（二）」についても本書と『原典』の対応箇所を比較する。

『原典』は「序文」第一節の前記引用に続いて、次のとおり記している。

「思ふに遠野郷にはこの類の物語なほ数百件あるならん。われわれはより多くを聞かんことを切望す。国内の山村にして遠野よりさらに物深き所には、また無数の山神山人の伝説あるべし。願はくはこれを語りて平地人を戦慄せしめよ。この書のごときは陳勝《ちんしょう》呉広《ごくわう》のみ」。

右を『本書』は次のとおり現代語訳している。

「恐らく遠野郷には、こうした物語がまだ数多くある筈である。

本気で集めれば数百にも及ぶのではないだろうか。

私は、いや、私達は、もっと多くの話を知りたいと強く願っている。

この国には、遠野よりも奥深い処にある山村もまだまだ沢山ある。山神や山人《やまびと》の伝説は無数にあるに違いない。私は、いや私達は、その伝説を残さなければならないと思う。この後、例えばそれらが書き記されることになったとするならば、この書などはほんの陳勝《ちんしょう》呉広《ごこう》——後に続く類書の先駆けに過ぎないということになるだろう。

願わくはこれを語りて

平地人を戦慄せしめよ」。

『原典』では「思ふに遠野郷にはこの類の物語なほ数百件あるならん」と記しており、「本気で集めれば」といった条件を付してもいないし、「及ぶのではないだろうか」といった疑問も記していない。

「われわれは」と『原典』にあるのを、ことさら「私は、いや、私達は」といいかえる必要もない。『本書』における「私は、いや私達は、その伝説を残さなければならないと思う。例えばそれらが書き記されることになったとするならば」は『原典』には存在しなかった表現を『本書』で補ったものである。『原典』では、要するに、「願はくは」「無数の山神山人の伝説」を語って「平地人を戦慄せしめよ」というのであって、「例えばそれらが書き記されることになったとするならば」などと記してはいない。

もっとも重大な問題は「この書のごときは陳勝呉広のみ」という『原典』の第一節の文末の句をその前に移動し、「戦慄せしめよ」で『本書』が「序（二）」を終えていることにある。大修館刊『現代漢和辞典〔机上版〕』の「陳勝呉広の乱」の項には、「前三九年、奏の暴政に苦しむ民衆を率いて、陳勝と呉広が起こした反乱。劉邦・項羽ら群雄挙兵の導火線となった。物事の先がけのたとえとしても用いる」と記されている。それ故、『本書』が「陳勝呉広――後に続く類書の先駆け」として「先駆け」と訳したことは必ずしも誤りとはいえない。しかし、『原典』の「序文」の第一節は、山神山人の伝説を語って平地人を戦慄せしめよ、といっているのだから、山神、山人の平地人に対する反乱、たとえば劉邦・項羽のような人々の反乱の先がけ、と解する余地がある。少なくとも平地人を戦慄させるものの先がけの意であることは確実だから、やはり「序文」の第一節は「この書のごときは陳勝呉広のみ」で終らなければならないし、現代語訳もこれに対応する文章で第一節を締めくくるべきである。

『本書』の「序（二）」は『原典』の「序文」第一節の後半の真意を伝えているとはいえないし、著作者人格権の一をなす「同一性保持権」を侵害すること甚だしいというべきである。

『本書』の「序（三）」は『原典』の「序文」の第二節に相当する部分である。全文を対比するのは煩瑣にたえないので、特に気がかりな箇所だけを以下に摘記する。

『原典』の「序文」の第二節は次の文章ではじまる。

「昨年八月の末自分は遠野郷に遊びたり」。

『本書』では左のとおり現代語訳されている。

「私（柳田）は遠野への想いが断ち切れず、昨年の八月、実際に遠野を旅してみた」。

どうして「遠野への想いが断ち切れず」と加える必要があるのか。「実際に」は不要ではないか。『原典』の著作権の保護期間は満了しているけれども、柳田國男の死後といえども、著作者人格権の一としての同一性保持権、みだりに改変されない権利が存続していることは前述のとおりである。こうした不要な語句を加え、『原典』の簡潔、明晰な文章を改変することは、もちろん同一性保持権の侵害であり、むしろ柳田國男の文章に対する冒瀆である。

もっといえば、「想いが断ち切れず」というのは可笑しい。鏡石こと佐々木喜善がはじめて柳田國男を訪ねたのが一九〇九（明治四十二）年の二月頃であったことは「序文」のはじめに書かれている。その年の八月に柳田國男は遠野に旅行したのである。だから、佐々木鏡石の話を聞いているうちに遠野に興味をもち、実地を探索してみたいと思い立ったのであって、遠野に遊ぶより前久しく遠野を訪ねたいと思い、その想いが断ちきれなかったわけではない。『本書』は『原典』の読みも浅いのである。

次に、「打って変わって、遠野の城下町は華やかで栄えている。煙霞《えんか》の街とでもいうのだろうか」という文章が『本書』にある。この文章に対応する『原典』の文章は「遠野の城下はすなはち煙花の街なり」という。『学研・新漢和大辞典』によれば、「煙花」とは「都市などのはなやかなにぎわい」がその第一の意味であり、「煙霞」は「①もやと、かすみ。②もやにかすむけしき。③もや川のあるすぐれたけしき」とある。集英社文庫版『遠野物語』にも「煙花の街　繁華な街」という語注が記されている。それ故、「遠野の城下町は華やかで栄えている」で足り、「煙霞の街とでもいうのだろうか」は余計である。「打って変わって」も余計だし、「すなはち」を『本書』は訳していないが、『岩波古語辞典（補訂版）』を参照すれば、「とりもなおさず」の意であることが判明するはずである。

『原典』には次の一節がある。

「日は傾きて風吹き酔ひて人呼ぶ者の声も淋しく女は笑ひ児は走れどもなほ旅愁を奈何《いかん》ともするあたはざりき」。

『本書』では右の箇所を次のとおり訳している。

「やがて、陽が傾いてきた。

風も吹き始めている。

そうなると、酔った男共が人を呼ぶ声も何処か淋しく聞こえ始める。女達の笑い声や、子供達の走り回る様も、すぐそこの嬌声であり、目の前の情景であるのに、何故か遠くのものごとのように思えて来る。旅情が掻き立てられる。

これこそを旅愁というのだろう。

それは如何《いかん》ともしがたいものだ」。

右の引用中、「すぐそこの嬌声であり、目の前の情景であるのに、何故か遠くのものごとのように思えて来る」は『本書』の著者の感傷であり、柳田國男とは何の関係もない。同一性保持権の侵害は間違いないのだが、『本書』の題名の一部をなす「remix」は『原典』に好きなように書き加えることを意味するのだろうか。こうした行為が許されると考えるのは、文学者として、また、法律家として過してきた私の常識では解しがたい。

『本書』において「序（四）」とされた『原典』の「序文」の第三節の冒頭を比較してみる。

『原典』は
「思ふにこの類の書物は少なくも現代の流行にあらず。いかに印刷が容易なればとて、こんな本を出版し自己の狭隘なる趣味をもちて世人に強ひんとするは、無作法の仕業なりといふ人あらん」

とはじまり、『本書』は右の文章を次のように訳している。

「思うにこの類いの書物は、現代に於て喜ばれるものではないのだろう。少なくとも流行するようなものでないことは間違いない。いくら印刷技術が発達し、書物を発行することが容易な時代になったからといって、こんな本を記して自分の狭隘《きょうあい》な趣味嗜好を披瀝《ひれき》し、のみならずそれを出版までして他人に押し付けるような真似をするのは、無礼不作法であると謂う人もあるかもしれない」。

『原典』の文章に比し、いかに冗漫であり、不要な語句が多く加えられていることは一目して明らかであろう。「現代に於て喜ばれるものではないのだろう」も「少なくとも」も不要である。文章としてみても、「本を記」すことは著者の趣味などを披瀝することではない。著述を出版してはじめて著者の趣味などを披瀝することとなる。『本書』の著者は、書き記すこととこれを出版することの違いを知らないかのようにみえる。法律論は措くとしても、柳田國男がこのような文章を書いた人と誤解されたのでは、柳田國男を尊敬してきた愛読者の一人として慨嘆にたえない。

第三節の終りに近く、『原典』には次の文章がある。

「近代の御伽《おとぎ》百物語の徒に至りてはその志やすでに陋《ろう》かつ決してその談の妄誕《まうたん》にあらざることを誓ひ得ず。ひそかにもつてこれと隣を比するを恥とせり」。

右を『本書』は次のとおり訳している。

「昨今は近代の御伽百物語《おとぎひやくものがたり》と称し、怪談噺に興じる輩《やから》がやたらと多いが、彼らの中には志《こころざし》の卑しい、陋劣《ろうれつ》な者が多い。そうした場で語られる怪談がでたらめ、妄誕《もうたん》でないという保証は一切ない。本書がそうしたものと近いもの——嘘で盛られた怪談と隣接する類いのものであると思われるのであれば、私（柳田）はそれを心密かに恥ずかしく思う」。

『原典』の「近代の御伽百物語の徒」の「徒」は「ともがら、なかま」の意であることは各種の漢和辞典が示している。だから、「近代の御伽百物語の徒に至りては」は「近代御伽百物語のたぐいに至っては」と訳すのが正しいと思われる。「陋かつ決してその談の妄誕にあらざることを誓ひ得ず」といっているのは「百物語」の如き書物ないし談話であり、これに興じる人ではない。これは『本書』の明らかな誤訳である。

「隣を比す」の解釈は難しい。「比隣」という言葉について、たとえば『角川新字源（改訂版）』に「①むらざと。②となり近所」という説明があり、各種の漢和辞典にも同様の語義が示されているので、『本書』でも「そうしたものと近い」と訳したのであろう。しかし「比」は同じく『角川新字源（改訂版）』によれば、㊀の語義が「①ならぶ。ならべる」などであり、㊁の語義が「①くらべる」などであり、㊀には「⑤なかまになる」という語義まで示されている。「比肩」は「肩をならべる」、「比屋」は「家をならべる」の意である。一方、同じ漢和辞典で「隣」をみると、第一の意義は「①となり」だが、「⑤つれ。同類」とあり、用例として、論語・里仁篇の「徳不レ孤、必有レ隣」をあげている。そこで、私は「同類として並ぶ」と訳すべきではないか、と考える。すなわち、「御伽百物語」の如きものの同類として並ぶことを恥ずかしく思った、という意であり、恥とした、本意でないことを恥じた、といった意味に近いのではないか。「隣を比するを恥とせり」の訳はともかくとして、この箇所の『本書』の訳は正確でない。

このように『原典』の「序文」を四部に分け、順序を入れかえて、『本書』に分割して掲載し、かつ、多くの誤訳をおかしていることは、文学的にも法律的にも許しがたい、と私は考える。

＊

『本書』の本文について、まず問題となるのは話の順序である。『原典』は第一話から第百十九話までの百十九の説話から成る。ただし、第百十九は「獅子踊りの歌」の歌詞だから、厳密には説話としては百十八話と獅子踊りの歌とから成るというべきかもしれない。『原典』の「再版覚え書き」に、柳田國男は「前版の『遠野物語』には番号が打ってある。私はその第一号から順に何冊かを、話者の佐々木君に送った記憶がある」と書いている。この記載からみて、『原典』百十八話は柳田國男が佐々木鏡石から聞き、書きとどめた順序と考えられる。それぞれの説話で取り扱っている事柄を『原典』は「題目」と題し「下の数字は話の番号なり」として

「地勢　一、五、六七、一一一

神の始　二、六九、七四

里の神　九八

カクラサマ　七二—七四

ゴンゲサマ　一一〇」

のように、以下、「家の神」「山の神」「神女」「天狗」「山男」「山女」「山の霊異」「仙人堂」「蝦夷の跡」「塚と森と」「姥神」「館の址」「昔の人」「家のさま」「家の盛衰」「前兆」「魂の行方」

「まぼろし」「雪女」「河童」「猿の経立《ふったち》」「猿」「狼《おいぬ》」「熊」「狐」「いろいろの鳥」「花」「小正月の行事」「雨風祭」「昔々」「歌謡」と分類して、第何話に語られているかを示し、読者の便に供している。

一方、『本書』の目次は

「遠野物語 remix　opening　005
遠野物語 remix　A part　009
B part　105
C part　205
遠野物語 remix　ending　233」

とあるだけで、『原典』にみられるような「題目」ないし、『原典』の順序とはまったく違う順序で説話を配列している。A、B、Cの三パートから成ることは前述のとおりだが、それぞれのパートがどういう考えで分類されたか、については説明はない。ただ、番号は『原典』の番号を踏襲しているので、『原典』と照合することはできる。『本書』における説話の順序を『原典』の番号で示すと次のとおりである。

一、二十四、二十五、六十五、六十六、六十七、六十八、五、九十二、三十、二十八、三十五、三十四、七十五、四、三、八、三十一、六、七、九、十、十一、九十六、十二、十三、四十三、九十五、七十七、七十八、七十九、八十、八十二、八十一、七十六、八十四、八十

五、五十、五十九、五十七、五十八、五十五、五十六、四十五、四十四、四十六、四十七、四十八、三十六、三十七、三十八、三十九、四十、四十二、四十一（以上Aパート）

九十八、二十六、百二、百三、百四、百五、十四、六十九、八十三、七十一、七十、十五、百十、百九、十六、七十二、七十三、七十四、百十一、百十二、百十四、百十三、四十九、十七、十八、二十、十九、二十一、百、六十、百一、九十四、九十三、八十九、六十一、三十二、九十一、百七、百八、二十九、九十、六十二、三十三、六十三、六十四、八十六、八十七、八十八、九十七、二十二、二十三、九十九、百六（以上Bパート）

百十五、百十六、百十七、五十三、五十一、五十二、百十八、二十七、五十四、二（以上Cパート）

百十九、獅子踊りの歌（ending）

いかに個別の説話がそれぞれ独立したものだとしても、『原典』の順序を入れかえることが、法律上許されるか。やはり『原典』は百十九話（獅子踊りの歌をふくむ）から成る、全体として一つの著作物なのだから、このように説話の順序を入れかえることは同一性保持権を害することになるのではないか。しかも『本書』のどこにもどうしてこのように順序を変更したか、何の説明もない。文学的にいえば、この順序の変更は、柳田國男に対する冒瀆なのではないか。先学の業績に対する敬意を欠いているのではないか。

＊

『本書』の本文についても、私は多くの不満をもっている。その若干だけを記す。第三話については すでに記したので、第一話について記す。『原典』の第一話は次のとおりである。

「遠野郷《とほのがう》は今の陸中上閉伊《かみへい》郡の西の半分、山々にて取り囲まれたる平地なり。新町村にては、遠野、土淵《つちぶち》、附馬牛《つくもうし》、松崎、青笹、上郷《かみがう》、小友《をとも》、綾織《あやおり》、鱒沢《ますざは》、宮守《みやもり》、達曾部《たつそべ》の一町十か村に分かつ。近代あるいは西閉伊郡とも称し、中古にはまた遠野保《とほのほ》とも呼べり。今日郡役所のある遠野町すなはち一郷の町場《まちば》にして、南部家一万石の城下なり。城を横田城ともいふ。この地へ行くには花巻《はなまき》の停車場にて汽車を下り、北上川《きたかみがは》を渡り、その川の支流猿が石川の渓を伝ひて、東の方へ入ること十三里、遠野の町に至る。山奥には珍しき繁華の地なり。伝へ言ふ、遠野郷の地大昔はすべて一円の湖水なりしに、その水猿が石川となりて人界に流れ出でしより、自然にかくのごとき邑落をなせしなりと。されば谷川のこの猿が石に落ち合ふものはなはだ多く、俗に七内八崎《ななないやさき》ありと称す。内《ない》は沢または谷のことにて、奥州の地名には多くあり」。

『本書』中、右の文章の冒頭にあたる部分を以下のように訳している。

「町村制が布かれて後は上閉伊郡《かみへいぐん》と名付けられた。その西側の半分、一時期西閉伊郡《にしへいぐん》と称されていた地域こそが彼の故郷、遠野郷である。

深く、険しい山々に囲まれた、平らかな土地、所謂《いわゆる》盆地であるという。

遠野郷は、土淵《つちぶち》、附馬牛《つくもうし》、松崎《まつざき》、青笹《あおざさ》、上郷《かみごう》、小友《おとも》、綾織《あやおり》、鱒沢《ますざわ》、宮守《みやもり》、達曽部《たつそべ》の十ヵ村と、遠野町から成る。

郡役場《やくば》のある遠野町は、山里の中の町場であり、その名の通り遠野の郷《さと》一帯の中心として栄えている」。

「山々にて取り囲まれたる」を「深く、険しい山々に囲まれた」と訳したり、「所謂盆地である」と付け足したりしている些細な『原典』との違いは、さしあたり問題としない。右の文章に先立って、『本書』の第一話は次のとおり書きはじめられている。

「彼の故郷《ふるさと》は、遠野と謂《い》う。

遠い、野と書く。

どこから遠いのか、どれだけ遠いのか、判らない。

いや、元はアイヌの言葉なのである。遠野のトーは湖という意味だそうだから、間違いなく当て字ではあるのだろう。

しかし「とおの」というその読みは、音だけでも一種の郷愁を聴く者の心中に沸《わ》き立ててくれるように思う。すぐ目の前にあるというのに辿《たど》り着けない、見えているというのに手が届かない、そんな儚《はかな》さ。それでも訪ねてみたくなる、追い求めたくなる想いを掻き立てる。そんな愛《いと》おしさ、能《よ》く覚えているというのにどこか朧《おぼろ》げな、まるで幼い頃の記憶のような、そんな懐かしさを纏《まと》った名であると思う。

でも、遠野郷《ごう》は記憶の海に浮かんでいる幻などではない。

彼の故郷は、陸中《りくちゆう》にある。古くは遠野保《とおのほ》と呼ばれていた。

人々は今でもそこに住み、暮らしを営んでいる」。

この文章に前に引用した「町村制が布かれて後は」以降の文章が続く。『本書』の著者が『原典』に存在しない、つけ加えた文章はかなりに感傷的であり、情緒的である。『原典』の客観的で簡潔な文章とまったく対照的である。しかも、どこが『原典』の現代語訳であり、どこが『本書』の著者の文章であるかは、読者には分からない。『本書』の著者は柳田國男の著作に関する同一性保持権を無視し、その思うがままに『原典』を素材として利用しているかのようにみえる。

『本書』のカバーの見返しに次の文章がある。

「人の住まぬ荒地には、夜どこからともなく現れた女のけたたましい笑い声が響き渡るという。川岸の砂地では、河童の足跡を見ることとは決して珍しいことではない。遠野の河童の面は真っ赤である。ある家では、天井に見知らぬ男がぴたりと張り付いていたそうだ。家人に触れんばかりに近づいてきたという。遠野の郷に、いにしえより伝えられし怪異の数々。民俗学の父・柳田國男が著した『遠野物語』を京極夏彦が深く読み解き、新たに結ぶ——いまだかつてない新釈〝遠野物語〟」。

これははたして「新釈」であろうか。『本書』の著者は『原典』を素材とし、しばしば語義をとり違えながら、その感傷に耽り、空想をふくらませているにすぎないのではないか。

『原典』の第一話について、『本書』の記述に納得できない点をもう一箇所だけ示す。「遠野郷の地大昔はすべて一円の湖水なりしに、その水猿が石川となりて人界に流れ出でしより、自然にかくのごとき邑落をなせしなりと」伝えられている記述に対応する『本書』の記述は次のとおりである。

「伝え聞くところによれば、遠野郷一帯は、大昔は湖だったそうである。

盆地一円に湖水が湛えられていた——ということなのだろう。

その盆に溜まった水が、ある時何かの理由で人里に流れ出た。

水位が下がり、やがて湖底は露《あらわ》になって、そこにいつの頃からか人が住み始め、自然に集落ができた。

流れ出た水は大地に筋を作り、それが猿ヶ石川となった。だから遠野を囲む谷川の多くは猿ヶ石川に合流しているのである」。

『原典』によれば、山々に囲まれた湖水から猿が石川が流れ出て、やがて湖水が干上り、集落ができるようになった、と伝えられているというだけのことである。『本書』は『原典』を忠実に現代語訳するよりも、自己の想像にしたがって、遠野郷成立の由来を記しているにすぎない。柳田國男とは関係ない、独自の解釈である。

＊

『原典』の第二話は次のとおりである。

「遠野の町は南北の川の落合にあり、以前は七七十里とて、七つの渓谷各七十里の奥より売買の貨物を聚《あつ》め、その市の日は馬千匹、人千人の賑はしさなりき。四方の山々の中に最も秀でたるを早池峰《はやちね》といふ。北の方附馬牛《つくもうし》の奥にあり。東の方には六角牛《ろっこうし》山立てり。石神といふ山は附馬牛と達曾部《たっそべ》との間にありて、その高さ前の二つよりも劣れり。大昔に女神あり、三人の娘を伴ひてこの高原に来たり、今の来内《らいない》村の伊豆権現の社ある処に宿りし夜、今夜よき夢を見たらん娘によき山を与ふべしと母の神の語りて寝たりしに、夜深く天より霊華降りて姉の姫の胸の上に止まりしを、末の姫眼覚めてひそかにこれを取り、わが胸の上に載せたりしかば、つひに最も美しき早池峰の山を得、姉たちは六角牛と石神とを得たり。若き三人の女神各三つの山に住し、今もこれを領したまふゆゑに、遠野の女どもはその妬《ねた》みを恐れて今もこの山には遊ばずといへり」。

『本書』は右第二話を本書の末尾第百十九の獅子踊りの歌の直前、つまり説話の最後に配している。こうした配列の意図は分からない。第二話の後段を『本書』はこう訳している。

「大昔、一人の女神がいたという。

女神には三人の娘がいた。女神はある時、娘達を連れてこの高原にやって来たのだそうである。

そして女神は、姫神達とともに今の来内村《らいないむら》の伊豆権現《いずごんげん》がある場所で一夜を明かした。

その夜。

女神は娘達にこう語った。

「今宵、もし良い夢を見たならば、その子に良い山を与えよう」

三人の姫神達は期待に胸を膨らませて、眠った。

すると、夜更けに天から美しい花がはらはらと降って来たのだという。花は眠っている姉の姫神の胸の上に止まった。何かの験《しるし》であったのだろう。

その時、末の姫神だけは目を覚ましていて、その様子を盗み見ていた。

末の姫神は、こっそりと姉の胸からその花を盗った。そしてその花を自分の胸の上に載せた。

その結果。

早池峰山は末の姫神のものとなった。

姉の姫神達は六角牛山と石神山をそれぞれに授けられたという。

遠野を囲む三つの山々には、銘々に若い三人の姫神が住んでいるのである。

遠野郷は、神に囲まれた土地でもあったのだ。

遠野の女達は、この姫神達が嫉妬することを畏れ、今でもその三つの山では遊ばないということである」。

『原典』の緊密、簡潔な文章をここまで冗漫に現代語訳できるのかと思うと、ほとんど嘆息を禁じえない。「三人の姫神達は期待に胸を膨らませて、眠った」「何かの験《しるし》であったのだろう」「遠野郷は、神に囲まれた土地でもあったのだ」など、目立って不要な付加である。私は柳田國男がこのような間のびした文章を書いた人であるかのような誤解を生じることを惧れる。著作権法にいう同一性保持権を侵害していることはいうまでもない。

しかも『本書』では『原典』の記述をこれほどにひきのばしながら、「若き三人の女神各三つの山に住し、今もこれを領したまふゆゑに」の訳を省略していることに憤りを覚える。『角川新字源（改訂版）』には「領」について「①うなじ」とあるが、「⑤おさめる」の語義を示している。私が「領」という文字から思いうかべる言葉は、領土、領主などである。『大修館・現代漢和辞典』には「①うなじ、えり②大事なところ。要点。かなめ。③おさめる。すべる。」などとある。『岩波新漢語辞典（第二版）』も「①うなじ。くび。②大事なところ。おおもと」などに続いて「③自分の手中におさめる。㋑支配下におく㋺すべおさめる」などの語義を示している。その用例をみると、「領域」「領会」「領海」「領解」「領空」「領家」「領国」「領事」「領主」「領収」「領袖」「領掌」「領地」「領土」「領分」「領有」であり、「領会」「領解」を除き、「領」は多くは「支配下におく」「おさめる」という意味で用いられている。

「今もこれを領したまふ」とは「今もこれを支配なさっている」「統治なさっている」の意であることは明らかであり、遠野郷の女たちが妬みを恐れて今もこの山に遊ばない、というのは、支配下にある地域に足をふみ入れることは、姫神の治政権を侵すので、妬みをうけるからである。このような重大な文章を訳していないことは『原典』を尊重しないためであり、私は読者が柳田國男の『原典』がこういう記述であるかのように誤解することを危惧する。

『本書』には柳田國男ないし『原典』を誤解させる記述が数多いけれども、そのすべてを指摘できないので、もっとも私が当惑するものの典型例として第五話をあげたい。『原典』の第五話は次のとおりである。

「遠野郷より海岸の田ノ浜、吉利吉里《きりきり》などへ越ゆるには、昔より笛吹峠《ふえふきたうげ》といふ山路あり。山口村より六角牛の方へ入り路のりも近かりしかど、近年この峠を越ゆる者、山中にて必ず山男山女に出逢ふより、誰も皆恐ろしがりてしだいに往来も稀になりしかば、つひに別の路を境木峠《さかひげたうげ》といふ方に開き、和山《わやま》を馬次場《うまつぎば》として今はこちらばかりを越ゆるやうになれり。二里以上の迂路なり」。

『本書』の現代語訳は次のとおりである。

「遠野は山に囲まれている。その山々の奥には、山人《やまびと》が棲んでいる。山人《やまびと》は、人に似た姿形をしている。でも、人ではないという。

例えば――。

遠野郷からは海に出るにも山を越えなければならない。田ノ浜《たはま》や吉利吉里《きりきり》などの海岸に行くためには、山口村《やまぐちむら》から六角牛山《ろっこうしさん》に分け入って、笛吹峠《ふえふきとうげ》と呼ばれる峠を越すのが一番近い。米や炭などを馬に積んで山へと入り、この峠を越し、また海産物を積んで戻るのである。山口という村名は、山への入り口の意なのだ。効率が良いので古くより能《よ》く使われる山路であった。ところが。

近年になってこの道は使われなくなってしまった。

峠を越えようとする者は、山中に到って必ず出遭《であ》うのだそうである。

山人に――である。

その道筋には、山男や山女がいるのだ。

それは恐ろしいものであるらしい。

出遭ってしまった者は恐れ戦《おのの》き、話を聞いただけの者もまた怖がった。往来する者の数は次第に減り、やがて人影も稀になって遂には絶えてしまった。あまりにも恐ろしがる者が多いので、別の道を作ってしまったのである。

いくら恐ろしいからといって、海側に通じる道がなければ暮らしに困る。そこで和山《わやま》というところに馬次場《うまつぎば》を設《しつら》え、境木峠《さかいぎとうげ》を越えて行く新しい道が作られたのである。

今はこの道ばかりを使うそうである。

二里以上迂回することになるから、決して便利な道ではない。

それ程までに――。

恐ろしいものなのだろう」。

文体が緊密さを欠き、弛緩していることが『原典』と比すべくもないことは問わない。私が不満に感じることは、『本書』で第三話、第五話にみられるように再三、「山人は、人に似た姿形をしている」が、「人ではないという」と記し、「出遭ってしまった者は恐れ戦き、話を聞いただけの者もまた怖がった」というように山男・山女に対する恐怖感を強調し、『原典』を『本書』が恐怖、怪異の物語として構成していることにある。

『原典』にはどこにも山男・山女が「人ではない」などという記述はない。

『柳田國男集』第四巻に『遠野物語』が収められているが、これに続いて『山の人生』『山人考』も収められている。『山人考』は一九一七（大正六）年日本歴史地理学会大会講演手稿だが、その第五章の冒頭に次のとおり語っている。

「山人といふ語は、此通り起原の年久しいものであります。自分の推測としては、上古史上の国津神が末二つに分れ、大半は里に下つて常民に混同し、残りは山に入り山に留まつて、山人と呼ばれたと見るのですが、後世に至つては次第に此名称を、用ゐる者が無くなつて、却つて仙といふ字をヤマビトと訓ませて居るのであります」。

柳田國男の山男・山女の先住民説といわれるものと思われるが、確実なことは、柳田國男が山男・山女を人間と考えていたことであり、人間ではないらしい、などとは考えていなかったことである。

そういう意味で、『本書』は『原典』の著者の思想を誤解し、怪異談に仕立てているものであり、文学的、道義的、法律的に大いに問題がある、と私は考える。

ケヤキあるいは樹木について

　ケヤキがもっとも美しいのは厳冬、それも冷たく晴れわたった日である。しっかりと根を張った幹から、二メートルほどの高さで何本かの太い枝が張りだし、四、五メートルの高さに達すると幹そのものが分岐し、数本の幹となり、それぞれの幹から張りだした枝々がくりかえし枝分かれし、その都度、分岐した枝先が細くなり、四方八方に伸び、すべての枝々が整然と、そして、昂然と空に向かって枝先をさしのべ、鋭く、しなやかに、繊細に、自在に枝々をひろげている。どの枝も、一つとしてうつむいていない。みな、ことごとく空とふれ合おうとするかのように、空に向かっている。ケヤキは、厳冬、余剰をすっかり削ぎ捨て、その本質だけで、すっくと聳えているようにみえる。ケヤキは威厳を保っている。それでいて優雅である。けなげである。厳冬の晴れわたった冷い空の下に聳えるケヤキは、いつも私を魅惑してやまない。

　それというのも、わが家の敷地の北西の隅に近く、ケヤキの巨木があり、私が数十年日々見なれてきたためであろう。いつかわが家の樹木をみていただいた樹木医が、このケヤキは樹齢二百年といったところですね、と言っていた。幹の太さは三メートル近く、高さは十六、七メートルだと思うが測量したことはない。そう誇るに足るほどではないが、私の家の周辺では類をみない巨木である。

私の家の敷地の北西の隅に近いから、ケヤキの枝々は確実に隣接した家々の敷地に枝を伸ばしている。ただ、隣地の方々に理解があるので、はみだした枝々を切り落さないから、ケヤキはのびのびと均整を保って聳え立っている。

そうはいっても、秋ふかく、時雨が時折過ぎ去る季節になると、来る日も来る日もケヤキは落葉を散らす。隣地の方々もずいぶん迷惑しているにちがいないし、お会いすればお詫びするが、さりとて咎め立てされたこともない。隣地の方々は寛容なのである。私たちは肩身を狭くするだけですませている。近隣の方々に恵まれているといってよい。

じっさい、ケヤキ落葉は始末に困るほど多い。家人が他界してから、私はお手伝いの女性を週に三日お願いしているが、落葉の季節には、お手伝いの女性はその三日落葉を掃き集めるのにほとんど終日かかっている。四十五リットル入りポリエチレンのごみ袋にぎっしりとつめこむのだが、袋の数を数えたことはない。軽トラックの荷台に二回、山積みにつみ上げてもなお余るほどだと聞いている。

ケヤキ落葉をひきとって、軽トラックで運んでくれるのは、私たちが何かというと必ず厄介になっている棟梁である。以前も、何かの機会に書いたことがあるが、彼はもともと青森県八戸出身の建具職であった。向学心に富んでいるので、建具職だけではあきたりず、一級建築士の資格をとり、いまでは建築一般をとりしきっている。私が頼むのは、つまらない半端仕事ばかりだが、元来が建具職だから、お願いした仕事の仕上りは寸分の狂いもない。しかも、そんな半端仕事を、嫌な顔もせず、気軽にひきうけてくれる。うっかりすると手間賃を請求するのも忘れるような人柄である。私は仕事の関係ですぐれた友人知己に恵まれてきたが、日常の生活でもこのような知己に恵まれている。

彼は農作業を趣味としている。彼がケヤキ落葉をひきとってくれるのは、ケヤキ落葉を腐葉土にし堆肥として利用するためである。農作業といっても家庭菜園というような生半可なものではない。休耕田を七百平方メートルほど借りうけ、種々の野菜を作っている。同様に休耕田を借りて野菜を作っている仲間もいるし、彼が「先生」とよんで随時教えを乞う専業農家も仲間の一人らしい。わが家のケヤキ落葉をもちこむと、仲間たちの間で奪い合いになるという。街路樹の落葉などと違って、わが家のケヤキ落葉は汚れていないからだという。腐葉土にするのに汚れが問題となるとはそれまで聞いたことがなかったので、そう聞いたときは、愚かなことだが、若干誇らしく感じた憶えがある。その結果、白菜・葱・茄子・馬鈴薯・大根などといった作物を、二人家族のわが家ではたべきれないほど、時々に運んでくれる。いわばケヤキ落葉がこうした野菜に化けるのである。どうも私の方が得《とく》をしている感じがつよい。

ただ、彼は酒を趣味としている。夜、七時半を過ぎて、電話で用事を頼むと、何でもいい返事をしてくれるのだが、翌朝になると、電話があったことさえ憶えていない。だから、酒が入ると、あてにならないのだが、そんな趣味があるからこそ、私たちは彼にほのぼのとした人間性を感じるのである。

かつてはケヤキ落葉で焚火をし、薩摩芋をアルミホイルにつつんで焼芋にするのが毎年晩秋の例であった。ダイオキシンがどうとか言われるようになって、焼芋をすることもなくなった。それでいて、ダイオキシンとはどういうものか、化学の専門家に訊ねてもはっきりしない。ケヤキ落葉で焼芋をしたころは娘たちも幼なかったし、家人も健在であった。半世紀ほど前のことである。火の後始末に気を遣っていた家人を思いだすと、胸がしめつけられるように寂しい。

そういえば、隣地の方々はわが家のケヤキ落葉をどう始末なさっているのか。私のような知己に恵まれているとは思われないから、始末にさぞお困りであろう。考えてみれば、後ろめたい気分におそわれるのだが、私として何とも致し方もない。肩身狭い近所づきあいをしていくより他はない。

*

私は一九八七年春、小田切進さんに誘われ、当時は神奈川近代文学館の事務局長をしていた清水節男さんと三人で中国に旅行した。たしか、日中文化交流協会の関係で、当時会長をなさっていた井上靖さんが団長として引率してくださるという話であったが、旅行の直前、井上さんがご病気のためご一緒できないこととなり、三人だけの旅行となった。中国作家協会か何か、そうした団体が通訳と各地の案内をしてくださったが、旅費、交通費等は自弁であった。

北京へ着くと、小田切さんがすぐ瑠璃廠へ行くというので、別に何の予定もなかった私も小田切さんのお伴をすることとした。瑠璃廠へ着くと、小田切さんは勝手知ったように篆刻の店に入った。そこで、小田切さんは二十か三十か、かなりの数の印鑑を注文した。土産物に使うということであった。二十か三十、一人ずつ姓が違うのを彫ってもらうので、ずいぶん時間がかかった。ひどく退屈している間に、私も一つ印を作ってもらおうかと思い立った。土産を作ってもらうつもりはなかった。私の姓や姓名の印鑑は今さら必要としないので、号を考えて、号を彫ってもらうこととした。咄嗟に考えたのが「欅蔭草房」という号であった。たとえば杉並区久我山に住む那珂太郎さんは空我山房という号をおもちである。ケヤキを誇りにしているとはいえ、空我山房と比べ、気がきかない号だけれども、他に思いつかなかった。当時北京で随一といわれた篆刻家に彫っていただくこととし、二、三日後にうけとった。これは素晴らしい出来栄えであった。いまも時々使っている。

その旅行から帰国して間もなく安東次男に誘われて北千束の加藤楸邨のお宅をお訪ねした。私は図々しく楸邨に扁額にするよう「欅蔭草房」と横書していただけませんか、とお願いした。楸邨はこころよく承知してくださった。しばらくして二枚の書が届いた。「欅蔭草房」に添え、「為中村稔大人」「楸邨書」と書いてくださった。その一枚を額装し、もう一枚はしまいこんでいる。

私の住居は純和風住宅なので、玄関に続いて、通路としてしか使いようのない三畳間がある。その三畳間の鴨居にこの扁額を掲げている。加藤楸邨は書家としてもすぐれているし、書くこともお好きであった。自作の句を画仙紙に書いたものもかなり遺している。色紙に書くのは自由に筆を運ぶのが制限されるようで好まない、とお聞きしたことがある。句作のさいも、手控えに思いついた句の初案を書くよりも、いきなり半切に大きく書くことが多かったらしい。最近、ご長男の加藤穂高さんのお宅で拝見したのだが、そうした句の初案か、気に入らないで発表しなかったものか、分からない半切がほぼ六千枚もあるという。

それはともかくとして、「為中村稔大人」「楸邨書」とあるような扁額はもちろんわが家にしかないものだし、これに類するものも他の人がもっているとは考えられない。羨望にたえない方々は多いはずである。

穂高さんに、そんな話をしたところ、こういう句の書があるから、差し上げましょう、といって頂戴した。

今日も又空へ空へと寒欅

じつは日本近代文学館へ楸邨の愛用の硯・筆等をご寄贈いただきたいとお願いするためにお訪ねし、愛用品だけでなく、じつに貴重な書を数多くご寄贈いただいたのだが、そのついでに余得に与ったわけである。

厳寒のケヤキの枝々は、すでに記したように、ことごとく空へ向かって、一枝もうなだれてはいない。「空へ空へ」はやはりよく対象を見ている人の句である。

私は楸邨からもずいぶんと厚意をいただいたが、遺族からも厚意をいただいている。友人知己に恵まれていることを自覚しているが、これはケヤキを縁にした恩顧であり、私はケヤキに感謝する義務がある。

*

駒井哲郎は一九五七年四月、春陽会展に「樹」と題するエッチングを出品した。この作品を「木村荘八先生がごらんになり、わざわざその絵の前に駒井を呼んで、「駒井くん、この絵の間《ま》がなんとも言えずいいよ」と言ってほめてくださったと、大変嬉しそうに話していたのを今でも覚えている。木村先生も駒井も生っ粋の江戸っ子であったから、「間《ま》」とか「粋《いき》」とかいうことで、共鳴する何かがあったのかもしれない」と駒井美子夫人が季刊誌『樹』に寄稿した文章で書いている。

駒井は一九五四年三月に貨客船で出発、四月二十二日にマルセイユ着、翌二十三日にパリに到着し、一九五五年十二月二十日に帰国した。一九五六年三月号の『藝術新潮』に「自信喪失の記」と題する文章を発表、パリ滞在によってヨーロッパの銅版画の伝統の重みと深さに圧倒され、うちのめされた体験を率直に告白した。駒井は三十五歳、渡仏前に婚約した美子さんは三十歳を越えていた。一九五六年にはパリ滞在中の作品を春陽会展に出品しているが、帰国後の作品は出品していない。一九五六年十月、彼らはようやく結婚し、杉並区西荻窪松庵北町に新居を構え、世田谷区新町の三坪のアトリエに通うこととなった。その後翌一九五七年四月、当時の玉川電車の真中《まなか》駅に近い世田谷区上馬町の宇田川家の離れに転居し、アトリエがぐんと近くなった。「その頃親しく往き来していた小説家の結城信一さんは「仕事場と住いが離れているのはいいなあ」と言ってくださったけれど、何といっても、二人とも家のある人が羨ましくてならなかった。けれど真中に越してからは、気分的に落ちついたのか、よく樹の絵を描くようになった。自転車で通った玉電の裏通りには、その頃はまだ、何百年も経ったような大きな樹がたくさんあったが、「今日はいい樹を見たぞ」と言って嬉しそうに帰って来たりしたこともあった」と駒井美子夫人は前掲文章で書いている。

　春陽会に出品し、木村荘八から「駒井くん、この絵の間《ま》がなんとも言えずいいよ」と褒められた「樹」は、駒井の「樹」と題する一連の作品中、中央やや右よりにすっくと一本が立ち、画面の右にもう一本の樹が右側三分の一ほど描かれ、二本の樹の梢に近い部分は大胆に画面から省かれている作品にちがいない。二本の樹を描きながら、この梢に近い部分を切り捨て、主たる樹よりすこし後ろに下がって描かれているもう一本の樹は三分の二ほど切り捨てている。この二本の樹の間隔がじつに微妙に、これほど離れていなければならないと感じさせるような必然性をもって、描かれている。これを木村荘八は「間がいい」と言ったのであろう。この作品にみられる省略が、逆に、この作品に奥行を感じさせる。どうしてこんな構図を思いつくのだろう、と私はふしぎに思うが、このような魅惑的な構図を考えること自体が駒井の天賦の才能だったにちがいない。

私はこの作品は駒井が上馬に転居してからの作品だと錯覚していたが、それは美子夫人の文章に、そのころの玉電の裏通りには巨樹が多くみられた、とあったからだが、春陽会展への出品の時期からみて、転居前、杉並に寓居していた時期の作品であろう。杉並にもそのころはやはり巨きな樹がかなり残っていたにちがいない。駒井には「樹」を描いた一連の作品があるが、「間」が問題となるような作品は他にない。私事だが、私が駒井と知り合って間もないころ、駒井家を訪ねたとき、わざわざ銅版をとりだし、刷って恵与してくれた最初の作品がこの「樹」であった。それだけ、駒井はこの作品に自信と愛着をもっていたことからみても、この作品にちがいないと私は信じている。つけ加えれば、駒井家を訪ねると、ほとんど必ず駒井は自作を刷って恵与してくれるのがつねであった。また、私は駒井がこの作品を忠実な写生によって制作したとは思っていない。脳裏に刻みこまれたいくつかの巨樹から、樹の本質はこういうものだ、と感じていた形象を銅版画にあらわしたのだと私は考えている。

かつて刊行した駒井の伝記『束の間の幻影——銅版画家駒井哲郎の生涯』に引用したが、駒井は『美術手帖』一九六〇年四月号に発表した「速水御舟の冬の木など」と副題された「素描について」と題する文章中、次のとおり書いている。

「これはもう画家の習作などというものではなく、御舟の精神の強靱さと冬の木立に見られる率直な美しさを、純粋な素描的表現で如実に示している」。

「樹木はもともと、素描の独自な発見である線としての思考がしやすい主題であるけれども、藝術家はそこに、外見的に示された線の面白さなどに魅かれるようなことはなく、冬の空間に力強くのびのびと存在するものを描いているのである」。

「この冬の木々を描いたのは、たぶん昭和四年で、この頃は御舟にとって非常に行きづまった時代だといわれている。しかし御舟は、だれよりもよくそれを自覚して苦しんでいたにちがいない。そして生命力に溢れる冬の大樹に自分をぶつけることによって、素描という、最も純粋に精神力と密接な関係のある行動によって精神の操作を体得し、自己を鼓舞すると同時に、明日への自信を獲得しようとしたのではないだろうか」。

「この素描は優美な繊細なものでもなく、緻密なものでもない。また物語もなければ、奇妙な新しさも、もちろん感じられはしない。しかし、実在に対した藝術家の苦しさとも云える感動がある。この大樹に対した御舟は、さまざまの情念に流されることなく、人間本来の主観を失わずに、一気にこの素描を成したように、僕には思われてならない。

教訓　素描はなるべく一気呵成に描くことをもって最高とする。また、道に行きづまった時には、大樹を見上げて勇気を鼓舞すると同時にそれを描くべし」。

私はここで駒井は速水御舟の素描について語ると同時に、自身の体験を語っていると考える。この「樹」の枝々はじつに繊細に、鋭く、一様に空に向かっている。繊細だが弱々しくない。力強く、空に囁きかけているようにみえる。

駒井の一連の「樹」の作品は一九五六年「樹木　ルドンの素描による」にはじまる。このルドンの素描の原作を私は知らないけれども、駒井の作品とはかなり違っている。はっきりしているのは、かなり葉をつけていることである。それに枝の数も少ないし、その枝々のいくつかは下を向き、横に伸びている。おそらくルドンが描いた樹と駒井の描いた樹とは違う種類の樹であり、季節も違う。駒井の作品では、枝々は極端に密であり、そのすべてが空を目指している。駒井が描いたのは確実に真冬のケヤキであり、それも写実というより、駒井の心の中にはぐくまれた、あるべきかたちのケヤキであった。駒井が樹を描きはじめたのはルドンの素描による作品を制作したことが契機となったのかもしれないし、ルドンの素描による樹木でも梢に近い部分は描かれていないから、影響もうけているにちがいないが、日本の風土にみるケヤキの大樹によって勇気を鼓舞されて制作した。この密な、空を目指す枝々を駒井は細心の注意を払いながら、グランドをひいた版面をニードルで刻んだのであろう。

駒井は「束の間の幻影」と題するクレー風の幻想的、抽象的な作品で華々しく画壇に登場した。パリに滞在して、自信を喪失した駒井はケヤキの大樹を描くことによって再生を期した。樹木には物言わずして成長する忍耐を感じさせるものがある。

＊

ケヤキは芽ぶいたころもまた美しい。嫩葉が点々と枝々に突き出したころ、距離をおいて眺めると、樹の輪郭がおぼろにけぶってみえる。貴婦人が紗の衣裳をまとったかのような気高さがあり、反面、春が間近いことを感じ、ときめく心を抑えがたい。

眩しいような若葉をつけたケヤキもまた、それなりに美しい。盛夏、濃い緑の葉をまとったケヤキの均整のとれた威厳ある容姿も見事だし、茶褐色にモミジしていく秋ふかまるころも、それなりに美しい。そう考えてみると、ケヤキがもっとも美しいことはさておき、四季の推移に応じて日々変貌していくことにも私は魅力を感じているといえるだろう。

私よりもはるかに年若い俳人坪内稔典に

炎天のわれも一樹となっている

という句がある。この一樹も私はケヤキとみたい。しっかりと地に根を張り、炎天に心揺らぐこともなく、聳え立つ一樹、それこそ私なのだ、という句意だろうが、これは青春の句である。私自身、「樹」と題する詩を書いたことがある。

くらがりのなかで樹がたしかに揺れている
こまかな葉と葉がたがいに襲いかかりながら
昼の間　あれだけ嵐にぶたれたあげく
夜もなお騒ぎつづけて休むことを知らない

ああ　どうなることでもない　こまかな葉が
たがいに摑みかかり　また逃げまどい
東を向き西を向きてんでにわめき散らし
そして身をよじらせ　じっと警戒しあったり……

くらがりのなかだから　ぼくの眼がよく見える
ぼくの耳がよく聞える　どうなることでもないから
かぎりないくりかえしとはてしのない浪費が
ぼくを疲労させる　樹がたしかに騒いでいる
やがて暁がきて風の止むとき　そしてぼくが
眠りに落ちるとき　樹は物言わず成長するだろう

この作で私が想起していたのは、いうまでもなくわが家のケヤキだが、この樹は社会状況に動揺してどよめきやまぬ私自身の魂と精神のあらわれであり、当時の社会状況そのものも樹に託されている。私は「物言わず成長する」樹に期するものがあった。そういう意味で、樹は私の内心でもあり、私の外部に私が見、私を衝き動かすものでもあった。

斎藤茂吉の歌集『寒雲』に

この山にわれの恋しき一樹《ひとき》あり夕ぐれぬればをりをり見に来《く》

という作がある。永井ふさ子『斎藤茂吉・愛の手紙によせて』には、「明治神宮内苑で先生御自身で私を撮影するからと誘われた」「先生は写真を撮る場所をあちこちと見て歩き、大きく繁った見事な一樹をみつけて、その下に私を立たせて写真をとった。後にこの樹の葉の落ちたところを、樹だけ写した写真を送られたことがある」とある。この「一樹」が何かは書かれていないが落葉高木であることは間違いないから、たぶんこれもケヤキであろう。斎藤茂吉も葉を落としたケヤキの枝々の優美な、それでいて力強い容姿に惹かれていたにちがいない、と私は決めつけている。

高見順の『樹木派』に「立っている樹木」という詩がある。

流れる時の裂け目から
君は永遠を見る
雲の裂け目から青空を見るように
雲は動いても青空は動かぬように
君はしっかりと立っている
樹木よ

ここで高見順は樹木に永遠を見ている。うつろいやすい生命に対比して、樹木を見ているのだが、そう言ってしまわないことに詩があるといってよい。だが、樹木に自己を託していることは確かである。

いまはさいたま市岩槻区となった岩槻に浄国寺という閑静な趣ある寺院がある。その一画に大西民子の墓があり、その境内の木立の間に大西民子の歌碑がある。

一本の木となりてあれゆさぶりて過ぎにしものを風と呼ぶべく　民子

と刻まれている。絡みつくような情念、外見に似ぬ修羅を抱いた心、豊かなイメージをもった数多くのすぐれた歌を遺した大西民子の作としては単純にすぎて、物足りない感がつよいのだが、彼女の「ゆさぶりて過ぎにしもの」を風とみて、一本の樹木としてたえる、というのも、墓域に立つ歌碑に刻むにはふさわしいかもしれない。

このように樹は、ことにケヤキは、多くの人々によって、その生を託するものとしてうたわれてきた。駒井の文章に「大樹を見上げて勇気を鼓舞する」とあった。斎藤茂吉は「われの恋しき一樹」とうたった。樹木は、私たちに私たちの生のあらゆる相を示してくれる、かけがえのない存在である。

これらの樹木を私はケヤキと決めつけているが、これは私だけの思いこみかもしれない。次の島木赤彦の作は間違いなくケヤキをうたっている。

高槻のこずゑにありて頬白のさへづる春となりにけるかも

いうまでもなく『万葉集』巻八所収の志貴皇子の作

石走る《いはばし》垂水《たるみ》の上のさわらびの萌え出づる《い》春になりにけるかも

の本歌取りだが、中村憲吉は「自然観照の透徹せるはもとより、一つの息に歌い上げて調子が張ってたるみのないところ、そこに作者の感情の高さと気魄の大きさがある」と評している。この評はむしろ志貴皇子の作によくあてはまるであろう。槻はケヤキの古称である。歌人はケヤキを槻とよぶのを好むのであろうか。私は斎藤茂吉に「ケヤキ」とよんだ歌を思いださないが、前述の「この山に」の収められた歌集『寒雲』に

並槻《なみつき》はいまだ芽ぶかずあをあをと芽ぶかむとする時しおもほゆ
高槻《たかつき》のはやき若葉《わかば》は黄《き》にそよぎおそきはいまだ枯樹《かれき》のごとし

という作が収められている。槻がケヤキの古称としても、高槻、並槻といった古語があるのだろうか。右の茂吉の歌はいずれも凡庸だが、高槻がケヤキの巨木であるとしても、並槻とはどういうことか。

それはともかく、秩父山塊を水源とし、比企丘陵を貫いて、荒川に合流する槻川という川があるが、これもケヤキに関係するのかどうか。岩槻は平凡社刊『埼玉県の地名』によれば、中世から近世初期にかけて岩付と書かれたというから、ケヤキとは関係ないらしい。私はわが家のケヤキにホオジロが鳴くのを聞いたことがないが、これは私が聞きそこねているのかもしれない。ホオジロは冬は暖地に移動するといわれるから、赤彦の住んでいた長野県諏訪のあたりでは、ホオジロが鳴くのは春の訪れなのかもしれない。それにしても、私はケヤキを槻というような古語で

よぶのを好まない。ケヤキはいつもケヤキとよびたい。

＊

ケヤキを除けば、語るに足る庭木はないが、しいていえば、玄関の前にウメの老木がある。右に彎曲し、さらに左に彎曲し、四方に枝々を張りだしている。この文章を書いている現在、白い花が咲いている。白いウメは曇り空の下でことに寂しい。かつてはかなり実をつけたので、家人が梅酒を作ったり、梅干に漬けたりしていたが、いまでも年により相当数の実をつける。今年は生《な》り年《どし》のようで、百個は下らない。お手伝いの女性がウメジュースにするようだが、次女はウメジャムを作ってもらいたいと言っている。そのウメの幹にかなりの大きさのうろができたので樹木医にみていただいたところ、特に手当ては必要ないでしょう、ということであった。その樹木医の方がケヤキの樹齢をほぼ二百年と見立ててくれたのだが、ウメの脇のアカマツを、この枝ぶりはずいぶん良いものです、と折紙をつけてくれたのに驚いたことがある。私の眼には、何の特徴もない、平凡なアカマツなのだが、専門家の見る眼は違っているらしい。

ケヤキもウメもアカマツも、五十余年前、私がこの家に移ってきた以前からの樹木だが、転居してきた当時はツゲの生垣であった。ツゲと思っているが、あるいはイヌツゲかもしれない。常緑樹だから生垣越しにわが家を覗かれることがないが、その葉の汚れが気に入らなかった。斎藤茂吉の『赤光』に

たまたまに手など触れつつ添ひ歩む枳殻垣《からたち》にほこりたまれり

という作があるが、そんな埃りをツゲかイヌツゲかの生垣に感じていた。そこで、ドウダンツツジに変えた。ドウダンツツジは落葉樹だから、冬になると、通行人はわが家を見通すことになる。見る気がなくても、自然と眼が向くことも多い。ただ、秋ふかくなるころ、このドウダンツツジの生垣が燃えるような紅にモミジする。毎朝、わが家の前を通る知人がおたくのドウダンを見るのを愉しみにしていますと言ってくれることがあった。ケヤキ以上にドウダンツツジの生垣は目立つのである。

最近、私の面倒をみてくれている次女が、植木屋に頼んで、これまでの庭木に加え、いろいろの樹木を植えてもらっている。十年ほど前に植えてもらったミカンが一昨年二個ほど実をつけた。昨年も実がなっているのに気付いた。道路沿いなので、手を伸ばせば、とれるほどの高さに一個なっていた。通行人にもぎとられてしまうのではないか、と次女は心配していたが、その他にも数個実をつけていた。結局、三、四十個のミカンを収穫した。驚くほど、静岡産に匹敵するほどの甘みがあり、皮もうすく柔らかであった。これは地球の温暖化のせいかもしれない。去年なったから、今年はならないのではないか、と次女は心配しているが、どうなることか、秋を待つ他ない。

次女はまたミモザを植えてもらった。これは植えた翌年から濃い黄の花をびっしりとつけた。今年は二月の大雪で大方が折れてしまった。次女の落胆は尋常でなかったが、若干は雪に耐えたらしい。ミモザは今年も華麗な花を相当数咲かせている。ミモザはアカシアの一種ということだが、これに似た種類の樹木が並木道をつくっていた、かつての大連は、清岡卓行が回想しているように、さぞかし美しい街だったにちがいない。

＊

私は樹木を見分けられる眼と知識をもった人々が羨望にたえない。一日に三回、私がタンポポを指してあれは何という花だ、と訊ねたことがある、と亡妻が嗤っていた。わが家の庭にある樹木はそれなりに知っているが、わが家の外へ出ると、ほとんど樹木について知るところが乏しい。この樹とあの樹とを区別でき、その名をひろく知っていたら、どれほど自然を見る眼が豊かになり、心がなごむことか、と思う。樹木の葉の全形、葉のふちの形や葉のつき方、花序の形、幹の肌の違いなどを識別するだけの眼を養っていない。記憶力が悪いせいもあり、不精なせいもある。それでも樹木の本は牧野植物図鑑をはじめ、かなりの種類もっている。それらの本を参照すれば、そして参照しながら、樹々をくりかえし見れば、それぞれの樹を見分けることができるようになり、それぞれの樹の個性を知ることができるようになるのだろうが、それだけの根気がない。残りの生が何年続くか分からないが、たぶん樹木の区別を知らないままで生涯を終えることになるだろう。

気候が良いときは、三十分から五十分ほど、大宮公園を散歩することが多い。わが家から公園までは二、三百メートルの距離である。公園の中心部はアカマツとソメイヨシノであり、サクラの満開の時期は、花見客でごったがえす。その雑踏をさけ、雨のふる夜、夜ザクラを見物に出かけたことがある。その美しさには心の慄えるほど感動し、亡妻を偲んだ詩を書いた記憶がある。

中心部を除けば、じつに多様な樹木がある。特定の樹木に番号札をつけたのは公園の管理事務所であろう。金属製三センチ×五センチほどの大きさで、「グリーンアドベンチャーの木」とあり、「ヒント」が書かれている。たとえば④の札に「これは何の木?」とあり、「ヒント」に次の記載がある。

「1　ヒマラヤ~アフガニスタン原産の針葉樹です
2　世界三大公園木の一とされています
3　樹姿がスギと似ているのでこの名があります」
札には蓋がついていて、蓋をあけると
「答え　ヒマラヤスギ　マツ科」
とある。ほぼ三十近い樹にこのような番号札がついている。私のような無智な者にはせめて六十ほどの番号札がほしい。それというのも、イチョウとかシダレヤナギとか、さすがの私も教えられなくとも知っている樹にもいくつか番号札がついているからである。

それでも、私は、「ヒント」を見て考える間もなく、いきなり蓋をあけて答えを見てしまう。いつまで経っても憶えられないのはそのせいだろう。それに①から㉕まで札があるらしいが、その付け方が規則的でない。公園の一隅、サッカー場の近くに①があるのは、サッカー場の脇に公園の管理事務所があるからであろうか。①は「イチョウ　公孫樹」が答えである。遊歩道を北に向かうと、児童遊園地に近く、②の「ヤブツバキ」があり、児童遊園地に接して、④の「ヒマラヤスギ」がある。私は数知れず、その遊歩道を歩いているのだが、いまだに③の樹が発見できない。ただ丁寧に見れば、やがて見つかるかもしれない。

出発点であるサッカー場入口に近い公園の南東の一隅から北へ向かえば児童遊園地に続く遊歩道だが、西へ向かうと遊歩道の脇に㉕の樹がある。これが「モミ」であることは答えを見るまでもなくかねて知っていたし、葉の茂みに特徴があるので、「ヒント」を見たことがなかった。あるとき「ヒント」を読むと、次のように記されていた。

「1　日本固有のマツ科の常緑高木です

2　秋には上向きの球果から種子が風で散ります

3　この仲間はクリスマスツリーに使われます」

『広辞苑（第六版）』には「もみ（樅）」は「マツ科の常緑針葉樹。本州・四国・九州に自生。日本の特産種」とあり、「庭木やオウシュウモミの代りにクリスマス・ツリーとする」とある。だから、私がヨーロッパ、アメリカの映画で見なれているクリスマスツリーは、私がふだんから見ているモミとは違うのだろう。ちなみに小学館刊『独和大辞典』にはTannenbaumは「モミ属」と記されているから、わが国のモミとは違うことを暗示しているのだろうが、親切ではない。同じ大宮公園の番号札で私が学んだ樹にアメリカスズカケノキがある。私がこれまでスズカケと思っていた樹はアメリカスズカケノキであった。山と渓谷社刊『日本の樹木』によると、「スズカケノキ」は「世界各地でよく植えられているが、日本には少ない」と記し、「アメリカスズカケノキ」は「日本には明治末期に渡来し、街路樹としてよく植えられている」と説明されている。

私が旧制中学に通っていた昭和十七、八年ころ、たしか灰田勝彦がうたって、私たちの仲間が愛誦していた歌があった。うろ憶えだから、間違っているかもしれないが、たしか

友と語らん鈴懸の径《みち》
通いなれたる学舎《まなびや》の街

といった歌詞であった。灰田勝彦はハワイ生まれだが、立教大学に学んだから、この「スズカケ」の路は大学の構内か、通学路にあったのだろう。当時の軍国主義的な風潮の中では、灰田勝彦の甘い、鼻にかかったような歌声が私たちには非軍国主義的、頽廃的に聞こえたのであった。このスズカケも正しくはアメリカスズカケノキだったにちがいない。

ハゼを知ったのもこの番号札であった。ハゼは初秋、どんな樹よりも先がけて、真紅に色づき、多くの落葉樹が赤く、黄に、褐色にモミジしたころには、すっかり葉を落として、細い枝だけになっているのが憐れを誘う。

私は大宮公園の番号札のすべてを見つけだしていない。探しまわるほどの熱意がないためだが、こういう番号札のような試みは啓蒙的な意味で大いに評価している。中学時代以来、私は長塚節の歌を好んでいるが、節の作に、

おしなべて白膠木《ぬるで》の木《こ》の実塩ふけば土は凍りて霜ふりにけり

がある。しかし、ヌルデがどういう樹かを私は知らないし、ましてヌルデの木の実が塩をふくという現象は想像もつかない。いかにもこまやかな観察とのびやかな調べに魅力を感じているのだが、ヌルデがどんな樹か、知りたいと熱望している。ヌルデは決して巨樹にはならないが、やはり落葉樹であり、モミジが美しいはずである。大宮公園にもあるのかもしれないが、これまで発見していない。私に熱意がなく、怠惰だからだ、といえばそれまでのことである。

＊

樹木は、ことに落葉樹は、新緑の季節の美しさが格別である。それぞれの樹木が、各自固有の

緑をもち、その緑が時間を経るにしたがって変化する。その濃淡、深浅、明暗、光を浴び、あるいは翳り、じつに多様であり、その多様さが時々刻々変化する。早春の光がそれぞれの樹々に微妙に違った色彩を与える。その色彩と光の反響が私を感動させる。それが季節の推移にしたがい日々変化する。それぞれの樹がもってきた固有の緑が日ましに濃くなり、やがてどの樹の緑も似たような色彩になり、樹々の見分けがつかなくなる。芽ぶきはじめ、仄かな緑をつけたころを若葉といい、樹々の緑が濃くなって多様性を失ったころを青葉というのだ、と私は勝手に決めている。

松尾芭蕉に

あらたふと青葉若葉の日の光

という句があることは、おそらく日本人の誰もが知っているにちがいない。ここで芭蕉は樹々の若葉と青葉とを見分けていたにちがいない。多様な若葉の緑の濃淡、明暗、光と翳、それにすこしずつ緑を濃くしている光景を凝視していたにちがいない。これが挨拶の句であるとしても、芭蕉の眼には雑木林の樹々の多様な色彩、それらの濃淡、深浅、明暗、光と翳が映っていたろう。

私はこうして樹木の刻々の変化、また、季節の推移による束の間の変貌に心を奪われる。

私は一木の巨樹の魅力とともに、雑木林の魅力を伝えたいと思っている。大宮公園でいえば、いまはボート遊びができないのに、いまだにボート池とよんでいる池越しに、公園の側から北に向かって県立博物館の斜面の下に雑木林があり、逆に博物館の下、池の側から南に向かって公園の周辺の斜面の木立も雑木林である。そうしたボート池の周辺を散歩していると始終シジューカラをみかけるし、ハクセキレイが跳ねるように飛び去るのを見かける。運に恵まれれば、カワセミに遭遇することもある。

十年近い前、ボート池は水質を浄化するためということで、すっかり水を抜いて干してしまった。自転車、冷蔵庫、テレビなど、池の底に捨てられていたという。そこでまた、水を張ったのだが、どういうわけかアシが生え、苅りとられないまま放置しているから、池の三分の一ほどはアシで埋まっている。この池は元来「見沼」とよばれていた浦和から大宮へかけての低地帯の名残りである。享保時代、用排水を分離して、勘定奉行の代官伊奈為景が干拓した。干拓前はきっとこんな光景だったろうし、豊葦原瑞穂国といわれた国の原風景はこういうものだったのだと教えるために、管理事務所はことさらアシ原を放置しているのかもしれない。

雑木林は、ケヤキを除き、炭や薪にする以外、用途のない木立をいう、とは各種の国語辞典に記されている。役に立たないからといって、雑木林の四季それぞれの美しさは格別である。まだ亡妻が健在だったころ、ザルツブルクの近郊をドライブしたことがあった。ブナが黄色に輝いていた。あるいはボダイジュもまじっていたかもしれない。眩しいほどの見事さだったが、やがて倦きてしまった。

別の機会にカナダのモントリオールの郊外の友人の別荘に招かれて二時間近くドライブしたことがある。それも秋のさかりであった。カエデモミジが燃えるようであった。壮絶といった感をもった。しかし、二、三十分すると、もう結構だと思った。

雑種文化という言葉がある。私たちは雑木林の美しさの多様性を愛している。一木の巨樹を見上げて、勇気づけられ、あるいは、はるかなものへの思いを馳せ、同時に、雑木林の多様な変化を愛する。私たちはそんな習性をもっているらしい。

氷川神社について

フランスを旅行したとき、週末に余暇があったので、シャルトルの大聖堂を見物したことがある。パリの郊外に出て、緩やかな起伏の続く平原をしばらく行くと、左手に尖った塔が二つ見えた。ハイウェイを降りシャルトルの町に入り、何度か曲りながら登っていくと、突然、大伽藍が眼前に現れた。周辺に一本の樹木もなかった。石造の巨大な建物に圧倒される思いがあった。内部に入ると、ステンドグラスは話に聞いていたとおり華麗であった。私はただそれだけの感想しかもたなかったように憶えている。

パリの裁判所の左側に、かつては聖堂として利用されていたサント・シャペルがある。このステンドグラスはもちろんシャルトルとは比較にならないほどささやかなものだが、ステンドグラス越しに差しこんでくる光の陰翳には、じつに優雅な趣があった。

パリのノートルダムも、ミュンヒェンのフラウエン・キルヒェも、ミラノのドゥオモも、ヨーロッパの大寺院はすべて周辺に一本の樹もない。自然と融けこんでいない。自然を駆逐し、その雄姿を屹立させているかのような感がある。ヨーロッパの大伽藍には神聖さが欠けているのではないか、とはかねて私が抱いていた感想であった。その愚かさは後に記す。

*

私の住居は大宮の氷川神社の裏にある公園の西側にある。かつて亡妻の両親が参道の東側になる高鼻二丁目に住んでいた。わが家は高鼻三丁目、旧中仙道から氷川神社に続く裏参道の北側にある。一年に何回か、亡妻の両親を訪ねて、氷川神社を裏参道から境内に入り、横切ることがあった。境内に入るとすぐ左手に池があり、境内の敷地から突き出た、小さな島があり、橋を渡ると「宗像神社」という神社が祀られている。少年時代から、どうして宗像神社が氷川神社の境内に「摂社」として祀られているのか、ふしぎであった。当時、私は宗像神社は福岡市所在の漁撈に従事する人々の信仰の対象であり、いわば、海神だから、宗像神社が氷川神社の境内に祀られていることをそぐわぬように感じていた。

私は物心ついて以後、戦中戦後の数年を除き、生涯を大宮で過してきた。私の生家は氷川神社から徒歩で十分ほどの距離にあったから、氷川神社とその裏の公園・野球場・児童遊園地などは、日常私にとってごく親しい場所であった。これも愚かな思い出だが、中学三年ころまでは学期試験の前には必ずお詣りし、お祈りし、お賽銭をあげた。中学三、四年のころ、参詣が試験の成績に何の役にも立たないことが分かって、参詣を止めた。私の功利主義のためにちがいないが、たぶんそのころから私は無宗教主義を思想としてもつことになったのだろう。亡妻がカトリックだったからミサに列することはあるが、過去七十年近く神社仏閣でお賽銭をあげたことはない。お賽銭をあげることを功利主義のように私は感じているからだが、多くの方はただ習慣にしたがっているのであろう。それでも氷川神社とその境内や周辺が、私にとってごく親しい場所であることに変りない。

たとえば、現在は、神池をまたぐ、短く緩やかな太鼓橋を渡ると、立派な社殿が建っている。朱と緑に塗りたてられた社殿は、同様の色彩の玉垣にめぐらされている。私にはそうした原色鮮やかなけばけばしい建物よりも、塗装が剝落して古色蒼然たる建物の方が好きだが、あるいは建物の保存のためには止むをえないのかもしれない。玉垣でめぐらされた広場の中央に立派な神楽殿が建っており、これも同じような色彩で塗りたてられている。私はこれまで神楽を見たことはないが、この社殿よりずっと手前に、三の鳥居から神池に至るまで参道が続き、その両側に広場があり、広場にはいくつかの建物がある。かつては神楽殿として使われていた建物もその一つであり、無用となった建物は荒廃するままに放置されている。また、その向かいに小さな絵馬堂がある。これも荒廃するにまかせているようだが、私は中学時代、この絵馬堂の一隅に和算の額を見た憶えがある。もし私の記憶が間違っていなければ、この和算の額などずいぶん貴重なものにちがいない。私は氷川神社を参詣する人々が見過しがちな、いくつかのこうした侘しい建物に魅力を感じている。

色彩鮮やかな社殿は、私には俗悪にみえるし、率直にいえば嫌悪感を覚えるのだが、氷川神社の魅力は、じつはそうした社殿にあるのでなく、社殿が背にしている鬱蒼とした奥山にある。このごろでは社叢という言葉もあるようだが、原生林とまでいえないにしても、ふかぶかとした緑の神社林を背にしているから、そしてまた、参道を社殿に近づいてくるにつれ、スギ、ケヤキなどの並木道の緑の奥に、社殿があるから、神社の壮厳さがあり、静謐があり、参詣人の心をなごませるものがあるのだ、と私は感じてきた。これは氷川神社に限らない。明治神宮も、鎌倉の鶴岡八幡宮も、京都の多くの神社仏閣も同じである。これらの社殿は自然と融けこみ、一体化し、自然を借景とし、それが神社仏閣の不可分の一部をなし、私たちを世俗から離れた世界にいざなうのである。

私がシャルトルその他ヨーロッパの聖堂に覚える違和感はわが国の神社仏閣のこうした風景を見なれているからにちがいない。

*

氷川神社社務所が作成した「氷川神社略記」には、御祭神として、須佐之男命《すさのおのみこと》・稲田姫命《いなだひめのみこと》・大己貴命《おおなむちのみこと》の三神をあげている。神話はつねに荒唐無稽だから、信じるわけにはいかないが、民間伝承としてはそれなりの根拠をもっているにちがいない。そういう立場で、ある程度、神話の記述にもとづき、私の空想で氷川神社の歴史を再構成してみたい。

疑問の一つは、これら三神を祀る神社として当初から氷川神社が存在したか、ということである。私は、氷川神社は元来はスサノオだけを祀る神社であった、と想像している（『古事記』では須佐之男命、建速須佐之男命、速須佐之男命などと表記し、『日本書紀』では原則として素戔嗚尊《すさのおのみこと》と表記している。そこで、以下では、引用を除き、片仮名で表記し、ミコトは省略する。引用は岩波文庫の『古事記』『日本書紀』による。以下同じ）。その証拠として、いまはさいたま市緑区に属する三室に氷川女體（正しくは「女體」だが、以下では「女体」と表記する）神社があり、イナダヒメを祀っているし、見沼区中川にはオオナムチを祀る簸王子神社がある。これら二社に大宮氷川神社を加えた三社はいずれも見沼とよばれた沼沢地に臨む丘陵の縁辺に位置し、女体神社と大宮氷川神社とを結ぶ直線を仮定すると、簸王子神社はその直線上に位置するという。イナダヒメはスサノオの妻であり、オオナムチはスサノオの五世の孫だから、有史以前のある時期、女体神社・簸王子神社の祭神を氷川神社に移し、三神をまとめて祀ることになったのであろう。

大宮氷川神社はこれら三神を祀っているが、世襲の宮司家が三家存在した。岩井・東角井・西角井の三家がそれであり、岩井家はスサノオを、東角井家はイナダヒメを、西角井家はオオナムチをそれぞれ祀っていた。

だからといって、氷川女体神社・簸王子神社が大宮の氷川神社に移転したわけではない。いまだに氷川女体神社には相当数の参詣客があるそうだし、ことに正月三が日の賑わいは近隣でも群を抜いているようである。久しく氷川女体神社を訪ねたことがないので、車で十分ほどの場所に住む、私のかつてのもっとも信頼する同僚であり、二〇〇二（平成十四）年、五十八歳という、現在では早逝したというべき年齢で他界した加藤建二君の夫人恵美さんをわずらわせて、女体神社に確認に行っていただいた。彼女が調べてくださったところによれば、「武蔵一宮　氷川女體神社」と鳥居に額が掲げられているという。私は、たしか「武蔵一宮」と記されていたことを奇異に感じた憶えがあったので、ひょっとして神社名も「氷川神社」と称しているのではないかと疑ったのだが、事実はそうでなかった。それにしても、大宮の氷川神社が「武蔵一宮」であることは疑いないのだから、武蔵国には「一の宮」が二つあることになり、矛盾することに変りはない。もっとも平凡社刊『大百科事典』の「一の宮」の項には、次のとおり記載されているから、そう気にすることではあるまい。

「古代末期より中世初頭にかけてつけられたことに始まる社格の一種。《今昔物語集》に周防国の一宮玉祖大明神の名のみえるのが文献上の初見とされ、鳥取県の倭文《しどり》神社境内より出土の康和五年（一一〇三）銘の経筒にも一宮の語がみられるが、およそそのころよりの呼称とみられる。それは、神祇官や国司が公式に定めつけたものではなく、民間でつけられたもので、それも諸国同時でなく、一一六五年（永万一）の〈神祇官諸社年貢注文〉よりも察せられるように、古代末期より中世初頭にかけ逐次国ごとにつけられ、全国に及んだものとみられる」。

むしろ氷川女体神社が武蔵一宮と称していることは、大宮の氷川神社との一体性を示していると解すべきだろう。

氷川女体神社に比し、憐れきわまりないのは簸王子神社である。中川神社ともよぶらしい、この神社には旧大宮市の時代「市内最古の建築物の遺構」という標識が立っているが、荒廃のきわみ、修理はおろか、掃除の気配もなく見捨てられている感がつよい。保存するか、氷川神社の境内に移築するか、何らかの手段を講じるべきだと私は考えているが、これが、かつての大宮市、現在のさいたま市の貧困な文化行政の現況なのである。

＊

さて、『古事記』の記述を引用したい。イザナギが「天照大御神に賜ひて詔りたまひしく、「汝命《いましみこと》は、高天《たかま》の原を知らせ。」と事依《ことよ》さして賜ひき。故《かれ》、其御頸珠の名を御倉板挙之神《みくらたなのかみ》（倉の棚の上に安置する神の意）と謂ふ。次に月読命《つくよみのみこと》に詔りたまひしく、「汝命《いましみこと》は、夜《よる》の食国《をすくに》を知らせ。」と事依《ことよ》さしき。次に建速須佐之男命《たけはやすさのをのみこと》に詔りたまひしく、「汝命《いましみこと》は、海原《うなばら》を知らせ。」と事依さしき」とある。

スサノオは泣き叫んで指示された海の国の治政をしない。何故かと訊ねると、「僕《あ》は妣《はは》の国根《ね》の堅州国《かたすくに》（地底の片隅の国）に罷《まか》らむ（参ろう）と欲《おも》ふ。故《かれ》、哭くなり」と答えたので、「ここに伊邪那岐大御神《いざなきのおほみかみ》、大く忿怒《いたくいか》りて詔りたまひしく、「然らば汝《いまし》は此の国に住むべからず。」とのりたまひて、すなはち神逐《かむや》らひに逐らひたまひき（追放なさった）」。

そこで「故《かれ》ここに速須佐之男命《はやすさのをのみこと》言ひしく、「然らば天照大御神に請《まを》して（事情を話して）罷らむ。」といひて、すなはち天《あめ》に参上《まゐのぼ》る時、山川悉《ことごと》に動《とよ》み、国土《くにつち》皆震《ゆ》りき」という。何故上ってきたのかと問われたスサノオは「僕《あ》は邪《きたな》き心無し」と答え、アマテラスは「「然らば汝《いまし》の心の清く明《あか》きは何《いかに》して知らむ。」とのりたまひき。ここに速須佐之男命《の》答へ白ししく、「各誓《うけ》ひて（必ずかくあるべしと心に期して神意を伺う行為）子生まむ。」とまをしき」と答える。

引用中、読者の便宜上岩波文庫版『古事記』の脚注の語釈と若干の私見を本文にくみいれている。以下、両神による神生みの争いである。

「故《かれ》ここに各天《あめ》の安《やす》の河《かは》を中に置きて誓《うけ》ふ時に、天照大御神、まづ建速須佐之男命《の》の佩《は》ける十《と》拳剣《つかつるぎ》を乞《こ》ひ度《わた》して、三段《みきだ》に打ち折りて（三つに分け）、瓊音《ぬなと》もゆらに（玉の音もさやかに）、天《あめ》の真《ま》名井《なゐ》に振《ふ》り滌《すす》ぎて、さ噛《が》みに噛みて（噛みに噛んで）、吹き棄《う》つる気吹《いぶき》のさ霧《ぎり》に成れる神の御名《みな》は、多紀理毘売《たきりびめ》命。亦の御名は奥津島比売《おきつしまひめ》命と謂ふ。次に市寸島比売《いちきしまひめ》命。亦の御名は狭依毘売《さよりびめ》命と謂ふ。次に多岐都比売《たきつひめ》命。速須佐之男命《の》、天照大御神の左の御角髪に纏《ま》かせる八尺《やさか》の勾璁《まがたま》の五百箇《いほつ》の御統《みすまる》の珠《たま》を乞《こ》ひ度《わた》して、瓊音《ぬなと》もゆらに、天《あめ》の真名井《まなゐ》に振り滌《すす》ぎて、さ噛《が》みに噛みて、吹き棄《う》つる気吹《いぶき》のさ霧《ぎり》に成れる神の御名は、正勝吾勝勝速日天之忍穂耳《まさかつあかつかちはやひあめのおしほみみの》命。また右の御角髪に纏かせる珠を乞ひ度して、さ噛みに噛みて、吹き棄つる気吹のさ霧に成れる神の御名は、天之菩卑能《あめのほひの》命。また御鬘《みかづら》に纏かせる珠を乞ひ度して、さ噛みに噛みて、吹き棄つる気吹のさ霧に成れる神の御名は、天津日子根《あまつひこねの》命。また左の御手に纏かせる珠を乞ひ度して、さ噛みに噛みて、吹き棄つる気吹のさ霧に成れる神の御名は、活津日子根《いくつひこねの》命。また右の御手に纏かせる珠を乞ひ度して、さ嚙みに嚙みて、吹き棄つる気吹のさ霧に成れる神の御名は、熊野久須毘《くまのくすびの》命。幷《あは》せて五柱《いつはしら》なり。ここに天照大御神、速須佐之男命《の》に告《の》りたまひしく、「この後《のち》に生《あ》れし五柱の男子《をのこご》は、物実《ものざね》我が物によりて成れり。故《かれ》、自《おのづか》ら吾《あ》が子ぞ。先《さき》に生《あ》れし三柱の女子《をみなご》は、物実汝《ものざねいまし》が物によりて成れり。故《かれ》、すなはち汝《いまし》が子ぞ。」かく詔《の》り別《わ》けたまひき」。

いったい生まれた神はどちらに属するか、素材を提供した者に属するか、嚙みに嚙み、息を吹きすてた霧を生じた者に属するか、また、どうして、スサノオは五回、アマテラスは三回なのか。神話とはいいながらアマテラスが結局は男神五柱を得、スサノオが女神三柱を得ることになったのは、不公正な感がある。

『日本書紀』の本文は『古事記』とほぼ同じだが、「一書《あるふみ》に曰はく」として記されている、いわゆる第一の一書の記述はかなりに違っている。以下に岩波文庫版から引用する。

「日神《ひのかみ》、本《もと》より素戔嗚尊の、武健《たけ》くして物を凌《しの》ぐ意有《こころあ》ることを知《しろ》しめせり。其の上《のぼ》り至《いた》るに及《およ》びて、便ち謂《おもほ》さく、弟《なせのみこと》の来《き》ませる所以《ゆゑ》は、是善《これよ》き意《こころ》には非《あら》じ。必《かなら》ず当《まさ》に我《わ》が天原《あまのはら》を奪《うば》はむとならむとおもほして、乃ち大夫《ますらを》の武《たけ》き備《そなへ》を設《まう》けたまふ。躬《みみ》に十握剣《とつかのつるぎ》・九握剣《ここのつかのつるぎ》・八握剣《やつかのつるぎ》を帯《は》き、又背上《そびら》に靫《ゆき》を負《お》ひ、又臂《またただむき》に稜威《いつ》の高鞆《たかとも》を著《は》き、手《て》に弓箭《ゆみや》を捉《と》りたまひて、親《みづか》ら迎へて防禦《ふせ》きたまふ。是《こ》の時に、素戔嗚尊告《まう》して曰《のたま》はく、「吾元《やつかれもと》より悪《きたな》き心無《こころな》し。唯姉《ただあねのみこと》と相見《あひまみ》えむと欲《おも》ひて、只暫《ただあからさま》に（ちょっとの間）来《まうき》つらくのみ」とのたまふ。是《ここ》に、日神、素戔嗚尊《すさのをのみこと》と共《とも》に、相対《あひむか》ひて立たして、誓《ちか》ひて曰《のたま》はく、「若《も》し汝《いまし》が心明浄《きよ》くして、凌《しの》ぎ奪はむといふ意《こころ》有らぬものならば、汝が生《な》さむ児は、必ず当《まさ》に男《ますらを》ならむ」とのたまふ。言《のたま》ひ訖《をは》りて、先《ま》づ所帯《みはか》せる十握剣《とつかのつるぎ》を食《を》して生《な》す児《みこ》を、瀛津嶋姫《おきつしまひめ》と号《なづ》く。また九握剣《ここのつかのつるぎ》を食して生す児を、湍津姫《たぎつひめ》と号く。又八握剣《やつかのつるぎ》を食して生す児を、田心姫《たこりひめ》と号く。凡《すべ》て三《みはしら》の女神《ひめかみ》ます。已《すで》にして素戔嗚尊、其の頸《くび》に嬰《うな》げる（首すじにかける）五百箇《いほつ》の御統《みすまる》の瓊《たま》を以て、天渟名井《あまのぬなゐ》、亦の名《な》は去来之真名井《いざのまなゐ》に濯《ふりすす》ぎて食《を》す。乃《すなは》ち生《な》す児《みこ》を、正哉吾勝勝速日天忍骨尊《まさかあかつかちはやひあまのおしほねのみこと》と号《まう》す。次《つぎ》に天津彦根命《あまつひこねのみこと》。次に活津彦根命《いくつひこねのみこと》。次に天穂日命《あまのほひのみこと》。次に熊野忍蹈命《くまののおしほみのみこと》。凡《すべ》て五《いつはしら》の男神《ひこがみ》ます。故《かれ》、素戔嗚尊、既に勝つ験《しるし》を得つ。是《ここ》に、日神《ひのかみ》、方《まさ》に素戔嗚尊の、固《まこと》に悪《あ》しき意《こころ》無《な》きことを知《しろ》しめして、乃ち日神の生《な》せる三《みはしら》の女神《ひめかみ》を以《も》て、筑紫洲《つくしのくに》に降《あまくだ》りまさしむ。因《よ》りて教《をし》へて曰《のたま》はく、「汝《いまし》三《みはしら》の神《かみ》、道《みち》の中《なか》に（朝鮮への海路の途上の意であろうという）降《くだ》り居《ま》して、天孫《あめみま》を助《たす》け奉《まつ》りて、天孫の為《ため》に祭《まつ》られよ（天孫降臨の際に助け奉り、天孫の為に人々から物をうけよ、の意であろうという）」とのたまふ」（岩波文庫版の語注を本文にくみいれた）。

私の好奇心から『日本書紀』の「一書」の記述を引用したが、これによれば、アマテラスが生んだのが三柱の女神、スサノオが生んだのが五柱の男神ということとなる。伝承は必ずしも同じではなかったのであろう。

そこで『古事記』に戻ると、三柱の女神について次のとおり記述している。

「故《かれ》、その先《さき》に生《あ》れし神、多紀理毘売《たきりびめの》命は、胸形《むなかた》（福岡県宗像市）の奥津宮《おきつみや》に坐《ま》す。次に市寸島《いちきしま》比売《ひめの》命は、胸形の中津宮に坐す。次に田寸津比売《たきつひめの》命は、胸形の辺津《へつ》宮に坐す。この三柱の神は、胸形君等《むなかたのきみら》のもち拝《いつ》く三前《みまへ》の大神なり」。

このように『古事記』を読んでみると、氷川神社の境内に何故宗像神社が摂社として祀られているかが判明したといってよい。宗像三女神は『古事記』によれば、スサノオが生んだ子なのだから、氷川神社が宗像神社を勧請し、祀ることとすることには何のふしぎもないわけである。

ついでながら、高橋睦郎さんに、宗像三女神を媒介とした長篇詩の名作『姉の島』がある。神話をふまえながら、現在の境涯、心境をかさねた重層的なイメージ豊かな作品として、私には忘れがたいが、この長篇詩を読んだ当時、私は氷川神社と宗像三女神との関係など、まったく知らなかった。

*

ところで、『古事記』は高天原からスサノオが追放され、「出雲《の》国の肥《ひ》の河上《かはかみ》、名は鳥髪《とりかみ》といふ地《ところ》に降《くだ》りたまひき」という物語に移る。「この時箸《はし》その河より流れ下《くだ》りき。ここに須佐之男《の》命、人その河上にありと以為《おも》ほして、尋《たづ》ね覓《もと》めて上《のぼ》り往きたまへば、老夫《おきな》と老女《おみな》と二人ありて、童女《をとめ》を中に置きて泣けり。ここに「汝等《なれども》は誰ぞ。」と問ひたまひき。故《かれ》、その老夫《おきな》答へ言《まを》ししく、「僕《あれ》は国つ神（高天原の系統の神を「天つ神」というのに対して、地上の系統の神を「国つ神」という）、大山津《おほやまつ》見《み》神の子ぞ。僕《あ》が名は足名椎《あしなづち》と謂ひ、妻《め》の名は手名椎《てなづち》と謂ひ、女《むすめ》の名は櫛名田比売《くしなだひめ》と謂ふ。」とまをしき。また「汝《な》が哭《な》く由《ゆゑ》は何ぞ。」と問ひたまへば、答へ白《まを》ししく、「我が女《むすめ》は、本《もと》より八稚女《やをとめ》ありしを、この高志《こし》の八俣《やまた》の大蛇《をろち》、年毎《としごと》に来て喫《くら》へり。今そが来《く》べき時なり。故《かれ》、泣く。」

とまをしき。ここに「其の形は如何《いかに》。」と問ひたまへば、答へ白ししく、「その目は赤《あか》かがち（赤いホオズキ）の如くして、身一つに八頭《やかしら》八尾《やを》あり。またその身に蘿《こけ》と檜榲《ひすぎ》と生《お》ひ、その長《たけ》は谿《たに》八《や》谷峡《たにを》八尾《やを》に度《わた》りて、その腹を見れば、悉に常に血爛《ちただ》れつ。」とまをしき。

ここに速須佐之《の》男命、その老夫《おきな》に詔りたまひしく、「この汝《な》が女《むすめ》をば吾《あれ》に奉らむや。」とのりたまひしに、「恐《かしこ》けれども御名を覚《し》らず。」と答へ白しき。ここに答へ詔りたまひしく、「吾《あ》は天照大御神の同母弟《いろせ》なり。故《かれ》今、天《あめ》より降りましつ。」とのりたまひき。ここに足名椎《あしなづち》手名椎《てなづちの》神、「然《しか》まさば恐《かしこ》し。立奉《たてまつ》らむ。」と白しき。ここに速須佐之《の》男命、すなはち湯津爪櫛《ゆつつまぐし》にその童女《をとめ》を取り成して（姿を変えさせて）、御角髪に刺《さ》して、その足名椎手名椎《の》神に告《の》りたまひしく、「汝等《なれども》は、八塩折《やしほをり》の酒を醸《か》み、また垣を作り廻《もとほ》し、その垣に八《や》門《かど》を作り、門毎に八《や》桟敷《さずき》を結《ゆ》ひ、その桟敷毎《さずきごと》に酒船《さかぶね》を置きて、船毎にその八塩折の酒を盛《も》りて待ちてよ。」とのりたまひき。故《かれ》、告りたまひし随《まにま》に、かく設《ま》け備へて待ちし時、その八俣大蛇《やまたのをろち》、信《まこと》に言ひしが如《ごと》来《き》つ。すなはち船毎に己《おの》が頭《かしら》を垂《た》入れて、その酒を飲みき。ここに飲み酔《ゑ》ひて留《とど》まり伏し寝き。ここに速須佐之《の》男命、その御佩《はか》せる十拳剣《とつかつるぎ》を抜きて、その蛇《をろち》を切り散《はふ》りたまひしかば、肥河《ひの》血に変《な》りて流れき。故《かれ》、その中の尾を切りたまひし時、御刀《みはかし》の刃《は》毀《か》けき。ここに怪しと思ほして、御刀の前《さき》もちて刺し割《さ》きて見たまへば、都牟刈《つむがり》の大刀《たち》ありき。故、この大刀を取りて、異《あや》しき物と思ほして、天照大御神に白し上げたまひき。こは草薙《くさなぎ》の大刀《たち》なり。

故《かれ》ここをもちてその速須佐之《の》男命、宮《みや》造《つく》作るべき地《ところ》を出雲《の》国に求《ま》ぎたまひき。ここに須賀《すが》の地に到りまして詔りたまひしく、「吾此地《あれここ》に来て、我《あ》が御心すがすがし。」とのりたまひて、其地《そこ》に宮を作りて坐《ま》しき。故《かれ》、其地《そこ》をば今に須賀《すが》と云ふ。この大神、初めて須賀の宮を作りたまひし時、其地より雲立ち騰《のぼ》りき。ここに御歌を作《よ》みたまひき。その歌は、

八雲《やくも》立つ　出雲八重垣《いづもやへがき》　妻籠《つまご》みに　八重垣作る　その八重垣を

ぞ。ここにその足名椎《の》神を喚《よ》びて、「汝《な》は我が宮の首《おびと》（首長、長官）任《た》れ。」と告《の》りたまひ、また名を負《おほ》せて、稲田宮主須賀之八耳《いなだのみやぬしすがのやつみみの》神と号《なづ》けたまひき」。

高天原に昇り、アマテラスに自分には邪心がない、などと告げ、神生みを争い、ついに追放されるスサノオはいささか憐れだが、この挿話のスサノオにはあまり共感できない。武勇で知られているのに、八岐の大蛇は、酒で酔いつぶして殺したにすぎないし、それも、あらかじめ、イナダヒメを妻にくれるなら、という条件をつけているところなど、性状卑しくみえる。

なお、草野心平さんが書の即売会を催したことがあった。儀礼のつもりで出かけたところ、吉岡実に勧められ一点買う破目になった。亡妻を偲んで、というわけではないが、私の寝室に掲げている心平さんの書は、右の「八雲立つ」の歌を万葉仮名で書いたものである。草野さんは達筆だったし、書もお好きだった。心平さんの書は、一種くさみがあるが、高い風格がある。「八雲立つ」の歌の原文は岩波書店刊『日本古典文学大系』所収の『古事記』に掲載されているところでは次のとおりである。

夜久毛多都　伊豆毛夜幣賀岐　都麻碁微爾　夜幣賀岐都久流　曾能夜幣賀岐袁

心平さんの書では「多都」を「多津」と、「都麻」を「津麻」と、「碁微」を「伍微」と、「都久流」を「津久流」と、末尾を「其八重垣袁」となっている。心平さんが忠実さにこだわらなかったのかもしれないし、底本が違うのかもしれない。

＊

氷川神社の玉垣を正面から入ると、右の垣に出入口があり、公園に続く道に出る。その右手の門を出てすぐ、右手は池だが、左手に小高い幽邃な森があり、森を背に間口一門ほどのささやかな社が二つ並んでいる。その左に「門客人神社《もんきゃくじんじんじゃ》」という額がかかっており、その右には「御嶽《みたけ》神社《じんじゃ》」という額が掲げられている。「氷川神社略記」にも記されているが、門客人神社の祭神は足摩乳尊《あしなづちのみこと》、手摩乳尊《てなづちのみこと》であるという。これが私には若干不審であった。

かつて谷川健一『白鳥伝説』を読んだとき、次の記述があり「氷川神社摂社の門客人社」と題してその社殿の写真が掲載されているのを興味ふかく読んだ記憶がある。第二部第二章「異族の神・ヤマトの神」の「門客人神・アラハバキの性格」から引用する。

「神社の門に衣冠束帯姿で、脛巾をつけた二体の随身の木像があり、それをアラハバキと称しているところが見受けられる。アラは荒栲《あらたえ》などのアラであり、ハバキは脛巾のことである。朝廷の御門を守る衛士が脛巾をつけているところから起った名であると考えられている」。
「アラハバキが門を守る仕事をするのは、宮門を守る大伴、佐伯両氏や豊石窓神、櫛石窓神と同様である。しかしそれだけでアラハバキの性格を言い尽したことにはならない。というのはアラハバキを神として祀り、それを門客人神《もんきやくじん》としている神社がいくつもあるからである。門神というならばともかく、門客人神というのは、神社の門におかれた客人神《まろうどがみ》ということであるから、随身または随神という眷属の神を指すのではなく、客分という身上の神であることは明らかである。この言葉は柳田、折口、中山などの指摘するように、地主神がその土地をうばわれ、後来の神と主客の立場を転倒させて、客神となったことを物語っていると思われるのである。

そのことを次に見てみよう。

アラハバキを神としてまつる神社としては、埼玉県大宮市、もとの武蔵国足立郡の氷川《ひかわ》神社があげられる。今日でも本殿の脇に門客人社がまつられている。『新編武蔵風土記稿』の足立郡の条には、氷川神社に摂社門客人社のあることを記載している。祭神は豊石窓、櫛石窓の二神であるが、古くは荒脛巾《あらはばき》神社と呼ばれていたことを述べている。氷川内記が神職であったときに、神祇伯吉田家へとどけ出て、門客人社と改号し、テナヅチ、アシナヅチの二座を配社した。出雲国杵築《きづき》の摂社に門客人社というものがあって、豊石窓、櫛石窓の二神をまつっているというから、門客人の名はこれにもとづくものであろう、と言っている」。

「アラハバキの神とは何か。

一、もともと土地の精霊であり、地主神であったものが、後来の神にその地位をうばわれ、主客を転倒させられて客人神扱いを受けたものである。
二、もともとサエの神である。外来の邪霊を撃退するために置かれた門神である。
三、客人神としての性格と門神としての性格の合わさったものが門客人神である。主神となった後来の神のために、侵入する邪霊を撃退する役目をもつ神である」。

私には右の谷川健一の文章は理解しにくい。出雲大社は一八七一（明治四）年までは杵築大社と称していたというから、「杵築の摂社に門客人社」があったというのは、いまの出雲大社の摂社に門客人社があり、これに豊石窓、櫛石窓の二神が祀られていたというのだろう。しかし、豊石窓、櫛石窓の神はニニギノミコトのいわゆる天孫降臨の記述にあらわれる神であり、八尺《やさか》の勾《まが》璁《たま》、鏡、草薙剣《くさなぎのつるぎ》を常世思金神《とこよのおもいかね》、手力男《たぢからおの》神、天石門別《あめのいわとわけ》神を添えて、アマテラスが「「これの鏡は、専《もは》ら我が御魂《みたま》として、吾が前《まへ》を拝《いつ》くが如《ごと》拝《いつ》き奉《まつ》れ。次に思金《の》神は、前の事を取り持ちて、政《まつりごと》せよ。」とのりたまひき」、とある後、「この二柱の神は、さくくしろ、五十鈴《いすず》の宮に拝《いつ》き祭る。次に登由宇気《とゆうけの》神、こは外宮《とつみや》の度相《わたらひ》（度相は地名）に坐す神ぞ。次に天《の》石戸別《の》神、亦の名は櫛石窻《くしいはまどの》神と謂ひ、亦の名は豊石窻《とよいはまどの》神と謂ふ」と記されている、いわば天孫系、ヤマト王朝系の神である。国つ神でない天石戸別神あるいは豊石窓神が門客人社として出雲大社の摂社として祀られていたと谷川がいうのは、彼の門客人社の定義とは矛盾する。

しかも、そういう前例があるのに、アシナヅチ、テナヅチを門客人社として氷川神社に祀るのはいささか不可解である。アシナヅチ、テナヅチはイナダヒメの両親であり、スサノオはイナダヒメの夫なのだから、彼らを祭神とする氷川神社の客人神として、また外敵から守る役をもつ神として、アシナヅチ、テナヅチを祀ることは、どう考えても筋が通らない。氷川内記という神職の何らかの誤解によりこれらが門客人神として祀られることになったとしか考えようがない。谷川健一が『白鳥伝説』で「アラハバキを神としてまつる神社としては、埼玉県大宮市、もとの武蔵国足立郡の氷川神社があげられる」というのは『新編武蔵風土記』の記載によるらしいが、氷川神社に門客人社があることは事実であっても、アラハバキを祀っているわけではない。

私は谷川健一の著書に関する疑問を書くためにこの文章を書いているわけではない。むしろ、谷川の著書に刺戟されて、有史以前の武蔵の状況を想像することに悦楽を見いだしている。たとえば、アシナヅチ、テナヅチが祀られているということは、スサノオにその支配地を奪われたアシナヅチ、テナヅチの一族が三々、五々、はるばる出雲から武蔵丘陵に移ってきたからではないか。私はそういう空想をたのしんでいる。

*

氷川神社には摂社が三社、末社が十社、境内に祀られている。祭神と縁のふかい神を祀った神社を摂社、末社といい、摂社が格上とされている。三社の摂社のうち、宗像神社、門客人社についてはすでにふれた。残りは天津神社であり、祭神は少彦名命と記されている。オオナムチとスクナヒコナの関係はひろく知られているが、『古事記』の記述は比較的短いので、全文を引用する。なお「氷川神社略記」に祭神を大己貴命として記しているが、『古事記』では「大国主神。亦の名は大穴牟遅《おほなむちの》神と謂ひ、亦の名は葦原色許男《あしはらしこをの》神と謂ひ、亦の名は八千矛《やちほこの》神と謂ひ、亦の名は宇都志国玉《うつしくにだまの》神と謂ひ、并《あは》せて五つの名あり」と記しており、原則は大国主命のようである。

これに反し、『日本書紀』では大己貴命と記すことが多い。

「大国主命《の》、出雲の御大《みほ》の御前《みさき》に坐《ま》す時、波の穂《ほ》より天《あめ》の羅摩船《かかみぶね》（羅摩はガガイモ。この実を割ると小舟の形に似ているのでカカミ船といった）に乗りて、鵝（古事記伝では蛾の誤りとしてヒムシと読んでいるという）の皮を内剝《うつはぎ》に剝《は》ぎて（丸剝ぎにして）衣服《きもの》にして、帰《よ》り来《く》る神ありき。ここにその名を問はせども答へず、また所従《みとも》の諸神《かみたち》に問はせども、皆「知らず。」と白《まを》しき。ここに谷蟆《たにくく》（ヒキガエル）白《まを》しつらく、「こは崩彦《くえびこ》（案山子）ぞ必ず知りつらむ。」とまをしつれば、すなはち崩彦を召して問はす時に、「こは神産巣日《かみむすひの》神の御子、少名毘古那《すくなびこなの》神ぞ。」と答え白しき。故《かれ》ここに神産巣日の御祖《みおやの》命に白し上げたまへば、答へ告《の》りたまひしく、「こは実《まこと》に我が子ぞ。子の中に、我が手俣《たなまた》より漏《く》きし子ぞ。故《かれ》、汝《いまし》葦原色許男《の》命と兄弟《あにおと》となりて、その国を作り堅《かた》めよ。」とのりたまひき。故、それより、大穴牟遅と少名毘古那と、二柱の神相並《なら》ばして、この国を作り堅めたまひき。然《さ》て後は、其の少名毘古那《の》神は、常世国《とこよの》（海のあなたにあるとこしえの齢の国）に度《わた》りましき」。

右がすべてであって、二神がいかに力を合わせて国造りしたかはまったく記述がない。「ここに大国主神《の》、愁《うれ》ひて告《の》りたまひしく、「吾独《あれひとり》して何《いか》にかよくこの国を得《え》作らむ。」」と嘆いた、という記事に続く。

末社をみると、天照大御神を祭神とする神明神社、菅原道真を祭神とする天満神社はまず除いてよいだろう。

まず、大山祇命を祭神とする山祇神社だが、国生みを終えたイザナギ、イザナミが神生みをはじめ「山の神、名は大山津見神《おほやまつみの》」を生んだとあるので、氷川神社の三祭神とは直接の関係がない。次が布都御魂《ふつのみたま》命を祭神とする石上《いそのかみ》神社だが、『古事記』中巻、神武天皇東征のさい、熊野の高倉《たかくら》下《じ》が捧げた横刀《たち》を「佐土布都神と云ひ、亦の名は甕布都神と云ひ、亦の名は布都御魂と云ふ。この刀は石上神宮に坐す」と注にある。いずれにしても氷川神社に祀られた三祭神とは関係ない。ついで迦具土命を祭神とする愛宕神社は、やはりイザナギ、イザナミの神生みのさい、「火之夜《ひのや》藝速男神《ぎはやをの》を生みき。亦の名は火之炫毘古神《ひのかがびこの》と謂ひ、亦の名は火之迦具土神《ひのかぐつちの》と謂ふ」とある火之迦具土神にちがいない。続けると、大雷命《おおいかづちのみこと》を祭神とする雷神社だが、イザナギが黄泉国《よみの》にイザナミを訪ねたところ、イザナミは黄泉神と相談しようと告げて、待たされていた間、イザナギが八柱の雷神「成り居りき」とある。住吉神社の祭神である底筒男命《そこつつおのみこと》、中筒男命、上筒男命三神は神生みの最後、アマテラス、ツクヨミ、スサノオを生む直前に生んだ十四柱の最後に、「その底筒之《の》男命、中筒之《の》男命、上筒之《の》男命の三柱の神は、墨江の三前《みまへ》の大神なり」とある神々である。松尾神社の祭神大山咋《おおやまくい》命はオオナムチと関係ある神である。すなわち、スクナヒコナが去った後のオオナムチについて『古事記』は次のとおり記述している。

「故《かれ》、その大年神《おほとしの》、神活須毘神《かみいくすびの》の女《むすめ》、伊怒比売《いのひめ》を娶《めと》して生める子は、大国御魂神《おほくにみたまの》。次に韓神《からの》。次に曾富理神《そほりの》。次に白日神《しらひの》。次に聖神《ひじりの》。また、香用比売《かよひめ》を娶して生める子は、大香山戸臣神《おほかがやまとおみの》。次に御年神《みとしの》。また、天知迦流美豆比売《あめちかるみづひめ》を娶して生める子は、奥津日子神《おきつひこの》。次に奥津比売命《おきつひめの》、亦の名は大戸比売神《おほべひめの》。こは諸人《もろひと》の以《も》ち拝《いつ》く竈神《かまの》ぞ。次に大山咋神《おほやまくひの》、亦の名は山末之大主神《やますゑのおほぬしの》。この神は近つ淡海国《ちかつあふみの》の日枝《ひえ》の山に坐《ま》し、亦葛野《かづの》の松《の》尾に坐して、鳴鏑《なりかぶら》を用《も》つ神（鳴鏑の矢を持つ神）ぞ」。

最後のオオヤマクイだけを引用すれば足りたわけだが、スサノオにしても、オオナムチにしてもじつに多くの神々を生んでいる。その中で大山咋命を祀る松尾神社が親しく信仰されたのであろう。

オオナムチとスクナヒコナを祀る御嶽神社については説明を加える必要はあるまい。末社の最後は倉稲魂命《うかのみたまのみこと》を祭神とする稲荷神社である。伏見稲荷大社も稲荷の語から穀物の神である倉稲魂神が主祭神となっている、と説明している。『古事記』には、イザナギ、イザナミが生んだ神に豊宇気毘売神《とようけひめ》の名があり、頭注に豊は美称、宇気は食物の意、食物を掌る女神で、伊勢の外宮の祭神とあるのが、この倉稲魂命《うかのみたま》と同じ神と思われる。

以上で氷川神社の境内に祀られている摂社、末社がどういう祭神を祀っているかをみてきたが、私は予想では氷川神社はスサノオが主神なので、摂社、末社もスサノオの関係が多いだろうと、宗像神社の例から想像していたのだが、オオナムチ関連の摂社、末社も大切に祀られているようである。それ故、氷川神社にイナダヒメ、オオナムチが合祀されていることは、オオナムチの国譲りにより故地出雲を天孫族ないしヤマト王朝に奪われた、あるいは国譲りの結果、住み心地が悪くなった出雲土着の人々が、数百年にわたり、徐々に、山陰の海辺からはるばる野越え、山越え、言いしれぬ辛酸を嘗めながら、武蔵という当時の辺境に移住し、入植したのであろう。

国学院大学の教授をなさっていた西角井正慶先生は氷川神社の宮司の家柄の生まれであり、亡父が十代の終りころ大宮小学校で代用教員をしていたときの教え子であった。正慶先生は気品高い、温厚な方であったが、先生がなさった調査結果が諸書に引用されることが多い。先生の調査によれば、元荒川という荒川（隅田川）の古い河流を東の限界とし、西は多摩川を限界とする地域に百六十二社の氷川神社が存在し、埼玉県外には氷川神社は七社しかないという。

しみじみと障子うすくらきまどのそと音たてて雨のふりいでにけり

の歌碑のある三ヶ島葭子《よしこ》の生家、所沢の中氷川神社もその一である。

これら数多くの氷川神社を創建した人々はすべて出雲から移ってきたにちがいない。彼らのじつに長く困難な旅を思い、開拓の労苦を思いやると、一面で私は胸がしめつけられる感があるが、反面、壮大なロマンを覚える。

＊

ところで、私たちにとって神社信仰とは何なのか。参道を進み、鬱蒼たる神社林を背にした社殿の前に立って一礼し、賽銭をあげ、手を合わせて、祈る、というほどのことである。「氷川神社略記」によると、「人生儀式案内」に「安産祈願、命名、初宮詣、七五三祝、合格祈願、学業成就、成人祝、神前結婚式、厄除け祈願、交通安全祈願」とある。七五三の祝などの儀式を除くと、安産、合格、学業成就、厄除け、交通安全など、すべて現世利益の祈願である。自動車に神官がお祓いをしているのを見かけたことがあるが、これで事故が防げると本気で思っているのか、といささか滑稽に思ったことがある。

ヨーロッパの大聖堂には周囲には一本の樹もない。しかし、内部に入ると、静謐、心が洗われる思いがする。信者でなくても、信者席に腰を下ろしていると、清浄な気持が湧いてくる。そこにバッハのトッカータやフーガなどのオルガンが響いてくると、いうことはない。神があるのではないか、という気分に襲われ、俗世から遠く離れた雰囲気にしばらく浸っていることとなる。出典を憶えていないのだが、何かの本に、ゴシックの聖堂の内部にいると、森の中にいるような感じがある、と書いてあった。ヨーロッパの大聖堂は神聖な場所である。ここに神聖さが欠けていると思った私は愚かというより他ない。

まつりとは、『岩波古語辞典（補訂版）』によれば、「神や人に物をさしあげるのが原義」とあり、

「①潔斎して神を迎え、神に食物その他を差し上げもてなして交歓し、生産の豊かなこと、生活の安穏、行路の安全などを求める。②さしあげる。たてまつる。③他の動詞の下について、謙譲の意を添える」という。もちろん①が本来の意味であり、神に物をさしあげても、神が利用することはありえないのだから、「交歓」に主眼があるのではないか。まつりには神を超越的な存在として認識する思想はない。現世の利益を求めて神々と交歓するのがまつりの本質である。だから、神楽殿が社殿の前の広場に設けられ、神々とともに大いに歌舞や飲食をたのしみ、町には御輿がねり歩き、見世物小屋が並び、小屋がけの店がさまざまの食物や品物を売るのが、まつりなのである。

だが、祭礼は年に何日かの特別な行事である。日常、私たちは神社に何を求めているか。氷川神社に私が求めているのは、ここに述べてきたような歴史の重みをもった森厳な雰囲気であり、一歩参道に足をふみ入れたときに感じる身のひきしまるような気分である。

*

氷川神社の参道は並木十八丁と私は少年のころから教えられてきたが、約二キロメートルある。日本で最長の参道と聞いている。両側はスギ・ケヤキなどの並木である。一の鳥居は京浜東北線の埼玉新都心駅に近い。一の鳥居から、氷川神社へ、さらにその裏手の大宮公園まで一体となった、緑豊かな散歩の場となることを私は夢想している。

そのためには、参道の整備が必要である。ほぼ半分はいまだに自動車の交通が許されている。残りの半分、神社に近い側は、参道そのものには自動車は通れないが、すぐ側の道路を自動車が頻繁に往来する。抑制されてきたとはいえ、自動車の排気ガスが参道の並木をいためることは間違いないし、参道を快適な散歩道にするためには、参道とその側道から自動車を遮断したい。そのためにはバイパスをつくる必要があるだろうし、その費用も見込まなければならないが、費用をかければバイパスをつくることは不可能ではない。

参道を散歩道として快適なものとするには、両側の家々、ことに家々の塀を美化してもらいたい。奈良、京都でみられるような土塀でも、建仁寺垣でも、生垣でもよい。その費用も当然見込まなければならない。

さらに参道に沿った家々の住民は落葉の始末、毛虫などの害虫やその駆除剤のために、迷惑している。ただ、説明と理解だけでは足りない。応分の助成が必要であろう。

その参道の両側に洒落た商店があってもよいし、五百メートルおきくらいに、このごろよく見かける小綺麗な「道の駅」のようなものがあってもよい。

そうした整備に相当の費用がかかることはいうまでもない。去る二〇一四年四月十一日の各紙は、さいたま市が「さいたまトリエンナーレ」と称する現代アートの作品、市民の文化芸術活動や市内の伝統文化を融合、触発し合う場を二〇一六年度から開催する計画を発表した、と報じていた。埼玉新聞には市長の談話として、「10年度の国勢調査によりますと、本市には美術家や音楽家など多くの芸術家が住んでいらっしゃって、政令指定都市の中では5番目に多いということになっています。こうした地域資源、ポテンシャルというものに磨きをかけて、都市としてブランド力を高めることが地域への愛着や誇りにつながるもの」と考えている、と語っている。

私はこうした市長の考えに到底同意できない。政令指定都市の中で五番目とは、東京、大阪、京都、横浜につぐということだろう。芸術家の数が多くても、彼らは東京で仕事し、住居をさいたま市にもっているにすぎない。そういう方々がどれだけ「さいたま市」という地域文化に愛着と誇りをもってくれるか、大いに疑問である。

芸術家の多数がさいたま市に住んでいるといっても、芸術の価値は質で決まり、数で決まるわけでないことは分かりきったことである。それに私は「現代アート」といわれるものに、ごく限られた数のすぐれた作品が存在することは知っているが、多くは独善的で、鑑賞にたえない。

こうした企画にさいたま市が出費することは、私には浪費としか思われない。さいたま市の「ブランド力」がこんな事業で強化されることはありえない。

*

これまで書いてきたとおり、私は、氷川神社こそ、出雲からはるばる武蔵の丘陵地に移住し、武蔵を開拓し、武蔵に文化をつくりあげてきた人々の魂の第一のよりどころであった、と考えている。だから、私は氷川神社にもとづく伝統文化こそさいたま市がもっとも重視すべきだと考えている。

原武史『〈出雲〉という思想』の「学術文庫版あとがき」に浦和、大宮、与野の三市の合併にさいし、筆者は新市の名称を「氷川市」とするよう提案したが、公募の結果、一位となったのは「埼玉市」で「さいたま市」が二位、「氷川市」は二十位であった、と記している。私も私の知る人々もそんな公募がされたことは知らなかったが、それはともかく、「さきたま古墳群」で知られる「さきたま」が既存するのに「さいたま市」と称することに決めたさいたま市を私は恥ずかしく思う。

私はさいたま市が氷川神社をもっと重視し、氷川神社を伝統文化の基盤と位置づけるべきであると考える。参道整備にさいたま市がその費用を負担してもよいが、できれば、氷川神社の参道整備のための市民運動を市当局が呼びかけて組織できないものか、と考える。さいたま市民に氷川神社がたんに正月三が日の参詣の場所にとどまらない、私たちの魂の故里であることを自覚してもらいたい。市民運動により寄附を集めて、参道を整備することはできないかと考える所以である。

ヨーロッパの聖堂と違い、参道を歩み、幽邃、鬱蒼たる森を背景にし、木立に囲まれた神社こそ、私たちの神社の特色である。そして、全国最長の参道が整備されれば、私たちは真に誇るに足るものをもち、私たちの祖先たちを、そしてまた歴史を思いやるであろう。

＊

私は愛郷心がつよい。氷川神社についてはまだ書き足りないけれど、愛郷心もほどほどにしておくこととする。

靖国神社問題について

石川達三『生きている兵隊』（中公文庫）を読みかえして、これは日本国民、ことに戦後生まれの方々の必読の書だと思った。

石川達三は中国における戦争を自分の目で確かめたいと思い立ち、中央公論特派員として、昭和十二（一九三七）年十二月二十五日に東京を出発、南京を日本軍が攻略した同年十二月十三日から約三週間後の翌年一月五日に南京に到着、南京で八日、上海で四日、取材した後、帰国し、昭和十三年二月十七日に配本された『中央公論』三月号に、その見聞、調査した結果を、「生きている兵隊」と題して発表した。

中公文庫の解説に半藤一利が記しているところによると、『中央公論』編集部は掲載にさいしところどころ伏字にしたが、ケアレス・ミステークにより、内務省校閲課などに納本したものと市販したものとの間に、伏字の相違があって刷り上がった『中央公論』は三十数種類もあったという。発売の翌日、「聖戦にしたがう軍を故意に誹謗したもの」「反軍的内容をもった時局柄不穏当な作品として」発売禁止を通告された上、新聞紙法第二三条の「安寧秩序を妨害し、また風俗を壊乱するもの」として起訴され、昭和十四年四月、石川達三は禁固四ヵ月、執行猶予三年の有罪判決を言渡され、検事は控訴したが、一審判決が維持された。

戦前においては、検閲制度により、思想的、風俗的等の理由で発売禁止された雑誌、書籍は少なくない。しかし、起訴され、有罪判決をうけた案件は、アジア・太平洋戦争の報道関係の作品、記事に関しては、『生きている兵隊』を除いて、私は他に知らない。

半藤一利によれば、「判決文にあるとくに許されざる場面は」この作品中、三章の一部の記述、五章の二ヵ所の記述、六章の一部の記述であったそうである。もちろん、これらの記述における日本陸軍の非人道的、残虐な行為は正視するにしのびないが、私たちにとって衝撃的な記述は、これらに限られない。判決で「とくに許されざる場面」としてとりあげなかった記述の中から特に一部を次に引用する。まず、第七章の記述をみる。

「第三部〔大〕隊の加奈目少尉が部隊の警備状態を巡視して帰る途中で殺された。

彼はある露地の曲り角で、日向にぼんやりと立っている十一二の少女の前を通りすぎた。少女は過ぎて行く少尉の顔色をじっと仰向いて見つめていたが、少尉は気にも止めないで彼女の立っている前をすれすれに通った。そして三歩とあるかない中に彼は後から拳銃の射撃をうけて舗道の上にうつ伏せに倒れ、即死した。

少女は家の中に逃げこんだが銃声を聞いてとび出した兵はすぐにこの家を包囲し、扉を叩きやぶった。そして唐草模様の浮き彫りをした支那風な寝台のかげに踞って顔を伏せている少女に向ってつづけざまに小銃弾をあびせ、その場に斃した。この家の中には今一人の老人がいたが彼もまた無条件で射殺されることになった。

こういう事件は占領都市にあっては屢々くりかえされることで少しも珍しくはなかったが、相手が全くの非戦闘員であり、しかも十一二歳の少女であるということが事件を聞いた兵たちの感情を嚇と憤激させた。

「よし！　そういう料簡ならかまう事はない、支那人という支那人はみな殺しにしてくれる。遠慮してるとこっちが馬鹿を見る。やれ！」

事実そのために幾人の支那人が極めて些細な嫌疑やはっきりしない原因で以て殺されたか分らなかった。戦闘員と非戦闘員との区別がはっきりしない事がこういう惨事を避け難いものにしたのである。この少女のような例も一二には止まらなかったが、殊に兵の感情を焦立たせる原因となったものは、支那兵が追いつめられると軍服をすてて庶民の中にまぎれ込むという常套手段であった。所謂良民と称して日の丸の腕章をつけている者の中にさえも正規兵の逃亡者が入っているかも知れない。また、南京が近づくにつれて抗日思想はかなり行きわたっているものと見られ一層庶民に対する疑惑はふかめられることにもなった。

「これから以西は民間にも抗日思想が強いから、女子供にも油断してはならぬ。抵抗する者は庶民と雖も射殺して宜し」

軍の首脳部からこういう指令が伝達されたのは加奈目少尉事件の直後であった」。

北支事変から上海事変へ、さらに支那事変へ発展した中国大陸における戦争について、日本軍にはいかなる正義もなかった。蔣介石総統を頂点とする国民党支配の南京政府を打倒し、日本陸軍の傀儡政権を確立し、実質的支配権を奪うことにあった。そうした意図に中国の民衆が気付かぬはずはなかった。しかも、日本軍には食糧等を内地から持参するような余裕はなかった。現地調達する他なかったが、これは中国の農民等からの略奪を意味した。抗日思想というような教育をうけずとも、中国の民衆が反日的になることは必然であった。日本軍は中国の全民衆といわないまでも中国の民衆の大多数を敵としていた。そのため、中国の民衆の多くが犠牲となった。

同じ第七章に次の記述がある。

「こういう追撃戦ではどの部隊でも捕虜の始末に困るのであった。自分たちがこれから必死な戦闘にかかるというのに警備をしながら捕虜を連れて歩くわけには行かない。最も簡単に処置をつける方法は殺すことである。しかし一旦つれて来ると殺すのにも気骨が折れてならない。「捕虜は捕えたらその場で殺せ」それは特に命令というわけではなかったが、大体そういう方針が上部から示された。

笠原伍長はこういう場合にあって、やはり勇敢にそれを実行した。彼は数珠つなぎにした十三人を片ぱしから順々に斬って行った。

彼等は正規兵の服装をつけていたが跣足であった。焼米を入れた細長い袋を背負い、青い木綿で造った綿入れの長い外套を着ていた。下士官らしく服装もやや整い靴をはいたのが二人あった。

飛行場のはずれにある小川の岸にこの十三人は連れて行かれ並ばせられた。そして笠原は刃こぼれのして斬れなくなった刀を引き抜くや否や第一の男の肩先きを深く斬り下げた。するとあとの十二人は忽ち土に跪いて一斉にわめき涎を垂らして拝みはじめた。殊に下士官らしい二人が一番みじめに慄えあがっていた。しかも笠原は時間をおかずに第二第三番目の兵を斬ってすてた。

そのとき彼は不思議な現象を見た。泣きわめく声が急に止んだのである。残った者はぴたりと平たく土の上に坐り両手を膝にのせ、絶望に蒼ざめた顔をして眼を閉じ顎を垂れて黙然としてしまったのである。それはむしろ立派な態度であった。

こうなると笠原はかえって手の力が鈍る気がした。彼はさらに意地を張って今一人を斬ったが、すぐふり向いて戦友たちに言った。

「あと、誰か斬れ」

さすがに斬る者はなかった。彼等は二十歩ばかり後へさがって銃をかまえ、漸くこの難物を処分した」。

こうした捕虜殺戮が戦時国際法に違反することはいうまでもない。しかし、これは違法であるかどうかという以前の人間性の問題である。悲しいことだが、これは私たちの父兄たちのしたことであり、彼らは決して狂気だったわけではない。

最後に第九章からいわゆる慰安所に関する記述を引用する。

「彼等は酒保へ寄って一本のビールを飲み、それから南部慰安所へ出かけて行った。百人ばかりの兵が二列に道に並んでわいわいと笑いあっている。露地の入口に鉄格子をして三人の支那人が立っている。そこの小窓が開いていて、切符売場である。

一、発売時間　日本時間　正午より六時

二、価格　桜花部　一円五十銭　但し軍票を用う

三、心得　各自望みの家屋に至り切符を交付し案内を待つ

彼等は窓口で切符を貰い長い列の間に入って待った。一人が鉄格子の間から出て来ると次の一人を入れる。出て来た男はバンドを締め直しながら行列に向ってにやりと笑い、肩を振りふり帰って行く。それが慰安された表情であった。

露地を入ると両側に五六軒の小さな家が並んでいて、そこに一人ずつ女がいる。女は支那姑娘であった。断髪に頬紅をつけて、彼女らはこのときに当ってもなお化粧する心の余裕をもっていたのである。そして言葉も分らない素性も知れない敵国の軍人と対して三十分間のお相手をするのだ。彼女等の身の安全を守るために、鉄格子の入口には憲兵が銃剣をつけて立っていた」。

鉄格子の入口に立っていた憲兵は、彼女らの「身の安全を守るため」だったのではあるまい。彼女たちの逃亡、脱走を防ぐためだったにちがいない。

この記述を見て私は宇佐見英治さんの戦中歌集『海に叫ばむ』中の何首かを思いだした。宇佐見さんは昭和十六（一九四一）年十二月、東京帝大文学部倫理学科を卒業、翌年一月、徴兵され

て大阪府信太山の中部第二十七部隊に入隊、四月に幹部候補生となり、十月見習士官となり、昭和十八年九月、スマトラ島に渡り、少尉に任官、昭和二十年タイに転進、昭和二十一年帰国した。『海に叫ばむ』は宇佐見さんが戦中、勤務中の作を収めたもので、戦後は明治大学で教鞭をとり、評論、詩を多く発表、文学者として知られている。集中、次の歌がある。

海ぎはのあばら廃屋にけふ着きて土民娼婦を兵あくがるる
ぬばたまの夜はふかければ人の子やわが手まさぐる青き乳房を
世のきわみすさみごころに相触れし汝と我は憎みあひをり

これらの「土民娼婦」や『生きている兵隊』の鉄格子の中に閉じこめられた中国人女性たちも彼女らの自発的な意思でこうした境涯に生きたわけではあるまい。日本陸軍が慰安婦として強制的に徴用したにちがいない。『海に叫ばむ』中「青き乳房」とあるから、この「土民娼婦」は十六、七歳だったのではないか。事情は中国大陸においても同様であったろう。宇佐見さんは「汝と我は憎みあひをり」と言っているが、こうした性的交渉には憎しみしかなかったにちがいない。
宇佐見さんの短歌の「土民娼婦」に対し、また『生きている兵隊』に描かれた日本兵士の非道無残な行為の数々について、私たちはどう償えばよいか。兵士個人の残虐行為は別として、昭和六（一九三一）年九月におこった満洲事変にはじまる中国侵略について誰が責任を負うのか。昭和五十三（一九七八）年に締結された日中平和友好条約は、こうした残虐行為や戦争責任の問題をまったく棚上げにしたかにみえる。このことはいわゆる靖国神社問題と無関係ではない。

＊

石田和外氏は宇佐見さんと同じく私の旧制一高の先輩であり、昭和三十八（一九六三）年に最高裁判事となり、昭和四十四（一九六九）年から昭和四十八年までの間、最高裁長官をつとめた、法曹としても私の大先輩にあたる方である。

そんな縁から石田和外氏の私家版『石田和外遺文抄』を目にする機会があった。

同書中、「英霊にこたえる会会長就任挨拶（要旨）」という文章が収められている。その中で、石田氏はこう語っている。

「さき程、紅露さんのお話にもあった如く尊い生命を捧げられた英霊のお働らきがあればこそ、われわれは今日、豊かに、平和に自由に暮らしているのである。

私は思想的には中立であるが日本人の一人である心構えは忘れていない。憲法問題もとり扱ってきたし、現憲法を否定することはできないが、しかし、敗戦後の米占領軍のむごたらしい占領政策、日本が再起しないようにした政策は明らかなことである」。

「尊い二百五十万英霊こそは、日本心としての大和心を極めつくし散華されたのである」。

また「餘生淡々と」という文章でも、最高裁長官退任後、全日本剣道連盟の会長をひきうけたことを記した上で、次のとおり書いている。

「もう一つは、一昨年六月結成された英霊にこたえる会です。祖国のため一命を捧げて戦場に消えた二五〇万の方々の、その尊い英霊。現在実現している、この平和と繁栄は、この尊い礎の上にでき上ったものであることを忘れてはならない筈です。世界いずこの国でも、その貴い霊を厚く尊崇しないところはなく、わが英霊たちも最後は靖国神社を覚悟して勇躍、戦地に赴いた筈なのに、敗戦の結果、占領軍のためにこれが遮られて了ったことは、まことに情ないことです。

占領と同時に、国として靖国神社を祀ることを禁止され、憲法制定の後は、靖国神社は単なる宗教法人の一つとして、国との格別の関連は遮断されました」。

このような発言に接して、私が感じることは多いが、その一つは、「英霊」二百五十万人の死を基礎にして、戦後日本の平和と繁栄が成り立っている、という考えは私には何としても理解できない、ということである。同様の発言は石田氏に限らず、聞く機会は少なくない。戦死、戦病死した将兵に対する哀惜の情から、貴方たちの死のおかげで、私たちはこうした繁栄の時代を迎えたのです、ということは理解できないわけではない。しかし、これは事実ではない。

戦争の犠牲になったのは軍人だけではない。広島、長崎の原子爆弾による死者、沖縄戦や東京大空襲などによる死者があったから、戦後の平和と繁栄があるとはいえないことと同じである。

次に、石田氏の発言にはアジア・太平洋戦争をどうみるか、という視点がまったく欠けていることに、私は愕然とし、むしろ恐怖感を覚える。石田氏の発言の底にはアジア・太平洋戦争を

「聖戦」とみるような歴史認識があるのではないか。最高裁長官というような、わが国最高の法曹人がそうした歴史認識をもっていること、あるいは正確な歴史認識を欠いているのを知ることが、私には怖ろしいという感がつよい。

戦地において戦死した人々、内地で原爆・空襲等により死亡した人々に対し、私自身哀悼の情がつよい。「聖戦」の名の下に、正義に反する無謀な戦争の犠牲になった人々を私は哀悼してやまない。客観的にみて、彼らの死はまったく無意味であった。無意味だったからこそいっそう哀悼の思いがつよい。しかし、戦後日本の復興と彼らの死は関係ない。

文京区本郷五丁目に「赤門アビタシオン」という建物があり、その一階に「わだつみのこえ記念館」という施設がある。そのパンフレットの「ごあいさつ」に次の記述がある。

「いまここに「わだつみのこえ記念館」を設立しますのは、「わだつみのこえ」をいかに聴き、戦没学生の遺志をどう受けとめて、平和をつくる営みにつなげるかという課題があるからです。戦死を動かぬ前提として誌された戦没学生の遺稿とともに、彼らの学生生活、心の軌跡を偲ぶ手記や遺品、そしてアジア・太平洋戦争を遂行したこの国における広汎な民衆のさまざまな体験、また、侵略され犠牲となった国ぐにの民衆の体験を伝承する資料を併せ読むことによって、戦没学生の体験を歴史のより大きな文脈のなかに置くことができます。またそれによって、彼らを見舞った悲劇の実態と本質を明らかにし、真実の追悼と平和に寄与する活動へとつなぐことができると信じます」。

「わだつみのこえ記念館」は日本戦没学生の手記『きけ　わだつみのこえ』の刊行にひき続き、「戦争によって流された血は、ふたたび、それが決して流されぬようにすること以外に償われない」という考えに立つ日本戦没学生記念会が設立したものであり、右の引用にみられるとおり、戦没学生のみならず、「広汎な民衆のさまざまな体験、また、侵略され犠牲となった国ぐにの民衆の体験を伝承する資料とを併せ読むことによって、戦没学生の体験を歴史のより大きな文脈のなかに置く」ことを目的としたものであり、石田氏の発言と比し、視野ははるかに広汎、精神ははるかに高邁であると思われる。

*

靖国神社に祀られている人々をどのように選んだか。秦郁彦『靖国神社の祭神たち』は私が教えられること多い著書であった。靖国神社には二百四十六万余柱の死者が祀られているという。当初は明治元（一八六八）年五月二十八日の行政官達で、一月のいわゆる鳥羽伏見戦以降に朝命を奉じ戦い死亡した者が、明治八年、九段の招魂社に祀られ、ひき続き、「癸丑《きちゅう》（嘉永六年、一八五三年）以来」の「殉難死節之霊」が、「東京招魂社」に合祀されることとなり、その後、東京招魂社が靖国神社と改称された。

戊辰戦争は鳥羽伏見戦、上野彰義隊、北越戦争、白河・会津戦争、箱館戦争までをふくむが、新政府軍の死者は三千五百八十名、明治維新後の佐賀の乱、神風連の乱、西南戦争による政府軍の死者は六千五百九十五名という。彼らが慰霊のために祀られたことはふしぎでない。

これ以降の祭神については、時々の権力者の思惑により、無原則に祀られたという感がつよい。明治二十年十二月に山口県知事から山県有朋内務卿へ上申された殉難者六百四名がまず問題であろう。彼らを分類すると次のようになるという。

1、長州藩内の「正義派」と俗論派の戦闘における前者の犠牲者

2、蛤御門の変に関連する死没者（久坂玄瑞、来島又兵衛、幕命により切腹した益田弾正ら三家老）

3、四境戦争（第二次征長戦争）の戦死者

4、四国連合艦隊との交戦による戦死者

右の他、すでに合祀ずみであった戊辰戦争の戦死者であり、協議の結果、六百一名が適格者とされた、という。

原則論として、到底納得できないのは、蛤御門の変の長州藩の戦死者、久坂玄瑞らである。彼らは蛤御門の変において明らかに「朝敵」であり、彼らを相手に戦った会津藩の戦死者こそ天皇の命令にしたがって犠牲となったのであった。蛤御門で会津藩士とともに戦って死んだ薩摩藩十三名らの合祀も上申されたが、合祀は認められなかった。時の内務大臣井上馨は「そんなことをすれば、神社の社殿の中で長州と会津がまた蛤御門の変をくり返す」と語ったといわれ、明治末年に発行された『靖国神社誌』は、「勤王を妨ぐるは何藩を問わず奸賊なり」と叱咤した長州藩

の来島又兵衛の言葉を引用しているという。

同じく、私が唖然とするのは、明治二十二（一八八九）年に合祀された水戸藩の関係者千四百余名である。中心は桜田門外の変における井伊大老の殺害者であり、その他の大部分はいわゆる天狗党関係者である。私は明治維新前後の歴史上、徳川斉昭ほど害悪をながした人物は少ないと考えており、その思想を継いだ天狗党の行動は愚劣きわまると考えている。吉村昭さんは『天狗争乱』の中で天狗党という言葉を使わず、天狗勢といっている。同書の中に「門閥派は、身分の低い尊攘派の者が急に鼻を高くして威張りちらすとして、蔑《さげす》みの意味をこめて天狗《てんぐ》派と呼ぶようになった。これに対して、激派は、天狗は義勇に通じるものだと言って、自ら天狗と称する傾きがあった」と書いている。丹念な調査で知られる吉村昭さんの記述だから信用に値するだろう。おそらく天狗党とは彼らに敵対した者たちによって、あるいは、後世、そう称されることとなったのではないか。

徳川斉昭は、タウンゼント・ハリスが江戸城に登城、アメリカ大統領の国書を上呈、通商航海条約の締結を迫ったとき、やはり吉村昭さんの『桜田門外ノ変』によれば、老中に建言書を提出したが、その趣旨は次のとおりであった、という。

「一、ハリスの通商条約締結の要求をいれることは、容易ならざる大国難を招くから断乎《だんこ》拒否すべきである。

二、その代り、私自ら浪人、百姓、町人の次男、三男を三、四百人引連れてアメリカに渡り、その地で貿易事業をおこなう。たとえアメリカで私たちが殺されようとも、水戸家は子の慶篤がつぎ、百姓、町人も次、三男であるからその家の血が絶えることはない。

三、大艦、大砲を製造して国防に役立てたいので、百万両を貸して欲しい」。

およそ非現実的、時勢を見る眼のなかったことはただ呆れるばかりである。この当時、ことに西国の諸藩は俊秀を長崎に送り、蘭学を修業させ、外国事情の知識を蒐集するのに熱心であった。薩摩藩、宇和島藩等がその典型だが、水戸藩が長崎にその家臣を送った気配はない。薩摩藩、宇和島藩等が蒸気機関の原理に通暁、その製造を手がけていたのと比べると、世界情勢に関し、水戸は僻陬の地にあり、時代から遅れ、ただ尊王攘夷というイデオロギーのみを信奉し、それが可能だと思っていたのだから、吉村さんのいう天狗勢、いわゆる天狗党が大平山あるいは筑後山で挙兵しても、同調する者はなかった。経緯は省略するが、京都で禁裏守護総督をつとめていた斉昭の第七子、徳川慶喜に嘆願し、朝廷に尊王攘夷を訴えよう、ということとなった。結局は、慶喜に見捨てられて降伏、鰊蔵に押しこめられた挙句、武田耕雲斎以下三百五十二名が斬首され、耕雲斎の妻、倅《せがれ》、孫らも死罪とされた。彼らの最期はまことに無残だが、無謀、無思慮のまま挙兵し、結局、死罪に処せられたのであって、尊皇攘夷のイデオロギーにもとづいたということを除けば、いささかも意味のない行動であった。桜田門外の変は、大老の登城のさい、浪士に斬られるという醜態をさらすことにより、時代の転機をつくったといえるから、その関係者を祀ることはまだしも意味がある。武田耕雲斎以下の人々は気の毒にはちがいないが、慶喜が見捨てたことにみられるとおり、愚劣きわまる行動によって殺されたのであって、殉国などという美名でその愚劣さを糊塗することはできない。

アジア・太平洋戦争の関係についていえば、『生きている兵隊』に描かれたような将兵が祀られることは、彼らの残虐行為の被害者の感情を後に講じることとし、こうした戦争の指導者の責任を別とすれば、おそらく祀らざるをえないと考える。

しかし、一般民間人はどうか。沖縄ひめゆり部隊の女学生たちに哀悼の念を禁じえないのは私だけではあるまい。いまのサハリン、当時の樺太の真岡電話局の交換手の女性たちはどうか。ソ連軍に攻めこまれた後の自死だったから祀られる、ということは理解できないわけではない。それなら軍需工場に動員され、アメリカ軍の空襲による爆撃により死んだ学生、生徒たちはどうして祀られないか。学生、生徒に限らない。一般の労働者も同じであり、戦争による死者たちは、広島、長崎の原子爆弾による人々、東京大空襲による死者たちをはじめ、一般人の死者も数多い。彼らを追悼する必要はないのか。

反面で、キリスト教徒等、祀られることが不本意な人々まで祀ってしまうことが正しいといえるか。

そう考えてみると、靖国神社に祀る、祀らないということは、まったく無原則、無規準に行われてきた、と思われる。どうして、軍人、軍属またはそれに準じるとみられる死者だけを、彼らが望むと否とにかかわらず追悼し、慰謝することを正当化できるのか。

だが、これは、日本人内部の問題である。彼らを侵略戦争の犠牲者とした者たちの責任が問われなければならない。そして、そのことは別に、アジア・太平洋戦争の戦場となった諸外国に与えた損害、人的、物的な損害、非道無残な行為に対する責任、償いをどうすべきか、はまた別の問題である。

＊

私たちは不幸なことにいま安倍晋三という愚かな総理大臣をもっている。安倍晋三の靖国神社参拝により中国、韓国等に不快感をひきおこし、これら最近隣二国との間に緊張関係を生じている。これら二国が不快感を抱いたのは、靖国神社にいわゆるA級戦犯が祀られているからである。

安倍晋三の言い分を知りたいと思って彼の『新しい国へ』（文春新書）という著書を読んだ。同書には次のとおりの記述がある。

「「A級戦犯」といういい方自体、正確ではないが、じつは、かれらの御霊が靖国神社に合祀されたのは、それより七年も前の一九七八年、福田内閣のときなのである。その後、大平正芳、鈴木善幸、中曾根康弘と、三代にわたって総理大臣が参拝しているのに、中国はクレームをつけることはなかった」。

という。右の記述に先立つ記述を引用しないと、理解しにくいので、順序が逆になったが、右の記述の前の記述を引用する。

「中国とのあいだで靖国が外交問題化したのは、八五年八月十五日、中曾根首相の公式参拝がきっかけである。

中曾根参拝の一週間前の八月七日、朝日新聞が次のような記事を載せた。

「（靖国参拝問題を）中国は厳しい視線で凝視している」

日本の世論がどちらのほうを向いているかについて、つねに関心をはらっている中国政府が、この報道に反応しないわけがなかった。参拝前日の八月十四日、中国外務省のスポークスマンは、はじめて公式に、首相の靖国神社の参拝に反対の意思を表明した。「（首相の靖国参拝は）アジア各国の人民の感情を傷つける」というわけである。「A級戦犯が合祀されているから」という話がでたのは、このときだ」。

安倍によれば、朝日新聞が日本の世論を代表して、中曾根首相の靖国神社参拝を厳しい視線で凝視している、と書いたから、中国政府が首相の靖国神社参拝に反対の意思を表明したのだという。朝日新聞がこのような記事を載せなかったら、中国政府の反対の意思表示がなかったろうという考えのようである。また、この朝日新聞の記事が日本の世論であるとの理解のようにみえる。そうとすれば、中曾根首相は日本の世論に反して靖国神社に参拝したというのであろう。また、安倍は日本の世論が反対であることを承知しながら、反対だから、靖国神社に参拝するというのであろうか。論理が支離滅裂である。

「一九七八年に結ばれた日中平和友好条約の一条と三条では、たがいに内政干渉はしない、とうたっている。一国の指導者が、その国のために殉じた人びとにたいして、尊崇の念を表するのは、どこの国でもおこなう行為である。また、その国の伝統や文化にのっとった祈り方があるのも、ごく自然なことであろう。

二〇〇五年六月、わたしは、訪日中のインドネシアのユドヨノ大統領にお会いしたとき、小泉総理の靖国参拝について、「わが国のために戦い、命を落とした人たちにたいして、尊崇の念をあらわすとともに、その冥福を祈り、恒久平和を願うためです」と説明した。すると大統領は、「国のために戦った兵士のためにお参りするのは当然のことです」と理解を示してくれた。世界の多くの国々が共感できることだからではないだろうか」。

安倍は、アジア・太平洋戦争をまるでインドネシアのオランダからの独立戦争やアメリカの英国からの独立戦争のように、正当化できる戦争と理解しているとしか思われない。また、「国のために戦い、命を落とした人たち」といって、一般の将兵と、戦争の指導的立場にあった、いわゆるA級戦犯とを区別していない。

たとえば、ドイツでナチスのヒットラー以下の指導者を祀る霊廟を建立し、そうした霊廟にドイツの首相が参拝したら、ヒットラー等もドイツのために戦って命を落とした人たちだから、彼らを尊崇するのは当然と、世界の世論が納得することがありえるか。実情はナチスの犯した犯罪行為に対して時効の適用はない、としているのがドイツ政府の政策である。

安倍はまた、こう言う。

「靖国参拝をとらえて「日本は軍国主義の道を歩んでいる」という人がいる。しかし戦後の日本の指導者たち、たとえば小泉首相が、近隣諸国を侵略するような指示をだしたことがあるだろうか。他国を攻撃するための長距離ミサイルをもとうとしただろうか。核武装をしようとしているだろうか。人権を抑圧しただろうか。自由を制限しただろうか。民主主義を破壊しただろうか。答えは、すべてノーだ。いまの日本は、どこからみても軍国主義とは無縁の民主国家であろう」。

ひきうつしながら、あまりの幼稚な発言に私は言葉を失う。戦後の日本がどう歩んできたかが問題ではない。アジア・太平洋戦争という侵略戦争が問題なのである。これを指導した責任者であるA級戦犯に代表される人々の政策が問題なのである。私は日本国憲法九条の解釈について、安倍と見解を異にするが、侵略戦争の責任者であるA級戦犯を合祀した靖国神社参拝を正当化しようとする安倍は、九条の解釈を変更し、集団的自衛権が九条の下で許されると解釈しようとしている。これはわが国をふたたび軍国主義的方向へ導くものと私は考えている。あるいは、そのように近隣諸国が解しても止むをえないと考えている。

安倍は次のようにも書いている。

「日本はサンフランシスコ講和条約で極東国際軍事裁判を受諾しているのだから、首相が「A級戦犯」の祀られた靖国神社へ参拝するのは、条約違反だ、という批判がある。ではなぜ、国連の場で、重光外相は糾弾されなかったのか。なぜ、日本政府は勲一等を剥奪しなかったのか。

それは国内法で、かれらを犯罪者とは扱わない、と国民の総意で決めたからである。一九五一年（昭和二十六年）、当時の法務総裁（法務大臣）は、「国内法の適用において、これを犯罪者とあつかうことは、いかなる意味でも適当ではない」と答弁している。また、講和条約が発効した五二年には、各国の了解もえたうえで、戦犯の赦免の国会決議もおこなっているのである。「B・C級戦犯」といわれる方たちも同様である。ふつう禁固三年より重い刑に処せられた人の恩給は停止されるが、戦犯は国内法でいう犯罪者ではないので、恩給権は消滅していない。また、戦傷病者戦没者遺族等援護法にもとづいて遺族年金も支払われている」。

国内法でどう決めるのか自由とはいえ、東条英機らの遺族に恩給や年金が支払われることに私は釈然としない。私と同様の心情をもつ人々は、特攻隊として戦死した学徒兵の遺族をはじめ、数多いものと私は信じている。また、国内法で、彼らを犯罪者とは扱わない、と定めることはできるけれども、それが対外関係にどういう影響を与えるかが問題なのである。国内法で犯罪者でないと決めれば、侵略戦争の被害者であった諸国、たとえば中国も犯罪者でないと認めると安倍は考えているのか。

重光葵が国連の場で糾弾されなかったのは、極東軍事裁判において言渡された禁固七年の判決をうけたが、昭和二十五年に仮釈放され、翌二十六年に刑期を満了し、処罰を履行し終えていたからである。私は、重光がこの禁固刑に値する責任をもっているか、疑問を感じているが、その問題はここでは措くこととする。

安倍はまた、「日本はサンフランシスコ講和条約で極東国際軍事裁判を受諾しているのだから、首相が、「A級戦犯」の祀られた靖国神社へ参拝するのは、条約違反だ、という批判がある」という発言に関連して、「サンフランシスコ講和条約の第十一条」の前後にはこう書かれている、といって前段を引用している。

「日本国は、極東国際軍事裁判所並びに日本国内及び国外の他の連合国戦争犯罪法廷の裁判を受諾し、且つ、日本国で拘禁されている日本国民にこれらの法廷が課した刑を執行するものとする」。

続いて、ただし書を引用している。

「これらの拘禁されている者を赦免し、減刑し、及び仮出獄させる権限は、各事件について刑を課した一又は二以上の政府の決定及び日本国の勧告に基く場合の外、行使することができない。極東国際軍事裁判所が刑を宣告した者については、この権限は、裁判所に代表者を出した政府の過半数の決定及び日本国の勧告に基く場合の外、行使することができない」。

安倍はこう言う。

「第十一条が定めているのは、これ以上でも以下でもない。もとより、すでに命で償った人たちにたいして手を合わせることなど禁じていないのである」。

裁判を受諾するということは、判決の結論およびその理由が、かりに不満であっても、異議を唱えない、ということである。A級戦犯として処刑された人たちを犯罪者として認めるということである。

私は本章の冒頭に石川達三の『生きている兵隊』から引用した。いわゆる南京大虐殺があったかどうかについては、虐殺の規模がどの程度であったかは別にして、南京占領後に大量の虐殺があったことは『生きている兵隊』の描写からみて明らかである。冒頭に記したとおり、石川達三が南京に到着したのは、日本軍が南京を攻略した昭和十二年十二月十三日から約三週間後の翌年一月五日であった。したがって、南京攻略前はもちろん、攻略後、石川達三が南京に滞在した八日間の出来事についても、彼が伝聞したことが多いはずである。しかし、戦闘直後、占領直後の将兵の証言は充分信用に値する。また、日本軍の非道残虐な行為が事実に反するのに、そうした虚構の事実を中央公論特派員としての石川達三が報道することに何の意味もない。南京に限らず、日本軍の将兵が無数の非道残虐な行為を犯したことは疑問の余地がない。国共内戦の関係もあり、彼ら日本軍将兵はいかなる処罰もうけていない。せめて侵略戦争の指導者たちはその責任を問われるべきである、と中国政府や中国の国民が考えるのが当然である。

靖国神社に参拝することは、靖国神社に祀られている祭神たちを慰霊し追悼することにその本質がある。靖国神社が招魂社として設けられて以来、国家のために命を捧げたとみられる人々を、かなりに政治的思想をまじえながら、祀ってきた。いわば国に殉じた人々として祀ってきた。アジア・太平洋戦争という愚劣きわまる侵略戦争を開始、遂行し、中国、東南アジアの人々をはじめ、わが国民の多くを塗炭の苦難に陥れた人々を、はたして、追悼、慰霊すべきか。東京裁判と関係なく、これらの指導者たちを靖国神社に祀る正当性はない。靖国神社に参拝することは、彼らの責任を問うことなく、むしろ彼らの行為は正当であったという考えにもとづくものと中国その他諸外国の人々が考え、不快に感じるであろうということに、安倍は思い及んでいないとしか考えようがない。

もっといえば、私は中国における満洲事変以来の戦争を正当化できるとは思わないし、太平洋戦争に発展したのは、中国における戦争が泥沼化し、いわゆるＡＢＣＤ包囲網による経済的制裁のために事態を打開する方途がなかったためであったと考える。だが、ふしぎでならないのは、真珠湾攻撃にはじまるアメリカとの戦争をどのように終結するか、当時の元老や政府の責任者がいかなる見通しももっていなかったことである。長期化すれば、国力、生産力の違いから敗戦は必至であった。このような無謀な戦争に発展させた人々の責任もまた重大である、と私は考えている。

＊

ここで私が考えることは、わが国における「責任」の所在の曖昧さということである。たとえば「稟議」という言葉がある。『広辞苑（第六版）』には「①官庁・会社などで、会議を開くほど重要でない事項について、主管者が決定案を作って関係者間に回付し承認を求めること。②会社などで、所定の重要事項について、決裁権を持っている重役などに主管者が文書で決済承認を求めること」とあり、『岩波国語辞典（第七版新版）』には「（所定の重要事項について）主管者が案を作って関係者にまわし、文書で決裁・承認を得ること」とあり、『新明解国語辞典（第七版）』には「（会議を開く手間を省いて）おもな担当者が案を作って関係者に回し、承認を得ること」とあり、『三省堂国語辞典（第六版）』には「（会議を開かず）関係者に案を回して承認を求めること」とある。官庁や会社によって異なるかもしれないが、稟議によって一定の政策・方針が決定されるが、そのさい、起案者は「主管者」「担当者」と辞書ではいわれているが、実情は課長、係長級の下位職員であり、関係者は通常複数である。複数の役員であることもあり、順次、部長、局長、次官あるいは役員、最終的に大臣あるいは社長まで廻されることもあり、案件によるであろう。こうして決定された政策、方針について主管者、担当者はたんに起案者にすぎないから、問題を生じても、責任を負うことはできないだろう。部長は丁寧に調べるかもしれないが、その上部機関の承認がなければ決定されないのだから、部長の責任も問えない。局長、次官等は部長の承認印を信頼して盲判を押しているにすぎない。複数の役員についても、担当役員だけに責任があるとはいえない。だからといって、他の役員の責任を問うことは難しいだろう。

多くのばあい、わが国の官庁や会社では、すぐれた経営者や政治家の責任ある決定は例外であって、通常、実権と形式上の権限とが分離している。実権をもつのは部長・課長級であり、有能な部長・課長等にその能力を発揮させ、事実上の権限を委ねる局長・次官・役員などが望ましい上司とされることが多い。いうまでもなく、大臣とか、社長等の資質により、実情は大いに違うけれども、右に述べたような稟議制で会社や官庁が事務を遂行しているばあいは多いし、こうしたばあい、決定された政策、方針による結果に対して責任を負う者が誰かを定めることは難しい。

その極端な例が戦前における日本陸軍であった。満洲や中国に派遣されている軍隊の行動を参謀本部はじめ陸軍大臣らは統制できなかった。張作霖爆殺事件も関東軍の一大佐の謀略であった。この事件は陸軍省の関知するところでなかったが、これが満洲事変に発展した端緒であった。中国における侵略戦争は必ずしも陸軍省ないし日本政府の総意としてはじまったものでなかったが、暴走する部下を大臣等は制御する力をもっていなかった。

日本陸軍は上海を占領し、南京を占領し、北京を占領し、諸都市を占領したが、中国大陸という大海の中のいくつかの島を占領したにすぎなかった。大海の住民たち、中国の人々は、ごく一部を除き、すべて敵であった。その結果、無数の非道な残虐行為が行われた。このような侵略とこれにともなう残虐行為の責任を誰が負うべきか。日本軍をふくめ、日本の官庁、会社等の組織において、誰が責任を負うべきかを決めることはきわめて難しい。この責任は、たんに中国および中国人に対するものだけではない。アジア・太平洋戦争の結果、日本軍の将兵の戦死、戦没者はもちろん、戦地においても、広島・長崎の原爆の犠牲者、東京大空襲はじめ多くの空爆の犠牲者、サイパン、沖縄で自死した人々等、戦争をはじめ、遂行した人々は無数の日本人に対しても、償うべき責任がある。

東京裁判が戦勝国の敗戦国に対する懲罰的裁判であったという性格をもっていることは否定で

きない。戦争責任の認定が必ずしも正しいとは思われないし、刑罰がA級戦犯の各人について妥当とも考えない。しかし、相当数は当然であり、妥当であった。A級戦犯を合祀した靖国神社をわが国の総理大臣はじめ諸大臣が参拝することは侵略戦争に対する責任を否定しているからだとしか私には思われないし、中国が不快感を表明することに何のふしぎもない。

ただ、私は、彼らの多くは日本人の手によって裁かれるべきであった、と考えている。彼らは私たち日本人に対しても無謀で無道な戦争を開始し、遂行し、敗戦をもたらした責任がある。彼らの責任は、東京裁判という、戦勝国による裁判とは別に、日本人による裁判によって追及され、処罰されなければならなかった。

敗戦後、昭和二十（一九四五）年八月二十五日、東久邇首相は「私は軍、官、民の国民全体が徹底的に反省し、懺悔しなければならぬと思ふ。全国民総懺悔することが、わが国再建の第一歩であり、わが国内団結の第一歩であると信ずる」と演説し、朝日新聞は八月三十日の社説で、「正《まさ》に一億総懺悔の秋《とき》、しかして相依《よ》り相扶《たす》けて民族新生の途に前進すべき秋である」と説いた。「軍、官」はともかく、「民」はどうかといえば、朝日新聞はじめ報道機関はすべて戦争遂行に積極的に協力し、国民に戦争協力を促した。斎藤茂吉、高村光太郎らの文学者も同様である。だからといって、実情を知らされることなく、戦争の被害者となった国民のすべて、一億がどうして懺悔する必要があるか。懺悔とは犯した罪を告げて神仏に許しを乞うことである。一般庶民はいかなる罪を犯したのか。当時、私には一億総懺悔という言葉が何を意味するか、理解できなかった。そういう意味で私たちはヒットラーとナチス党員に責任を負わせて終る状況ではなかった。懺悔とは天皇に対して犯罪、敗戦に至ったという罪の許しを乞う趣旨だったかもしれない。あるいは報道機関が自らを免責するために声を大にして一億総懺悔といい、日本人自らの手で戦争責任を追及しない方向に世論を導いたのかもしれない。いずれにしても、日本人の手による戦争責任を追及する裁判は行われなかったし、そういう責任を追及すべきだという声も聞かれなかった。

私は最近、吉村昭さんが『白い道』という著書の中で、「文化人の中には、あの戦争は軍部がやったんだ、私は批判していた、と言う人がいる」と書いた後に、こう書いていることを教えられた。

「しかし、こんな小さな島国で、あれだけの大戦争をいくらなんでも軍部だけでやれるわけがない。庶民も一緒になって戦争をやっていた。軍部だけでなく日本人自身が戦争をやっていた。それをまずはっきりとしておかないと戦争の実態はつかめないのではないか。戦争中、もっともこわい存在は、われわれの近所の人、隣組の組長とかいった人です。憲兵とか特高とかは、庶民にとっては遠い存在ですからよくわかりません」。

私はこのような吉村さんの意見に賛成できない。これは一億総懺悔という考えに近い。しかし、たとえば、中国大陸で、戦端を開いた部隊の指揮官、これを追認した参謀本部長、陸軍大臣、総理大臣、アメリカ等諸国への戦争を決定した人々、中国における戦争以来「聖戦」として軍部に協力して世論を形成した新聞等のメディア、積極的に戦争を賛美した文化人、そうした人々の煽動に洗脳された隣組の組長さんなど、それぞれの立場で、責任があり、その責任は同じでない。吉村さんは「憲兵とか特高とかは」「わかりません」というが、三木清を死に至らせた特高警察にはそれなりの責任がある、と私は考える。ただ個人の個々の責任を問うことは容易ではない。吉村さんの視野には、不本意に徴兵され、特攻等で死んだ人々たちが入っていないのではないか。

すでに記したとおり、日本人の手で、戦争責任を問う、という声はあがらなかった。BC級戦犯とされた人々に多くの無実の人々がいることは間違いないし、A級戦犯として刑罰をうけた人々の中にも誤りがあるのではないか、と私は考えている。しかし、一応、A級戦犯とされ処刑された人々が戦争責任を負うとすることで、アジア・太平洋戦争の被害国とその国民、さらに日本人に対する責任の結論とする他はない。前述したとおり、彼らの多くがじっさいその責任を負うべきことは間違いない、と私は考えている。

後記

本書は『ユリイカ』二〇一三年一月号から二〇一四年八月号までの間、「人生に関する断章」という題で連載した随想十二篇を収めたものである。この間『平家物語』『保元物語』『平治物語』に関する感想を掲載しているが、これらは『平家物語を読む』と題して、すでに二〇一四年十二月に青土社から刊行している。

そのためもあり、本書に収めた文章は、まことに雑多な、とりとめない主題をとりあげている。これは私の日常の関心が、時に現代の社会現象に向かい、時に歴史や歴史上の人物に向かい、さまざまな感興を覚えながら、日々を過していているからである。まことに古今の人間とその営為は興趣にあふれている。その結果、古今の社会と人間をめぐり遊ぶことが私の人生の重要な一部をなしている。そういう意味で、本書に収めた文章は私の人生の断章をなすのだが、私と同様、古今の人間とその営為に興趣をおもちくださる読者がおいでになるにちがいないと私は信じている。

なお、引用の文章については、できるだけ原典どおりとしたが、読者にとって読みにくいであろうと思われる箇所は、適宜表記をあらためた。また、年号については、それぞれの章の内容に合わせ、西暦・和暦を使い分けた。

『ユリイカ』連載中は主として、今は青土社を退職した山本充さんその他『ユリイカ』編集部の方々にお手数をおかけしたので、お礼を申し上げたい。本書を刊行してくださる青土社清水一人社長と担当の渡辺和貴さん、本書の原稿を校閲してくださった染谷仁子さんにもお礼を申し上げたい。

二〇一五年十月三十日

中村　稔

中村稔（なかむら・みのる）
一九二七年、埼玉県大宮生まれ。詩人・弁護士。一高・東大法学部卒、『世代』同人。一九五〇年、書肆ユリイカから詩集『無言歌』を処女出版。詩集『鵜原抄』（高村光太郎賞）、『羽虫の飛ぶ風景』（読売文学賞）、『浮泛漂蕩』（藤村記念歴程賞）、伝記『束の間の幻影　銅版画家駒井哲郎の生涯』（読売文学賞）、自伝『私の昭和史』（朝日賞、毎日芸術賞、井上靖文化賞）ほか、著書多数。

古今周遊

2015 年 12 月 17 日　第 1 刷印刷
2015 年 12 月 24 日　第 1 刷発行

著者——中村 稔

発行人——清水一人
発行所——青土社
東京都千代田区神田神保町 1-29　市瀬ビル　〒 101-0051
電話　03-3291-9831（編集）、03-3294-7829（営業）
振替　00190-7-192955

本文印刷——ディグ
表紙印刷——方英社
製本——小泉製本

装幀——菊地信義

ISBN978-4-7917-6896-7　　Printed in Japan